KB124327

새벽 2시
파라다이스 카페

한수영

문학평론가, 연세대학교 글로벌창의융합대학 국어국문학과 교수. 지은 책으로『문학과 현실의 변증법』『소설과 일상성』『한국 현대비평의 이념과 성격』『친일문학의 재인식』『사상과 성찰』『전후문학을 다시 읽는다』『정치적 인간과 성적 인간』등이 있다.

김형중

문학평론가, 조선대학교 국어국문학과 교수. 지은 책으로『켄타우로스의 비평』『변장한 유토피아』『단 한 권의 책』『살아 있는 시체들의 밤』『후르비네크의 혀』『평론가 K는 광주에서만 살았다』『무서운 극장』등이 있다.

채영주 중단편 선집
새벽 2시 파라다이스 카페

펴낸날 2022년 6월 30일

지은이   채영주
펴낸이   이광호
주간   이근혜
편집   최지인 김필균 방원경
펴낸곳   ㈜**문학과지성사**
등록번호 제1993-000098호
주소   04034 서울 마포구 잔다리로7길 18(서교동 377-20)
전화   02) 338-7224
팩스   02) 323-4180(편집) / 02) 338-7221(영업)
전자우편 moonji@moonji.com
홈페이지 www.moonji.com

ⓒ 채영주, 2022. Printed in Seoul, Korea

ISBN 978-89-320-4034-9 03810

채영주 중단편 선집 — 한수영 김형중 책임편집

새벽 2시
파라다이스 카페

문학과지성사

일러두기

이 책은 『가면 지우기』(문학과지성사, 1990)와 『연인에게 생긴 일』(문학동네, 1997)을 저본으로 열 편의 단편을 가려 뽑았다. 초판의 표기를 최대한 따르며 특히 외래어 표기 등은 가급적 살렸으나, 본뜻을 훼손하지 않는 선에서 국립국어원 『표준국어대사전』에 준해 띄어쓰기 등을 다듬었다.

차례

노점 사내

1

큰길이 아직 스물댓 걸음도 더 남아 있을 무렵부터 나는 벌써 거북한 기분을 느끼기 시작했다. 큰길로부터 내가 거의 매일 점심을 먹는 식당까지는 많이 잡아야 마흔 걸음 정도의 거리인데 식당 문을 나선 후로 이제 겨우 열다섯 걸음을 걸었을 뿐이었다. 그렇지만 이미 내 머릿속에는 방금 전에 먹은 김치찌개에 돼지고기가 몇 조각 들어 있었는지, 뒷등에다 안녕히 가시라는 인사말을 외쳤던 게 여주인이었는지 종업원이었는지 따위 기억은 남아 있지 않았다.

모퉁이가 가까워지면서 나는 되도록 다른 생각을 해보려고 눈을 깜박거렸다. 오후에 처리해야 할 일은 무엇무엇이고 박민수 씨는 몇 시쯤 돌아올 거고…… 미스 진이랑 광고 문안 작성을 함께하기로 했었지…… 하지만 그런 생각들은 믿을 수 없을 만큼 짧막한 순간에 스쳐 가버리고 나는 다시 몇 발자국 앞으로 다가

온 모퉁이의 과자점을 노려보고 있었다. 마치 그곳에 모퉁이를 만들어놓은 게 과자점의 책임이기라도 한 것처럼 말이다. 매일 처럼 이맘때면 나의 따가운 눈총을 받아야 하는 것이 상점으로 서는 억울하고 애매한 일이기도 할 것이다.

상점을 끼고 왼쪽으로 모퉁이를 돌면 10여 미터 앞에 제법 널 찍한 다리가 개울을 가로지르고 있다. 너 역시 지난 수년 동안 눈 이 따갑도록 보아온 개울이고 다리이다. 그렇지만 그 다리에는 2년 전까지는 볼 수 없었던 새로운 모습이 자리 잡혀 있다. 작년 봄부터였을까 금년 이른 봄부터였을까. 어쩌면 지난해 늦은 가 을 어느 날부터였던 것 같기도 하다. 아무튼 네가 떠난 이후로 생 긴 것이 분명한 그 모습은 그러나 내게는 나의 출생과 함께 시작 되기라도 한 것처럼 당연하고 지루한 것이 되어버렸다. 그것은 다름 아닌, 다리 오른편 인도를 절반쯤 차지하고 잡화를 벌여놓 은 노점의 모습이다.

모퉁이를 돌면서 나는 잠시 눈길 둘 곳을 찾지 못해 두리번거 렸다. 하지만 어차피 다리는 건너야 했기에 나는 다리 어귀를 똑 바로 쳐다보지 않을 수 없었다. 그러자 마치 확대경에 포착된 미 생물처럼 갑작스러이 다릿목의 노점이 시야에 들어왔다. 나는 호흡을 들이삼켰다.

노점은 아직 완전한 모습을 갖추고 있지 않았다. 대여섯 개의 사과 궤짝이 제물을 기다리는 단처럼 난간 쪽으로 붙어 놓여 있 었고 천막 깔판 같은 초록빛 비닐 천 위에는 이제 막 내려놓기 시 작한 잡다한 물건들이 엉성한 포장지에 싸여 있었다. 인도 쪽으 로 바짝 붙어 세워진 리어카와 비닐 천 사이를 흙색 파카 차림의 사내가 어슬렁거리고 있었다. 사내의 머리에는 어김없이 군고구마 장수를 연상케 하는 모자가 귀덮개를 젖힌 채 씌워져 있었다.

차도를 건너기 위하여 몇 대의 차량이 지나가기를 기다리는 동안 나는 사내의 모습을 똑똑히 지켜볼 수 있었다. 필름의 회전을 3분의 1 정도로 감속시킨 영화 장면처럼 느리지만 정확한 동작으로 사내는 리어카 위쪽으로 팔을 뻗어서 휴지 뭉치를 끌어내렸다. 그러고는 지극히 완만한 걸음으로 몸을 움직였다. 어깨를 20도쯤 젖히고 배와 무릎을 활처럼 휘어 내민 모습이 꽤나 묵직한 짐을 옮기는 듯도 해 보였다. 하지만 나는 지금 사내의 두 팔에 안겨 있는 휴지 열 개의 무게가 어느 정도인지를 잘 알고 있었다. 거기에다 길쭉한 비닐봉지의 무게를 더한다 하더라도 그건 기껏해야 한 손으로 달랑 들어 이리저리 흔들 수 있을 만큼의 무게에 지나지 않았다. 그러나 사내는 그 휴지 뭉치를 깨어질 물건이기나 한 듯 조심스럽게 비닐 천 위에다 내려놓았다. 리어카의 끈을 풀고 짐을 내리기 시작한 것이 내가 식당으로 가기 위해 다리를 건널 무렵이었으니 벌써 30분째 사내는 어슬렁 동작으로 다리 위를 오가고 있는 셈이었다. 그동안 그가 옮겨놓은 것이라곤 사과 궤짝 여섯 개와 휴지 봉지 세 개, 그리고 아직 내용물을 알 수 없는 비닐 보퉁이 두엇…… 사내는 어쩌면 짐을 풀고 내리고 하는 작업에서 대단한 기쁨을 느끼는 것일지도 모른다는 생각을 갖기까지에는 꽤나 오랜 시일이 걸렸다. 처음에는 미심쩍은 추측에 불과했지만 차츰 그 추측에 자신을 갖게 되었다. 조잡하고 쓸모없어 보이는 보퉁이들을 만지작거리는 사내의 손길에는 마치 포대기에 싸인 젖먹이를 들여다보는 아낙의 눈길처럼 애틋한 정이 담겨 있었던 것이다.

누군가 나를 앞질러 걷기 시작했으므로 나는 미적미적 뒤를 따라 차도를 건너야 했다.

다리의 인도로 들어서면서 나는 걸음을 늦추었다. 사내는 또 하나의 휴지 뭉치를 내려놓고 가만히 웅크려 앉아 있었다. 열 걸음 정도의 거리나 될까. 나는 사내와 정면으로 마주치지 않기 위하여 걸음의 속도를 어떻게 조정해야 할지 결정을 내릴 수 없었다. 곧바로 몸을 일으켜 세운다면 되도록 천천히 걸어 사내가 리어카 쪽으로 돌아선 다음에 지나가는 편이 낫다. 하지만 사내는 좀처럼 일어날 기미를 보이지 않고 있었다. 나는 더 이상 머뭇거릴 수가 없어 빠른 걸음으로 사내와 리어카 사이를 통과하기로 했다. 다섯 걸음쯤 걸었을 때 사내의 가슴팍이 나를 향해 틀어지며 솟아올랐다. 얼핏 훔쳐본 얼굴에는 아무런 감정이나 표정도 담겨 있지 않았다. 사내가 나를 알아볼지도 모른다는 생각을 하며 나는 얼른 고개를 왼쪽으로 돌렸다. 오른쪽 귓불과 목덜미가 따가운 듯도 했지만 나는 똑같은 보폭으로 발걸음을 움직여 나갔다. 리어카에 비스듬히 얹힌 휴지 뭉치의 비닐에 검은 매직펜의 글씨가 갈겨져 있었다. 2,500원……

다릿목을 지나올 때마다 눈길 돌릴 곳을 찾지 못해 어설퍼하게 된 것은 한 달쯤 전의 어느 비 오는 밤, 그 일이 있고서부터였다. 아니, 좀더 정확히 말하자면 20일쯤 전부터라고 해야겠다. 그 일이 있은 후로 열흘가량은 나는 꼬박꼬박 사내의 시선을 찾아서 눈인사를 보내곤 했으니 말이다. 하지만 어느 날인가 그런 짓거리가 역겨워지고 한 번 두 번 사내를 외면하는 버릇이 들게 되면서 나는 더 이상 사내의 얼굴을 마주 보지 않게 되었다. 오히려 나는 그를 의식조차 하지 않기 위하여 애쓰게끔 되었다. 하늘과 멀리 둘러선 산을 바라보기도 하고 때로는 레삐도르라고 씌어진, 정면의 제과점 간판에 눈길을 붙박은 채 꼿꼿하게 다리를 건너가기도 했다.

그런데 내 행동에는 한 가지, 이유를 알 수 없는 점이 있다. 그렇듯 사내를 외면하려 하면서도 나는 언제나 사내의 노점이 펼쳐져 있는 쪽의 인도로 다리를 건너곤 하는 것이다. 나는 여태껏 단 한 차례도 반대쪽의 난간과 인도를 이용하여 개울을 건너본 기억이 없다. 식당과 사무실 사이를 오가거나 혹은 저녁 퇴근 시간에 정류장으로 가기 위해 다리를 건너는 데는 물론 노점 쪽의 인도를 이용하는 것이 빠르고 편리하다. 하지만 내가 만일 진정으로 사내를 피하고 싶어 한다면 반대쪽의 인도를 이용하는 것은 불과 스무 걸음 남짓의 차이를 가져다줄 뿐이다. 더구나 내게는 2, 30초의 시간을 아껴야 할 만큼 특별히 바쁜 일이 있을 수 없다. 그런데도 나는 언제나 사내와 그의 노점이 있는 쪽으로 다리를 건너곤 하는 것이다. 나는 어쩌면 그를 외면하기 위하여 한사코 그가 있는 쪽으로 길을 택하는 것인지도 모르겠다.

2

요즈음 나는 제법 당당하게 다릿목의 길을 지나다닐 수 있게 되었다.

사내의 눈길도 의식하지 않고 그 눈길을 피하려는 나 자신의 어색한 버릇도 별반 의식하지 않고 걸음을 옮긴다. 이것저것 여유 있게 사내가 진열해둔 물건들을 살펴보기도 한다. 빨래집게, 옷걸이, 가위, 꽃가위, 펜치, 구두 깔창, 갖가지 색깔의 테이프와 풀, 봉지에 든 가루 본드, 휴지, 꽃무늬가 그려진 커다란 플라스틱 접시, 화병, 두터운 면양말, 손수건, 칼, 연탄집게, 잔 못, 굵은 못…… 며칠 전에 나는 실제로 이 중에서 한 가지를 사기도 했었다. 보온을 위해 솜털이 보송보송 돋아나 있는 구두 깔창이었다. 그러나 나는 너무 조급히 물건을 정하고 값을 지불하느라 필요한 것을 제대로 고르지 못했다. 집에 돌아와서 보니 깔창은 내 발에는 너무 작았고 한가운데에는 '소'라고 찍힌 둥그런 금딱지가 붙어 있었다. 나는 아직 그것을 바꾸지 않았을 뿐 아니라 당장은 그럴 필요가 없다는 것도 알게 되었다. 지금 사용하고 있는 깔창도 앞으로 두세 달은 충분히 쓸 수 있을 만큼 멀쩡한 것이었기 때문이다.

고집스럽게 그쪽 길을 이용해 다녔던 게 어느 정도 익숙해진 때문이기도 할 테지만 내가 사내의 눈길을 덜 의식하게 된 것에는 또 다른 이유가 있다. 날씨가 추워지면서 사내는 조금씩조금씩 웅크려들기 시작한 것이다. 짐을 풀어 내리는 동작도 훨씬 빨라졌고 그래서 그 시간도 절반 이상이나 줄어들었다. 점심 식사를 마치고 돌아오는 길에 사내는 벌써 대부분의 짐 보퉁이를 내려놓고 있다. 초점 없는 눈길로 주위를 두리번거리거나 지나가는 사람들을 쳐다볼 겨를이 이제 사내에겐 없다. 그래서 나는 훨씬 당당하고 관대한 마음으로 사내의 노점을 지나갈 수 있게 되었다.

얼마 전까지만 해도 사내가 짐을 풀어 내리는 데는 족히 반나절은 걸렸었다. 짐을 내려 옮기는 데도 많은 시간이 걸렸지만 특히 사내에게 고민을 하게 만든 것은 어떤 물건을 얼마큼씩 내려놓을까 하는 문제였다. 어른 키만큼의 높이로 보퉁이들이 쟁여져 있는 사내의 리어카에는 하루 판매를 위해 진열해둘 것보다는 훨씬 많은 분량의 물건이 들어 있었고 사내는 그 물건들을 진열용과 리어카 저장용으로 나누는 데 많은 시간을 할애했다. 날씨가 좋을 때면 사내는 하루 종일 보퉁이를 들고 진열대와 리어카 사이를 서성거렸다. 그곳을 가끔씩 지나다니는 사람이라면 누구나 이제 막 사내가 짐을 풀기 시작했거나 혹은 장사를 끝내고 들어가려는 줄로 생각했을 것이다.

하지만 점차 쌀쌀해진 날씨는 사내에게서 그와 같은 유일한 유희를 앗아가버렸다. 땀 한 방울도 흐르지 않는 보퉁이 작업 대신 사내는 나무 판자로 바람막이를 해둔 좁은 틈에 웅크리는 쪽을 택했다. 15분의 1평이나 될까. 무릎을 절반쯤 세운 사내의 몸은 그 좁은 공간에 맞춤처럼 들어앉는다. 어깨도 고개도 구부정히 수그린 채 사내는 미동도 없이 앉아 있다. 사내의 시선은 3미터 앞 인도가 턱을 이루며 차도로 이어지는 지점에 고정되어 있지만 나는 차츰 그의 눈길이 앞으로앞으로 끌어당겨지는 것을 본다. 인도를 덮은 블록 한 조각만큼씩 끌어당겨진 시선은 마침내 자신의 발과 무릎을 거슬러 자기 내부로 투사되어 들어간다. 사내는 이제 온전히 자신만을 바라보며 쪼그리고 앉아 있다. 구태여 내가 그의 모습을 찾아 눈길을 주지 않는다면 나는 그의 존재를 느낄 필요조차 없다.

사내의 눈을 의식하지 않게 된 것이 나 자신의 변화 때문이 아니라 그의 이러한 웅크림 때문임을 분명히 깨닫게 된 것은 오늘 점심 무렵이었다.

나는 점심을 먹고 박민수 씨와 커피까지 한잔 마시고 자못 여유로이 사무실로 돌아오고 있었다. 지난 며칠간의 추위가 제법 누그러지고 따뜻해진 햇빛 덕분에 어깨도 느긋이 풀어져 있었다.

다리 어귀에 발을 들여놓을 즈음에도 나는 별다른 생각을 않고 있었다. 그런데 문득 무언가가 달라져 있다는 느낌을 받게 되었다. 사내의 노점이었다. 짐을 풀기 시작한 게 한 시간이 가까웠는데 사내는 아직 사과 궤짝 몇 개와 휴지 서너 봉지만을 내려놓았을 뿐이었다. 파카 깃을 내리고 앞단추도 풀어 헤친 사내는 언제 자신이 서둘러 짐을 내린 적이 있느냐는 듯 태연스러이 굼뜬 동작을 하고 있었다. 난간 너머로 간신히 유지하는 물길의 개울도 내려다보고, 슬쩍 한번 비닐 보퉁이를 건드려보고…… 나는 까닭도 없이 치밀어 오르는 분노를 느꼈다. 내 속에 숨어 있던 나태와 무감각한 일상이 불쑥 기지개를 켜며 일어나는 것을 보는 느낌이었다. 표정 없는 사내의 얼굴이 나를 향해 돌려졌을 때 나는 얼른 눈을 피하며 박 씨에게 무슨 말인가를 지껄였다. 다리 건너편 차도를 다시 건너올 즈음 내 속에는 풀어진 날씨를 기뻐하던 조금 전까지의 기분은 말끔히 사라지고 없었다. 변덕스러운 날씨가 끝나고 겨울다운 겨울이 빨리 오지 않는 것을 투덜거리고 있었다.

하늘에는 별이 거의 없다. 아니, 단 하나의 빛도 보이지 않는다. 내일은 비가 올지도 모르겠다. 첫눈을 기대하기엔 아직 이른 때이다. 짙은 어둠 아래로 완만한 경사의 산이 경계를 이어받고 있다. 낮에 눈여겨봐두지 않았기 때문에 저 산까지의 거리가 얼마나 되는지는 알 수가 없다. 날이 밝은 동안에는 우린 언제나 가까운 곳을 두리번거릴 뿐이다. 좀더 먼 곳에도 흐릿한 산의 형상이 보이지만 그 산들을 뚜렷이 보려고 눈썹을 찡그리고 싶지는 않다. 완만한 경사를 따라 등성이로부터 마치 부챗살처럼 빛이 퍼져 내려온다. 불빛들은 아래로 내려올수록 밀도가 높아지고 더 밝아지고, 그러고는 개울 건너편에 일렬로 자리 잡은 상가의 불빛으로 이어진다. 그 빛은 다시 다리를 타고 개울 이편으로 넘어온다. 다리 오른쪽을 메운 네 대의 포장마차 불빛, 왼편으로는 엿과 군밤을 파는 리어카의 불빛, 오징어 행상의 불빛…… 사내의 노점에 띄엄띄엄 세워진 다섯 개의 카바이드 불빛.

모두 퇴근을 한 사무실에 나는 백열등 스탠드 하나를 밝혀두고 네게 편지를 쓰고 있다.

너로서는 이해하기가 힘든 일일 것이다. 2년이 다 되도록 소식한 장 없던 내가 갑자기 편지를 쓰기 시작했다는 것도 그렇고 또 그 편지의 내용이 너와는 전혀 무관한 어느 노점상 사내에 대한 낙서로 가득 차 있다는 것도 그렇고…… 글쎄다. 나 역시 내 행동에 대한 뚜렷한 이유를 설명할 수 없음은 마찬가지다. 문득 제대가 가까워진 너를 떠올리고 뒤늦게나마 네게 욕을 먹지 않을 만큼의 성의는 보여야겠다는 생각을 하게 된 까닭일까. 그런데 마땅히 쓸 말은 없고 해서 무작정 누군가를 붙들어 세우고는 요모

조모 트집을 잡아보기라도 하려는 것일까. 서른이 다 되어 군 복무를 시작해야 했던 너에게 그동안 내가 너무 무심했던 것은 확실히 변명할 수 없는 일이다. 하지만 분명한 것은 네게 편지를 내어야겠다는 생각은 사내에 대한 혐오와 함께 조금씩 구체화되었다는 점이다. 과거도 미래도 현재도 아무런 시점도 없이 아무런 희망이나 계획도 없이 마치 송충이처럼 노점이라는 솔잎을 갉아 먹고 사는 사내의 모습을 보며 나는 왠지 네게 편지를 내어야 하리라는 생각을 가졌던 것이다.

네가 물려주고 간 자리를 나는 충실히 지키고 있다. 벌써 2년째, 아침 9시에 커피 한잔을 마시며 전날의 판매 실적 보고서를 종합한다. 더 필요할 성싶은 책의 종류와 부수를 결정하여 인쇄소로 연락하면 오전의 일은 끝난다. 별다른 일이 없는 한 나는 점심시간까지 신문이나 잡지를 뒤적이며 '광고 문안 연구'를 한다. 오후에도 일이 없기는 별반 다를 바 없다. 영업 사원들을 일일이 상대하고 문의 전화를 받고 하는 것이 짜증스러울 적도 있지만 그나마 그런 일이라도 없다면 나는 질식해버리고 말 것이다. 부장이나 박민수 씨나 미스 진이나 다들 마찬가지다. 우리는 모두 기다리고 있다. 책이 팔렸다는 전화를, 책이 도착했다는 전화를, 식사 시간을, 부장이 어서 나가기를, 그래서 우리도 나갈 수 있기를…… 하지만 나는 무엇을?

네가 더 잘 알고 있을 내 일상의 서술은 이 정도로 끝내기로 하겠다. 언제부턴가 나는 나 자신에 대한 생각을 꺼리게 되었기 때문이다. 스탠드를 끄고 창가로 다가가 어둠에 짓눌린 불빛들이나 보아야겠다. 그리고 잠시 후면 외투 깃을 세우며 다리를 건

너갈 테지.

3

사무실 문을 열고 나섰을 때 거리에는 자잘한 빗방울이 흩뿌려져 있었다. 비가 내린다는 것이 피부로는 느껴지지 않았지만 시각을 통하여 알 수 있을 그런 정도였다. 아마 조금 전부터 시작된 모양이었다. 꽤나 늦은 시각이었지만 나는 기분이 좋았다. 오후 내 개운찮게 걸려 있던 문제를 차분히 서류를 재정리하며 풀수 있었던 것이다. 결국 내 잘못이 아니라 미스 진이 숫자 하나를 틀리게 옮겨 적은 까닭으로 밝혀졌지만 그런 건 별 관계가 없었다. 다음 날 그들이 출근하더라도 모두에게 그 사실을 말하지는 않을 것이었다. 미스 진에게 슬쩍 옆구리를 찔러 소주나 한잔 받아 마셔야지, 그런 생각을 하며 나는 유쾌히 가을비 속으로 몸을 내밀었다.

포장마차로 가서 혼자 한잔을 할까 어쩔까 망설이며 다리에 들어서는데 맞은편 어귀에 노점상 사내의 분주한 듯한 모습이 보였다. 그때까지만 해도 사내는 나와는 전혀 무관한 인물이었다. 매일처럼 다리를 지나다니면서도 나는 아주 가끔씩만 사내의 존재를 느낄 뿐이었다. 마치 가두에 붙은 벽보 광고처럼 우연히 내 눈길이 멎었을 때, 그런 때만 잠깐 그가 거기에 있다는 것을 깨달을 뿐이었다. 그리고 불과 서너 걸음을 못 가서 나는 그를 잊어버리곤 했다.

비닐 덮개를 드리운 리어카 속으로 사내는 물건들을 집어넣고 있었다. 비가 많이 올지 모르니까 장사를 끝내고 서둘러 돌아가려는 것 같았다. 그러나 물건들은 너무 산만하고 넓게 벌어져 있었으므로 만약 비가 정말 쏟아진다면 사내가 그 물건들을 적시지 않고 리어카 속으로 넣을 수 있는 가능성은 희박해 보였다. 생각 없이 사내에게로 다가간 것은 단지 그 저녁 내 기분이 너무 밝고 가벼워서였을 뿐이었다.

덮개 아래로 무언가를 막 집어넣고 돌아서는 사내에게 나는 가까운 곳에 있는 물건을 집어 주었다. 꽃그림이 그려진 플라스틱 쟁반들이었다. 사내의 의아스러운 눈빛이 내 얼굴 위에 머물렀다. 나는 얼른 웃음을 지으며 포개어진 10여 장의 쟁반을 사내의 팔에 안겨주려 했다.

— 가을비가 내리려나 보죠.

그제야 사내는 당황스러운 표정으로 두 팔을 내저었다.

— 아이구, 놔두십시오. 괜찮습니다.

사내는 쟁반들을 받아 들고는 리어카의 덮개 속으로 밀어 넣는 대신 다시 그것들이 놓여 있던 자리에 내려놓았다. 그러고는 휴지 봉지를 들어 리어카 쪽으로 걸어갔다. 얼핏 어색한 기분이 들었지만 나는 사내가 젖기 쉬운 물건들부터 넣으려 한다는 것을 깨닫고는 다시 휴지 봉지를 집어 안겨주었다. 사내는 한사코 내 행동을 막으려 했으나 나는 아직 기분이 좋았고 한번 시작한 일을 그만두고 싶지는 않았다. 다행히도 휴지 뭉치는 10여 개가 더 남아 있었으므로 나는 잠시 더 억지스레 그를 도와줄 수 있었다.

휴지를 다 넣은 후 나는 이제 무엇을 옮길 것인가 사내에게 물어볼 참이었다. 그런데 마지막 휴지를 넣은 다음 사내는 더 이상 바쁘게 움직일 기미가 보이지 않았다. 오히려 그는 리어카의 비닐 덮개를 내리고는 물이 들어가지 않도록 단속을 하는 것이었다. 그러고 보니 남은 물건들은 비가 조금 젖더라도 별 지장이 없을 것들이었다.

— 고맙습니다. 고맙습니다.

사내는 연신 고개를 꾸벅이며 감사를 표시했다. 나는 그만 묘해지는 기분을 느꼈다. 이런 감사를 받기 위하여 힘도 들지 않는 값싼 동정을 베풀었던 것이 아니었는데…… 빗방울은 더 이상 굵어질 것 같지 않았고 사내도 노점을 거두어 들어가려는 것 같지는 않았다. 나는 그대로 자리를 뜨기가 어쭙잖아 담배를 꺼내어 사내에게 권했다. 그러나 사내는 결단코 받지 않으려 했으므로 나는 혼자 어정쩡히 불을 붙이는 수밖에 없었다.

— 실례지만 학생이십니까?

사내는 조심스럽게 내게 말을 건넸다.

— 아닙니다. 졸업한 지 벌써 4년이 지난걸요.

나는 어쩐지 사내와 좀더 얘기를 해보고 싶었으므로 자연스레 그의 긴장을 풀어주려고 했다. 나이보다 훨씬 겉늙어 보이는 나를 보고 아직도 학생이냐고 묻는 것이 이상하기도 했다.

— 하하, 제가 그렇게 어려 보입니까?

— 아, 예…… 저는 또 혹시 이 동네 학교를 다니시나 하구요.

— 지금은 아니지만 저도 한때는 이 동네 학교를 다녔었지요.

— 역시 그랬었군요.

사내는 고개를 끄덕이며 무척이나 반가운 표정으로 입을 크게 벌렸다. 그 입속으로 '아, 예. 아, 예……' 하는 음절들이 조각조각 맴돌고 있는 것 같았다.

— 사실은 말입니다……

사내는 목소리를 낮추며 은밀히 고개를 숙였다.

— 제 동생들이 이 학교에 다니고 있습죠. 남동생은 지금 경영학과 4학년이고 여동생은 사범대 2학년에 재학 중이랍니다.

나는 정말 놀라서 다시 한번 사내를 쳐다보았다. 꾀죄죄한 얼굴에 어슴푸레한 눈빛, 나이는 마흔이나 될까. 나는 감동한 듯 고개를 주억거려주었다.

— 그러셨군요!

— 하지만 이건 절대 비밀이에요.

— 비밀이라뇨?

사내는 얼른 내 입을 가리는 시늉을 하며 주위를 둘러보았다. 웬 젊은이가 다리를 건너오고 있었다. 젊은이가 지나가고 이편 인도에는 아무도 없음을 확인한 다음에야 사내는 조심스럽게 입을 열었다.

— 생각해보세요. 명문대 학생의 형이나 오빠가 다릿목에서 이런 몰골로 노점을 하고 있다는 게 알려지기라도 하면 친구들 간에 얼마나 비웃음거리가 되겠습니까. 더구나 이 거리에는 대학생들이 무척 많이 지나다니거든요. 저는 언제나 누구도 눈치채지 못하도록 조심을 하고 있답니다.

사내는 다시 한 차례 가늘게 뜬 눈으로 사방을 둘러보았다.

— 그러니까 선생님께서도 절대 비밀을 지켜주셔야 합니다.

— 물론입니다. 그런 까닭이라면 절대 비밀을 지켜드려야지요.

나는 사내가 믿을 수 있도록 단단히 다짐을 주었다. 하지만 그처럼 중요한 비밀을 사내가 왜 처음 보는 사람인 내게 들려주었는지는 납득이 가지 않았다.

비가 그쳐 있었고 사내는 리어카의 덮개를 젖히며 넣어두었던 물건들을 꺼내려는 듯해 보였으므로 나는 얼른 작별 인사를 하고 자리를 떴다.

그날 이후로 10여 일간 나는 사내의 노점 앞을 지나면서 알은체를 해 보이곤 했다. 처음 며칠간은 간단히 인사말도 덧붙여 건넸다. 그러나 사나흘쯤 지나면서부터는 그저 슬쩍 눈인사만을 보내게 되었고 다시 며칠이 지나면서는 묵묵히 고개를 세운 채 지나가버리게 되었다. 사내를 의식하지 않도록 되기 위하여 나는 꽤나 노력을 해야 했다.

과연 사내에겐 대학을 다닌다는 두 명의 동생이 있는 것일까. 사내의 삶에 희망과 기대가 되어줄 수 있는 그런 동생들이 정말로 존재하는 것일까. 원충적이고 기계 부속품 같기만 한 사내의 삶은 사내가 얘기한 동생들의 모습과 쉽게 연결이 되지 않았다. 의문이 집착스러이 되살아날수록 나는 고개를 흔들며 사내의 존재를 잊어버리고자 했다. 사내에게 동생들이 있건 없건 그게 도대체 무슨 상관이란 말인가. 설령 그것이 사내가 자신의 삶을 애처로이 여긴 나머지 고안해낸 기발한 사기술에 불과하다 할지라도 대체 내게 무슨 관계가 있다는 말인가. 사내는 그저 우연히 내 삶의 가장자리에 발자국을 남기며, 지나간, 툴툴 털어내면 까맣게 잊을 수 있는 흔적일 뿐이지 않은가. 나는 당연히 사내를 잊을 수 있으리라 믿었었다.

4

　시간이 흐르면 우리 모두는 달라져야 한다. 빛의 기울기가 그림자를 늘어뜨리듯이, 계절이 가로수의 엽록소를 물들이고 탈색시키고 이윽고는 조락시키듯이 우리는 한 겹씩 스스로의 껍질을 벗고 새로워져야 한다. 박물관의 전시품이나 혹은 그 정원에 깔린 포석처럼 우리는 죽은 물건이 아니기 때문이다. 대기를 들이마시며 신진대사를 하는 모든 생명은 시각시각 새로워져야 할 의무를 지니고 있다. 흘러간 시간의 양이 변신의 정도마저 결정해야 한다는 얘기는 아니다. 시간이란, 언제나 흐르고 있다는 속성만으로도 충분한 이정표가 되어준다.

　간혹은 누군가를 상록수 같은 사람이라고 얘기할 때가 있다. 상록수처럼 늘 푸르고 밝고 건강한 사람…… 정말 부러운 사람이다.

　그런 사람의 내면에는 엄청난 힘이 깃들어 있을 것이다. 끊임없는 충동과 좌절과 변덕을 자신 내부의 질서로 편입시켜 규제해나간다는 것은 보통의 사람들에게는 불가능한 일인 까닭이다. 덧붙여 나의 소견을 말한다면, 나는 누구에게도 그와 같은 일이 가능하리라고 믿을 수 없다. 사람들은 단지 표면의 안정을 위해 내면의 부패를 도외시하고 있는 것은 아닐까. 나는 오히려 솔직히 달라지고 싶다. 때로는 영락도 때로는 좌절도 맛보면서 나의 모든 것을 변화시키고 싶다. 하지만 나 역시 어느 땐가부터 표피적인 질서에 연연해하는 작은 동물이 되어버렸음을 느낀다. 굳게 잠근 뚜껑을 열고 파리와 구더기가 득실거리는 내장 기관을 들여다볼 용기가 나지 않는다.

이틀 전 나는 후배에게 어떤 여자를 소개받았다. 3년 남짓의 직장 생활에 지쳐 이제는 정착을 원하게 된 소박한 여자였다. 내게는 과분할 지경이었지만 여자도 내가 싫지는 않은 모양이었다. 하지만 나는 결국 어색한 작별을 고할 수밖에 없었다. 한 시간 넘어 얘기를 나누면서 나는 견딜 수 없을 만큼 답답함을 느껴야 했다. 그녀와의 대화 때문이 아니었다. 그녀는 착하고 성실해 보였다. 문제는 내 속에서 꿈틀거리며 끊임없이 이죽거리는 또 다른 나의 존재였다. 그는 나를 비웃고 있었다. 그는 내가 피해서는 안 될 무엇을 외면하려 하고 있음을 비난했다. 나는 그가 말하는 그 피해서는 안 될 무엇이 도대체 무엇인지 알 수 없었지만 그의 비난을 자신 있게 반박해줄 수 없었다. 나는 정말 내가 무언가로부터 달아나려 하는 듯한 느낌까지 들었다.

변신. 바로 그것인가, 나를 비웃는 그가 얘기했던 것은.

함께하는 삶 속에서도 변신은 충분히 이루어질 수 있다. 사람을 만나고 사랑하고 다투고 헤어지기도 하고 다시 만나고 또다시 사랑을 확인하고, 참된 생명의 변신은 바로 그런 과정에서 자연스레 이루어지는 것이 아닐까. 그것이 굳이 치열한 내면과의 투쟁이어야 할 까닭이 있을까. 스스로를 학대하고 소모시키고 조울스레 만들어가며…… 그런 식의 속앓이는 종국에는 아무런 쓸모도 없게 되고 만다. 하지만 그가 요구하는 변신은 후자일지도 모른다. 그리고 오히려 어쩌면 그는 내게 그녀가 아닌 다른 누구들과의 '함께하는 삶'을 요구하는 것일지도 모른다. 나는 오래전부터 너무 많은 것에 눈감으려 함으로써 그를 실망시켜온 것일지도 모를 일이다.

5

　사흘째, 사내는 다릿목에 모습을 나타내지 않고 있다. 점심 식사를 마치고 돌아오는 길에 나는 오늘쯤은 나와 있지 않을까 생각했었다. 과자점 모퉁이를 돌아설 적에는 약간의 초조함까지 느껴야 했다. 하지만 오늘도 사내가 있어야 할 자리에는 단단히 매듭지어진 리어카만이 썰렁하게 놓여 있었다.

　— 추운 데서 며칠 떨더니 몸살이라도 걸린 모양이지요.

　박민수 씨가 무심히 중얼거렸다. 그 역시 노점상 사내에게 관심을 가지고 있었다는 사실에 나는 적이 놀라움을 느꼈다. 여태껏 우리는 한마디도 사내에 대한 얘기를 입에 올려본 적이 없었던 것이다.

　— 이제 노점 따위는 하지 않으려는 건지도 모르죠.

　리어카의 맨 윗부분을 덮은 것은 노점 바닥을 깔고 있던 초록색 비닐 천이었다. 먼지가 두텁게 쌓인 까닭에 빛깔은 몹시 탁하게 바래 있었다. 이제 누구도 내려줄 것 같지 않은 한 길 높이의 짐을 이고서 리어카는 힘겹게 신음을 삼키는 듯했다. 언제까지라도, 그의 존재가 잊히고 그래서 개울가의 돌멩이나 건널목 앞의 휴지통처럼 아무런 느낌도 일깨우지 않게 될 때까지 마냥 그렇게 기다리겠다는 듯.

　— 성 형이 한번 해보지 그래요. 어울릴 것 같은데……

그도 나와 같은 생각을 한 것일까. 그래서 자신의 속마음을 얼버무리기 위해 불쑥 화살을 내게로 돌린 것일까. 리어카를 지나칠 때 확실히 박민수 씨의 표정에는 아쉬운 빛이 어리고 있었다. 그러나 나는 오히려 잘된 일이라고 생각하고 싶었다. 바퀴와 몸체 사이의 쇠사슬이 반짝 되쏘는 햇살을 보며 나는 야릇한 충동을 느꼈다. 주먹만 한 자물쇠가 매달려 있었다.

이틀 전 처음으로 사내가 나오지 않은 것을 알았을 때 나는 왠지 기분이 좋았다. 남몰래 품고 있던 심술이 맞아떨어지기라도 했을 때처럼 아픈 배가 가시는 기분이었다. 주인 없이 홀로 버려진 리어카를 바라보며 머지않아 저놈마저 사라져버렸으면 하는 생각까지 가졌었다. 나는 유쾌하게 다리를 건너왔었다.

어제 점심때까지도 그러한 기분은 마찬가지였다. 그런데 이상한 일이었다. 두번째로 사내가 없는 다리를 건너온 오후부터 어쩐지 나는 편치 못한 기분에 사로잡히기 시작한 것이었다. 머릿속이 개운치 않았고 전화를 받는 중이나 공문을 작성하는 중에도 나는 갑작스레 멍한 상태로 빠져들곤 했다. 뿌연 안개 같은 것이 틈 없이 주위를 메우고 나를 나 자신으로부터 격리시키려는 느낌이었다.

오후내 나는 단 한 차례도 창밖을 내다보지 않았다. 어쩌면 조금 늦게 나왔을지도 모른다, 지금쯤은 분주하게 리어카의 짐을 부리고 있을지도 모른다. 그런 생각이 불쑥불쑥 주의를 창밖으로 끌어당겼지만 나도 모르게 고개를 돌리다가 왼쪽 창으로 파란 하늘이 나타나면 소스라치듯 눈길을 돌려버렸다. 퇴근길에 결국 그가 나오지 않았다는 것을 확인했을 때 묘하게도 착잡해지는 기분을 나는 이해할 수 없었다.

오늘은 그런 느낌이 한결 더하는 것 같았다. 나는 어제 같은 고집은 부리지 않았다. 오히려 나는 자주자주 창으로 다가가 다릿목을 내려다보았다. 박민수 씨는 점심 식사 후 서점들을 둘러보기 위해 나가고 없었으므로 그의 눈치를 볼 필요도 없었다. 하지만 3시가 지나고 4시가 되어도 사내는 나타나지 않았다. 쪼그려 앉은 오징어 행상 모습이 있었고 다리 3분의 2쯤 지점에 낡은 풍습처럼 동그마니 짐수레가 놓여 있을 뿐이었다. 간혹 한두 대씩 이가 빠지기도 하는 네 대의 포장마차는 날이 꽤 어두워진 다음에야 나타날 것이었다.

내가 기다리는 것이 과연 무엇인지 알 수 없었다. 느릿느릿한 걸음으로 저편 다릿목을 가로막아줄 사내의 모습인지, 혹은…… 어쩌면 나는 저 리어카마저도 말끔히 사라지고 그래서 다시는 사내가 다리 어귀로 돌아오지 않으리라는 확신과 보장을 기다리고 있는 것일지도 몰랐다. 하지만 그 어느 쪽에도 확신을 가질 수는 없었다.

6

어둠 속에서 문득 눈이 뜨였을 때 나는 시계를 보지 않고서도 3시라는 것을 알 수 있었다. 그건 그 시간이 가장 적당하리라는 생각 때문이었다. 방바닥을 더듬어 바지와 겨울 점퍼를 꿰입었다. 마스크를 쓰고 손가락을 깍지 끼며 가죽 장갑을 꼭꼭 눌러졌다.

소리 없이 대문을 닫고 나서자 찬바람이 제법 가슴 자락을 헤집고 들어왔으므로 점퍼의 앞지퍼를 채워야 했다. 차도 뒤편, 빛의 외곽만을 밟으며 나는 부지런히 걸음을 옮기기 시작했다.

택시를 탄다면 10분이면—아니, 지금 같은 새벽에는 5분이면 족할 것이다—가능할 테지만 그럴 수는 없는 일이었다. 아무런 흔적도 뒤탈의 소지도 남기지 않기 위해서는 말이다. 버스로 여섯 구역의 거리니까 대략 한 시간 정도 후면 도착할 것이다. 새벽 4시. 차량도 행인도 가장 뜸할 시각. 맞은편에 남아 있을 한두 대의 포장마차가 문제이긴 할 테지만 어쩔 수가 없다. 포장마차가 모두 사라지려면 5시 반은 되어야 하는데 그 시간이면 또 멀지 않은 곳에서 서걱서걱 싸리비 소리가 들려오기 시작할 테니까. 더구나 그맘때의 포장마차에는 별 신경을 쓰지 않아도 좋을 것이다. 한켠 구석 불가 쪽으로 취할 대로 취한 술꾼 두엇이 엎어져 자고 있을 것이고 주인 여자는 지붕을 받친 나무 기둥에 머리를 기대고는 곤한 졸음에 빠져 있을 것이다. 설령 밖에서 무슨 소리가 들린다 할지라도 어깨를 움츠리며 나와 볼 생각은 않으리라. 재빨리 사슬을 끊은 다음 리어카를 하류의 복개 공사장으로 몰고 가서 이미 절반쯤 덮인 쓰레기 더미와 함께 물건들을 묻어버린다. 리어카는 시장통의 모퉁이에 버려두면 누군가가 슬쩍 끌고 갈 테지.

4시가 조금 못 되어서 나는 다릿목에 도착했다. 바람도 불지 않는 정적 속에 똑같은 모습으로 리어카가 서 있었다. 양쪽 가죽 어귀로 두 대의 포장마차가 남아 있었지만 역시 짐작했던 대로 조용했다. 하지만 나는 쉽게 접근을 못 하고 머뭇거리며 서 있었다. 비닐 덮개의 요철을 따라 쪼개어진 약한 달빛이 기괴스러워 보였다. 분침은 5분 전을 가리키고 있었다. 나는 마치 정시가 되어야 움직이기로 작정이라도 했던 듯 꼼짝 않고 서서 리어카를 바라보았다. 음산한 조명 속에서 그것은 차츰 커다랗게 부풀어 오르는 듯했다.

이윽고 4시가 되었다. 안주머니로 더듬어 쇠톱을 확인한 다음 길게 숨을 들이쉬며 그 괴물에게로 다가갔다. 갑자기 누군가의 말소리가 들려왔으므로 나는 얼른 난간 쪽으로 몸을 숨겼다. 두 번째 말소리는 들리지 않았다. 오른쪽이나 혹은 왼쪽 포장마차에서 취객이 내뱉은 잠꼬대 같았다. 소리를 지를 만큼 기쁜 꿈이라도 꾼 것일까.

달빛은 포장마차가 세워진 난간 쪽에서 비쳐 들고 있었으므로 자물쇠가 채워진 바퀴 근처는 몸을 숨기기에 적당한 그림자가 드리워져 있었다. 무릎을 세우고 앉아 우선 자물쇠를 조사해 보았다. 자물쇠를 열 수만 있다면 굳이 쇠톱을 사용할 필요는 없는 까닭이었다. 하지만 나는 곧 그런 생각을 포기해야 했다. 열쇠 구멍은 일자형이 아니라 둥그런 원통형이었다. 그런 자물쇠를 열기 위해서는 가느다란 핀으로 여섯 개나 여덟 개의 돌기를 모두 눌러 고정시킨 다음 홈 구멍에 쇠붙이를 끼워 돌려야 하는데 이렇게 깜깜한 곳에서 곱은 손으로는 도저히 불가능한 작업이었다. 더구나 자물쇠는 아래쪽으로 인도 블록과 거의 같은 높이에 매달려 있었으므로 눈 가까이 끌어당길 수도 없는 노릇이었다. 별수 없이 나는 사슬의 적당한 지점을 선택한 다음 쇠톱을 꺼내어 자르기 시작했다. 생각보다 요란한 소리가 밤의 정적 속으로 퍼져나갔다.

가슴을 조이면서도 끈기 있게 톱질을 한 결과 10여 분 후 나는 사슬의 한쪽 고리를 끊을 수 있었다. 이음새 부분의 땜질이 제법 단단히 되어 있었으므로 그쪽 역시 톱질을 하지 않을 수 없었다. 그러나 그때 나는 무언가가 잘못되었음을 깨달았다. 생각 없이 정했던 절단 부분은 자물쇠를 채운 다음 여분의 사슬을 한 바퀴 더 감아둔 곳이었던 것이다. 욕지거리가 튀어 나왔지만 한숨만 쉬고 있을 시간이 아니었다. 다시 쇠사슬의 매듭을 세밀히 살펴본 다음 새로이 절단 부분을 정했다. 그런데 문득 좋은 생각이 떠올랐다. 쇠사슬을 자를 게 아니라 자물쇠를 끊어버리자는 생각이었다. 사슬을 자르기 위해서는 두 번의 톱질을 더 해야 했지만 자물쇠를 택한다면 한 번만 끊은 다음 자물쇠를 비틀어버리면 되었다. 인도의 턱과 접촉되는 부분에 자물쇠가 걸려 있었으므로 조금 더 불편하기는 했지만 나는 그쪽을 택하기로 했다.

역시 톱질은 용이하지 않았다. 첫번째 사슬을 끊을 때 많은 힘을 소모한 까닭도 있었지만 절단 부위가 너무 낮고 좁았으므로 제대로 힘을 가할 수 없었다. 나는 조금씩 초조해지기 시작했다. 시간은 얼마나 지났을까. 30분? 40분? 시계를 들여다보고 싶지는 않았다. 더 불안해질지도 모르는 까닭이었다. 5시가 넘으면 포장마차들이 돌아갈 채비를 하느라 야단일 텐데, 취객을 깨워서 내보내고 물이랑 국물 남은 것들을 개울에 붓고 돌멩이를 치우고 포장을 걷고…… 이대로 계속하면 몇 분이나 더 걸릴까.

여기저기 흠집만 낼 뿐 톱질은 진척이 되지 않았으므로 나는

결단을 내려야 했다. 리어카를 차도 쪽으로 조금만 밀어내야겠
다는 것이었다. 바퀴가 굴러만 준다면 간단한 일이지만 쇠사슬
에 다섯 번이나 칭칭 감긴 바퀴는 꿈쩍도 않을 기색이었으므로
온전히 두 팔과 다리의 근육에 의존하여 밀 수밖에 없었다.

인도의 블록을 두 발로 단단히 버티고 몸 전체를 기울여 리어
카의 측면을 힘껏 밀기 시작했다. 처음엔 움쩍도 않던 리어카가
조금씩 밀리는 듯했다. 온몸에 경련이 찾아왔지만 나는 이를 악
물고 두 팔에 힘을 더했다. 하지만 그 순간 나는 소스라치게 놀라
고 말았다. 리어카는 지면을 미끄러져 밀리는 게 아니라 반대쪽
바퀴를 축으로 하여 기울어지고 있었던 것이다. 이쪽의 바퀴는
이미 인도의 턱에 닿을 만큼 바닥으로부터 이격되어 있었고 이
제 약간의 힘만 더 가하면 리어카는 저편 차도를 넘어가버릴 것
만 같았다. 나는 엉겁결에 몸을 일으키며 리어카를 놓아버렸다.

다음 순간부터의 일을 나로서는 알 도리가 없다. 털썩, 들어 올
려졌던 바퀴가 제자리로 떨어지는 소리가 들리는 듯도 했지만
그때 이미 나는 우박처럼 쏟아지는 온갖 물건들의 세례 속에서
의식을 잃어버리고 만 것이다.

다시 의식이 시작되었을 때 이미 해는 중천에 떠 있었다.

눈을 껌벅거리자니, 아주 가까운 거리에서 비스듬히 지나가는
사내의 흙색 파카가 보였다. 나는 이상한 생각이 들어 급히 좌우
를 둘러보았다. 화병, 플라스틱 컵들과 함께 나는 초록빛 비닐 천
위에 드러누워 있었다. 나는 노점에 진열된 상품이었다. 장난감
로봇…… 나는 비명을 내지르며 눈을 감았다.

오늘도 다리에는 무거운 짐을 짊어진 리어카만이 우두커니 서
있다.

가끔씩 창밖을 내다보며 그러나 나는 사내의 모습을 본다. 낡
은 흙색 파카 아래로 통 넓은 검정 작업복 바지. 바지의 아랫단은
역시 검정색 두터운 양말 속으로 구겨져 들어가 있다. 코가 뽀얗
게 닳은 시대를 알 수 없는 검은 구두가 사내의 몸을 허구처럼 지
면에 부착시켜준다. 머리 위에는 양옆으로 귀덮개를 젖힌 모자
가 덮씌워져 있다. 느리지만 정확한 동작으로 사내는 짐을 묶은
고무끈을 풀고 덮개를 벗긴다. 덮개 아래에는 또 한 겹의 비닐과
다시 한 장의 해진 초록 깔판이 물건들을 감싸고 있다. 그것들을
절반쯤 젖혀 차도 쪽으로 넘긴 다음 맨 위층을 이룬 사과 궤짝을
하나씩 내린다. 모든 동작은 숨이 막힐 만큼 느린 속도로 이루어
진다. 사내의 표정에는 아무런 느낌 따위도 나타나 있지 않다. 사
내는 자신이 하고 있는 일이 무엇인지나 알고 있을까. 하지만 나
는 그런 식의 질문은 어리석은 것임을 생각한다. 지금 하고 있는
일이 구체적으로 무엇인가가 그에게 별다른 차이를 가져다줄 것
같지도 않기 때문이다. 노점을 벌이기 위해 짐을 푸는 일이건 화
덕에 고구마를 올려놓는 일이건 혹은 판매 현황을 유지하며 재
고 부수를 점검하고 추가 신청 부수를 정하는 일이건, 익숙해 있
기만 하다면 어느 것이나 똑같은 일일 것이다. 사내의 눈빛에는
무엇을 해야 하는지 무엇을 하고 싶은지 등에 대해서조차 아무
런 관심도 찾아볼 수 없다. 그저 묵묵히 궤짝을 어깨 위로 짊어진

다. 짐짝을 옮기기 위하여 사내는 움직이는 것일까. 혹은 다만 몇 걸음이라도 사내를 움직이기 위하여 짐짝이 존재하는 것일까. 무엇이 무엇을 운반하는지 역시 얼핏 구별이 서지 않는다.

그러나 눈을 한 차례 깜박이고 나면 사내는 신기루처럼 사라지고 없다. 리어카의 짐은 튼튼히 단속되어 먼지 한 켜를 더 쌓아 올린 채 서 있고 어디에도 사내가 다녀간 흔적은 없다.

잠시 후면 나는 또 사내의 모습을 보게 될 것이다. 두리번거리며 난간과 리어카 사이를 오가는 사내를.

무엇을 기다리는 것일까. 매일처럼 10여 번씩 창밖을 내다보며 나는 과연 무슨 일을 기다리고 있는 것일까. 사내가 다시 건너편 다릿목을 점령해주기를? 그래서 내 시야의 갑작스러운 공백을 메워주기를…… 글쎄, 그런 것 같기도 하다. 까닭 없이 잡념이 많아지고 초조해지고 안절부절못하며 창밖을 흘끔거리게 된 것은 따지고 보면 사내의 갑작스러운 결근으로부터 비롯된 일이다. 사내가 자리를 지켜주고 있을 동안은 지나다니기가 조금 거북했을 뿐 다른 장소 다른 시간에서까지 여파가 계속되진 않았었다.

결근…… 문득 나는 결근이라는 용어를 선택한 것에 의아스러움을 느낀다. 왜 나는 사내의 실종에 일시적인 의미만을 부여하려 했을까. 곧 끝나버릴, 아주 잠깐만의 현상을 가리키는 용어를.

오히려 나는 사내가 영영 이 거리에 나타나지 않기를 원하고 있다. 다시는 내 눈에 띄는 일이 없게 되기를 원하고 있다. 이른 새벽이나 내가 퇴근한 다음인 늦은 밤 홀로 슬그머니 돌아와 저 무거운 짐수레를 끌어 가버리기를 원한다. 그래서 다시는 돌아오지 않게 되기를, 아니, 짐수레 따위는 아무래도 좋다. 사내가 다시 나타나지 않으리라는 것만 확실해지면 저 낡은 짐짝과 잡 동사니는 내 손으로 치워버릴 수도 있는 일이다. 하지만 그런 다 음에……

　사내는 무엇을 할 수 있을까. 꼼짝 않고 집에만 들어앉아서도 사내는 목구멍을 가릴 수 있을까. 다른 일자리라도 찾을 수 있을 까. 혹은 이제 곧 졸업하게 될 그의 동생이 직장을 구한 까닭에 노점 따위는 걷어치우게 된 것은 아닐까. 그럴 가능성은 무척 희 박할 것이다. 사내에게 과연 동생이 있는지도 의문이지만 사내 가 동생의 졸업에 얼마나 힘이 되어주었을지도 의문이고 그 동 생이라는 작자가 설령 취직을 하더라도 사내에게 어느 만큼 경 제적 뒷바라지를 할 수 있을지도 의문이다. 모든 것이 의문투성 이다. 결국 사내는 또다시 어느 곳에선가 노점을 벌이고 오가는 행인들의 발자국에 눈을 처박아야 하리라. 그렇다면 이 다릿목 에서 사내를 내쫓는다는 건 인정머리 없는 짓이다. 리어카를 망 가뜨린다는 것은 더더욱 그렇다. 애당초 이 거리의 노점에 스스 로를 선택당한 것이고 보면 사내에겐 내쫓김을 감당해낼 기운이 없다.

　마지막으로 한 가지 방법이 남아 있긴 하다. 나는 짤막히 전율 을 느낀다. 흙색 파카 자락이 다릿목을 어른거리는 듯도 하다. 하 지만 리어카는 아스라이 기울어가는 햇살을 홀로 되쏠 뿐이다. 그에게도 나에게도 차선책 정도는 될 수가 있는 마지막의 타협 점은, 더 이상 이 세상 사람이 아니도록 한다는 것이다. 도피책, 즉, 죽음……

　나는 내 경직된 상상력의 한계에 혐오를 느낀다. 이런 것이 아니었다. 상상력과 가능성에는 한계가 없었다. 모든 것을 탄탄한 가슴에 품을 수 있었다. 과거의 나였다면 현실 체념이나 죽음이라는 극단적인 부정 따위에서 상상력을 마무리 짓지는 않았으리라. 보다 긍정적이고 적극적이고 보다 의욕적인 재차 삼차 비상을 시도할 수 있었으리라. 하지만 생활은 활동의 반경을 축소시켜왔듯 이 상상의 한계 역시 옥죄고 마비시켜버린 모양이다.

8

퇴근길에 나는 혼자 포장마차에 들어갔다. 박민수 씨와 종종 함께 들르던 첫번째 집이 아니라 사무실 쪽에서 치자면 세번째 집, 즉 사내의 리어카와 거의 정면으로 마주 보고 있는 집이었다. 단골은 아니라지만 이 다리의 포장마차 주인들과 나는 적어도 얼굴 정도는 알고 지내는 사이다. 포장을 들치고 들어서며 우선 나는 여자의 붉은 루주 왼편 아래로 커다란 검은 점을 확인했다. 마흔다섯쯤 되었을까. 루주 칠이 갈라지며 허연 치열이 드러났다.

— 어서 오세요. 오늘은 혼자 오셨네.

— 네.

짤막하게 대답하며 가운데 자리로 몸을 앉혔다. 초저녁이라 다른 손님은 없었다. 나는 막연하고 어렴풋한 기대를 안고 있었다.

— 소주 드릴까요?

── 네, 반병만 주십시오. 꼼장어 좀 하구요.

백열등 하나가 꽉 막힌 사면의 포장 천으로 스며들고 있었다. 어느 곳에도 빈틈이 없었다.

석쇠 위에서 두 마리의 벌거벗은 꼼장어가 비릿한 내음을 풍기며 뒤틀리기 시작했다. 격렬한 남녀의 성행위처럼…… 좁은 공간은 순식간에 매운 연기로 차올랐다.

여름에는 이렇지 않았다. 무더운 여름밤 개울가의 포장마차는 낭만과 해갈이 있는 해변의 별장과 같은 곳이었다. 포장을 모두 걷어 올린 까닭에 사면에서 시원한 밤바람이 불어왔고 뒤편의 난간 너머에는 제법 물이 찬 개울이 흘러내리고 있었다. 물소리도 어느 만큼은 야단스러웠다. 빨간 초장에 멍게 살을 찍어 씹으며 소리와 맛을 함께 음미하노라면 나는 홀연히 여행이라도 떠나 온 기분이었다. 포장을 걷어 올리고 검게 흐르는 물줄기를 바라보고 싶었다. 그러나 지금은 추운 12월, 나는 어깨를 움츠리며 소주 한 모금을 삼켰다.

── 이상하죠. 길 건너 노점 말입니다, 벌써 여러 날째 저러고 있으니……

── 몸살이라도 난 모양이죠.

여자는 생각 없이 말을 받았다. 조각조각 검게 그을린 살점을 초고추장에 버무려서는 다시 한번 태운 다음 플라스틱 접시에 옮겨 담았다. 자욱한 연기가 백열등 주위를 재차 공략했다.

── 여간 힘든 게 아닐 거예요. 남자 혼자서 저렇게 산다는 게.

접시가 내 앞으로 놓였다.

── 혼자 산다구요?

나는 되도록 무심한 척 말하며 꼼장어 한 점을 집어 들었다.

— 아마 그런가 봐요. 옛날엔 여자도 한 명 같이 사는 것 같았는데…… 벌써 오래됐죠.

차츰 가슴이 두근거리기 시작했다. 기대할 수 없으리라 생각했는데 뜻밖에도 여자는 노점 사내에 대해 어느 정도 알고 있는 것 같았다. 나는 천천히 남은 술을 비우고 꼼장어 한 점을 집어넣고 다시 잔을 채웠다.

— 부인이었나요?

여자는 담배를 꺼내어 물고 천장에 매달린 성냥 통을 끌어당겨 불을 붙였다. 불빛이 여자의 얼굴을 밝혔던 잠시 동안, 여자는 어쩌면 겉보기처럼 나이가 많지 않을지도 모른다는 생각이 스쳐갔다. 여자는 맞은편 의자에 비스듬히 팔을 걸치며 앉았다.

— 그랬을 거예요. 하지만 아이도 없었고 어느 날 갑자기 사라진 걸 보면 정식 부부는 아니었을지도 모르죠.

— 동생들이 있다고 얘기 들은 것 같은데요.

말을 내뱉고서 나는 흘끔 여자의 표정을 살폈다. 자꾸 사내의 얘기를 꺼내는 게 혹시 이상하게 생각되지 않을까 해서였다. 그런데 다행히도 그런 눈치는 보이지 않았다. 역시 거리를 지키고 앉은 여자에게 같은 거리의 사내에 대해 관심을 나누는 것은 당연하고 자연스러운 일일지도 몰랐다. 기다란 담배 연기가 거의 사라진 꼼장어 연기를 대신하여 전구 주위를 메웠다.

— 그런 얘기는 못 들었어요. 출입하는 사람도 없었다는 것 같던데요.

— 근처에 사시지 않습니까?

— 아네요. 저는 언덕 뒤 양지교회 부근에 살아요. 그 사람은 세탁소에서도 한참 더 올라가야 한다는 것 같던데…… 동회 앞에서 곧장 올라가는 길 말예요.

— 아, 예……

여자가 얘기하는 곳들을 나는 전혀 알 수 없었지만 고개를 끄덕이며 얼버무렸다. 내가 아는 곳이라곤 다리를 중심으로 불과 50미터 이내에 들어 있는 사무실과 식당, 다방, 정류장뿐이었다.

그제야 조금 이상한 생각이 들었는지 여자는 나를 빤히 쳐다보며 말했다.

— 모두 들은 이야기예요. 오는 사람 가는 사람 상대하다 보면 쓸데없이 주워듣는 얘기는 많아지거든요. 그런데 무슨 까닭이라도 있으세요?

나는 당황스러움을 감추기 위해 슬쩍 웃음을 터뜨렸다.

— 하하, 아닙니다. 어쩐지 친밀감이 느껴지는 분이었거든요.

— 네…… 사람이야 다시없이 순한 사람이죠.

여자는 다시 긴장을 풀며 담배 연기를 빨아들였다.

— 산동네 사람들은 앞뒷집에 살아도 서로들 잘 몰라요. 여유가 있어야죠. 일 나가는 시간도 장소도 모두 다르고 집에 들어오면 뻗어서 잠만 잘 뿐인걸요. 혹시 궁금하시면 동회 맞은편 골목 공사장에 한번 가보세요. 오 씨라고 마흔쯤 된 분이 있는데, 그분이 한때 그 사람이랑 같은 집에 방을 얻어 들어 있었대요.

다른 손님들이 들어오기 시작했으므로 여자는 더 이상 나를 상대할 틈이 없었다. 나로서도 이제 들을 만한 얘기는 모두 들은 셈이었다. 석 잔째 소주를 비우고 나는 까슬한 포장을 밀치며 밤

공기 속으로 빠져나왔다. 포장 바깥은 차가운 바람이 몰아치고 있었다. 밤 개울을 한번 쳐다볼 생각도 않은 채 나는 어깨를 움츠리고 정류장 쪽으로 걸음을 옮겼다.

9

물론 나는 오 씨라는 사람을 찾아가지 않았다. 공사판 근처까지 가보기는 했다. 점심을 먹고 나오는 길에 주인 여자에게 동사무소를 물어보았더니 친절하게 가르쳐주었다. 개울을 따라 백여 미터 내려가다 보면 제법 큰 샛길이 나오는데 그리로 조금만 들어가면 왼편에 노란 2층 건물이 바로 동사무소라는 것이었다. 여주인의 말대로 그곳은 쉽게 찾을 수 있었다. 비스듬히 맞은편 골목에는 포장마차에서 들은 대로 공사판도 벌어져 있었다. 단층집 위에 2층을 쌓아 올리는 작업이었던 듯한 공사는 이제 거의 마무리 단계에 들어선 모양이었다.

인부들은 방금 점심 식사를 마쳤는지 골목 귀퉁이에 모닥불을 피워두고 둘러앉아 담배를 피우고 있었다. 멀찌감치 골목 밖에서 그 모습을 바라보다가 나는 산으로 뻗어 오른 길을 잠시 쳐다보고는 오던 길로 되돌아섰다.

퇴근길에 포장마차를 찾았다. 오늘은 첫번째 집이었다.

아무도 없었지만 나는 조명을 피해 구석으로 자리를 잡고 소주 한 병과 꼼장어 한 접시를 시켰다.

잠시 후, 나는 술잔을 절반쯤 기울여 입술을 축이며 눈을 감았다. 그러고는 어둡게 닫힌 나의 울타리 속으로 사내를 찾아 떠나기 시작했다.

가장 먼저 해야 할 일은 역시 오 씨라는 사람을 만나는 것이었다.

두번째로 공사판을 찾아갔을 때 모닥불 곁에는 한 사람의 인부만이 등을 둥글게 구부리고 앉아 있었다. 손바닥과 손가락 마디마디에 붙은 시멘트를 불꽃에 말려서는 하나하나 뜯어내고 있었다.

— 사람을 찾아왔습니다.

힐끔 한번 나를 올려다보고 그는 옆자리를 가리켰다. 나는 그의 옆에 놓인 블록에 모닥불을 마주 보며 걸터앉았다.

— 나이는 마흔쯤 되고 성이 오 씨라고 들었습니다.

손동작을 멈추고 다시 한번 나를 쳐다본 다음 사내는 고개를 돌리며 하던 일을 계속했다. 시멘트가 벗겨진 곳들이 허연 반점으로 남고 있었다.

— 무슨 일이오.

— 물어보고 싶은 얘기가 있어 그럽니다. 그러면 혹시……

— 그렇소. 나요.

사내는 이제 허옇게 남은 반점들을 손가락으로 문지르기 시작했다.

— 저쪽 위 다릿목에서 노점을 하는 분에 대해 여쭤볼 게 있습니다. 함께 산 적이 있으시다구요.

— 한 지붕 밑에 기거한 적이 있었소. 묻고 싶은 게 뭐요.

왠지 얘기를 길게 끌 수 없을 것 같았으므로 나는 마음을 고쳐먹었다.

— 그분이 있는 집을 좀 가르쳐주십시오.

사내는 손바닥을 마주 비볐다.

— 길을 따라 쭉 올라가시오. 한참 가다 보면 쌀집이 있고 세탁소가 있을게요. 간 만큼 더 가면 가게가 있고 길이 끝날 게요. 오른쪽 골목으로 들어가시오. 길이 차츰 넓어지고 공터가 나타나면 조심해야 하오. 자칫하면 방향을 잃기 쉬우니까. 언덕 하나를 넘으면 다시 골목들이 여럿 나타나는데 상수리나무가 서 있는 골목으로 들어가서 세번째 오른쪽 모퉁이를 돌면 담장이 없는 집이 나타날 게요. 그 사람이 아직 그 집에 있는지는 잘 모르겠소.

퉁명스럽지만 상세하게 사내는 설명을 마쳤다. 나는 기계적으로 일어나 사내에게 목례를 하고는 골목을 빠져나왔다. 그의 설명을 모두 기억했는지 어떤지는 실제 상황에 부딪혀보아야 알 수 있을 일이었다.

쌀집까지만도 5분이 넘는 거리였다. 수십 걸음을 더 걸어 세탁소를 지나고 조금 더 가자니 또 하나의 세탁소가 나타났으므로 나는 사내가 얘기한 것이 첫번째 것이었는지 두번째 것이었는지 알 수가 없었다. 포장마차의 여자가 말했던 것은 또 어느 쪽이었을까. 두 사람은 서로 다른 집을 얘기한 것이었을까. 그러나 아무튼 세탁소가 나타났다는 점만으로도 나는 위안을 느끼며 걸음을 계속했다. 나는 여유를 갖기 위해 길의 양옆을 두리번거리며 비스듬한 경사 길을 올라갔다. 집채들의 모습이 쌀가게 아래쪽과는 완연히 다른 형상을 하고 있었다. 길도 비스듬히 휘며 차츰 좁아졌다.

오르막길은 한참을 더 가서 얄팍한 둔덕으로 끊어져 있었다. 바위 몇 개와 덤불이 경계를 이루고 있었고 오른쪽에는 과연 그의 말대로 구멍가게 비슷한 것이 있었다.

공터 입구에는 조무래기 아이 몇 명이 코를 흘리며 놀고 있었다. 때 묻은 털스웨터 소매가 이따금씩 손수건이나 휴지의 역할까지 대신해주는 모양이었다. 여기까지는 쉬웠다. 하지만 공터를 들어서며 나는 사내의 말을 되새겨야 했다. 자칫하면 방향을 잃기 쉬우니…… 언덕 하나를 넘으면…… 그가 얘기한 것은 어느 언덕이었을까. 내가 들어간 쪽을 제외하고 공터의 3면은 모두 언덕 비슷한 모양의 흙 땅으로 둘러싸여 있었던 것이다. 기억을 더듬어보았지만 나는 사내의 말에서 어떤 조그만 암시 같은 것도 찾아낼 수 없었다.

나는 우선 세 개의 언덕 중 가운데 것을 향해 올라갔다. 흙 언덕은 이쪽에서 볼 때는 언덕이라는 말이 어울리지 않게 야트막했지만 반대편으로는 제법 층을 이루며 가파르게 뻗어 있었다. 조금 떨어진 곳부터 오른쪽으로 흘러내린 산의 완만한 경사를 따라 집들이 들어서 있었다. 왼쪽의 언덕은 일단 대상에서 제외된다는 것을 알 수 있었다. 그 모퉁이쯤까지 집들은 끝나고 헐벗은 산이 시작되었다. 흙둑을 조심스럽게 걸어 나는 오른쪽 언덕으로 돌아갔다. 그 언덕 아래로도 역시 많은 지붕들이 촘촘히 모여 있었다. 두 언덕 아래로는 각기 두엇씩의 좁은 길이 뚫린 듯했지만 나는 쉽게 판단을 내릴 수 없었다. 오 씨에게 설명을 들으며 내가 생각했던 것은 마치 나를 위한 표지처럼 골목 가죽 어귀를 드리운 상수리나무였다. 하나의 골목과 한 그루의 상수리나무. 그러나 실상 나는 상수리나무라는 것도 알지 못했고 게다가 언덕 아래쪽은 모두 비슷한 모습의 나무들로 둘러져 있었던 것이다. 내가 구분할 수 있는 차이점이라곤 가지에 잎이 있고 없고의 구별뿐이었다.

잠시 망설이며 언덕 아래를 내려다보다가 나는 공터로 되돌아왔다.

나뭇가지 하나를 주워 들고 코흘리개 넷을 주위로 불러 모았다. 머뭇거리면서도 아이들은 한덩이가 되어 나뭇가지 끝을 바라보며 섰다. 나는 그들에게 이제부터 내가 그리는 사람을 맞혀 보라고 얘기했다.

바닥을 판판하게 고르고 짤막한 선분 하나를 긋다가 나는 팔을 멈추었다. 그렇듯 익숙하게 여겨왔던 사내의 모습이 정작 그리려고 보니 아리송하기만 할 뿐이었던 것이다. 사내에겐 눈썹이 있었을까. 눈동자는 어떤 색이었을까. 나는 도대체 사내에 대해 무엇을 그릴 수 있단 말인가…… 그러나 정지된 상태 앞에서 아이들은 곧 싫증을 느끼기 마련이었으므로 나는 무턱대고 선을 연결해나갔다. 얼굴의 선을 그리고 흐릿한 눈과 큼직한 코, 굳게 다물어진 입술을 그렸다. 하나하나의 부분은 사내를 연상시키는 면도 있었지만 도무지 조화가 없는 얼굴이었다. 아이들의 진지한 표정을 보자 나는 그만 짜증이 났다. 결코 누구라도 이 그림의 주인이 노점상 사내라고는 인정할 수 없을 것이었다. 구둣발로 흙을 뭉개고 나는 다시 그림을 그리기 시작했다. 그러나 이번에는 사내의 뒷모습이었다. 귀덮개를 젖힌 모자를 그리고 그 아래로 부스스 헝클어진 머리카락을 그렸다. 기다랗게 처진 파카 자락의 색깔이 바닥의 흙색과 같았으므로 잠시 미소를 지었다. 팔은 어떻게 할까. 뒷짐을 질까. 무언가를 들고 있도록 만들까…… 그때 꼬마 아이들의 두런거림이 들려왔다. 우리 아빠다. 형식이 삼촌이야. 아니야, 우리 아버지야…… 불끈 화가 치밀었으나 나는 오히려 어처구니가 없어져 나뭇가지를 집어 던져버렸다.

30분이 넘도록 혼자 골목들을 헤집고 돌아다녔다. 오 씨가 가르쳐준 약도 따위는 이미 머릿속에 남아 있지 않았다. 닥치는 대로 골목골목을 돌며 나는 한 가지 생각만을 했다. 담장 없는 집을 찾아야 한다는 것이었다. 하지만 잠시 후엔 그것조차 아무런 의미 없는 단서가 되고 말았다. 근처의 집들은 열에 다섯은 담장을 갖고 있지 않은 까닭이었다. 지붕들에 가렸다 다시 나타나곤 하는 언덕이 없었더라면 나는 아마 종잡을 수 없는 미로 속으로 빠져들고 말았으리라.

두번째인가 같은 골목을 걷다가 문득 나는 걸음을 멈추었다. 기침 소리가 들려온 것이다. 가래가 잔뜩 섞인 그 기침 소리는 왼쪽의 흙벽 봉창으로부터 들려온 듯했다. 담장이나 대문 따위는 없었다. 조심스레 집채를 돌아 들어가니 길가 쪽방의 섬돌 위에는 검은 구두 한 켤레가 얹혀 있었다. 뽀얗게 바랜 거죽에 납작이 침몰한 구두는 분명 사내의 그것이었다.

이끌리듯 섬돌로 다가서다가 나는 그 자리에 얼어붙고 말았다. 다시 기침 소리가 들려왔다. 살아 있는 사람의 소리라고는 믿을 수 없을 만큼 역하게 갈라진 쉿소리, 주머니 속에서 여덟 개의 손톱이 손바닥을 파고들었다.

몇 차례 끊어졌다가는 다시 이어지는 고갈된 신음을 들으며 나는 미묘한 기분을 느꼈다. 슬픔이나 안타까움과는 다른 종류의 감정이었다. 오히려 그것은…… 그르렁거리는 가래 기침 소리, 죽음의 전주곡…… 설레는 기쁨 같았다. 무언가 반가운 일이 일어날 것만 같은 기대감, 조바심, 희열…… 나는 이것을 확인하기 위해 한 시간이 넘도록 추운 산동네를 헤매었을까. 오래전부터 비밀스레 간직해왔던 혼자만의 기다림을, 그 기다림의 실현을 지켜보기 위해서……

불현듯 나는 나 자신의 이해할 수 없는 희열에 소름을 느끼며, 그곳을 도망쳐 나왔다.

10

퇴근길에 포장마차를 찾았다. 오늘도 첫번째 집이었다.

불빛을 피해 구석으로 자리를 잡고 소주 한 병과 꼼장어 한 접시를 시켰다. 그리고 잠시 후 나는 술잔을 기울이며 절반쯤 눈을 감고 다시 그를 찾아 산동네를 더듬어 들어갔다.

사내의 집을 찾기는 어렵지 않았다. 두어 개의 골목을 돌다가 나는 문종이를 두텁게 바른 자그마한 구멍과 흙벽을 찾을 수 있었다.

한참 동안 나는 봉창을 바라보며 우두커니 서 있었다. 무엇을 해야 할지 알 수 없었다. 무슨 까닭으로 다시 찬바람을 거슬러 산

동네에 올라왔을까. 막연한 조바심이 내게 자꾸만 걸음을 재촉
하던 기억이 어렴풋이 떠올랐다.

흙벽 너머로부터는 아무런 소리도 들려오지 않고 있었다.

억지로 용기를 내어 집채를 돌아갔다. 섬돌 위에는 여전히 꼭
같은 모습으로 구두 두 짝이 얹혀 있었으나 몇 걸음을 다가가도
소리가 들리지 않기는 마찬가지였다. 나는 더 이상은 가까이 다
가갈 수 없었다. 가래 기침 소리와 신음 소리가 들리지 않는다는
것은 어쩌면 사내가 이제는 쾌유되어 기운을 회복하는 중이라는
얘기가 될 수도 있었다. 그렇다면 언제 불쑥 방문을 열고 나올지
도 모를 일이었다. 나는 숨을 죽이고 조그만 기척에라도 몸을 숨
길 준비를 단단히 하며 귀를 기울였다.

소리는 그러나 엉뚱한 곳으로부터 나를 기습했다. 안채의 문
이 열리며 한 여인이 툇마루를 밟고 나온 것이다. 이미 몸을 피할
수는 없는 상황이었으므로 나는 짐짓 커다란 눈으로 주위를 두
리번거렸다.

— 무슨 일이세요?

여인은 들고 나온 구두를 내려놓으며 나를 쳐다보았다. 여인
의 눈빛에는 놀라움 따위는 조금도 담겨 있지 않았다. 짙은 화장
의 얼굴에는 오히려 이상할 정도의 무관심이 드러나 보일 뿐이
었다. 나는 팔을 벌렸다가 다시 뒤로 감추며 더듬거렸다.

— 저…… 이 집에 세 든 사람에 대해서…… 그러니까, 저 아
래 다릿목에서 노점을 하시는 분 말입니다……

여인은 귀찮은 듯 이맛살을 찌푸렸다.

— 구청에서 오셨군요. 하지만 저희와는 무관한 일이에요. 저

희는 단지 김 씨에게 방 하나를 빌려주고 있을 뿐이란 말예요.

— 그렇지만……

구두를 신고 손가방을 을러메고 여인은 또박또박 내 앞으로 걸어왔다.

— 그 고물딱지들은 알아서 처리해버리시라니까요.

— 그렇지만 누구든 연고자가 있을 것 아닙니까.

— 연고자요? 흥, 저 지경이 되도록 와보는 사람 하나 없는데 무슨 연고자가 있겠어요.

여인은 코웃음을 치며 싸늘한 눈길을 사내의 문짝으로 던졌다.

— 2, 3일 못 갈 거예요. 어쩌면 오늘일지도 모르죠.

미련 없이 빠른 걸음으로 여인이 사라지자 내 가슴은 걷잡을 수 없이 쿵쾅거리기 시작했다. 불안스러웠던 기분은 저만치 물러가고 설레는 흥분이 다시 나를 찾아왔다. 2, 3일 못 갈 거예요. 어쩌면 오늘일지도 모르죠. 여인은 마치 예언자처럼 아니 절대자처럼 사내의 죽음을 언도하고 있었다. 차갑고 정확한 목소리와 표정 없는 눈빛으로 보아 여인의 언도는 뒤엎을 수 없는 사실이리라. 그리고 나는 다시는 다릿목에서 사내를 마주치는 일도 없게 되리라.

두 눈으로 직접 사내의 죽음을 확인하고 싶은 욕망을 나는 견딜 수 없었다.

살그머니 문짝으로 다가가 귀를 붙였다. 그러자 가느다란 숨소리가 들려오는 듯했다. 소리는 이따금 끊어졌다가는 다시 힘겹게 터뜨려지곤 했다. 문을 열고 들어가기에 앞서 잠시 나는 취해야 할 행동들을 생각했다. 사내는 아마 잠들어 있을 것이다. 하지만 문소리를 듣고 잠이 깬다면 그래서 나를 쳐다본다면…… 여인의 말처럼 나는 구청 직원 행세를 해야지. 그는 나를 알아볼 수 없을 거야. 이미 절반가량의 의식은 저승 문턱으로 디밀어졌을 테니까. 설령 알아본대도 대수로운 일은 아니지. 어차피 그는 내 직업 따위는 몰랐을 테니 말이야. 나는 걱정스러운 척 그의 리어카 얘기를 꺼내야지. 오늘쯤은 치워버려야겠다고. 그러면 그는 더 초조하고 절망적으로 되어버릴 테고…… 좀더 일찍 생명의 불을 끄게 될지도 모르지.

그러나 사내는 눈을 뜨지 않았다. 문을 닫은 후에도 사내는 잠을 깰 기색을 보이지 않았다.

침침한 방 안이 차츰 눈에 익자 나는 좀더 자세히 사내를 살펴볼 수 있었다. 불기 없는 방바닥에 무거운 이불이 사내를 덮어 누르고 있었고 그 무게에 눌려 답답한 가슴이 거칠고 불규칙한 숨길을 내뱉고 있었다. 침으로 말라붙은 이불깃 아래 움푹한 두 볼에는 수염이 무질서했다. 하지만 나는 차츰 불안스러워지기 시작했다. 잠시 잊고 있었던 조바심이 다시 고개를 쳐들었다. 여인은 기껏 2, 3일이라고 얘기했지만, 그리고 사내는 나무토막처럼 누워 있었지만 나는 정말 2, 3일 이내에 그가 죽어주리라는 것을 믿을 수가 없었던 것이다.

호흡하는 것을 제외하고 사내는 아무런 움직임도 보이지 않고 있었다. 하지만 생각하기에 따라서는 그는 이제 한 고비를 넘기고 깊고 편안한 수면 속으로 들어간 것이라고 볼 수도 있었다. 만약 그렇다면 사내는 끈질기게 되살아날지도 모른다. 설사 그렇게까지는 안 된다 할지라도 일주일이나 혹은 열흘 이상 모진 목숨을 부지하게 될지도 모른다.

머릿속을 스쳐가는 잔인한 생각에 나는 몸서리를 쳤다. 하지만 또 하나의 나는 어느새 그런 생각을 할 수 있는 스스로에 찬사를 보내고 있었다.

검은 장갑이 두 손과 열 개의 손가락에 끼워졌다. 사내는 어쩌면 죽지 않을지도 모른다. 그러나 집주인은 사내의 죽음을 기껏 2, 3일 앞으로 믿고 있고, 달리 그의 생명에 관심을 갖는 사람도 없다. 게다가 그는 응당 죽어야 할 당위성을 지니고 있다. 더 이상 내 눈앞에 나타나지 말아야 할 당위성을…… 이미 헐 대로 헐었을 목구멍이 힘을 좀 가한다고 해서 표시가 나지는 않으리라. 누구도 의심 따윈 않을 테고, 그저 자연사가 될 테지. 검은 미소가 쾌락처럼 전신으로 번졌다.

나는 가만히 그의 목을 움켜쥐고 힘을 가했다. 눈꺼풀이 치켜올라가고 둥근 눈동자가 나를 쏘아보았다. 사내의 눈동자도 역시 검은색이었구나. 그리고 그에게도 눈썹이 있었어…… 맥박이 멎고 사지가 지푸라기처럼 늘어진 것은 불과 10여 초 후였다. 미쳐버릴 듯한 희열을 느끼며 나는 떨리는 손가락으로 사내의 눈을 감겼다. 그는 어차피 죽어야 할 목숨이었다.

11

내게 있어 너는 또 다른 나의 모습이었다. 너를 지켜보자면 나는 언제나 어수룩하고 무기력한 자신을 대하는 느낌이었고 네가 하는 말들은 마치 내 입에서 흘러나온 말처럼 나를 당혹스레 만드는 것들이었다. 벌써 오랜 시간이 흘렀지만 그러한 기억들은 똑같이 생생한 빛깔로 남아 있다.

네게 편지를 써야 했던 것은 결국 그런 까닭이었다. 나는 누군가를, 그러나 결코 나와 다르지 않은 누군가를 필요로 하고 있었다. 최초에는 그것이 스스로를 위로하기 위해서인 줄 알았다. 하지만 이윽고 나는 그것이 혼자서는 도무지 불가능해 보이기만 하는 어떤 작업을 위해서였음을 깨달았다. 나 자신을 까발리고 낱낱이 분해하기 위해, 내버려두면 점차 더 흐릿해지고 불투명해지고 그래서 당연스레 변질되어버릴 섬뜩한 느낌들을 방기하지 않기 위해…… 내가 필요로 하고 있었던 것은 결국 나 자신과의 대화였던 것이다.

그러나 나는 이 편지에서조차 완전히 솔직해질 수는 없었다. 나는 언제나 모호한 위장막으로 스스로의 눈을 가리고 진실의 표면만을 더듬거리며 그 속으로 들어가길 꺼려했다. 얄팍한 갈등의 만족을 위해 나는 단지 시늉만을 내는 것이었을지 모른다. 사내의 죽음 역시 마찬가지다. 나는 더 이상 그를 생각하지 않기 위해서, 그리고 내 속에 숨겨진 그의 모습을 잊어버리기 위해서 그를 죽여야 했던 것이다. 하지만 그것은 망각을 위해 시늉된 거짓 죽음이 아니라 진짜 죽음이어야 했다. 철저히 남김없이 불살라버리고 새로운 생명의 탄생을 기약하는 그런 죽음 말이다.

아직 제대가 한 달 넘어 남은 것으로 생각된다만, 군대에서 받아보는 내 편지로는 이것이 마지막이 될 게다.

사내가 다시 나타났기 때문이다. 건강하고, 조금도 변함없는 모습으로.

열흘 넘어 다릿목을 비운 것이 겸연쩍은 듯 두리번거리기도 했지만 이내 그는 누구도 눈치챌 수 없을 만큼 교묘하게 예전의 모습으로 되돌아갔다. 앓아누워 있었던 것 같지도 않았다. 좋은 일이라도 있었는지 어디 시골이나 고향으로 여행이라도 다녀온 것인지 오히려 전보다 기운이 좋아 보였다. 꼭 한 가지 달라진 것이 있다면 사내의 목을 튼튼히 휘감은 남색 털목도리 정도였다. 다시는 검은 장갑의 접근을 허락지 않겠다는 듯.

— 다시 나타나리라고 믿었죠. 달리 그가 갈 곳이 어디 있겠어요.

창밖을 내려다보며 박민수 씨가 말했다. 이제는 창밖을 내다보려면 휴지나 손바닥 따위로 뽀얗게 낀 수증기를 닦아내어야 한다.

— 하지만 저렇게 멀쩡한 모습으로 돌아온 걸 보니 왠지 아쉽군요.

안경을 벗어 손수건으로 문지르는 씨의 모습이 어쩐지 측은해 보였다.

두 눈으로 내려다보면서도 나는 결코 믿을 수가 없었다. 사내가 돌아왔다는 것을 말이다. 두터운 섬유 조각들로 온몸을 가리고 자동인형처럼 무표정하게 짐짝을 나르며 난간과 리어카 사이를 오가는 사내의 모습이 내게는 단지 잔상이나 환영처럼 여겨질 따름이었다. 30년간이나 눈에 익어 자연스럽기만 한 잔상. 그것이 깨어질 수 있는 가능성은 지극히 위태롭고 무모한 파괴 속에서나 생각될 수 있는……

그러나 나는 분명히 사내를 죽여버린 터였다. 어둡고 썰렁한
그의 방을 찾아가 두 손으로 목을 죄어, 이미 꺼져가던 생명을 끊
어버린 터였다. 때문에 나는 다시 뿌옇게 흐려진 창밖 다릿목의
노점이 환영 이외의 아무것도 아니라고 고집할 수 있었다.

나는 나 자신에게 새로운 일을 부여했다.

죽어버린 사내의 곁을 떠나 이 땅 어딘가에서 새로운 생명으
로 새로운 삶을 시작하였을 사내를 찾아 나서기로 한 것이다. 어
디로 가서 어떻게 하면 그를 찾을 수 있을지는 나로서도 알 수 없
는 일이다. 다시 태어난 그가 무슨 일을 하고 싶어 할지 역시 내
경직된 상상력으로서는 종잡을 수가 없다. 하지만 나는 기필코
그를 찾아내고 말 것이다. 그를 찾는다는 것은, 뿌얀 창유리 너머
실재를 가장하여 뒤뚱거리는 허구 속의 사내를 완벽히 죽여버릴
수 있는 또 한 가지 의미를 지니고 있음을 알기 때문이다.

오후에 부장을 만나서 얘기했다. 애당초 내 자리는 너의 것이
었으니 네가 제대하는 대로 돌려주어야겠다고 말이야. 부장은
다른 방법도 있지 않겠느냐고 했지만 나는 긴 얘기를 나누고 싶
지 않아 내게는 이미 다른 일이 준비되어 있노라고 못을 박았다.
그는 별로 섭섭해하는 것 같지는 않았다.

네가 돌아올 때쯤이면 나는 아마 이곳에 남아 있지 않을 것이
다. 나도 짐작할 수 없는 곳으로 제법 먼 길을 떠난 후일 것이다.
2년 3개월의 질병을 무사히 앓고 나온 너와 마주 앉아 술이라도
밤새껏 마시고 싶다만 나는 이제 잊고자 하는 내 모습을 네 속에
서 다시 발견하게 될까 두렵다.

내가 있던 책상에 앉아, 오래전에는 이미 너의 자리였던 곳에서 다시 일상의 무게를 지탱해나가게 될 네 모습을 그려본다. 출퇴근길이나 점심시간이 되면 다리를 지나면서 노점의 사내도 보게 되리라. 그러면서 너는 과연 어떤 생각을 하게 될까.

노점 진열을 마친 사내는 이제 바람막이 판자들 사이에 꼭같이 구별할 수 없는 진열품이 되어 웅크리고 앉아 있다.

새벽 2시 파라다이스 카페

교수 나으리께서 또 문을 당기면서 들어오시는군요. 이 시간에 들어오는 손님들 중에서 문을 당기면서 여는 사람은 아마 저 교수님뿐일 거예요. 오늘도 변함없이 짙은 밤색 양복을 입고 있어요. 거리 때문에 확인은 되지 않지만 똑같은 자주색 넥타이를 매고 있겠죠. 처음엔 행여 양복과 넥타이 색상이 달라지지나 않을까 기대한 적도 있었지만 그런 기대를 버린 지도 이미 오래되었어요. 물론 지금 입고 있는 옷도 교수 나으리께 잘 어울리기는 하죠. 짙은 밤색이 고상한 색이라는 건 누구나 인정하는 일이니까요. 따뜻하고 부드럽고 침착하고, 그러면서도 마주 보는 사람에게는 일정 거리 이상으로의 접근을 허락하지 않는 차가움도 있어요. 경연이 얘기로는 옷 색깔이 교수님 표정이랑 쌍둥이처럼 닮아 있다나요. 그나저나 어지간히 성가시게 생겼어요. 오늘 밤은 좀 조용히 쉬게 되나 했는데, 저 사람은 얼근하게 취해서 이맘때쯤 들어서면 꼭 나를 찾아 골치 아픈 얘기들을 늘어놓곤 하거든요. 무슨 특별한 이유가 있었겠어요. 술장사하는 게 죄지. 한 푼이라도 더 벌어보겠다고 붙어 앉아 이 얘기 저 얘기 받아주다 보니 마치 내가 자기네 신문고라도 되는 줄로 생각하게된 모양이에요. 저것 봐요. 경연이 년이 또 눈치를 흘끔거리고 있죠. 별수 없이 이쪽으로 들어오는군요. 이것아, 알아서 좀 처리못 하겠니. 언니 귀가 무슨 납덩어리로 땜질이라도 해놓은 줄 아니, 그래, 몸이 아파서 쉬고 있다고 해. 아니 아주 들어갔다고는하지 말고 좀 있으면 나올 거라고, 그래도 나 하나 보고 이역만리를 찾아온 사람인데 한숨이나 푹푹거리고 돌아가게 할 수는 없지 않니.

두 달쯤 전이었을 거예요. 겨울 같지도 않게 포근한 겨울이 시작되던 무렵이었죠. 저 교수 나으리가 우리 집을 처음 찾은 게 말예요. 스탠드 코너에 주저앉아 메뉴를 한참 동안 들여다보더니맥주 작은 거 한 병을 시켰어요. 물장사 조금 해본 사람이라면 다들 알겠지만 장사치가 손님들 상대로 하는 얘기야 빤한 거 아니겠어요. 나는 그저 습관처럼 슬쩍 말을 붙였죠. 울적한 일이 있으셨나 봐요. 혼자서 술집을 찾는 사람치고 기분이 유쾌한 사람은찾아보기 힘든 편이거든요. 더구나 그런 사람들은 이마에 기분기상도를 붙이고 다니는 법이죠. 교수 나으리께서도 그 말을 듣더니 또 한참 동안 내 얼굴을 쳐다보았어요. 메뉴판을 들여다볼때랑 똑같은 눈으로. 나는 괜히 머쓱해져서 웃었어요. 무슨 일이있었는지 제가 한번 맞혀볼까요. 사모님이랑 싸우셨죠. 그래서일찍 들어가기가 싫으신 거죠. 이번 기회에 버릇을 단단히 고쳐야겠다 싶기도 하구요. 하지만 저이는 아무 대답 없이 고개를 젓더니 다른 곳으로 눈길을 돌려버렸어요. 나는 기분이 상하고 화가 나기도 했지만 딱하다는 느낌이 들기도 했어요. 삼십대 중반의 대한민국 여인에게 시도 때도 없이 넘쳐나는 게 있다면 눈물 어린 모성애 말고 무어겠어요. 저이는 기껏해야 두어 살 위로 보였고 종말을 맞은 사람처럼 참담해 보였고 그리고 그때는 아직 무얼 하는 위인인지도 모르는 터였으니까요.

저이가 나를 다시 쳐다본 건 맥주 한 잔을 따라 반 모금이나 마신 뒤였을 거예요. 겉모습과는 달리 눈빛이 어지간히 흐려져 있었는데 그제야 나는 저이에게 전작이 꽤 있었음을 알 수 있었어요. 성냥 하나를 부탁하더니 불쑥 이런 말을 하더군요. 집사람은 잘 있습니다. 싸움이라뇨. 터무니없는 얘기죠. 큰소리 한번 내지 않고 살아온 게 몇 년이나 되었는지 기억할 수 없을 정돈걸요. 나는 우스웠지만 참아야 했어요. 저이가 얘기를 하고 싶어 한다는 것을 느낄 수 있었거든요. 그러자 저이는 혼자서 고개를 끄덕거리며 말을 잇더군요.

하지만 마담의 눈은 정확합니다. 네, 안목이 있습니다. 지금 내 기분은 설명할 수 없을 만큼 울적한 상태예요. 마담은 내가 20년 전에 어떤 모습을 하고 있었는지 짐작하시겠어요? 20년 전에는 말입니다, 나도 아주 싱싱한 젊은이였습니다. 세상 돌아가는 이치를 까마득히 모르기는 했죠. 해도 좋을 일이 무엇무엇이고 해서는 안 될 일이 무엇인지 따위도 몰랐으니까요. 나는 그저 아버지의 두꺼운 잠바를 빌려 입고 조심스럽게 세상을 내다보곤 했으니까요. 하지만 그 무렵에는 꿈이 있었습니다. 나는 날마다 수십 가지의 꿈을 꾸고 있었고 분명히 무엇인가가 될 수 있으리라 생각하고 있었습니다. 아시겠어요. 무엇인가가 되리라 믿고 있었던 겁니다.

나는 저이의 한숨을 달래어야 했어요. 당신은 아직 늦지 않았다, 살아온 날보다 앞으로 살아갈 날이 더 많이 남지 않았느냐, 하고 말예요. 그러고는 조심스럽게 물어보았어요. 실례지만 지금은 어떤 일을 하고 계신가요? 나는 기껏해야 개인 회사의 월급쟁이나 출판사 외판원쯤의 대답이 나오리라 기대하고 있었죠. 그런데 글쎄 저이가 뭐라고 말했는지 아세요. 대학에서 철학을 가르치고 있습니다, 이러는 거예요. 나 원 기가 막혀서. 어처구니가 없어 한참을 쳐다보다가 나는 다시 말해주었어요. 대학 교수라는 게 마치 아무것도 아닌 양 말씀하시는군요. 하지만 그렇지 않아요. 선생님 입장에서 보자면 성에 덜 찰지 몰라도 우리 같은 사람들 보기에는 대단한 지위라는 걸 아셔야 해요.

아무튼 처음부터 편안하지 못한 인상인 것만은 분명했어요. 불안한 생각이 머릿속을 떠나지 않는 것처럼요. 팝콘을 한 알씩 집어 들어 손가락 끝으로 짓뭉개곤 하더군요. 그러다가 혼잣말로 이런 소리를 중얼거리기도 했어요. 잘못 알고 하는 말입니다. 대단할 거라곤 쥐꼬리만큼도 없습니다. 이쪽저쪽 눈치만 살피느라 눈꼬리가 찢어질 지경이니까요. 진짜 대단한 사람은 어느 쪽이건 극단에 서 있는 자들입니다. 눈치 볼 것도 거리낄 것도 없이 하고 싶은 대로 마구 휘둘러대는 작자들이죠. 요즘은 무식한 게 대단한 거랑 통하는 세상이란 말입니다. 나는 그저 입을 다물고 고개나 끄덕거려주어야 했어요. 그날따라 손님은 또 왜 그렇게 없던지, 맥주 두 병을 마시면서 저이의 주절거림이 족히 한 시간은 이어졌을 거예요. 그때 아마 경연이가 그 음악을 올려놓았을 테죠. 자주 들르지 않은 분은 모르시겠지만 우리 집은 새벽 2시만 되면 늘 같은 음악을 들려드린답니다. 우리 집 이름이랑 꼭같은 「파라다이스 카페」라는 곡이에요. 왜 하필 새벽 2시냐구요? 그건 그 음악의 부제가 '새벽 2시, 파라다이스 카페에서 매닐로와 함께 재즈를'이기 때문이에요. 음악 속의 시간을 존중한다는 것은 훌륭한 음악가에 대한 예절 아니겠어요. 그런데 글쎄, 그 곡이 시작되고 조금 있으니까 교수 나으리의 눈빛이 야릇하게 달라지더군요. 그러고는 그게 무슨 음악이냐고 물었어요. 나는 내심 흐뭇한 미소를 지었죠. 전에도 가끔 그 음악을 묻는 사람은 있었고 그런 사람들은 예외 없이 그 음악을 좋아하게 되었거든요. 그러면 자연히 우리 집 단골손님이 되는 것 아니겠어요. 나는 경연이더러 앨범 재킷을 가지고 오래서는 보여주면서 지나가는 말처럼 덧붙였어요. 우리 집 이름이랑 같은 제목의 곡이다. 새벽 2시만 되면 여기서는 항상 그 음악을 들려드린다…… 그는 말없이 재킷을 들여다보더군요.

교수라는 게 분명히 다르긴 다른 모양이에요. 나도 대학물을 웬만큼은 먹었고 영어에 무지한 편은 아닌데 글쎄 저이는 한번 쓰윽 보더니 영어 가사를 우리말로 읽어내는 거예요. 밤은 언제나 새롭고 당신의 얼굴은 친숙하군요. 먼 길을 떠나기 위해서는 아주 조금의 사랑이면 충분합니다. 문득 당신이, 멈추어진 당신의 현재를 깨달았을 때, 그리고 그것이 영원으로 이어지는 길목임을 깨달았을 때, 먼 길을 떠나기 위해서는 아주 조금의 사랑이면 충분합니다……

물론 그 음악의 매력은 가사보다는 곡에 있다고 해야 할 거예요. 뭐랄까, 담담한 흐느낌의 선율이 삶을 송두리째 짙은 연기로 뿜어버리는 느낌이라고나 할까요. 나는 늘 듣는 음악이면서도 괜히 찡한 기분이 들어 교수님께 맥주 한 잔을 따라주었어요. 음악이 마음에 드느냐고 물었죠. 당연히 긍정적인 대답을 기대하면서 말예요. 그런데 이 양반이 사람을 놀리는 것도 아니고, 시답잖은 표정으로 툭 한마디 던지는 거였어요.

무어라 얘기하기 힘들구면요.

나는 화가 나서 재킷을 빼앗듯이 돌려받았어요. 그럴 테죠. 사람마다 좋아하는 게 같을 수는 없을 테니까요. 저이는 내가 토라져서 쏘아붙이니까 당황하는 눈치였어요. 떠듬떠듬 변명을 늘어놓더군요. 노래가 아름답지 않다는 얘기는 아닙니다. 오히려 지나치게 아름다워서 어떤 충동을 일깨우는 것 같아요. 어딘가로 홀연히 사라져버리고 싶은 그런 충동 말입니다. 하지만 그건 그다지 건강하다고는 말할 수 없는 충동 아니겠습니까. 그 소리를 듣자니까 나는 심사가 더 사나워지는 것이었어요. 음악을 감상하는 자리에서도 도대체 건강이니 무어니 하는 말이 튀어 나올 이유가 어디 있겠어요. 그래서 이번에는 예쁘게 미소를 지으며 물어보았죠.

철학 박사님 말씀은 이해하기가 힘들군요. 교수님께서 말씀하시는 건강이라는 건 어떤 의미를 담고 있나요?

직업의식을 건드린 건 별로 좋은 공격법이 못 되었던 모양이에요. 딴에는 잔뜩 비웃어주느라고 한 말이었는데 글쎄 저이는 심각하고 진지하게 고개를 갸웃거리는 거였어요. 그러더니 손가락을 꼬물거리더군요.

뭐라고 정의내릴 수 있을까요. 갑작스러운 질문을 당하고 보니 언뜻 정리가 되지 않는군요. 우선 그 말을 뒤집어서 생각한다면 건강하다는 것은 아프지 않고 병들지 않았다는 것을 뜻할 수 있겠죠. 또 건강하다는 것은 밝다는 것과 뜻이 통하니까 어둡지 않은 것이라고도 말할 수 있습니다. 하지만 그건 어떻게 생각하면 말장난처럼 되어버릴 수도 있어요. 다른 정의를 한번 찾아보죠…… 이런 것은 어떨까요. 생명의 고유한 지향에 도움이 되는 성질들. 그럴듯하지 않습니까. 생명이 스스로를 지속시켜나가고 한 단계씩 발전시켜나가는 데 있어서 도움이 되는 성질들을 우리는 건강한 것이라고 정의할 수 있다는 겁니다. 이를테면 체력 상태의 양호함이라든가 맡은 일에 대한 성실, 사람을 사랑하는 마음가짐 따위를 들 수 있겠죠……

기가 막힐 노릇 아니겠어요. 나는 그만 할 말이 없어지더군요. 이 양반이 술이 취하기는 한 건지, 그렇잖으면 너무 마셔서 한 바퀴를 빙글 돌아버리기라도 한 건지 걱정스러워졌어요. 이제 직업과 관계된 것은 다시는 묻지 말아야겠다고 생각했죠. 하지만 그게 어디 내 뜻대로 되었겠어요. 어느 틈에 질문을 준비하고 있었던 내 입술은 근질근질함을 견디지 못했어요. 나는 그가 태어나서 이날 이때까지 철학교수라는 직업만을 생각하며 살아왔으리라는 짐작이 들었는데 그걸 한번 확인해보고 싶었던 거예요. 다른 뜻은 느끼지 못하도록 은근하게 돌려서 물었죠. 교수님한테는 다른 일은 정말 어울리지 않을 것 같아요. 혹시 다른 직업을 가져보신 적이 있나요. 혹은 그런 생각이라도 말예요. 그런데 참 별일도 다 있죠. 그 말을 듣고부터 교수 나으리는 똥 마려운 강아지처럼 안절부절못하는 거였어요. 엉덩이를 움쩍거리다가 다리를 덜덜 떨다가 술잔을 들었다 놓았다 하더군요. 그러면서 여전히 떨리는 소리로 중얼거렸어요.

천만에요. 마담이 바로 봤어요. 다른 직업은 내게 어울리지 않습니다. 다른 직업은 가져본 적도 없고 생각해본 적도 없습니다. 이 나이에 앞으로라도 또 무슨 다른 일을 할 수 있겠습니까. 이미 어린 시절부터 나는 교수가 되겠다는 생각만을 하며 살아왔어요. 책을 읽고 수학 문제를 풀면서도 이게 곧 내 삶이라고 생각했죠. 그 속에 숨겨진 의미를 파헤치는 작업은 내겐 밥을 먹고 소화되어야 할 것과 배설되어야 할 것을 구별하는 작업과 다르지 않았습니다. 아시겠어요. 그건 운명이었고 절대적인 요구였단 말입니다. 하지만, 아마 그것은 다른 사람들의 경우에도 마찬가지였을 겁니다. 사람은 누구나 각자의 목표를 갖고 있게 마련이고 그 목표를 향해 노력을 기울이게 마련일 테니까요. 그렇지 않습니까.

저이는 너무 간절하게 속삭이고 있었어요. 난 긍정적인 눈빛으로 두어 차례 고개를 끄덕여주어야 했죠. 그렇지만 속마음은 그게 아니었어요. 나는 내 짐작이 맞아떨어진 걸 통쾌하게 여기며 혀를 찼어요. 쯧쯧, 보기보다 딱한 양반이군. 사팔뜨기처럼 한 가지 길만 보고 30여 년을 걸어왔으니. 그렇기는 해도 당신은 복이 많은 사람이야. 목표를 가졌다고 해서 아무나 거기에 도달하는 건 아니잖아. 술집에서 몸 파는 여자들이 어린 시절부터 치밀하게 계획하고 노력해서 그렇게 된 건 아니잖겠어. 내가 처음에 얘기한 대로 당신은 대단한 인물이거나 적어도 대단한 운을 타고난 사람이라는 건 틀림없어. 그런데 당신은 왜 자꾸 배고픈 강아지처럼 인상을 찌푸리는 거지.

점점 더 불안해하는 것 같더니 저이는 결국 세번째 병을 비우지 못하고 일어났어요. 잠깐이라도 더 붙들어 앉히고 까닭을 묻고 싶었지만 그럴 틈도 주지 않고 나가버렸어요. 어지간히도 초조하게 신경이 곤두선 모습이더군요.

얘기를 좀 했더니 목이 깔깔해지는군요. 잠깐만 기다려요. 이젠 됐어요. 맥주 한 병을 가져왔어요. 교수 나으리의 눈을 피하느라 시간이 좀 걸렸죠. 하지만 들킬 염려는 없었어요. 손바닥으로 이마를 괴고 눈을 감고 있었거든요. 하기야 언제나 저런 모습이에요. 고개를 푸욱 수그리고 팝콘 접시에 눈길을 쑤셔넣거나 맞은편 진열대의 술병만 멀뚱거리곤 하죠. 휴식해야 할 시간에조차 저렇게 머리를 싸매고 있으니 저이는 언제나 한번 활짝 웃는 걸까요.

저이가 다시 나타난 건 아마 열흘가량 지나서였을 거예요. 열흘이 지났다고는 하지만 달라진 건 아무것도 없었어요. 똑같이 흐릿할 정도로 취해 있었고 똑같이 어둡고 답답한 표정을 짓고 있었어요. 굳이 차이점을 찾자면 안절부절못하던 불안이 좀더 무거운 침울로 바뀐 점이라고나 할까. 그리고 그때도 저이는 짙은 밤색 양복에 자주색 넥타이를 하고 있었어요. 그런데 그날은 좀 이상했어요. 첫날과는 다르게 맥주 두 잔을 벌컥벌컥 들이켜더니 내게도 한잔을 권하는 것 아니겠어요. 별로 어울리지도 않는 웃음을 열심히 뿌리면서 말예요. 나는 저이가 억지로라도 기분을 바꿔보려 한다는 것을 곧 알아차릴 수 있었어요. 그래서 나도 호들갑스럽게 웃고 떠들고 해주었어요. 그냥 좀 그렇게 해주어야겠다는 생각이 들어서였죠. 하지만 두 사람 모두 알고 있는 연극이 오래갈 수는 없는 일이었어요. 저이는 점점 말수가 줄어들더니 다시 침울한 표정으로 바뀌는 것이었어요. 저이가 조심스럽게 부탁하더군요.

그 음악을 좀 들을 수 없겠습니까. 이 집이랑 제목이 같다는 곡 말입니다.

나는 잠시 동안 고민해야 했어요. 꼭 그래야만 되는 건 아니지만 그 곡은 새벽 2시 이외의 시간에는 틀지 않는다는 게 원칙이었거든요. 나는 정중하게 양해를 구했죠. 죄송합니다만 교수님 한 시간만 기다려주실 수 없을까요. 가능하면 원칙을 어기고 싶지 않아서 그래요. 저이는 오히려 자기가 미안하다면서 몇 번이고 손을 내저었어요.

아닙니다. 사실은 기다리는 게 더 큰 즐거움입니다. 나는 몇 번을 망설이다가 입을 열었어요. 궁금증도 풀 겸 분위기도 바꿀 겸.

그날은 정말 섭섭했어요. 그렇게 갑자기 일어나서 나가는 법이 어디 있어요.

그런데 저이는 불쑥 엉뚱한 소리를 하더군요.

마담이랑 저랑은 신세가 참 비슷하다는 생각이 듭니다.

내가 영문을 몰라 하니까 얘기를 계속했어요. 내키지도 않는 눈치를 이 사람 저 사람 맞춰줘야 하니 말입니다. 그렇지 않나요. 남자들은 매일처럼 찾아와서 온갖 타령을 다 늘어놓을 테고 마담은 그때마다 고개를 끄덕이고 맞장구를 쳐주어야 할 테니. 그건 정말 피곤한 노릇 아니겠습니까.

나는 그만 말상대할 정이 뚝 떨어졌어요. 손님들 중에는 간혹 그런 작자들이 있어요. 몹시 친절하고 자상한 척하면서 남 걱정을 해주는 사람들 말예요. 힘들지 않느냐, 늑대 같은 남자들 일일이 상대하다 보면 남자라고는 쳐다보기도 싫어지지 않느냐 따위 말로, 그런 작자들은 자기의 말이 내게 위로가 된다고 착각하는 모양이지만 천만의 말씀이에요. 힘이 쭉 빠지게 만들 뿐이죠. 쓰잘데없는 짓을 하며 사는 사람일수록 자기가 하는 일을 잊어버리려고 하는 법이에요. 되도록 무신경히, 기계 같은 눈을 가지려 하거든요. 그런데 그런 작자들은 내 눈앞에 내가 하는 일의 보잘 것없음을 까발리려 드는 거예요. 너는 기껏해야 남자들 비위나 맞추면서 호주머니나 털어먹는 기생충 같은 존재야. 설마 그걸 잊어버린 건 아니겠지?

마침 다른 단골 몇이 들어오길래 나는 한 시간쯤 카운터를 떠나 있었어요. 그 사람들이랑 같이 앉아서 세상 돌아가는 얘기를 했죠. 그치들은 아무리 술에 취해도 쓸데없는 소리는 하지 않아요. 2시가 다 되어 돌아오니 교수 나으리는 여전히 그 모양이더군요. 나는 우리 카페의 음악을 틀었어요.

오늘 오후 학생 한 명이 연구실로 찾아왔었습니다. 음악이 흐르는 동안 담배 연기만 뿜어대던 저이는 내가 판을 갈자 말했어요. 내 쪽을 쳐다본 건 아니지만 내게 하는 얘기가 분명 했죠.

지난 학기에 박사과정을 들어온 학생이었어요. 내 밑에서 연구를 하고 논문을 쓰도록 되어 있었습니다. 그런데 이 친구가 문을 열고 들어서더니, 소파에 앉으라는 내 권유는 들은 척 만 척 버티고 서서, 지도교수를 바꾸고 싶습니다, 하지 않겠어요. 나는 어이가 없어서 멍하니 쳐다보았습니다. 그랬더니 다시 한번 또 박또박 말하더군요. 지도교수를 바꾸겠습니다. 이번에는 숫제 바꾸고 싶습니다도 아니고 바꾸겠습니다라고……

저이는 말을 제대로 못 맺고 술잔을 만지작거렸어요. 나는 차마 못 들은 척할 수는 없었어요. 그래서 물었어요. 지도교수를 바꾼다는 게 중요한 일이 되느냐구요. 저이 대답은 그게 아주 중요한 일 중의 하나가 된다더군요. 교수들의 힘이나 평판은 제자들에 의해 좌우되는 부분이 적지 않다나요. 서로 쓸 만한 제자를 끌어당기려는 암투까지 벌인다는 거였어요. 나는 다시 물었어요. 그런데 그 학생은 왜 지도교수를 바꾸고 싶다던가요. 저이는 쉽게 말문을 열지 못했어요. 맥주 두어 모금을 넘긴 다음에야 조심스럽게 얘기를 꺼내더군요.

그 친구는 내가 비교적 잘 알고 있는 학생이었습니다. 물론 석사과정부터 내 밑에서 논문을 썼기 때문이기도 하지만 나는 이미 7년 전 그 학생이 학부생으로 들어올 때부터 지켜보고 있었거든요. 그건 면접 시험 때 나온 이야기 때문이었습니다. 면접 심사관으로 들어가는 교수는 예외 없이 지원 학생에게 우리 학과를 희망하는 이유에 대해서 묻습니다. 나도 마찬가지였고 그 학생도 마찬가지로 같은 질문을 받아야 했습니다. 그 학생은 대뜸 우리 과의 김한지 교수를 들먹이더군요. 김 교수의 글을 읽고 그의 사상에 감화되어 우리 과에 진학하기로 결심했다는 것이었습니다. 나는 기분이 별로 유쾌하지 못했습니다. 뭐 오해는 마십시오. 내가 그 교수를 사적으로 좋아하지 않았다거나 질투를 느꼈다는 얘기는 아닙니다. 오히려 김 교수는 개인적으로 가까운 사이였지요. 연배도 비슷했고 전공이나 관심 분야도 비슷했으니까 말입니다. 하지만 나는 김 교수의 세상 살아가는 방식에는 호감을 갖지 못하고 있었습니다. 나는 교수라는 직업이, 특히 철학과 교수라는 것은 다른 어떤 일보다도 진지하고 집중적이어야 한다고 생각했지만 김 교수는 그렇지 않았습니다. 그는 몹시 다잡한 경향을 지니고 있었고 많은 경박한 글을 여기저기에 발표하고 있었거든요. 면접 심사관은 그 학생에게 말해주었습니다. 나는 자네의 결정을 존중하지만 자네가 원하는 과에 진학하게 된다면 더 깊이 있는 것을 배우게 되길 바라네. 그랬더니 그 학생은 지지 않고 대답하더군요. 저도 그러기를 원하고 있습니다. 이미 그때부터 그 학생은 내 속에 꺼림칙함으로 자리 잡기 시작한 것이었습니다.

나는 이야기가 재미있게 되어간다고 생각했어요. 카페 마담으로 들어앉은 지도 5년이 넘었고 그동안 별별 얘기 안 들어본 게 없었지만 대학 교수의 고백을 들을 기회는 흔치 않았거든. 특히 그가 호감을 갖지 못한다고 말한 김 교수의 세상 살아가는 방식에 대해 관심이 갔어요. 나는 그 다잡한 경향이라는 게 무엇이며 여기저기 발표한다는 경박한 글들은 어떤 것인지 물어보았어요.

김 교수는 이것저것 손대지 않는 게 없습니다. 헤겔 철학이 주전공인데 마르크스주의는 물론 분석철학과 논리학, 기호학까지 집적거리죠. 학문뿐이 아닙니다. 음악이며 영화, 연극이며 심지 어느 술집 여자까지, 실례가 되지는 않겠죠. 그 친구가 좋아하지 않는 것이 없답니다. 말하자면 자본주의 문화의 혜택들을 고루 향유하며 살고 있는 겁니다. 그런데 김 교수가 발표하는 글을 보면 지극히 급진적이고 혁신적인 사상의 대변자처럼 드러나고 있어요. 그래서 글을 통해서만 그를 접하는 사람들은 그의 글을 읽으면 열렬한 지지자가 되고 맙니다.

교수님께서는 그런 점이 마음에 들지 않는다는 말씀이시군요.

단지 그런 점이라고만 얘기할 수는 없습니다. 다잡하긴 하지만 김 교수는 또 어느 면에서는 자기 자신이 전파하고자 하는 사상의 신봉자이기도 하니까요. 적어도 그 사람은 터무니없는 소리를 지껄이고 있지는 않거든요. 내가 지적하고 싶은 것은 학문하는 사람의 기본적인 태도에 관한 문제입니다. 아까도 말했지만 교수라는 직분은 보다 진지하고 집중적이어야 합니다. 그래야 연구도 하고 제자들도 가르칠 것 아닙니까. 그런데 김 교수는 연구보다는 떠벌리는 데 더 관심을 두고 있으니 바람직하지 못하다 이런 말입니다. 오늘은 마담이 술도 한잔 따라주지 않는군요.

저이는 점점 혀가 풀리는 것 같았어요. 그래서 나는 슬쩍 옆구리를 찔러보았죠.

교수님한테도 여기저기서 원고 청탁이 들어오지 않나요?

왜 없겠습니까. 하지만 난 그런 주문에 일일이 응하지를 않았습니다. 내가 아니라도 세상이 시끄럽도록 떠드는 사람들이 너무 많기 때문입니다. 더구나 나는 연구를 해야 하니까요. 그렇더라도 교수님 목소리랑 꼭 같은 소리는 없지 않겠어요?

마찬가집니다. 너무 많아져서 없는 소리가 없어진 지 오래예요. 잘했다고 떠드는 사람, 못했다고 떠드는 사람, 뒤집어엎어야 한다고 떠드는 사람, 어떻게든 지켜야 한다고 떠드는 사람, 천천히 고쳐나가자고 떠드는 사람, 너무 떠들지 말자고 떠드는 사람. 그런 와중에 입을 벌리고 떠들어보아야 오히려 내 목소리를 잃어버리거나 할 따름이에요.

모르겠어요. 주위가 시끄러울수록 자기 목소리를 지키려면 더 크게 말해야 할 것도 같은데……

천만에요. 마담께서는 소프라노 가수의 발성법을 아직 모르시는군요. 오케스트라의 반주가 커진다고 해서 덩달아 큰 소리를 질러야 하는 것은 아닙니다. 그랬다간 목소리만 망치게 되죠. 다른 소리들이 커질 때 훌륭한 소프라노 가수는 목소리를 집중시키는 방법을 사용합니다. 더 질기고 더 단단하게 목소리를 모으는 겁니다. 그런 소리는 밀도 없이 크기만 한 소리보다 훨씬 멀리 퍼져나가는 법입니다. 그리고 아무리 오래 노래 불러도 목청을 상하지 않게 해주는 겁니다.

나는 그만 우스워졌어요. 재미있기도 했지만 꼭 내가 무슨 기자나 되어서 교수이자 철학 박사이신 모씨를 인터뷰하는 기분이 들잖아요. 하기야, 한때는 여기자라는 게 선망의 대상이기도 했죠. 나는 고개를 꼬박 숙이고 말했어요. 감사합니다. 무척 많이 배웠어요.

저이는 잠시 후에 돌아갔어요. 그제야 나는 저이나 나나 정신들이 참 없다는 생각이 들었어요. 교수 나으리는 지도교수를 바꾸겠노라고 찾아왔던 학생에 대해서 얘기를 꺼냈었고 그 학생이 그런 결심을 하게 된 이유를 설명하려던 참이었는데 엉뚱한 곳으로 이야기가 흘러버렸던 거예요. 나는 다음번엔 반드시 이유를 물어봐야지 하고 생각했어요. 하지만 그런 문제를 접어두더라도 그날 내겐 재미있었던 게 한 가지 더 있었어요. 다른 게 아니라, 낮의 세계에 저렇게까지 충실한 사람도 있구나 하는 놀라움이었어요. 낮의 세계라니까 좀 이상하죠. 내게는 언제부터 그런 습관이 붙어 있었어요. 세상 사람들의 삶을 낮의 세계와 밤의 세계로 구분 짓는 습관이. 내가 몸을 담고 있고 내 삶을 이끄는 축으로 삼고 있는 것은 밤의 세계라 할 수 있겠죠. 내게는 조금 다르겠지만 이곳을 찾는 남자들에게 이 세계는 술이 있고 웃음이 있고 휴식과 여유가 있는 곳이에요. 그들은 각자가 왕자처럼 늘어져서 호령을 내려요. 물론 거기에는 몸종처럼 다소곳한 시녀도 있어요. 낮의 세계는 아마 정반대가 될 테죠. 간밤의 왕자들은 다리를 모으고 어깨를 움츠리고 눈치를 살필 거예요. 해도해도 끝이 없는 일이 밀려오고 서류 더미가 쌓이고 잔소리와 불호령이 떨어지고 기타 등등. 그러다 보면 서류 더미처럼 엉망으로 스트레스만 쌓이겠죠. 그들 이마에 주름살이 만들어지는 건 아마 거의가 낮 동안일 거예요. 또다시 밤이 되면 그들은 끊임없이 낮의 세계를 불평하는 거예요. 그렇게 살아가는 남자들을 보면서 내가 배운 게 무어겠어요. 그건 아주 간단하고 분명한 이치였어요. 세상 사람들은, 특히 남자들은 모두 밤을 향유하기 위해 낮의 삶을 견디고 있다는 것이었어요. 어떤 사람은 그들이 낮의 삶에서 보이는 집요함을, 이를테면 승진이나 축재 따위에 대한 의지를 들어 내 생각을 반박할지 모르지만 나는 그것도 그리 별다른 건 아니라고 얘기해줄 수 있어요. 낮의 세계에서 지위가 오른다는 것은 곧 밤을 향유하는 방법이 질적으로 향상된다는 것을 의미하기 때문이라고 말예요. 아무튼 나는 그렇게 생각해왔고 여태껏 접해온 대부분의 남자들에게서는 그 이치가 틀리지 않는 것을 보아왔어요. 그런데 이 교수 나으리한테는 그 이치가 어째 빛을 잃는 것 같지 않겠어요. 밤이 되었으면 당연히 낮을 욕지거리하고 도매가에 팔아서 훌훌 털어버리고 유쾌해져야 할 텐데 저이는 도무지 그럴 기색을 보이지 않는 것이었어요. 오히려 한 술 더 떠서 밤 시간조차 낮에 못다 한 고민을 계속하는 시간으로 유용하려는 거예요. 나는 기분이 나빠지기까지 했다가 내가 그럴 이유는 전혀 없다는 것을 깨닫자 웃음이 나왔어요. 하지만 저이에게 그렇게 사는 것이 아니라고 가르쳐주고 싶기도 했어요. 나도 참 어처구니없는 년이죠. 철학 교수님께 세상 사는 법을 가르쳐주려는 생각을 다 했으니.

사나흘 후 저이는 세번째로 카페를 찾아왔어요. 2시가 거의 다 된 시각이었어요. 여느 때와는 달리 꽤 진하게 취한 것 같더군요. 하기야 지난 두 차례보다 한 시간쯤 출근이 늦은 셈이었으니 그 시간만큼의 술이 더 들어가 있었을 테죠. 나는 흔들거리는 교수님을 부축해서 의자에 앉히고 따뜻한 물을 주었어요. 술을 달라고 소리치길래 맥주도 가져다주었어요. 훨씬 친밀해진 느낌으로 나는 교수님의 넥타이를 느슨하게 하고 몇 마디 야단도 쳤어요. 어디서 이렇게 늦게까지 마시다 왔느냐, 몸 생각을 해서 정도껏 마셔야 할 것 아니냐, 지금부터는 내가 따라주는 만큼만 마시도록 해라. 그리고 한숨을 돌린 뒤 지난번엔 두 사람 모두 정신이 없었다는 얘기를 꺼냈어요. 교수님이 정작 하려던 얘기는 안 하고 엉뚱한 얘기만 하다가 가셨잖아요. 무슨 이야기였던지 기억나시죠. 하지만 뜻밖의 일이었어요. 저이는 귀찮다는 듯 손을 한 번 내젓고는 말했어요. 마담은 음악을 틀고 술이나 파는 게 본업 아닌가.

내가 더 무슨 말을 할 수 있었겠어요. 마침 벽시계의 큰바늘은 수직으로 일어서고 있었고, 나는 조용히 「파라다이스 카페」를 올려놓았어요.

팔꿈으로 턱을 괴었다 엎드렸다 하면서 저이는 혼잣소리들을 중얼거렸어요. 알아듣기에는 너무 작은 소리였지만 이따금 이런 얘기가 들리는 듯도 하더군요. 내가 왜 자꾸 그 생각을 해야 하느냐 이 말이야. 그건 그걸로 끝이잖아…… 고무지우개를 하나 사야겠어. 세탁기에 머리를 집어넣고 헹궈버릴까…… 어디든 내가 좀 사라질 수 있는 곳은 없을까. 몸은 남아 있어도 괜찮아. 정신만 사라지면 돼…… 한 시간 후 나는 저이를 깨워야 했어요. 문을 닫을 시간이었거든요. 저이는 용감하게 비틀거리며 걸어 나갔어요. 경연이를 뒤따라 내보내 택시를 잡아드리게 했어요.

이튿날 저이가 들어선 것은 자정이 채 못 된 유례없이 이른 시각이었어요. 나는 지난밤의 일이 생각나 어색한 기분이었지만 내색하지 않았어요. 저이는 머쓱한 표정으로 눈치를 살피더니 말했어요.

혹시 어제 내가 여기를 들르지 않았습니까.

내가 대답을 안 하고 있으려니까 경연이가 웃음을 참지 못하고 키득거렸어요. 그러자 저이는 몹시 당황스러워했어요.

기어이 왔었던 모양이군요. 죄송합니다. 바보 같은 실수를 저질렀겠죠.

나는 저이가 민망해하지 않도록 적당히 얼버무려야 했어요. 실수 같은 것은 하지 않았어요. 기분 좋게 취하셨더군요. 하지만 그렇게 폭음을 하시는 건 몸에 좋지 못해요. 그러고는 계속 입을 가리고 쳐다보는 경연이를 야단쳤어요.

그렇다면 다행이에요. 실수를 하기는 했겠지만 이해해주실 정도로만 했다면 말입니다…… 어떻게 된 게 요즘은 술을 자주 마시게 되고 마셨다 하면 이곳으로 오고 싶어지는군요.

지난 며칠 동안의 일들을 통해서 나는 이제 어렴풋한 윤곽을 느끼고 있었어요. 저이에게는 좋지 못한 일이 있었고 그 일은 어느 정도 단락이 지어졌지만 섬세하고 진지한 저이의 가슴에 응어리져 남아 있으리라는 것을, 그 기억을 무시하고 싶은 가망 없는 바람이 저이에게 술을 마시게 만들었고 그러던 중 우연히 들른 우리 카페에서 자신의 바람과 유사한 분위기를 경험하게 되었으리라는 것 정도를 말예요. 아마 그건 홀연히 어느 곳인가로 사라져버리고 싶은 충동이었겠죠. 이 사람 저 사람 상대하다 보니 나도 모르게 느는 건 눈치뿐이잖겠어요. 그러나 내게는 아직 중요한 의문이 남아 있었어요. 말할 필요도 없이 그건, 저이를 그토록 괴롭히는 그 일이 무엇이었나 하는 것이었어요. 나는 어떻게 하면 얘기를 끌어낼 수 있을까 고민했죠. 하지만 나는 곧 내 생각이 바람직하지 못하다는 걸 알았어요. 장난스러운 호기심에서 상심한 사람의 아픈 기억을 상기시킨다는 건 고상한 취미가 못 되잖아요. 더구나 나는 그저 술집 마담일 뿐이었으니까요.

그냥 나는 저이를 편하게 대해주기로 했어요. 그래서 두서없이 얘기를 꺼냈어요.

혹시 교수님께서는 정부라는 걸 가져본 적이 있으세요? 저이는 눈이 휘둥그레져서 쳐다보더군요. 놀라시는 걸 보니 정부가 있긴 있는 모양이군요. 그래 교수님께 서는 어떤 정부를 갖고 계세요?

저이는 눈이 더욱 커져서 금방이라도 굴러 내릴 것 같았어요. 그래 갖구는 열심히 고개를 흔들었어요. 그게 아니오. 정부를 갖고 있다니, 너무 뜻밖의 질문이어서 놀랐을 따름이오. 이번에는 내가 눈을 동그랗게 뜨고 믿기 어렵다는 표정을 지었어요.

정말 놀라운 일이네요. 정부가 없는 사람도 있다니…… 그럼 교수님께서는 국적도 갖지 않으셨겠군요.

교수 나으리는 그제야 이마를 두드리며 웃었어요. 허허, 마드모아젤, 사람을 그렇게 놀리는 법이 아닙니다. 나는 가볍게 응수해주었죠.

죄송해요. 하지만 교수님께서는 늘 너무 진지하고 심각하시기에 농담을 가르쳐드리고 싶었어요.

그때 내 입에서 왜 그런 얘기들이 튀어나왔는지는 나도 잘 모르겠어요. 정말 별생각 없이 연 말문이었거든요. 어쩌면 내 속에는 지나치게 진지한 사람들에 대한 반발 같은 게 자리 잡고 있는지도 모를 일이죠. 그런데 아무튼 내가 그렇게 말하자 교수 나으리는 다시 생각났다는 듯 진지한 표정이 되는 것이었어요. 그러고는 말했어요.

생각해보면, 나도 그렇게까지 진지한 사람은 아닐 겁니다. 단지 그런 시늉을 하고 있을 뿐이죠. 게다가 나는 사실 정부를 갖지 않은 사람이기도 하니까요.

나는 담배 한 개비를 피워 물고 길게 숨을 내뿜었어요.

재미있는 얘기 하나 해드릴까요. 제가 아는 어떤 사람은 자전거 타기를 무척 좋아했어요. 많은 사람이 택시를 타고 자가용을 타고 다녀도 그는 언제나 자전거 타기만을 원했어요. 자기 자신의 노력 없이 몸을 움직인다는 게 올바른 일이 아니라고 생각했기 때문이었죠. 어느 날 그는 자전거를 타고도 택시처럼 빠르게 달릴 수 있는 방법을 연구하다가 묘안을 생각해냈어요. 산꼭대기로 자전거를 옮기는 일이었어요. 거기서 자전거를 탄다면 산의 비탈을 따라 쏜살같이 내려올 수 있으리라고 생각한 거예요. 그는 매일처럼 조금씩 자전거를 산 위로 끌어 올렸어요. 그가 거의 정상까지 올라갔으리라 생각되던 어느 날 나는 그 사람의 사고 소식을 들었어요. 정상을 에워싼 몇 개의 커다란 바위에서였대요. 그 바위를 자전거와 함께 기어오르려다 아래로 굴러버렸다는 것이었어요…… 진지함이란 그와 같은 것이 아닐까요. 자전거를 끌고 산길을 오르려는 것, 끊임없는 인내와 고통만을 요구할 뿐 보상받을 기약은 어디에도 없는 것 말예요.

아무래도 내가 제정신이 아니었죠. 아는 거라곤 술장사밖에 없는 년이 뭐가 잘났다고 그런 소리를 떠들어대었는지. 그래도 저이는 꽤나 성의 있게 대꾸해주었어요.

마담의 이야기는 적당한 예가 될 수 없다고 생각합니다. 그 사람은 자전거를 정상까지 끌어 올리지 못했고 그래서 자신이 뜻한 바를 이루지 못했으니 말입니다. 아마 그 사람은 진지함이 부족했거나 운이 모자랐던 경우였겠죠.

과연 그럴까요. 나는 오히려 그가 운이 좋은 편이었다고 생각해요. 만약 그가 사고를 당하지 않았고 자전거를 정상까지 끌어올릴 수 있었다면 그는 더 끔찍한 허탈감에 빠지고 말았을 거예요. 바위와 나무와 웅덩이로 가득 찬 비탈길을 내려다보면서 자신의 생각이 어처구니없는 꿈이었음을 깨달았을 테니까요. 그런 자각이 있기 전에, 대단한 일을 하고 있다는 착각 속에서 중단당한 것은 분명히 다행이었을 거예요. 물론 그보다 먼저 자전거의 한계를 알았더라면 더 바람직한 일이었겠죠.

저이는 고개를 천천히 흔들었어요. 술잔을 만지작거리다가 한숨을 내쉬더군요.

마담은 친절한 분입니다. 내가 지나치게 세심하고 심각한 편이라는 건 나도 알고 있답니다. 옆에서 지켜보기에도 딱하겠죠. 마흔이 다 된 남자가 밤마다 술에 취해 중얼거리기만 하니……하지만 내 얘기를 한번 들어보세요. 그러면 마담도 내가 이런 추태를 보일 수밖에 없는 이유를 이해할 겁니다.

아까도 말했지만 나는 저이의 비밀을 캐내겠다는 생각 따위는 없었어요. 그냥 조금 달래주고 싶었을 뿐이에요. 하지만 일이 이렇게 된 이상 이야기하겠다는 사람의 입을 굳이 막을 수도 없는 노릇이었어요.

어디서부터 시작해야 할까요. 지난번에 했던 얘기는 아직 기억하시는지 모르겠군요. 내 밑에서 공부하던 학생 한 명이 찾아와 지도교수를 바꾸겠다고 말했던 일 말입니다. 기억한다구요. 그렇다면 다행입니다. 물론 내가 이렇게 힘들어하는 건 그 일 때문은 아닙니다. 그것도 작은 일은 아니지만 그 일을 있게 한 진짜 사건에 비하면 아무것도 아니지요. 한두 해 전부터 세상을 시끄럽게 해온 전교조 문제는 마담도 모르지 않겠죠. 그건 정말 대단한 일이었잖습니까. 공직에 있는 사람들이 그것도 청소년의 교육을 담당하고 있는 교육자들이 노동조합을 만들고 단체 행동에 들어가야 할 사정이 되었으나, 그 문제는 얼마 지나지 않아 대학 교수들 사이에서도 중요하게 거론되기 시작했습니다. 몇 달 전 우리 과에서는 일곱 명의 교수가 모두 모여 정식으로 그 문제를 토론했습니다. 젊은 교수 중에는 전교조에 심정적인 동조를 보이는 사람도 더러 있었고 은근히는 과 차원이나 혹은 더 넘어선 차원에서의 집단행동까지 밀어보려는 사람도 있었어요. 하지만 노교수들의 입장이 워낙 강고해서 흐지부지되고 말았습니다. 회의가 끝나고 김한지 교수가 방으로 찾아왔더군요. 그이는 우리가 먼저 움직여야 하며 대세는 이미 결정되어 있다고 말했어요. 함께 행동하기로 한 소장파 교수 몇 명의 이름도 들먹였습니다. 나는 학문 밖의 일에 나선다는 게 내키지 않았고 또 김 교수에게 설득을 받는다는 게 마땅찮았지만 선선히 승낙을 했습니다. 그 일에 대해서는 내게도 약간의 방침이 세워져 있었기 때문입니다. 대세가 그쪽으로 기운다는 느낌을 나도 다소는 받고 있었고 무엇보다 그 일이 부당한 것이라고는 생각지 않고 있었거든요. 게다가 대학 교수라는 건 중고등학교 교사와는 달라서 문교 당국의 입김이 마음대로 작용할 수 없다는 것도 알고 있었습니다. 며칠 지나지 않아 교내 곳곳의 대자보에 이름이 오르내리더군요. 인문대 모모모 교수들 전교조 가입, 하고 말입니다. 또 얼마 지나서는 집사람이 신문에서 내 이름을 가리켜 보이더군요. 김한지 교수가 주동이 된 대학 교수 27명의 시국 선언에 말석을 차지하고 있는 겁니다. 그제야 나는 전전 날인가, 김 교수가 급히 찾아와 성명서 운운하다가 서명을 받아 갔던 일을 떠올렸습니다. 집사람은 걱정스럽게 나를 들여다보았습니다. 당신 이러다 직장 잃는 거 아니에요? 집사람은 나보다 한술 더 뜨는 세심증 환자거든요. 나는 아무 일 없을 거라고 아내를 안심시켰습니다.

저이는 물 한잔을 부탁했어요. 나는 경연이를 시키려다가 내가 직접 끓인 물 한 컵을 가져다주었어요. 하지만 저이는 벌써 목이 마르다는 걸 잊어버렸는지 쳐다보지도 않았어요.

나는 그 사람들 일에는 관심도 갖지 않았습니다. 이따금 필요하다면 이름만 빌려주는 정도였죠. 그들이 이런저런 일을 꾸미는 데는 이름만큼 많은 사람이 필요한 건 아니었거든요. 그러나 내가 그 일을 하찮게 여겼다는 얘기는 아닙니다. 사회적인 의미를 띠는 문제에 대해서 자기 입장을 명백히 한다는 것은 중요한 일이니까요⋯⋯

억지로 저이의 입에 물잔을 디밀어주어야 했어요. 저이는 두 손으로 받더니 감사합니다를 연발하면서 목을 축였어요. 하지만 많이도 아니고 겨우 반 모금이나 혀를 적셨을 거예요. 그러고는 다시, 별로 재미있지도 않은 얘기에 열을 올리는 것이었어요.

그렇게 한 달쯤이 지났을 겁니다. 학과장을 하고 있는 선배가 나를 찾아왔습니다. 들어서면서 대뜸 그러더군요. 자네 도대체 정신이 있는 건가. 선배는 내가 이 일을 얼마나 안이하게 생각하고 있는가에 대해 한참 동안 야단을 쳤습니다. 문교 당국에서도 대학 교수들의 움직임에 대해 더 이상 방관만 하지는 않기로 했다는 것이었습니다. 더구나 우리 학교 총장은 문교부와 특별한 친분 관계에 있는 만큼 여차하면 시범 케이스로 걸려들 가능성이 높다는 것이었습니다. 벌써부터 은밀한 접촉이 이루어지는 중이라더군요. 나는 태연한 척했지만 아무래도 가만히 있을 수는 없었습니다. 며칠을 망설이다가 김 교수를 찾아갔어요. 그 친구는 몹시 바쁘더군요. 내가 들은 얘기를 전하니까 그도 그 정도는 알고 있다고 말했어요. 나는 그러면 어떻게 할 거냐고 물었습니다. 공무원법 위반으로 징계라도 당하게 된다면. 김 교수는 대수롭지 않게 대답했습니다. 그때 가서 생각해봐야죠. 하지만 그런 건 중요한 문제가 아닙니다. 구더기 무서워 장을 못 담그겠어요. 우린 민주주의를 지켜야 하는 겁니다.

저이는 물컵을 들었다가 다시 내려놓고는 술 한잔을 쭈욱 들이켰어요.

김 교수는 이미 사회적으로 널리 알려진 인물이었습니다. 이번 일을 추진하면서도 많은 지지자를 얻었죠. 설사 학교에서 쫓겨난다 해도 그 친구한테는 아무런 문제될 게 없을 겁니다. 여기저기서 일거리가 쏟아져 들어올 테니 말입니다. 하지만 나는 달랐습니다. 내게는, 내가 닦아놓은 터라고는 학교밖에 없었으니까요. 게다가 아내는 신경이 약한 편이었고 나 역시 훈장 노릇외에는 다른 일을 할 수 있으리라고 생각해본 적이 없었으니까요…… 학과장을 하는 선배는 매일처럼 찾아오고 전화를 걸어서는 전교조 탈퇴서를 제출하라고 닦달이었습니다. 자기랑 나만

알도록 절대 비밀을 보장해주겠다면서요. 그 얘기를 전적으로 믿은 건 아니었지만, 결국 나는 탈퇴서를 쓰고야 말았습니다. 아마 내가 처음으로 이 카페를 찾은 게 그 서류를 제출하기 전날이었을 겁니다. 그런데 웬걸, 절대 비밀은커녕 제출하기가 무섭게 소문이 새어 나가버렸더군요. 흐흐, 무서운 세상이죠. 누구를 탓할 생각은 아닙니다. 처음부터 끝까지 그건 모두 내 어리석은 실수였으니까요. 하지만 세상을 북북 찢어버리고 싶은 것도 사실입니다. 대자보에 씌어져 있던 자랑스러운 이름 위에는 붉은 매직으로 가위표가 그려졌습니다. 그리고 더 큰 글씨로 변절자라고 적혀 있더군요. 그 학생이 찾아와 지도교수를 바꾸겠노라고 선언한 것도 그런 사정 때문이었던 겁니다.

카페 안은 아주 따뜻했어요. 그런데 저이는 말을 마치면서 마치 한기라도 느낀다는 듯 어깨를 부르르 떨더군요.

자 그러니 마담, 내가 어떻게 진지해지지 않을 수 있겠습니까. 직장을 그만둘 수는 없죠. 그래서 결심한 일이 직장에서는 또 변절자라는 딱지와 함께 제자들의 경멸을 사게 되었죠. 제자들뿐만이 아닐 겁니다. 다른 교수들 역시 속으로는 나를 비웃고 있을 겁니다. 말씀을 좀 해보십시오.

내 입에서는 엉겁결에 이런 말이 튀어나올 뻔했어요. 일이 이렇게 되어버린 것도 애당초 교수님의 융통성 없는 사고방식 때문이었어요. 어떻게 인간이 죽을 때까지 한 가지 일만을 하지 않으면 안 된다고 생각하며 살아올 수 있었죠. 김한지 교수라는 분은 얼마나 여유 있고 융통성 있게 세상을 보고 있어요. 또 이왕 그렇게 살기로 작정을 했었다면 아예 한눈을 팔지 말든지……

하지만 그런 소리를 상심한 사람의 면전에다 내뱉을 수는 없었어요. 나는 그저 모르겠다고만 얼버무렸어요. 교수님들의 세계는 너무 어려워서 내가 들어설 틈이 보이지 않는다구요. 그건 사실이기도 했어요. 알량한 삼류 대학을 졸업한 게 10년도 전의 일인데 내 머릿속에 무슨 똑똑함이 남아 있겠어요. 괜히 그 시절 친구들이랑 말싸움하던 흉내를 더듬다 교수 나으리께 덜미를 잡힌 꼴이었죠. 나는 술 몇 잔을 연거푸 따라주는 것으로 그 자리를 때웠어요.

그 후로도 저이는 두세 차례를 더 있을 거예요. 올 때마다 되풀이되는 일은 똑같았어요. 똑같은 표정, 똑같은 한숨, 똑같은 분량의 맥주 그리고 똑같은 자기혐오의 고백이었어요. 양복 색조차 달라지는 법이 없었죠. 혐오의 화살을 바깥세상으로만 돌릴 수 있었어도 얼마나 좋았을까. 딱한 일이기는 했지만 똑같은 일이 되풀이되다 보니 나도 이제는 짜증스러워졌어요. 도대체 뭐가 그리 잘났다고 저렇게까지 집요하게 자기를 물고 늘어지는 것인지. 그런다고 어디 세상이 달라지기나 하겠어요. 세상이란 건 말예요, 저녁이면 술손님들이 모여드는 카페랑 조금도 다르지 않다구요. 사람들은 저마다 들어와서는 자리 하나씩을 차지하고 앉아요. 그리구 저마다 술을 시켜요. 맥주를 시키기도 하고 위스키나 코냑을 시키기도 하고, 때로는 이것저것 차례로 시키기도 하죠. 그래서는 마실 만큼 마시고 떠들 만큼 떠들다가는 일어서서 나가는 거예요. 그 사람들이 아무리 떠든들 카페가 달라지겠어요. 일어서서 나간다고 문을 닫겠어요. 그러니 그저 카페에 들어와 있는 동안은 웃고 떠들고 즐기면서 시간을 보내는 거예요. 그런데 뭐 오케스트라의 반주가 시끄러울 때는 가수는 목소리를 집중시켜야 한다구요? 글쎄요. 그럴 수도 있겠죠. 난 잘 모르겠어요.

벌써 2시가 된 모양이군요. 「파라다이스 카페」가 흐르기 시작했어요. 밤은 언제나 새롭고 당신의 얼굴은 친숙하군요. 먼 길을 떠나기 위해서는 아주 조금의 사랑이면 충분합니다…… 어때요. 내 기억력도 쓸 만하죠. 어머, 어느새 맥주를 세 병이나 마셔버렸어요. 어쩐지 아까부터 혀끝이 뱅뱅 돌더라니까. 이젠 저이한테 가보아야겠어요. 로댕의 「고민하는 사람」에게 말예요. 가서 이렇게 말해줘야죠. 다음번에는 이 양복과 넥타이를 벗어버리고 오세요. 그러지 않으면 입장을 허락하지 않겠어요. 그런 다음에는 어떻게 할 거냐구요? 글쎄요. 계획하지 않아도 어떻게든 움직여지는 게 산다는 것의 매력 아니겠어요. 더구나 저이는 정부도 없다니까, 같이 한번 고민해봐야죠.

가면 지우기

1

그 일이 있기 일주일 전까지도 나는 내가 그곳을 찾아가게 되리라는 사실은 까맣게 모르고 있었다. 물론 이른바 '도시계획'이라는 이름의 아마추어 연극 동호인 집단이 사이코드라마의 형식을 빌린 연극을 기획하고 있다는 얘기를 들은 적은 있었고, 따라서 그들이 어떤 형태로든 내게도 자잘한 협조를 구하리라는 것은 짐작하고 있었다. 그 집단에는 가까운 친구인 윤경이 속해 있었던 관계로 나 역시 어정쩡한 주변인이 되어 있었던 것이다.

최초에 윤경으로부터 전화를 받고는 나는 제법 단호하게 거절할 수 있었다. 아무리 여기저기 안 다녀본 곳이 없는 잡지사의 기자라지만 그런 종류의 시설은 아직도 이질적인 섬뜩함을 느끼게 했다. 더구나 나는 여자 중에서도 비위가 좋은 편은 못 되었으니까. 그러나 잇따라 걸려온 간사와 회장의 부탁을 냉정하게 자르기는 어려운 노릇이었다. 그들은 교사라든가 기타 규칙적인 시간대의 직장을 갖고 있는 회원들이 평일 낮의 시간을 내기는 힘들다는 점과 기자로서의 내 입장의 편리함을 들어 긍정적인 대답을 얻어내려 했다. 그렇더라도 대본을 쓰실 분과 연출이나 연기를 맡은 분들이 직접 가서 보셔야 일의 진행이 구체화되지 않겠어요. 나는 힘없이 반박했지만 그들의 태도는 달라지지 않았다. 물론 그래야죠. 다만 저희가 부탁드리는 것은 진하 씨께서 길을 뚫고 사전 탐색 작업을 좀 해주십사는 겁니다. 그들의 요구 앞에 결국 나는 두 손을 들 수밖에 없었다.

그들이 내게 원했던 것은 중곡동에 있는 국립정신병원을 찾아가 그곳에서 이루어지는 사이코드라마를 관람하고 돌아오는 일이었다. 지금 생각해보면 그 일은 간단하기 짝이 없는 것이었지만, 사전 지식이 전혀 없었던 그 무렵에는 그들이나 나나 적잖게 긴장해야 할 형편이었다. 드라마는 매주 목요일 오후에 있다는 그들의 제보에 따라 나는 그곳으로 갔다. 그리고 그들의 부탁대로 병원의 전반적인 체계와 분위기, 사이코드라마가 진행되는 방식 등을 메모했다. 결론부터 얘기하자면 그 일은 불필요한 것이 되어버렸다. 그들은 얼마 후 약간의 사정에 따라 계획을 변경했고 사이코드라마의 형식을 빌린 연극은 기한 없이 연기되었던 것이다. 그러나 그 방문은, 가장 무관한 심정으로 시작했던 나만을 가장 충격적인 사건과 맞닥뜨리도록 만들고 말았다. 그곳에서 나는 뜻밖에도 그 사람을 마주치게 된 것이었다. 그는 하늘색 줄무늬에 밝은 마음이라는 글자가 수없이 인쇄된 환자복을 입고 있었고 환자의 슬리퍼를 신고 있었다. 몇몇 순간들만을 제외한다면 그는 마치 자신의 현재 상황이 지극히 만족스러운 것처럼 행동하고 있었다. 그것은 정녕 3년여 만의 해후였다.

2

　'본관 뒤편에 4층짜리 건물이 있답니다. 소극장은 1층에 있다는데 친구 얘기로는 아무나 들어갈 수 있을 거라더군요.' 간사의 얘기를 떠올리며 나는 본관으로 보이는 커다란 건물을 돌아갔다. 해변처럼 둥그렇게 휘어진 길 오른편으로는 10여 대의 승용차가 주차해 있었고 따사로운 초가을 햇살이 그들 위로 내려앉고 있었다. 왼쪽의 잔디밭에는 대여섯 개의 벤치가 있었는데 환자복을 입은 한 떼의 여자들이 모여 앉아 있었다. 내가 그들 곁을 지나가는 사이 한 여자가 일어나더니 유쾌한 소리로 떠들기 시작했다. "밖에 있을 때 사람들이 나보고 뭐라 불렀는지 아니? 너네가 알 턱이 없지. 하지만 잘 들어둬. 내 별명이 뭐였냐 하면, 짝 잃은 카나리아였다 이 말씀이야. 내가 한번 노래를 부르면 사방에서 앵콜 또 앵콜 난리가 아니었지. 난 결코 세 곡 이상은 부를 수 없다고, 그 이상은 준비가 되어 있지 않다고 사양했지만 사람들은 그냥 내버려두는 법이 없었어. 그래서 어떨 때는 다섯 곡 여섯 곡까지 부르기도 했어. 전부 다른 곡으로 말이야. 그럼 지금부터 그 유명한 짝 잃은 카나리아의 노래를 들려줄 테니까……" 본관의 뒤쪽 모퉁이를 돌아설 즈음 여자의 노랫소리가 들려왔다. 과연 떠들어대었던 것만큼 아름다운 목소리였다. 잔뜩 긴장해 있던 어깨 사이로 까닭 모를 혼란이 스쳐감을 느끼며 나는 한숨을 내쉬어야 했다.

4층 건물에서 소극장을 찾아내기는 어렵지 않았다. 현관과 접한 홀의 정면에서 하얀 가운을 입은 두 사람이 게시판에 사진을 붙이고 있었는데 그들 바로 왼편으로 소극장이라고 씌어진 나무 푯말이 보였다. 조심스럽게 문 앞으로 다가간 나는 그러나 실망스러움을 느꼈다. 3시라고 들었던 공연 시간이 15분밖에 남지 않았는데도 문은 굳게 잠겨 있었던 것이다. 뿐만 아니라 문짝 위의 벽과 천장 사이에는 거미줄이 얼기설기 쳐져 있었으므로 나는 그곳이 정상적인 용도에 따라 사용되고 있는지를 의심해야 했다. 잠시를 머뭇거리다가 나는 사진을 붙이고 있는 두 사람, 한 명의 여자와 한 명의 남자에게로 다가갔다. 사정이 어떻게 된 것인지 알아보겠다는 생각에서였다. 그때 맞은편 복도에서 그들보다 나이가 지긋해 보이고 살집도 넉넉해 보이는 남자가 걸어오더니 그들 뒤로 붙어 섰다. 남자는 그들의 작업을 지켜보며 몇 가지 참견을 했다. 나는 곧 생각을 바꾸어 그 남자를 대상으로 선정했는데 그건 그 사람이 어떤 곳을 가든지 흔히 볼 수 있는 통통하고 평범한 중년이며 따라서 말 붙이기가 훨씬 용이하리라는 느낌 때문이었다.

"실례해도 될까요."

예상과는 달리, 그는 나를 한번 흘긋 보더니 고개를 다시 게시판 쪽으로 돌렸다. 나는 잠시를 기다렸다가 또 한 번 같은 말을 되풀이해야 했다. 그제야 그는 몸을 틀고 비스듬히 나를 쳐다보았다.

그는 자못 귀찮다는 듯 내게 용건을 묻고 있었다.

"오늘은 사이코드라마가 없는 날인가요?"

"할 거예요."

퉁명스러운 한마디를 던지고 남자는 다시 여자의 어깨 너머를 기웃거렸다. 짤막한 대답만으로도 나는 알고 싶었던 것을 모두 들은 셈이었다. 그러나 그의 태도는 2년 넘어 단련된 기자로서의 자존심을 손상시키기에 충분했다. 그에게서는 도무지 사람이 사람을 대하는 성실함이 보이지 않았던 것이다. 나는 어떻게든 그에게서 더 많은 얘기를 끌어내야겠다고 작정하며 한 걸음을 다가섰다.

"시간 좀 내주시겠어요?"

그는 재빨리, 그러나 빈틈없는 눈빛으로 나를 살펴보는 듯했다. 그 눈길을 대하자 그제야 내게도 짚이는 바가 있었다. 그들에게 나는 전혀 낯선 인물이라는 것과 정신병원에 나타난 낯선 인물을 그들이 어떤 색안경을 끼고 바라볼 것인가에 생각이 미친 것이었다. 다행히 그는 유해한 사람은 아니라는 판단이 섰는지 따라오라는 손짓을 하고 그가 나타났던 복도로 돌아섰다. 그를 따라 들어간 곳은 특수치료과라는 표찰이 붙은 방이었다. 작은 사무실에는 여섯 개의 책상이 ㄷ 자 모양으로 배열되어 있었다. 그는 내게 ㄱ 자로 붙은 책상의 의자를 권했다.

"특수치료과는 어떤 곳이에요?"

사무실 안을 둘러보며 나는 대수롭지 않은 투로 말문을 열었다. 그가 먼저 나를 심문할 기회를 주지 않기 위해서였다. 시간을 내어달라던 요구의 그럴듯한 명분을 꾸미기 위해서도 내게는 약간의 여유가 필요했다.

"기능적 자질의 계발을 통해서 환자들의 불안정한 심리 상태를 치료하는 곳이죠. 작문이나 미술, 서예, 목공예 따위 말입니다."

나는 천천히 고개를 끄덕였다.

"그런 걸 특수치료과라고 하는군요. 사이코드라마도 거기에 포함되나 보죠."

"그렇다고 할 수 있습니다. 그런데, 실례지만 어떻게 오셨습니까?"

나는 커다란 가방을 만지작거리며 그 속에 들어 있는 기자증과 카메라를 생각하고 있었다. 신분을 밝히고 사실대로 말하고 도움을 청해야 하는 걸까. 그러나 어쩐지 그러지 말아야 할 것 같은 예감이 나를 가로막고 있었다. 엉겁결에 나는 이런 말을 늘어놓았다.

"심리학을 공부하는 학생이에요. 이곳에서 매주 드라마가 있다는 얘기를 듣고 언제부터 한번 와보고 싶었거든요."

그는 만족스럽고 자신감에 넘치는 미소를 지으며 절반쯤 벗겨진 이마를 쓰다듬었다.

"처음부터 그러리라고 알고 있었어요. 찾아오는 사람들의 부류는 대략 세 가지로 나뉘죠. 아가씨가 그중 두번째 부류에 속하리라는 걸 나는 단번에 짐작할 수 있었으니까요……"

자신의 짐작이 맞아떨어진 것이 그를 몹시 기쁘게 해준 모양이었다. 그리고 그것은 한순간에 그의 경계심을 풀어주었다. 그는 방문객의 세 가지 부류에 관한 얘기를 계속했다. 첫번째 부류는 물론 환자들, 즉 정신질환자들이다. 입원 환자들 외에도 외래

환자의 숫자가 적지 않지만 그들은 어지간하면 식별이 가능하다. 그들의 눈빛은 막막하게 풀려 있거나 불안감을 띠며 끊임없이 움직이기 마련이다. 두번째 부류는 심리학을 공부하는 학생들이다. 세번째는, 이들이 가장 귀찮고 성가신 사람들인데, 정신질환이나 혹은 정신병원의 실태를 꼬치고치 캐고자 하는 사람들이다. 작가나 만화가로부터 시작하여 각종 잡지사의 기자에 이르기까지 종류는 다양하다. 별다른 사전 연락이 없는 한 이들은 냉대를 받고 돌아가야 한다. 괜히 불필요한 얘기를 들려주었다가 나중에 어떤 곤욕을 치러야 할지 알 수 없는 일이기 때문이다. 특히 잡지사의 기자들이란 병원의 실태를 엉망으로 보도해버리기 일쑤인 것이다. 나는 가방을 열어 보이지 않은 것을 다행스럽게 생각했다.

경계의 꺼풀을 벗은 그는 내가 처음 느꼈던 대로 통통하고 평범한 중년 남자로 돌아가 있었다. 그는 대수롭지 않은 얘기를 진지하게 잇다가 문득 생각난 듯 내게 물었다.

"그런데 알고 싶은 것이 무엇이었죠?"

이미 나는 얼버무릴 얘기를 준비하고 있었다.

"별게 아니었어요. 소극장 문이 잠겨 있길래 공연 시간이 옮겨지지나 않았는지 여쭤보려던 참이었거든요. 선생님이 너무 무뚝뚝하게 대하시길래 겁을 먹고 그냥 따라왔죠."

"하하, 이거 제가 실례를 한 모양입니다. 이해하십시오. 이런 곳에 근무하다 보면 아마 공자님이라도 사람을 의심하는 법부터 배우게 될 겁니다."

그는 이마를 두드리며 웃어대었다. 그러다가 그는 시계를 쳐다보았는데 벽시계는 정시에서 2분가량을 지나고 있었다.

"이제 막 시작했겠군요. 끝나거든 잠깐 들르십시오. 차라도 한 잔 대접하겠습니다."

나는 그러겠노라고 대답하고 그의 방을 나왔다.

3

소극장은 문이 열려 있었고 어느 틈엔지 사람들로 가득 들어차 있었다. 입구로부터 멀찍이 떨어진 구석 자리에서 간신히 빈 의자 하나가 발견되었다. 나는 내 머리가 바깥세상에서의 공연장에만 익숙해 있었음을 깨달아야 했다. 이곳은 자발적인 관객에 의해서가 아니라 정해진 시간이 되면 감시원의 인솔하에 찾아드는 환자들에 의해서 채워지고 있었던 것이다.

잠시 후 의사와 간호사들이 들어와 뒤쪽의 벽까지 둘러서게 되자 문이 닫히고 인턴쯤 되어 보이는 남자가 무대 위로 올라섰다. 무대는 자그마했다. 왼쪽에는 책장 모양의 빈 나무 선반이 놓여 있었고 오른쪽으로는 높고 좁은 철봉이 세워져 있었다. 남자는 환자들을 향해 물었다. "노래를 한 곡 하도록 하죠. 무슨 노래가 좋을까요." 여기저기서 곡목들이 쏟아져 나왔다. 「유리벽」 「과거는 흘러갔다」 「바보처럼 살았군요」…… 어디선가 조그맣게 「과수원길」이라는 소리가 들리자 남자는 재빨리 그것을 낚아채었다. "「과수원길」이라구요? 그 노래를 부르고 싶다구요? 그렇다면 불러야죠. 여러분 좋죠? 자, 그러면 다 같이 「과수원길」

한번 불러보겠습니다." 「과수원길」에 이어서 「길가에 앉아서라」
는 경쾌한 노래 한 곡을 더 부른 다음 남자는 내려갔다. 그러자
일시에 조명이 꺼지고 실내는 짙은 어둠으로 잠겨들었다.

붉고 아스라한 조명이 무대를 비추기 시작하자 조금 전의 남
자가 역시 인턴쯤으로 짐작되는 여의사 한 명과 무대로 올라왔
다. 그들이 철봉 밑을 통과하는 것을 보고 나는 그것이 무대의 문
구실을 한다는 것을 알았다. 그들은 정면으로 걸어오더니 관
객들을 향해 비스듬히 마주 섰다. 남자가 말했다.

"가게 문을 열고 장사를 시작해볼까요."

"그래야겠죠. 꼭 일주일 만에 다시 가게를 열게 되는군요."

"손님들에게 먼저 우리 가게의 특징을 말씀드리는 것이 필요
하지 않겠습니까."

여자는 고개를 끄덕이고 관객석으로 돌아섰다.

"저희 가게는 모든 분들께 문이 열려 있습니다. 누구든지 들어
오셔서 필요한 물건을 고르실 수 있어요. 하지만 들어오실 때는
반드시 손님께서 갖고 계신 정신적인 것들 중에 불필요한 것 한
가지를 준비해 오셔야 합니다. 그것을 넘겨주시고 그 대신 필요
한 정신적인 상품을 받아 가셔야 합니다. 저희 가게는 보이지 않
는 물건만을 취급하기 때문이에요."

그들이 미소를 머금고 있는 사이 맨 앞줄에 앉아 있던 남자 환
자 한 명이 일어났다. 그는 침착하게 오른쪽으로 돌아 가게의 문
을 열고 들어갔다. 곳곳에서 웃음이 터지고 이런 수군거림이 들
려왔다. "저 사람 또 올라갔어. 좌우간 단골이야 단골……" 그들
의 수군거림대로 그는 아마 맛보기 단골손님인 모양이었다. 하

지만 그가 가게에서 교환한 정신적인 상품들은 그들과 함께 웃으려던 나를 긴장시키기에 충분한 것이었다. 그는 가게의 여주인에게 이렇게 말했던 것이다. "언제나 다른 사람과 키 재기만 하려는 욕심을 드리고 모든 사람을 사랑할 수 있는 마음을 가져가고 싶습니다."

그가 물건을 받아 내려가고 가게에서는 다시 주인들이 손님을 기다리는 동안 나는 수첩을 꺼내어 메모를 시작했다. 노래를 부른다, 조명이 꺼진다, 붉은 조명이 무대를 연다, 두 명의 인턴이 올라와 장사를 시작한다…… 그때 또다시 들려온 박수 소리가 내게 누구인가가 올라갔음을 느끼게 해주었다. 고개를 들었을 때는 또 한 명의 사내가 가게문을 통과하여 막 주인들에게 다가서고 있었다. 무엇을 팔고 무슨 물건을 가져가고 싶으냐는 주인의 질문에 사내는 대답했다.

"세상만사가 하찮고 사소하게 보이는 눈을 버리고 매사에 진지해질 수 있는 마음을 사고 싶습니다."

"세상 모든 일이 하찮고 사소하게 보이신다구요?"

남자 주인이 다시 한번 묻자 사내는 무겁게 고개를 끄덕였다.

"그렇습니다. 도무지 어떤 일에도 의미를 부여할 수 없습니다."

"왜 그런 눈을 갖게 되었는지 이유를 생각해보셨어요?"

두번째 질문을 던진 것은 뜻밖에도 무대 왼쪽 아래로 앉아 있던 여의사였다. 그녀는 의자에서 일어나 무대 쪽으로 두어 걸음을 옮겼다. 가게를 열었던 두 주인은 슬며시 무대를 빠져나가고 있었다.

"글쎄요. 정확한 이유를 찾아낼 수는 없겠죠. 전 의사가 아니니까요. 하지만 그런 눈이 될 때마다 제 느낌의 언저리에는 오래전의 기억 한 가지가 떠오르곤 합니다. 아주아주 오래전 제가 아직 어렸을 적의 기억이지요."

그는 무대 왼쪽을 향하여 엉거주춤 서 있었으므로 내게는 얼굴이 보이지 않았다. 그러나 이미 나는 불길한 예감을 느끼고 있었다. 무언가가 잘못되고 있다는 막연하고 어렴풋한 느낌이었다.

"말씀해보세요. 가슴 아픈 일이었나 보죠."

"가슴 아픈 일이었냐구요. 그렇습니다. 그건 정말 가슴 아픈 일이었습니다. 물론 의사 선생님께서 '가슴 아픈 일이었나 보죠'라고 하는 말속에는 우리 같은 사람의 가슴 아픔에 대한 송편 조각만큼의 공감도 들어 있지 않다는 걸 알고 있지만, 아무튼 그건 가슴 아픈 일이었습니다. 그때 저는 겨우 국민학교 3학년 꼬마에 지나지 않았거든요." 기억을 더듬는 듯 그는 잠시 고개를 숙였다. 그러더니 두 손을 호주머니 속으로 천천히 찔러 넣었다. "우리 집은 경제적으로 그럭저럭 풍족한 형편이었습니다. 아버지는 6·25 직전에 단신 월남해서 자수성가한 사업가였습니다. 사업이래야 대단한 것은 아니었지만 돈은 제법 되는 일인 모양이었습니다. 제 도시락에는 언제나 계란부침이며 소시지 반찬 따위가 들어 있었으니까요. 가끔은 쇠고기장조림이 들어 있기도 했죠. 그리고 제 가슴에는, 당시 돈 있는 집 아이들이 대부분 그랬듯이, 지도위원이라는 딱지가 붙어 있었습니다. 남자아이 다섯 여자아이 다섯 해서 모두 열 명이었던 것으로 기억되는데, 말하자면 학급에서의 귀족 계급을 형성하는 표 딱지였습니다. 하지만 제가 그런 딱지에 대해서 긍지를 느낀 것은 결코 아니었습니다. 긍지라니요, 어림없는 얘기지요. 오히려 제가 느낀 것은 혐오감이었다고 말해야 옳을 겁니다. 귀족 계급의 과시적인 결속력에 이끌려 어쩔 수 없이 그들과 어울리고 있기는 했지만 저는 그런 아이들에게서 구토증밖에는 느낄 수 없었거든요. 그들의 거들먹거리는 꼴이라니, 그건 정말 참고 보아 넘기기 힘든 것이었습니다. 그리고 실지로 저는 그 무리로부터 이탈을 시도했습니다. 그들이 장난을 걸어도 못 본 척하고 방과 후에 제과점으로 아이스크림을 먹으러 가자고 해도 시큰둥히 고개를 저었습니다. 떠들썩히 책상을 붙여서 먹곤 하던 점심 도시락도 혼자서 먹기 시작했습니다. 그러나 골치 아픈 일이 저를 찾아온 것은 그때부터였습니다. 뒷자리의 아이들이 근처를 맴돌며 집적거리게 된 것이었습니다. 연필깎이 칼을 두 개씩 넣고 다니며 툭하면 보이지 않는 곳에서 누구를 때렸다는 소문을 만들고 다니는 아이들이었습니다. 그들은 불쑥불쑥 저를 찾아와 연필을 빌려달라느니 지우개가 없어졌다느니 하며 필통을 뒤져갔습니다. 물론 한번 가져가면 되돌려주는 법은 없었습니다. 그들의 집적거림이 제가 지도위원 무리로부터 소외당하고 있다는 판단에 따른 것이었음은 나중에야 알게 된 일이고 그 당시 저는 그저 묵묵히 참았습니다. 그들에게 없는 것이 저한테는 필요 이상으로 많았던 것은 사실이었으니까요. 그러던 어느 날이었습니다. 그들로부터 점심시간에 화장실 뒤로 나오라는 전갈이 왔습니다. 두렵고 혼란스러웠지만 저는 그곳으로 나갔습니다. 나가지 않을 방법이 없었어

요…… 영수라는 애가 어깨를 툭툭 치더군요. 그 애는 며칠 전에
우리 어머니가 학교에 왔으며 담임선생님께 봉투를 건네주는 것
을 보았다고 말했습니다. 두툼한 봉투였다고, 담임선생님이 그
것을 받아 들며 좋아서 어쩔 줄 모르더라고 말입니다. 하지만 그
건 거짓말이었습니다. 전에는 그런 일이 있었을지도 모르지만,
사실 제 손으로도 봉투를 건네 드린 적은 있었으니까요, 적어도
며칠 전에는 어머니가 학교로 온 일은 없었거든요. 그러자 옆에
있던 애들이……"

"잠깐만, 죄송하지만 잠깐만 얘기를 끊어주시겠어요."

연출 담당 여의사에 의해서 이야기가 중단되었을 때 그 사람
은 거의 관객들을 향해 돌아서 있었다. 그리고 나는 얼굴에서 핏
기가 사라짐을 느끼며 바들거리고 있었다. 그는 바로 그 사람, 지
금쯤은 프랑크푸르트에서 행복한 가정을 꾸리며 공부에 열중하
고 있으리라고 생각하고 있었던 사람인 것이었다. 그는 하늘색
줄무늬의 환자복을 입고 있었고 환자용 슬리퍼를 신고 있었다.
이틀만 깎지 않아도 텁수룩해 보이는 그의 턱수염은 연전의 습
관처럼 말끔히 면도되어 있었다.

연출의는 무대 밖에 서 있던 두 주인에게 손짓을 했고 그들이
가게로 돌아오자 그녀는 손님인 상일에게 말했다.

"우리 같이 그곳으로 가보도록 할까요. 화장실 뒤였다면 그다
지 밝지는 않았겠군요. (조명이 어둡고 파르스름한 색깔로 바뀌었다)
영수라고 했던가요. 네, 좋아요. 김 선생님께서 영수 역을 맡아주
시고, 또 다른 아이 이름은 생각나지 않으세요?"

"아무것도 잊어버리지 않았습니다. 그들의 말 한마디까지도

요. 그때 그들은 네 명이었고 그들의 이름은…… 박대문, 이현삼, 나종칠이었습니다. 이현삼이 그들 중 리더 격이었죠 ……"

연출의는 남자 한 명을 더 무대 위로 올려 보냈다. 그녀는 그 남자에게 이현삼의 역할을, 그리고 가게의 여주인에게는 박대문의 역할을 맡겼다.

"자, 이제 우리는 강상일 씨의 국민학교 3학년 시절로 돌아왔습니다. 강상일 씨는 그 아이들을 만나기 위해 화장실 뒤로 왔습니다. 영수 역부터 시작해주세요."

영수가 건들건들 다가가더니 상일의 어깨를 두어 차례 건드렸다.

"야, 강상일, 너네 집이 돈이 그렇게 많아? 돈이 그렇게 많냐구우."

상일은 안색이 하얗게 변해서 뒷걸음질 쳤다. 그의 실제와 연기와, 또 연기 속의 연기가 그때부터 내게는 혼란되기 시작했다. 나중에 그곳의 치료사로부터, 사이코드라마에 들어가면 대부분의 정신질환자들은 가상된 상황에서와 똑같은 감정적 체험을 겪게 된다는 얘기를 듣고서야 다소나마 이해할 수 있을 듯했다.

"왜들 이러는 거야. 난 아무 일도 하지 않았어."

"그렇겠지. 너야 아무 일도 하지 않았겠지. 하지만 며칠 전에 니네 엄마가 학교에 왔다 갔잖아."

"무슨 소릴 하는 거야. 우리 엄마가 학교를 다녀갔다니."

"시침 떼도 소용없어, 내가 똑똑히 봤는걸. 담임선생 주머니에다 두툼한 봉투를 찔러주는 걸 말이야. 선생 입이 악어처럼 기다랗게 벌어지던데."

상일은 불안스럽게 그들의 얼굴을 번갈아 보며 말했다.

"너가 잘못 보았을 거야. 다른 아이의 엄마였겠지. 정말이야, 우리 엄만 이번 학기에는 아직 한 번도 학교를 다녀가지 않으셨어."

이현삼이 손바닥을 탁탁 마주쳐 비비더니 상일의 뒤를 흔들흔들 서성였다. 그는 상일의 옆으로 돌아와 눈길을 내리깔며 말했다.

"짜식이, 어디서 이렇게 거짓말하는 것만 배웠어. 그러니까 인마, 지도위원 애들도 너를 싫어하는 거잖아. 바른 대로 얘기해. 그런다고 너네 엄마가 도시락에 장조림을 안 싸주시겠냐."

"아니라니까. 너네가 잘못 보았을 거야."

몇 마디 더 실랑이가 오갔다. 그러나 분위기가 크게 달라질 것 같지 않자 상일이 연출의에게로 고개를 돌렸다.

"그들은 이렇게 순하게 굴지 않았어요."

연출의는 다시 상일과 영수의 역을 바꾸도록 지시했다. 그래서 이번에는 상일이 영수가 되고 영수 역을 맡았던 김 선생이 상일의 역할을 맡게 되었다. 상일은 영수가 되자 즉시 잔인하고 표독스러운 눈빛으로 변했다. 그는 조금 전까지의 영수보다 훨씬 그럴듯한 어깨걸음으로 상일의 코앞까지 다가서더니 손가락 끝으로 상일의 턱을 치켜들었다.

"너희 집엔 두툼한 봉투가 많아. 그렇잖니?"

"아니야. 그런 건 난 몰라."

상일은 두려움에 질려서 도리질을 쳤다. 영수는 허연 미소를 흘리고 주머니를 뒤져 무언가를 끄집어냈다. 그는 연필깎이 칼을 칼집에서 꺼내는 시늉을 했다. 상일이 달아나려는 눈치를 보이자 이현삼과 박대문이 재빨리 막아섰다. 영수는 상일의 왼손을 붙들고 손가락 끝에 칼날을 가져다 댔다. "모른단 말이지? 그러면 알게 해주어야지." 그리고 팔을 휘둘렀다. 상일이 비명을 지르며 손가락을 움켜쥐었다. 영수는 참혹하게 일그러진 상일의 눈앞에 칼을 흔들며 말했다.

"어때? 아직도 모르는 건 아니겠지? ……그래야지. 진작 그랬어야지. 봉투가 많다고 해서 뭐 우리가 그 봉투를 통째로 갖겠다는 건 아니야. 천 원짜리 한 장이면 충분해. 너도 알겠지만 너네가 소시지에 장조림 반찬으로 보온 도시락을 먹을 때 우리는 다른 아이들 도시락을 구걸해 먹고 다닌단 말씀이야. 우리라고 맨날 거지 노릇만 하라는 법은 없잖아. 천 원이면 아마 한 달쯤은 찐빵을 사 먹을 수 있겠지…… 이틀만 시간을 주겠어. 만약 약속을 어기면 그땐 (그는 다시 한번 칼을 치켜세웠다) 팔뚝을 그어버리겠어. 손가락이야 연필을 깎다가 다쳤다고 둘러댈 수도 있겠지만 팔뚝은 뭐라고 변명할까. 그리고 우리는 학급 아이들에게 강상일 엄마는 담임선생님 주머니에 두툼한 봉투나 찔러 넣고 다닌다고 소문을 낼 거야. 애들이 재밌어하겠지. 어때? 물론 우리도 그런 결과를 원하지는 않는단 말이야."

이현삼이 뒤에서 등을 두드리며 타이르는 듯한 말을 했고 그들은 상일을 홀로 남겨두고 무대 밖으로 내려갔다. 그들이 무대의 문을 빠져나가기 직전 연출의가 환자 상일을 불러 상일 역의 김 선생과 교대시켰으므로 이제 무대 위에 남겨진 상일은 진짜인 셈이었다. 그는 잠시 동안 허공을 응시하며 서 있었다. 그러나 금세 놀란 눈이 되며 뒷걸음질을 쳤다. 연출의가 그의 동작을 지켜보다가 조심스럽게 물었다.

"누가 왔나요?"

상일은 다급하게, 하지만 속삭이듯 말했다.

"그들이 왔어요."

"그들이 돌아왔어요?"

"아뇨, 그 애들 말고 지도위원들 말예요. 가슴에는 노란 표 딱지가 흔들거리고 얼굴에는 언제나 행복한 미소가 있어요. 부러울 게 없는 아이들이죠. 교문 앞에서 주번 완장을 찰 수 있는 것도 저 애들뿐이에요."

"그들이 상일 어린이를 발견했나요?"

"네."

"무슨 얘기를 했죠?"

상일은 천천히 긴장을 풀며 침착한 모습으로 돌아왔다.

"그들은 제게 무슨 일이 있었음을 알아채고 저를 위로하려 했어요. 호기심이 많은 아이들이에요. 무슨 일이 있었는지 궁금했던 거겠죠. 저는 마땅히 그 애들에게 사정을 말하고 도움을 청해야 했을 테지만 그러지 않았습니다. 현삼이 영수 애들보다 오히려 그 애들이 더 미워 보이더군요. 그 애들로부터 떨어져 나온 것이 이런 불행을 불러들였다고 생각하니 화도 치밀고 말입니다. 저는 그 애들을 밀치고 뛰쳐 나와버렸습니다. 뒤에서 무어라고 험담을 늘어놓는 소리가 들렸지만 개의치 않았습니다. 아무 데도 소속될 곳이 없다는 게 조금 서글프기는 했죠……"

"그리고 어떤 일이 있었죠? 어머니 몰래 천 원을 구하느라고 혼이 났겠군요."

그는 고개를 끄덕였다.

"이튿날 오후 저는 몰래 안방으로 들어갔습니다. 화장대 서랍에는 어머니의 지갑이 있었고 그 속에는 제가 필요로 하는 돈의 몇 갑절이 있었습니다. 저는 그 앞에 오랫동안 서 있었죠. 이런 생각을 하면서. 나는 그 애들로부터 당할 일이 두려워서 돈을 꺼내려는 것은 아니다, 두려운 것은 분명하지만 그 정도는 그럭저럭 견뎌낼 수도 있는 일이다, 그보다는, 그 돈이 그 애들에게 한 달분의 점심을 줄 수 있다는 사실이 중요하다. 그렇게 되면 그 애들뿐 아니라 그 애들에게 늘 도시락을 빼앗기는 아이들도 구하는 일이 되지 않는가. 하지만 또 저는, 아무리 이유가 좋더라도 결국 그것은 도둑질에 지나지 않는다는 생각도 떨쳐버릴 수 없었습니다. 그 애들 말대로 어차피 담임선생의 주머니에 들어갈 돈이라면 그들에게 줘버리는 게 낫다는 생각도 들었고, 아직까지 한 번도 저를 의심하신 적이 없는 어머니의 눈빛도 떠올랐습니다…… 마침내 저는 우유부단함에 떠밀려 화장대 앞으로 다가갔습니다. 떨리는 손으로 서랍을 열려고 할 때였습니다. 화장대의 거울이 하얗게 반짝이기 시작하는 것이었습니다…… 처음엔 조그만 점으로 반짝이던 것이 차츰차츰 커지더니 둥그런 원이 되었습니다. 저는 마치 누군가의 얼굴을 보고 있는 듯도 했고 혹은 그 밝게 빛나는 원이 저를 들여다보고 있다는 느낌도 들었습니다. 눈을 뜰 수 없을 만큼 밝은 빛은 그러나 혈육의 체온처럼 따뜻하기도 했습니다. 저는 온몸이 송두리째 그 빛 속으로 빨려들어가는 것만 같았습니다. 빛은 지상의 시간으로는 측정할 수 없을 동안을 머물렀다가 홀연히 사라졌습니다만, 이후로도 이따금 저는 그 빛의 방문을 받을 수가 있었지요. 아무튼 빛이 사라지자 저는 잊고 있었던 일을 다시 떠올렸습니다. 그러나 그 일은 더 이상 제 몫이 아니었습니다. 저는 몹시 행복한 기분으로 화장대 위에 놓인 어머니의 화장품 병들을 만지작거리다가 밖으로 나왔습니다. 그들을 어떻게 대해야 할지 조금은 알 수 있을 것 같았거든요……"

상일은 기억 속의 순간처럼 행복함을 느끼는지 환한 미소를 지었다. 그의 눈에는 성자처럼 천진스러운 선함이 어리었다. 그러나 연출의는 그가 마냥 행복에만 잠겨 있도록 내버려두지 않았다.

"다음 날은 그들을 만나야 했겠군요."

"그들은 가련한 산적 떼였습니다."

연출의의 손짓에 따라 세 명의 악동이 다시 무대로 올라왔다. 그들이 나타나자 상일은 순식간에 어둡고 불안스러운 표정이 되었다. 그러나 그는 애써 불안스러운 감정을 드러내지 않으려 했다.

"돈은 준비되었겠지."

그들은 호주머니에 손을 찔러 넣으며 상일을 에워쌌다. 상일은 고개를 저었다.

"준비되지 않았어."

"돈이 준비되지 않았다구? 이것 봐, 넌 우리랑 약속했잖아. 이틀 뒤에 건네주겠다고 말이야."

"약속 같은 건 하지 않았어. 너희들이 도시락을 싸 올 수 없다는 건 잘 알아. 하지만 그렇다고 해서 엄마의 지갑을 뒤져서 돈을 훔쳐 올 수는 없어. 나한테 그렇게 큰돈이 없다는 것은 너희도 알고 있잖아."

영수는 현삼과 눈길을 교환하더니 곤란하다는 표정을 지었다. 그는 상일의 가슴을 어깨로 건드렸다.

"짜식, 봐라. 야, 강상일, 우리가 바쁜 시간에 네 변명이나 들으려고 여기까지 나온 줄 알아? 우린 너한테 돈을 건네 받으려고 온 거란 말야, 알겠어?"

"돈은 준비하지 못했지만 다른 방법을 찾아보겠어."

"다른 방법이라니?"

"반 아이들과 함께 너희의 도시락을 마련하는 일은 의논할 수 있을 거야. 반장이랑도 잠깐 얘기해봤는데 학급회의 시간에 안건으로 부치자고 그랬어."

"고작 한다는 소리가 우리 대신 구걸을 해주겠다는 거야? 집어치워. 구걸은 우리라도 얼마든지 할 수 있어. 도대체 돈을 주겠다는 거야 말겠다는 거야."

"난 아직 한 번도 엄마하고 신의를 저버린 일이 없어. 너희도 엄마가 있고 아버지가 있겠지. 너희 같으면 그래, 엄마나 아버지의 지갑에서 돈을 훔쳐낼 수 있겠니? 그런 일을 할 수 있다고 생각해? 그건 자식 된 도리가 아니야. 나한테 그런 돈이 있다면 천 원 아니라 만 원이라도 주겠지만 엄마의 지갑을 도둑질할 수는 없어."

여기서 연출의는 상일과 영수의 역할을 바꾸었다. 두 사람이 자리를 바꾸어 선 다음 상일이 된 김 선생은 앞서 나왔던 상일의 대사를 되풀이했다.

"그래, 너희 같으면 엄마나 아버지의 지갑에서 돈을 훔쳐낼 수 있겠니? 그건 자식 된 도리가 아니야. 나한테 그런 돈이 있다면 천 원 아니라 만 원이라도 주겠지만 엄마의 지갑을 도둑질할 수는 없어."

상일은 놀랍도록 정교하게 영수의 탈을 뒤집어썼다. 그는 코웃음을 쳤고 이빨 사이로 찍 침을 내뱉었다. "자식 된 도리라구? 엄마의 지갑에서 돈을 훔쳐낼 수 있겠느냐구? 이것 봐, 우리 엄마 지갑에 땡전 한 푼이라도 있었다면 난 벌써 들고 나와 애들하고 맛있는 걸 사 먹었을 거야. 너한테 이런 소리 하지도 않았을 거고, 엄마고 자식이고 도리고 하는 건 너처럼 집구석에 돈이 굴러다니는 놈들이나 따지는 거라구. 알아듣겠어?"

"그런 말 하는 게 아니야. 돈이 있건 없건 엄마는 엄마고 자식은 자식이야. 조금만 참으면 학급회의 시간에 애들이랑……"

"입 닥쳐!"

영수는 험악한 표정으로 다가들어 상일의 멱살을 거머쥐었다.

"또다시 그딴 소리 지껄이면 코피를 터뜨려버릴 테다."

"반대할 아이는 아무도 없을 거야. 반장도 좋은 생각이라……"

영수가 주먹을 휘둘렀고 상일은 코를 감싸며 나뒹굴었다. 영수는 두어 번 발길질을 하더니 다시 그의 가방을 걷어차는 시늉을 했다. 그러다가 그는 좋은 생각이 떠오른 듯 쪼그리고 앉아 상일의 가방을 뒤지기 시작했다. "이리 와봐, 별게 다 있군. 삼각자, 자석 필통, 하모니카도 있어." 그는 하모니카를 뿌뿌거리는 시늉을 하다가 집어 던졌다. 그리고 그의 손에 잡히는 모든 것을 사방으로 던져버렸다. "책표지를 계집애처럼 쌌어. 이건 뭐지. 빨간 사인펜이잖아. 얘들아, 우리 사형수 놀이를 하자. 이 자식을 저쪽에 세워놓고 돌멩이를 던지는 거야. 누나가 그러는데 사형수들은 이마에 빨간 철사를 뒤집어써야 한대." 상일은 신들린 사람처럼 영수의 역할을 풀어나갔다. 그의 과거가 과연 상일의 모습이었는지 영수의 모습이었는지 의심스러워질 지경이었다. 그러다가 나는 문득 상일에 대하여 잊고 있었던 일 한 가지를 깨달았다. 그의 친어머니는 그가 아주 어렸을 때 돌아가셨다는 사실이었다. 아마 국민학교 1학년 때였다고 들은 듯했다. 두번째 어머니가 들어오신 건 그로부터 4, 5년 뒤였으니 국민학교 3학년인 드라마 속의 상일에겐 어머니가 없어야 했다. 그런데 화장대 위의 화장품 병들은 무어고 서랍 속의 지갑은 또 무어란 말인가. 이 모든 것은 맨 처음부터 그가 만들어낸 허구에 지나지 않았단 말인가.

연출의가 그들의 연기를 중단시켰을 때 상일은, 그러니까 연기 속의 영수는 가짜 상일을 타고 눌러 이마에 빨간 철사를 그리고 있었다. 연출의도 수상쩍은 느낌이 들었는지 상일만을 남겨두고 모두 무대에서 내려 보냈다. 그녀는 의심스러운 눈으로 그를 지켜보며 물었다.

"그러고 어떻게 됐나요?"

"그들은 제 이마에 빨간 가시 철망을 그려 넣었습니다. 그러자 이마가 깨어질 듯 아파왔습니다. 저는 비명을 질렀죠. 아니, 비명을 지른 것 같지는 않습니다. 오히려 저는 입술을 깨물며 참았습니다. 그래요, 신음 소리 하나 새어 나가지 않게 했어요." 그는 마치 열에 달뜬 사람처럼 방심한 상태가 되어 이야기를 이어나갔다. "그리고 그들은 저를 담장에 붙어 서게 했습니다. 두 팔을 벌리고, 이렇게 십자가처럼, 움직이지 못하도록 했습니다. 저는 몹시 고통스러웠지만 달아날 생각은 하지 않았습니다. 돌멩이가 날아와서 등이며 팔다리를 때렸지만 말입니다. 달아날 수가 있었을까요. 물론 그 순간 그 자리에서 뛰어 도망칠 수는 있었겠죠. 하지만 운명으로부터 달아난다는 것은 불가능한 일입니다. 그때 제가 어렴풋이 느꼈던 게 바로 그런 예감이었습니다. 제 운명은 이미 누군가에 의해 선택되었고 한평생을 고통당하는 자들의 방패가 되어 또한 그들의 원성을 감당하며 살아가야 하리라는, 그리고 그것은 이마를 죄어드는 가시 철망의 고통이 심해질수록 더욱 뚜렷하고 선명해지는 것이었습니다."

연출의도 이제는 상일의 모든 고백이 한바탕 연극이었음을 깨달은 모양이었다. 그녀는 가능한 한 냉정하고 논리적인 대화를 이끌어가려 했다.

"그래서 강상일 씨는 성직자가 되리라는 결심을 했겠군요."

"그렇습니다. 저는 곧바로 성직자가 될 결심을 했습니다."

"그런데 이상한 일이에요. 왜 성직자가 되려는 분의 눈에 세상 모든 일이 하찮고 무의미한 것으로만 보이게 되었을까요."

"그건 조금도 이상한 일이 아닙니다. 성직에 종사하는 것이 저의 천직이고 운명이었지만 저희 가족이나 저를 둘러싼 모든 형편이 제게 그 길을 용납하지 않았던 것입니다. 저는 후일을 기약하며 세속적인 길에 접어들었지만 이미 제 천직을 알고 있었던 터라 제가 하는 일들 속에서는 아무런 의미도 찾을 수 없었습니다……"

　이후의 논쟁은 별다른 내용이 아니었다. 상일은 계속해서 자기 합리화를 위한 구실을 찾아내고자 했고 연출의는 그의 허점들을 짚어 그로 하여금 큰소리칠 수 없는 입장으로 몰고 가려고 했다. 그녀는 그가 진정 성직을 천직으로 여긴다면 어떤 사소한 일에서도 하나님의 역사하심을 발견할 수 있어야 할 것이라고 주장했다. 그러나 5분 남짓 이어진 그 논쟁은 그녀에게나 나에게나 상일의 증세가 생각보다 무거움을 확인시켜주었을 따름이었다. 시간이 사이코드라마를 위하여 할당된 양을 넘어서고 있었으므로 연출의는 서둘러 마지막 순서를 진행시켰다. 그녀는 상일에게 의자 하나를 붙들고 꿇어앉아 마지막 고백을 하게 했고, 가게 주인들을 불러 올렸고, 그들은 상일에게 꿈이 유쾌했는가를 물었고, 조명을 켜게 했다. 몇 명의 소감 발표가 있었고 노래가 있었다. 그리고 잠시 후, 소극장은 다시 어둡고 썰렁한 빈터가 되었다.

4

　박영길 씨는 커피포트에 물을 담고 플러그를 꽂으며 물었다. 커피 드시겠어요? 나는 짤막이 대답했다. 네. 그는 포트의 온도 조절 레버를 오른쪽 끝으로 돌리고 칸막이 뒤로 돌아가 달그락거리더니 두 개의 잔을 들고 돌아왔다. 그는 아마 내 표정 속에서 충격의 흔적을 발견했고 그것을 사이코드라마라는 것에의 놀람으로 간주한 모양이었다. 방문객의 세 가지 부류에 대한 설명을 늘어놓았을 때처럼 친근하고 자신 있는 어조로 그는 말문을 열었다.

"많이 놀라신 모양이군요. 처음 대하는 분들에게는 무서운 일이기도 하죠. 더구나 오늘 드라마는 제법 강렬했다니까요…… 하지만 이걸 알아야 합니다. 이론상으로 사이코드라마는 정신과 의사가 정신질환자를 치료하기 위해 채택하는 한 가지 방법이지만 실질적인 드라마가 시작되면 그것은 환자와 의사 간의 치열한 싸움이 된다는 사실입니다. 대부분의 환자들은, 특히 자기 자신을 무대 위로 올릴 만큼 증세를 자각하는 환자들은 의사의 입장에서 파악되는 자신들의 모습도 잘 알고 있기 마련이지요. 또한 그들 대부분은 잠재적으로 의료진에 대해 대단한 혐오감을 지니고 있습니다. 따라서 그들은 무대 위에서만큼은 의사를 공격하고 조롱하고 싶어 합니다. 사이코드라마에 학습 출장을 왔던 환자들은 병동으로 돌아가면 끼리끼리 모여서 배를 잡고 웃는다거든요. 물론 의사들은 그런 모든 점까지를 감안해서 드라마를 이끌어나가려고 하지만 그건 결코 쉬운 문제가 아니랍니다……"

문을 잠가야 한다는 소리에 놀라 소극장에서 일어섰을 때 나는 뜨거운 커피 한잔을 가장 절실히 원했다. 나는 곧바로 현관문을 밀치고 나섰다. 그러나 그때 통통한 중년의 목소리가 발길을 잡아당겼다. 끝나거든 잠깐 들르십시오. 차라도 한잔 대접하겠습니다. 내가 원했던 뜨거운 커피는 그런 장소에서 그런 사람으로부터 대접받는 것을 의미하지는 않았다. 나는 혼자만의 공간,

조금 전의 일을 되새겨볼 수 있는 은밀한 차 한잔을 원하고 있었던 것이다. 하지만 나는 억지로 걸음을 돌려 특수치료과 사무실을 찾아 들어갔다. 어쩐지 약간이라도 그 사람을 사귀어둬야 할 것 같은 생각 때문이었다. 그는 커피포트의 플러그를 뽑고 찻잔에 뜨거운 물을 부었다.

"인간의 뇌라는 것은 참으로 복잡하고 이해할 수 없는 구조로 되어 있어요. 섬뜩한 생각이 들 때가 한두 번이 아니죠. 벌써 이 생활도 16년째 접어드는데도 말입니다. 물론 저는 의사도 아니고 따라서 환자들의 정신세계를 체계적으로 파악할 수는 없겠지만, 그래도 16년이란 세월은 그렇게 부족한 것은 아니잖습니까. 하지만 어림없어요. 제가 볼 수 없는 것을 그들이 보고 제가 듣지 못하는 것을 그들이 듣는 데야 할 말이 없죠……"

그의 얘기도 재미없는 것은 아니었지만 나는 거기에 열중할 수 없었다. 찻잔을 내려다보고 이따금 건성으로 고개를 끄덕거리며 무언가를 생각하려 했다. 3년여의 세월이 흘렀다는 것, 그를 보았다는 것, 그리고 그는 도무지 예상하지 못했던 어처구니없는 모습으로 변해 있었다는 것을 생각하려 했다. 그를 그런 모습으로 변화시킨 것이 무엇이었을까를 생각하려 했다. 그러나 내 머릿속은 모든 기계를 가동시킨 거대한 공장처럼 소음으로 가득 차 울릴 따름이었다. 박영길 씨의 목소리가 울리고 있었고 생각하기를 강요하는 나 자신의 목소리가 울리고 있었다. 생각은 없었다. 기계들은 단지 소음만을 내지를 뿐 아무런 조립품도 생산하지 못하고 있었다. 오랜 시간이 지난 다음에야 내게는 한 가지 기억이 느껴졌다. 이미 그 무렵, 내가 그 사람 속에서 나 자신의 의미를 찾고자 애쓰던 무렵에도 상일의 사고는 복잡하게 얽혀 있었다는 사실이었다. 그의 자그만 뇌 속에는 너무 많은 희망과 너무 많은 절망이 교차하고 있었고 너무 많은 종류의 불만들이 각각의 분출구를 찾아 몸부림치고 있었다. 그리고 그것들은 안타깝도록 무겁게 상일의 어깨를 짓누르고 있었던 것이다. 하지만 내가 그 사람의 고통을 이해하고 있었다는 얘기는 아니었다. 그는 언제나 내가 움켜쥘 수 있는 거리 밖에 서 있었던 까닭이었다.

박영길 씨의 이야기가 끊어진 것을 깨닫자 나는 얼른 고개를 들고 미소 지었다. 그의 설명을 충분히 재미있게 들었음을 표시한 다음 지나가는 말처럼 사이코드라마의 교육 일정을 물어보았다. 한 사람이 드라마 치료를 위해 소극장을 이용하는 주기는 어떻게 되는가. 그는 모든 병동이 네 개의 반으로 묶여 있으며 각 병동은 자기 차례가 되었을 때 상태가 위험하지 않은 환자들을 차출하여 소극장으로 보낸다고 말했다. 다시 말해서 위해의 우려가 없는 환자는 사주에 한 번씩 소극장을 이용할 수 있는 셈이다. 나는 그의 친절에 거듭 고마움을 표하고 그 자리를 일어섰다. 시원한 바깥 공기를 접하자 이제까지의 모든 일이 믿을 수 없는 꿈이 되어 흩어지는 듯했다.

5

상일을 처음 알게 된 것은 대학교 3학년에 재학 중이던 여름이었다. 1학기가 개강한 다음이었으니 아마 늦여름쯤 되었을 것으로 짐작된다. 예술대학과 문과대학을 잇는 샛길 어름에는 자운연이라고 불리던 작은 연못이 있었는데 그 무렵 나는 틈만 나면 그곳으로 쫓아가 책을 읽곤 했었다. 그해 여름에는 유난히 비가 많았고 수재민과 익사자의 숫자도 대단했으므로 사람들은 물이라는 말만 들어도 혀를 내두를 지경이었다. 그러나 그것은 연못가에서 책을 읽는 내 습관에는 아무런 타격을 입히지 못했다. 애당초 나는 방해가 없고 조용한 장소를 찾아 그곳으로 기어든 것이지 연못이라든가 물가의 정취 따위에 반한 것은 아닌 까닭이었다. 당시 내가 읽었던 책이 음악평론이나 음악사와 같은 딱딱한 내용이었음을 상기한다면 한결 이해가 쉽게 되리라 생각한다.

연못가는 크고 작은 바위들로 둘러막혀 있었는데 나는 그중에서 커다란 청회색 바위 하나를 내 자리로 정했다. 색깔도 마음에 들었을 뿐 아니라 그 바위는 물 반대쪽으로 오목하게 패어 있어 내가 그 속에 들어가 앉으면 거의 완벽히 외부 세계와 차단시켜 주었다. 때로는 등 뒤까지 다가온 사람들조차 바위 너머에 누가 있으리라고는 생각지 못하고 밀담을 주고받는 바람에 당혹스러움을 느낀 적도 있었다.

강의가 끝난 오후 시간이었던가. 그날도 나는 그 자리에서 몇 시간째 책을 읽고 있었다. 몸을 거의 움직일 수 없도록 끼어 앉아 있었지만 불편함은 느껴지지 않았다. 그런데 갑자기 수면에서 물기둥이 솟아오르며 약간의 파편이 무릎과 책장을 적셔왔다. 누군가가 돌을 던진 모양이었다. 뜻밖의 방해에 화가 났지만 나는 오히려 성가신 일에 말려들고 싶지 않아 침묵을 지키기로 했다. 그러나 돌은 한 번으로 그치지 않고 계속해서 날아왔다. 아마 그 사람은 내가 앉은 바위 앞을 목표 지점으로 정한 모양이었다. 돌멩이는 바위에 부딪혀 기분 나쁜 소리를 내기도 하고 바로 앞의 수면에서 물보라를 일으키기도 했다. 그러더니 마침내는 발 아래의 작은 바위에 부딪혀 내 무릎을 때리고야 말았다. 잔뜩 긴장하고 있었던 탓인지 나의 비명은 생각보다 훨씬 컸다. 놀란 사람의 걸음이 후닥닥 뛰어내려오는 소리가 들렸다.

"죄송합니다. 사람이 있을 줄은 정말 몰랐습니다."

나는 쳐다보고 싶지도 않을 정도로 화가 나 있었다. 그는 나의 젖은 치마와 젖은 책장을 보았고 내가 화를 내는 이유가 그것이라고 생각한 듯했지만 나의 화는 그런 것들 때문이 아니었다. 나는 그가 자연에 가한 폭력에 대해서 화를 내고 있었다. 또한 구체적으로는 내 폐쇄 회로의 질서를 망가뜨린 것에 대한 분개이기도 했다.

"무어라 사과를 드려야 할지 모르겠군요. 저는 잠시 혼란에 빠져 있었습니다."

그는 내게서 어떤 종류의 말이건 나오기를 기다린다는 듯 어정쩡한 모습으로 서 있었다. 누군가가 그를 향해서 강한 충격을 주어야 균형이 갖춰질 그런 모습이었다. 나는 그만 그 자리를 일어서야겠다고 생각했다. 물방울이 튀긴 책장 사이에 휴지 한 장을 끼워넣고 책을 덮었을 때 그가 불쑥 짤막한 감탄사를 터뜨렸다. 아! 그리고 그는 새삼스러이 나를 쳐다보며 말했다.

"『음악의 효용성』이라는 책을 보고 계셨군요. 그렇죠. 음악도 분명히 중요한 기능을 담당할 수가 있어요. 반드시 그렇게 되어야 합니다."

나는 그의 얘기가 엉뚱하게 여겨졌지만 그게 무슨 뜻인지를 묻고 싶은 생각은 들지 않았다. 오히려 화가 더해지는 기분일 따름이었다. 그러나 다음 순간 내 입에서 튀어나온 말은 더욱 어처구니가 없는 것이었다.

"지나친 기대는 걸지 않으시는 게 좋아요."

아직까지도 나는 내가 왜 그런 말을 했는지를 알지 못한다. 억지로 추측해본다면 그의 기대에 찬물을 끼얹고 싶은 반사적인 심리의 표출 정도를 들 수 있을까. 무슨 뜻인지도 제대로 이해하지 못한 채 말이다. 아무튼 나는 그런 얘기를, 그의 얼굴을 똑바로 바라보면서 했고 그러고는 또박또박 걸어 교문까지 내려와버렸다. 개운찮은 앙금 같은 게 느껴지기는 했지만 나는 곧 그 기억을 잊어버렸다.

한 달쯤 뒤 같은 자리에서 나는 다시 그 사람을 볼 수 있었다. 두어 시간의 독서를 마치고 바위를 돌아나오는데 누군가의 눈길이 느껴진 것이었다. 선명한 기억이 남아 있지는 않았지만 곧 그 사람이라는 것을 깨달을 수 있었다. 그는 담배를 피우면서 내 쪽으로 눈길을 주고 있었으며 보일 듯 말 듯한 미소를 머금고 있었다. 한 달 전의 모습보다 훨씬 안정되고 부드러워졌음을 느끼게 했다. 그러나 그뿐, 그는 나를 지켜보는 자리에서 움직이지 않았다. 그가 내 뒤를 따라 내려온 것은 그와 같은 일이 몇 차례 되풀이되고 난 다음이었는데, 그 무렵에는 내 속에서 불쾌한 느낌과 야릇한 호기심이 뒤섞이고 있었다. 또한 나는 어느 틈엔지 그에 대한 경계심을 허물어뜨리고 있기도 했다. 연못가를 벗어날 즈음부터 보조를 맞추어 걷던 그가 말문을 연 것은 교문을 지나 버스 정류장 앞까지 이르렀을 때였다. 그는 차를 한잔 함께 나눌 수 있겠느냐고 물었고 나는 그의 제의를 거절할 필요성을 느끼지 못했다.

그가 나를 안내하여 들어간 곳은 아늑한 분위기에 음악 소리가 맑은 커피숍이었다. 망설임 없이 자리를 정하고 앉았더니 그는 빙그레 미소를 지었다.

"그날 이후로 단골이 된 곳이죠."

한 달 전 그의 모습이 떠올라 내 얼굴에도 웃음을 만들려고 했다. 벼랑에서 떨어지는 꿈을 꾸다가 깨어난 사람처럼 얼빠진 모습이었다. 너무 빨리 허물없는 태도를 보이는 꼴이 될까 봐 조심하려 했지만, 커피가 도착했을 때 나는 그만 웃음을 터뜨리고 말았다. 찻잔을 젓다 말고 나는 입을 가리며 쿡쿡거렸다. 그 웃음은 전적으로 기억 속의 그의 모습 때문이었음을 다시 한번 강조해 두어야겠다. 그러나 그때부터 그는 갑자기 활발한 사람이 되어 많은 이야기를 늘어놓기 시작했다. 그는 자신이 어떻게 해서 이 찻집에 단골이 되었는가를 설명했다.

"연못에 돌멩이 좀 던졌다고 해서 생면부지의 아가씨에게 핀잔을 받고 나니 기분이 좋지 않았어요. 제 꼴이 제가 보기에도 우스꽝스럽게 여겨지기도 했구요. 그래서 그냥 마구 걸었는데 걷다가 보니 어느새 이 동네까지 와 있더군요. 여기도 아무렇게나 들어온 거였는데 제가 들어섰을 때 마침 「비단길」이라는 음악이 흐르고 있었습니다. 황병기 씨의 가야금 연주곡 있잖습니까. 모르겠군요. 제가 왜 마침이라는 표현을 써서 그 음악을 대수롭게 만들려는지. 하지만 어쨌건 그 음악이 흐르고 있었습니다. 저는 문득 아득한 평화에의 향수 같은 것을 느꼈습니다. 그러자 제게 핀잔을 주었던 아가씨의 얼굴이 떠오르고 그 아가씨에게조차도 고마워해야 한다는 생각이 들더군요. 다시 말하자면 저는 갑자기 마음이 넓어졌던 겁니다……"

그 후로 그는 이따금 나무 아래에 숨어서 나를 지켜보곤 했노라고 말했다. 맞은편 기슭의 커다란 나무 밑에서는 내가 앉은 바위가 잘 건너다 보였다는 것이었다. 그가 내 앞에 모습을 드러내게 된 것은 좀더 나중의 일이라고 했다. 그리고 그는 또 음악에 관한 얘기로 옮겨 가서 비단길이 자신에게 다가오는 느낌과 분위기 등을 설명하기도 했다. 어딘가 이국적인 향기를 풍기는 듯하지만 깊숙이 잠겨들게 되면 그것은 결코 낯설지 않은 느낌임을 깨닫게 해준다. 오히려 몹시 익숙한, 그러나 오랫동안 잊고 있었던 과거를 일깨운다. 신라나 백제 시대의 춤사위가 선연히 눈앞으로 떠오르는 듯도 하다. 그러다가 그는 문득 정중히 자기소개를 했다.

"사회학과 대학원에 재학 중인 강상일입니다."

나는 엉겁결에 그의 흉내를 냈다.

"정진하예요. 음악이론학과에 다니고 있어요."

그는 낭패한 표정으로 이마를 긁었다.

"또 무례한 실수를 저질렀군요. 하는 짓마다 왜 이 모양인지…… 제가 뭐 음악에 대해서 조금이라도 알고 있다는 얘기는 아닙니다. 그냥 제 느낌이 그랬다는 거지요."

"아니에요. 재미있었어요. 이론이랑 느낌이랑은 많이 다르거든요. 음악을 좋아하기는 하지만 전 그걸 제대로 이해하지 못해요. 그렇지 않다면 하필 음악이론학과 따위를 지망했겠어요."

마치 그는 내 입에서 더 나와야 할 얘기가 있음을 알고 있다는 듯 쳐다보았으므로 나는 다시 입을 열어야 했다.

"원래는 바이올린을 배웠더랬어요. 하지만 한번 쓴 물을 마시고 나니까 주제 파악을 못 했구나 하는 생각이 들더군요. 연주자로 대성할 자질은 못 된다는 걸 오래전부터 느끼던 터였거든요. 지금 생각해도 현명한 판단이었던 것 같아요."

"저보다는 훨씬 일찍 현명하셨군요. 저는 학부를 마치고서야 과 선택을 잘못했었다는 걸 깨달았으니까요."

"사회학과가 마음에 들지 않는다는 말씀이세요?"

"재작년까지 저는 건축학과 학생이었습니다. 설계기사 일급 자격증도 가지고 있죠. 하지만 사회학과도 썩 제대로 고른 것 같지는 않습니다."

나는 조금 놀랐지만 그게 바보스러운 짓으로 보이지는 않는다고 말해주었다. 자신이 진정으로 원하는 일을 찾는다는 것은 몹시 어려운 일이며 많은 시간과 많은 삶을 요구하는 것이 아니겠는가. 그리고 나는 그에게 사회학과 대학원을 택하도록 만든 특별한 이유가 있지는 않았는지를 물어보았다. 그는 달리 뚜렷한 이유가 있었던 것은 아니라고 얼버무렸으나 스스로의 대답이 설득력이 없음을 느꼈는지 이렇게 덧붙였다.

"사람 사는 일에 좀더 관심을 갖게 되었다고나 할까요."

얘기하지 않으려 드는 사람에게 억지 주문을 하는 것은 내 취미가 아니었다. 나는 선선히 고개를 끄덕이며 그를 그 주제로부터 풀어주었다. 그러나 한편으로는 머지않아 그가 먼저 그 얘기를 다시 꺼내게 될지 모른다는 생각도 하고 있었다.

6

약속은 하지 않았지만 우리는 연못 근처에서 곧잘 마주치곤 했다. 그가 돌멩이 하나를, 아주 작은 것으로, 내 발치에 던지면서 찾아오기도 했고 혹은 바윗목에 우두커니 앉아 있는 모습을 내 쪽에서 발견하기도 했다. 세 번 네 번 그 같은 일이 이어지면서 나는 그 사람이 참으로 종잡을 수 없는 성격을 지녔음을 알게 되었다. 그는 만날 때마다 번번이 전혀 다른 사람의 눈빛이 되어 나를 쳐다보았던 것이다.

다시 한 달 남짓이 지난 어느 날이었던가. 그는 몹시 어두운 표정으로 나를 찾아와 고백할 일이 있노라고 말했다. 그렇게 운을 떼고도 30분 가까이 담배만을 뻐끔대더니 마침내 그가 입을 열었다.

"진하 씨는 절망이라는 게 어떤 모습을 하고 있는지 아십니까?"

나는 적이 실망스러운 기분이 되었다. 그런 식의 서두로부터는 통속적인 과거사밖에 흘러나올 것이 없으리라는 속단 때문이었다. 그러나 그의 이야기는 조금씩 궤도를 달리하고 있었다.

"적어도 제 생각에는 육체적이며 물질적인 모습을 띠고 있을 것 같습니다. 감각을 통하여 다가오는 절망이 가장 순수하며 지독한 형태의 절망이라는 거죠. 물론 사람들은 육체적인 것은 절망이 아니라 고통이라고들 말하기도 합니다만 그건 사정을 잘모르는 말씀이에요. 그들은 고통의 단계까지밖에 체험하지 못했고 한 걸음 너머에 고통마저 사라지는 무서운 절망이 있음을 알지 못하기 때문에 감히 그런 얘기를 할 수 있는 거죠. 관념의 절망 운운하는 축도 있긴 하지만, 글쎄요, 그런 걸 절망이라고 이름 짓는 건 지나친 사치라고 생각됩니다."

"질병을 두고 하는 얘긴가요?"

"일종의 병이라고도 할 수 있겠죠. 그래요, 질병이라고 하는 편이 적절하겠군요…… 사람을 죽이고 자책감과 환영에 시달려 잠을 못 이루는 것도 질병이라 할 수 있다면 말입니다."

나는 그의 비유가 마음에 들지 않아 입을 다물었다. 은근히 두려운 느낌마저 일고 있었다. 그러나 그의 표정은 진지하고 심각했으며 그의 얘기가 자기 자신과 무관하지 않음을 충분히 드러내고 있었다. 그는 잠시를 머뭇거리다가 시선을 허공으로 띄웠다.

"의과대학을 다니는 친구가 있었습니다. 신경외과 공부를 하고 있었죠. 어느 날 밤 술에 취해 그 친구의 집을 찾아갔더니 책상 위에는 조그만 약병 하나가 놓여 있더군요. 저는 그게 무어냐고 물어보았습니다. 친구는 모르핀이라고 대답했습니다. 실습 도는 병원에서 어렵게 빼낸 거라고 말입니다. 숨길 게 없는 사이였거든요. 창밖으로 눈이 펑펑 쏟아지는 겨울 밤이었죠…… 우리는 모험에의 충동을 억제할 수 없었습니다. 그 친구 혼자였다면 결코 그런 짓은 못 했을 겁니다. 이후로 이따금 그런 기회를 가졌습니다. 하지만 그 친구는 저보다 훨씬 좋은 조건에 있었고 따라서 훨씬 자주 자기 팔에 주사기를 꽂던 모양입니다. 인턴 1년을 마치고 군의관으로 입대를 했는데, 배치 후 석 달 만에 총기 사고로 죽고 말았습니다. 자정이 지난 시각에 경계병의 수하에도 아랑곳없이 부대 울타리를 기어 넘으려 했다는 것이었습니다…… 모르핀 중독으로 인한 환각 상태였음이 나중에 밝혀졌습니다……"

위로의 말을 찾고 싶었지만 나는 그 일이 상일과 무관한 일이었다고는 얘기해줄 수 없었다.

"지나간 일이잖아요."

"물론 지나간 일입니다. 하지만 이야기는 거기서 끝나지 않았습니다."

그는 고개를 숙이고 한참 동안 망설임에 잠기는 듯했다. 그러나 결국 다시 입을 열었다.

"어쩐지 진하 씨에게는 숨기지 말아야 한다는 생각이 드는군요. 오래전부터 저는 고해성사를 바칠 사람을 찾고 있었던 건지도 모릅니다. 친구의 죽음을 듣고 저는 며칠 밤을 술집에서 지새웠습니다. 이태원의 으슥한 카페에서 말입니다. 그때 한 남자가 다가와 속삭였습니다. 만 원이면 됩니다. 담배 한 개비 값이죠. 저는 곧 그의 말뜻을 이해하였고 그를 따라 골방으로 들어갔습니다. 그는 제 팔꿈치와 발목의 복숭아뼈에 주사기를 꽂았습니다. 잠에 떨어졌다가 눈을 뜬 게 40분쯤 지나서였을까요. 그런데 세상이 완연히 달라져 있더군요. 지저분한 골방이 보석으로 장식된 화려한 궁궐이 되어 있었습니다. 천장이며 벽이며 커튼 자락 자락에서 눈부신 보석들이 흘러내렸어요. 게다가 황홀한 음악이 흐르고……"

"그게 언제의 일인가요?"

나는 그의 말을 잘라야 할 필요성을 느꼈다.

"겨우 넉 달 전이죠."

"지금은 어떠세요?"

"정신을 못 차릴 정도로 빠져버린 건 아닙니다. 유혹을 떨쳐버리려고 무척 많은 노력도 하고 있어요. 하지만 사흘이 지나면 미쳐버릴 것만 같아집니다…… 혼자서는 어떻게 할 수가 없습니다."

"혼자서 이겨내야 해요. 의지 없이는 불가능하다는 걸 알잖아요."

"진하 씨의 도움이 필요합니다. 그러면 이겨낼 수 있을 겁니다."

그는 몇 차례고 나의 도움이 필요하다는 말을 되풀이했다. 구차해 보이기까지 하는 태도로, 나는 아무 대꾸 없이 듣기만 하다가 이렇게 말했다.

"누구도 상일 씨를 도와드릴 수는 없어요. 혼자서 하세요."

그는 내 눈을 망연히 들여다보았다. 나는 얼른 일어나서 달아나버리고 싶었지만 그렇게 하지는 않았다. 흔적밖에 남지 않은 일말의 연민 때문이었을까. 혹은 단지 그의 눈을 피해서는 안 된다는 자기 강요 때문이었을까. 아무튼 나는 꽤 오랫동안 그의 눈을 마주 쳐다보았다. 그러자 그가 문득 웃음을 터뜨리며 고개를 저었다.

"도무지 진하 씨에게는 당할 수가 없군요. 어떻게 하면 그 당당한 표정을 무너뜨릴 수 있을까요."

그는 웃음을 멈추지 않으며 말했다.

"용서하십시오. 이건 모두 꾸며댄 이야기였습니다. 당황한 모습을 보고 싶어서 말입니다. 놀라서 도망이라도 갈 줄 알았는데 꿈쩍도 않는군요."

내가 아직 긴장을 풀지 않고 믿을 수 없어 하자 그는 양쪽 팔소매를 걷어 팔꿈치를 보여주었다. 그의 팔은 매끈했고 주삿바늘의 흉터 따위는 없었다.

"생각해보세요. 가까운 친구 중엔 의과대학을 다니는 놈이 없기도 하지만 설령 그런 친구가 있다 해도 이제 겨우 본과 4학년일 것 아닙니까. 어떻게 벌써 인턴 과정을 마치고 군의관까지 갔겠습니까."

비로소 내 입에서도 웃음이 나왔다. 꼼짝없이 당했음을 인정하게 된 것이었다. 그러나 다음 순간 나는 책을 들고 일어서며 쏘아붙였다.

"그만 가보겠어요. 무척 즐거우셨겠군요."

그는 내 뒤를 따라붙으며 빌고 사정하고 애원을 했다. 다시는 그런 장난질을 하지 않겠노라고, 그리고 그는 사죄의 뜻으로 연극을 보여주겠다면서 주머니 속에서 두 장의 관람권을 끄집어냈다. 이미 이런 상황을 예상하고 준비해두었다는 것이었다. 별수없이 나는 그를 용서해야만 했다.

연극은 서양 작가 작품의 번역극이었다. 크게 와닿는 것은 없었지만 그런대로 구조도 탄탄하고 재미도 느껴지는 줄거리였다. 아내의 유산을 노린 남자가 아내를 살해하고 현장을 교묘히 위장하지만 보험회사의 직원으로 가장하고 접근한 형사에 의해 내막이 밝혀진다는 추리극적인 내용이었다. 상일은 몹시도 진지하고 분석적인 태도로 연극을 관람했다.

"실례지만 가족 관계가 어떻게 되세요?"

밤거리를 나란히 걷게 되었을 때 내가 물었다. 그의 개인적인 문제에 관해 질문한 것은 그때가 처음이었던 듯하다.

"네 식굽니다. 부모님이 계시고 밑으로 남동생이 한 명 있죠."

"집 식구들도 그렇게 골탕을 먹이세요?"

대답이 들리지 않길래 돌아보니 그는 꽤 어두운 표정을 짓고 있었다. 그러나 그는 곧 쾌활한 모습으로 돌아와 입을 열었다.

"연극은 제게 있어서 언제나 새로움으로의 쇄신을 의미합니다. 인간이라는 존재 역시 저는 다른 모든 대상들과 마찬가지로 내용과 형식의 결합물이라 생각하는데 연극은 말하자면 외부적인 형식의 조작을 통해서 전체를 변화시켜나가려는 시도라고 할 수 있겠죠. 내용으로부터의 변화를 기다리기에는 우리는 너무 답답하고 소심한 존재들이기 때문입니다."

"무슨 얘긴지 알아듣기가 힘들군요."

"그래요. 사실은 저도 무슨 소린지 모르는 얘기들입니다. 하지만 중요한 건, 그런 식으로 해서 저는 많은 일을 이룰 수 있었다는 사실입니다. 건축기사 자격을 딸 수 있었고 졸업장을 받을 수 있었고 또 사회학과 대학원을 진학할 수도 있었죠. 사회학과로 진학하기로 마음먹었을 때 저는 제 자신에게 끊임없이 말했습니다. 너는 한 채의 건물을 설계하듯 사회를 설계해야 한다. 혹은 적어도 그 조감도라도 그려내어야 한다. 이 세상에서 그런 능력을 가진 사람은 너밖에 없다. 오직 너만이 그 일을 할 수 있다. 그러자 저는 정말 그 일을 해낼 수 있을 것 같았습니다. 물론 그건 저의 연극이었죠. 하지만 그렇게 해서라도 저는 사회학과를 가야만 했던 겁니다. 어떠세요. 엄청나 보이지 않나요? 사회를 설계한다는 일 말입니다."

그는 어느새 다시 진지해져서 스스로의 이야기에 빨려들고 있었다.

"플라톤이나 헤겔과 같은 철인들이 유사한 작업을 하기는 했습니다. 어떤 사람들은 공상적인 유토피아를 설계해서 많은 사람을 파멸시키기도 했죠. 그들의 작업은 지나치게 이상적이었습니다. 살아 있는 사람들의 사회가 아니라 시신들의 공동묘지를 설계하기 일쑤였어요. 플라톤의 철인 국가가 요구한 인간은 사랑하지 않는 인간, 비판할 줄 모르는 인간이었잖습니까. 도대체 갈등하지 않고 다투지 않는 인간이 어떻게 인간이라는 소리를 들을 수 있겠습니까. 그런 점에서는 유토피아도 다를 바가 없어요. 진짜 살아 있는 인간들의 사회를 설계하려면 오히려 그들이 내버렸던 점들을 가장 중요한 변수로 출발시켜야 할 겁니다. 사랑과 갈등과 시인들의 비판 정신이 한데 어우러지는 그런 사회 말입니다. 물론 나름대로 문제는 있겠지만, 문제가 있다는 건 곧 살아 있음을 뜻하는 것이니까요."

"상일 씨가 원하는 것들은 어렴풋이나마 이해할 것 같아요. 하지만 그곳에 왜 연극과 허구가 들어가야 하는지는 아직 모르겠어요."

"왜 연극과 허구가 들어가야 하느냐구요? 그 점을 이해할 수 없다니, 그건 가장 중요한 문제인데, 진하 씨는 그러면 지금까지 제가 지껄인 이야기들을 진심으로 떠들었다고 생각하세요? 천 만에요. 이 이야기들은 제가 믿지 못하는 이야기들 중에서도 가장 지독한 헛소리들입니다. 철인 국가가 무어고 유토피아가 다 무어랍니까. 그 밖에 또 무슨 그럴듯한 설계가 있습니까. 사랑과 갈등과 시인들의 비판 정신이 한데 어우러지는 사회라구요? 하하, 모두 우스꽝스러운 이야기지요. 하지만 더욱 우스운 건 그런 사실을 번연히 알면서도 끊임없이 거기에 매달리지 않으면 안 된다는 것입니다. 현실이라는 것은 더욱 가증스러운 허구이기 때문입니다. 우리가 잠시라도 거기에 매달리지 않으면 현실은 비린내 풍기는 균열을 드러냅니다. 슬쩍 건드리기만 해도 무너져버릴 만큼 허약한 허구죠. 광장을 울리는 군화 소리, 아버지의 집요한 탐욕, 동생의 신음 소리…… 제 주위에는 현실이라는 이름의 허구를 까발리기 위한 도구가 너무도 많습니다. 아시겠어요? 결국 우리는 터무니없고 허구적인 관념의 유희에 죽자 사자 매달려야만 하는 겁니다."

나는 잠시 동안 고개를 끄덕이며 있었다. 강상일이라는 이름의 아픔을 형성하는 가닥들이 어느 만큼 윤곽을 드러내는 듯했다. 특히 내게는 아버지의 집요한 탐욕이니 동생의 신음 소리니 하는 부분들이 예사롭지 않게 들렸다. 그러나 그것들은 흐릿한 그림자를 내보였을 뿐 아직 구체적인 형태와 고리를 형성해 보이는 것은 아니었다. 나는 더 이상의 질문은 계속하지 않았는데,

그것은 지나치게 조급한 호기심에 대한 스스로의 검열 작용 때문이었다. 그러는 사이 그는 논의의 방향을 내 쪽으로 돌림으로써 이야기 끝을 흐리고 있었다.

"그런 문제는 누구에게나 생소한 것은 아닐 테죠. 진하 씨에게서도 이미 처음 만났을 때 그런 점을 느낄 수 있었습니다. 『음악의 효용성』이라는 책을 읽고 있다가 불쑥 이런 얘기를 했었죠. 너무 큰 기대는 걸지 않는 게 좋아요. 제 기억이 정확했는지 모르겠군요. 음악, 미술 등의 문화 예술 파트가 전체 사회의 설계도에서 얼마큼의 비중으로 어떤 역할을 담당해야 하는가는 커다란 관심사가 아닐 수 없어요. 그건 아주 중요한 부분이니까 말입니다."

7

허구성에 대한 고백에도 불구하고, 상일의 모든 관심이 이른바 그 설계도에 집중되어 있음을 부정할 수는 없었다. 그는 언제나 머릿속에 복잡하게 얽힌 도안을 지니고 다녔으며 틈이 생길 때마다 그것을 펼쳐두고 궁리를 했다. 연못가에서 그를 발견하는 방법은 흙바닥을 유심히 들여다보는 사람을 찾는 것이었다. 그의 손에는 나뭇가지나 돌멩이가 들려 있었고 바닥에는 종 모양의 커다란 그림이 그려져 있곤 했던 것이다. 그는 과연 스스로의 말처럼 잠시라도 그것을 잊기가 두려운 듯 끊임없이 매달리고 있었다.

미처 생각지 못했던 무엇이 한 가지라도 발각되면 그는 그것을 자신의 설계도 위에 올바르게 위치 지우기까지 초조한 날들을 보내어야 했다. 어디서 이런 자식이 굴러들어왔담. 도대체 어느 구석에 처박아야 할지 알 수가 있나…… 때로는 제자리를 잡아주기까지 몇 주일이 걸릴 때도 있었고 그런 고민 끝에 도안 자체를 처음부터 다시 만들어야 하는 일도 있었다. 그러나 마침내 작업이 일단락되고 나면 그의 기쁨은 표현할 수 없을 만큼 큰 것이었다. 설계도에 대한 그의 애착에 질투를 느끼며 나는 은근히 이런 말도 해보았다.

"바윗덩이를 굴리며 산으로 오르는 사람이 따로 없네요. 모두 허구라는 걸 알면서도 그렇게 열중하게 하는 힘이 어디서 오는 걸까요."

그는 단지 미소를 지을 뿐이었다.

"허구라는 건 절대적으로 필요한 존재야. 전체 사회로 보아서나 개인으로 보아서나 마찬가지지. 특히 이런 험한 세상을 살아가는 한 개인에게는, 하기야 자기 시대를 험하지 않다고 생각하는 사람은 아무도 없겠지만, 필요불가결한 거라구. 치밀하게 위장된 허구의 틀은 실제 삶보다 훨씬 안전하고 편안하게 한 인간을 휴식케 하거든."

그러나 그의 집착들이 그다지 걱정스러워 보이지는 않았는데, 그건 상일이 자신의 일상사들을 충분히 제대로 꾸려나가고 있었기 때문이었다. 그는 석사학위 논문을 차질 없이 준비했으며 발표와 심사를 거쳐나갔다. 다음 해나 그다음 해 가을쯤에는 미국으로 유학을 가겠다는 현실적인 꿈도 갖고 있었다. 물론 그는 그

꿈속에 내가 포함되기를 원하는 것도 잊지 않았다.

겨울이 되면서 우리들 만남의 양상도 달라져야 했다. 아무런 약속도 없이 연못가에서 서로를 기다리는 방법은 실용성을 상실한 터였다. 학사 일정이 끝나면서 나는 거의 학교를 나가지 않게 되었던 것이다. 그때부터 우리는 여느 연인들처럼 번번이 약속을 정해야 했고 서로의 집으로 전화를 걸어야 했다. 그런 방법은 상일에게나 나에게나 익숙한 것은 아니었지만 그런 방법만이 가진 나름대로의 구속력이 있었다. 그것은 우리가 더 이상 서로에게 테두리 밖의 존재로 남을 수는 없음을 일깨우는 것이었다. 나는 언제나 무덤덤하기만 하던 자신 속에서 새삼스러이 발견되는 여성적인 면들에 놀라움을 느꼈다. 이유를 알 수 없는 불안감에 창가를 서성거리다 보면 나는 어느새 무언가를 기다리고 있는 내 모습을 깨닫곤 했다. 그와의 약속을 기다리고 있었고 혹은 그로부터의 전화를 기다리고 있었다. 나는 그가, 내가 그를 필요로 하는 것만큼 자주 나를 필요로 하지 않는다는 사실에 분노를 느끼기도 했지만 그를 만나러 가는 날 화장대 앞에서 보내는 시간은 길어만 졌다.

나를 자꾸만 그에게로 끌어당기는 힘이 무엇일까라는 문제는 그 무렵 나의 가장 절실한 고민거리였다. 무덤덤한 자존심이 다소나마 양보를 하기 위해서는 상일이라는 인물의 장점들이 커다랗게 부각될 필요가 있었기 때문이었다. 처음에는 그저 느낌만을 떠올릴 수 있을 뿐이었다. 그가 다가왔던 느낌, 어수룩하고 어설퍼 보이면서도 어쩐지 당당해 보이던 느낌, 다른 말로 표현하자면 담담한 느낌이라고도 할 수 있을 그런 느낌들을. 그러나 곧 나는 그것이 내적인 열정의 껍질에 지나지 않으며 나를 상일에게로 끌어당긴 진짜 힘은 바로 그 열정에 있었음을 알게 되었다. 그는 모든 일을 자기 방식으로 바라보는 눈을 갖고 있었고 그 눈은 상상할 수 없는 진지함으로 가득 차 있었던 것이다. 이를테면 그가 처음으로 집 앞까지 바래다주었던 날, 물론 그것은 내가 처음으로 그러기를 허락한 날이었지만, 아파트 입구를 들어서던 그의 안색이 석상처럼 하얗게 굳어버렸던 일은 그가 지닌 눈의 진지함을 잘 드러내는 것이었다. 아파트 단지 입구의 안쪽으로는 나이 든 아주머니 한 분이 화단 모퉁이를 차지하고 앉아 있었다. 털코트와 여우 목도리를 두른 부인들이 지나가는 발치에 그 아주머니는 낡은 스웨터 몇 개를 껴입고서 웅크리고 있었다. 오징어 두어 축이 풀어 헤친 보자기 위에 놓여 있었다. 나는 상일의 표정이 곤혹스러워짐을 보며 그를 반대쪽으로 끌었다. 그 순간 그가 느꼈을 기분을 이해하는 것이 이제는 내게도 어렵지 않았다.

나를 그에게로 끌어당긴 또 한 가지 이유는 그 무렵부터 시작되었다. 그가 좀처럼 언급하려 들지 않았던 아버지에 대한 고백을 들려주기 시작한 것이었다. 이상적인 남녀의 관계라면 두 사람이 대등하고 수평적인 입장을 지키는 가운데 이루어져야 했겠지만 현실 속에서 그것은 언제나 불균형의 모습을 띠고 진행되었다. 즉, 어느 쪽인가의 가슴속에는 연민이나 동경과 같은 일방적인 감정이 자리를 잡게 되는 것이었고, 또한 그럴 경우라야 사랑의 진행도 가속도가 붙는 것이었다. 그가 혼자 속에 품어왔던 아버지에 대한 이중적인 갈등의 고백은 내 가슴을 연민과 모성애로 가득 차게 만들고 있었다.

"아버지는 크레믈린에서 파견된 외교관 같은 분이야. 모든 사람에게 친절하고 다정하지. 그러나 그는 많은 결정을 비밀리에 치러나가고 있어. 그것도 철저히 자기 자신만의 의견을 존중하는 입장에서 말이야……"

상일의 아버지는 6 · 25 직전 단신으로 월남해서 가계를 이루어온 분이었다. 그런 경력을 지닌 사람의 대부분이 그렇듯 이북에서는 제법 땅마지기를 굴리던 지주의 아들이었고 교육도 어지간히 받은 모양이었다. 전쟁이 끝나자 군수 물자를 빼돌리는 불법 사업으로 밑천을 잡았고 상일의 어머니와 결혼도 했다. 그러나 상일이 여섯 살 되던 해 아버지는 무슨 일인가로 집을 날렸다. 동업자에게 당했다는 얘기도 있었고 노름판에서 집문서까지 털렸다는 얘기도 있었다. 아버지가 행적을 감추었던 1년 남짓 동안 어머니는 사주에 없던 행상을 다니셨다. 곱게 자란 분이라 육체적인 탈진을 견디지 못해 드러눕게 되었고 끝내는 황병까지 겹쳐 돌아가시고 말았다. 상일과 그의 동생이 고아원으로 옮겨지던 날 아버지가 나타나 그들을 데려갔다. 몇 년 후 아버지는 재기해서 큰 집으로 이사했으며 새엄마를 맞아들였다. 그날 이후 최소한 경제적인 고통만큼은 그들을 다시 찾는 일이 없었다.

"하지만 우리는 조금도 행복하지 않았어. 궁색했더라도 어머니와 함께 계속 살 수 있었다면 훨씬 나았을 거야. 몸이 허약하셨던 것만을 빼고 어머니는 모든 면에서 본받을 만한 분이셨거든."

그는 아버지가 지극히 이기적이며 따라서 위선적이라고 했다. 똑똑한 이기주의자일수록 스스로의 결점을 가리기 위해 위선의 탈을 뒤집어쓰지 않을 수 없다는 것이었다. 그 예로서 그는 아버지가 재기하자 곧 새엄마를 맞아들인 사실을 들었다.

"우리에게는 늘 슬픈 표정으로 말씀하셨지. 나는 한시도 너희 엄마를 잊을 수가 없단다. 그렇게 착하던 사람이 겪었을 고생들을 생각하면 가슴이 미어지는 것 같구나. 그래 놓구는 살 만한 형편이 되자 당장 새 여자를 끌어들인 거야. 너 같으면 그런 일이 있을 수 있다고 생각하니?"

나는 어떻게든 그를 달래어보려고 했다. 내가 들어가게 될지도 모를 집안에 불화의 골이 깊어지는 것을 방치할 수는 없는 까닭이었다. 우선 나는 독선적이라는 비난에 대하여, 단신으로 가계를 이루어낸 사람이라면 백의 아흔아홉은 그런 성격을 형성시킬 수밖에 없으리라고 변호했다. 그리고 새엄마의 경우는 아버지에게 당장 여자가 필요해서가 아니라 교육적으로 중요한 시기에 있었던 상일 형제를 위해서였을 것이며 따라서 그가 이해를 해야 한다고 말했다. 그러나 그는 단호한 표정으로 고개를 저었다.

"나는 결코 아버지를 용서할 수 없어. 불과 3년 전에 또다시 무슨 일이 있었던가를 안다면 진하도 나를 설득시키려고만은 하지 않을 거야."

그는 그 일이 무엇이었나는 끝내 얘기하지 않았다. 오히려 그는 자기 입에서 그런 말이 튀어나온 것을 당황해하는 눈치였으므로 나 역시 계속 묻지는 않았다. 그의 가족과 관계된 중요한 일이리라는 것만을 막연히 느낄 수 있었다. 그러나 내가 내버려둘 수 없는 것이 한 가지 더 있었는데 그건 상일이 아버지를 비난하면서도 끊임없이 자신을 아버지와 동일시하려 한다는 점이었다. 그는 아버지를 증오하며 자라온 20여 년의 세월 끝에 어느덧 자신이 아버지의 성격을 꼭 같이 닮아버렸음을 깨달은 것이었다. 어느 날 문득 자기 속에서, 가장 싫어하던 사람의 성격을 발견한다는 것은 얼마나 소름끼치는 일이었을까. 이기적이고 위선적이며 형식적이고 비인간적인 온갖 혐오스러운 성격들을, 그래서 그는 아버지를 증오하듯 자기 자신을 증오하고 있었고 아버지를 비난하듯 스스로를 비난하고 있었다.

"설계도니 조감도니 하는 따위를 통해서 내가 나 자신을 얼마나 철저히 기만하고 있는가를 진하는 잘 모를 거야. 모두 쓸데없는 짓거리지. 알량한 작위에 불과한 거라구. 진정 열의를 가진 인간이라면 나는 당연히 다른 일을 해야 한단 말이야."

아마 나는 그를 몹시도 사랑하고 있거나 혹은 그를 통하여 처음으로 느끼게 된 사랑이라는 감정을 지나치게 존중하려고만 한 모양이었다. 그의 갈등은 더없이 숭고한 고뇌로만 여겨진 것이었다. 나는 그의 예민한 상처를 자애롭고 관대한 모성애로 감싸주어야 할 필요를 느꼈다.

지금도 그렇지만 당시 나는 오빠와 둘이서 작은 아파트를 빌려 쓰고 있었다. 부모님은 청주의 본가에 계셨고 직장 초년생인 오빠는 거의 매일을 밤이 늦어서야 돌아오곤 했다. 어느 날 저녁 바래다주러 집 앞까지 와서는 차를 한잔 마시고 가겠다는 그의 고집을 거절하지 않았다. 물론 그가 그런 고집을 자신 있게 내세우게 하기까지 나는 약간의 분위기를 조성해야 했다. 그는 내 입술에 키스를 했고 나는 그를 위로하였다는 만족감을 느꼈다. 그러나 그가 더 이상의 요구를 해왔을 때는 냉정하게 몸을 빼어 일으켰다. 나는 결코 사전에 계획된 분량을 넘어서면서까지 그에게 관대할 수는 없었다.

그런 일이 몇 차례 이어지자 과연 그에게서는 자조적인 비난이 한결 적게 새어 나왔다. 대신 그는 엉뚱한 소리를 하기 시작했다.

"세상을 살아가는 삶 속에서 사랑이라는 것이 차지하는 비율은 얼마나 되는 것일까. 도대체 그것은 어떤 자리에 위치 지어져야 하는 것일까."

키스를 하다가도 그는 불쑥 그런 소리를 하는 것이었다. 나는 어처구니없기도 하고 화가 나기도 하여 쏘아붙였다.

"생각하는 거라곤 그저 그 설계도뿐이군요. 모르모트 두 마리를 데려다놓고 입맞춤시키는 게 낫겠어요."

그러나 나는 그로부터 맥 빠지는 한탄과 비난을 듣는 편보다는 다행스러운 일이라고 생각하고 있었다.

그러던 어느 날이었다. 겨울의 끝을 배웅하기 위해 우리는 함께 영화를 보러 가기로 했었다. 그가 나를 데리러 오도록 되어 있었고 나는 거울 앞에서 감색 코트와 화장이 잘 어울리는가를 살펴보고 있었다. 벨소리가 급하게 울리더니 그가 들어섰는데 얼굴색이 또다시 하얗게 질려 있었다. 엘리베이터를 타지 않고 뛰어올라왔는지 그는 한참 동안 가쁜 숨을 몰아쉬었다. 소파에도 앉지 않고 서성거리다가 자신의 두 손바닥을 펼쳐서 들여다보았다. 열 개의 손가락이 떨리고 있었다.

"사람을 죽였어."

나는 그가 무슨 짓궂은 장난을 하려나 보다고 생각하며 능청스레 물어보았다.

"그래요? 어떤 사람이었어요?"

그가 대답했다.

"농담이 아니야. 사람을 죽였어. 저 아래에서 오징어 행상을 하던 아주머니를⋯⋯"

그리고 그는 갑작스레 떠들기 시작했다. 그는 진지하고 절박해 보였으며 용서를 구한다는 말을 수없이 되풀이하고 있었다. 용납할 수 없었다, 그들의 존재를, 그들의 무의지를, 아니 오히려, 견딜 수 없었다. 그러나 결코 그럴 작정은 아니었다, 자신도 알 수 없는 순간에, 그런 일이 벌어져 있었다. 수없이 타일렀지만, 설계도는 어떻게 완성하겠는가, 그것조차 견뎌내지 못하는 약골이⋯⋯ 그러다가 그는 물 한 잔을 달래서 마시고는 다시 문밖으로 뛰쳐나가버리고 말았다.

나는 잠시 동안 멍청히 서 있었다. 화장대 거울에는 감색 코트와 화장이 썩 잘 어울리는 아가씨가 놀란 사슴처럼 담겨 있었다. 그러나 나는 곧 정신을 차리고 발코니 쪽으로 나갔다. 거기서는 아파트 입구가 잘 내려다보였는데 오징어 행상 아주머니는 그 자리에 끄떡없이 버티고 앉아 있었다. 한 시간 너머를 지켜보았지만 그곳에서는 아무런 일도 일어나지 않았다. 장난이 지나치다는 생각을 하며 저녁 내 기다렸으나 상일은 두번째 초인종을 울리지 않았다.

8

한 달 후 나는 두번째로 중곡동의 병원을 찾아갔다. 정확하게
는 4주 만이었다. 잎을 거의 떨군 노변의 가을 꽃들을 보면서 4년
전 처음 그를 알게 되었던 때와 우연히도 시기가 일치한다는 생
각을 했다. 하늘색과 분홍색의 환자복을 입은 남녀가 잔디밭 벤
치에 앉아서 시간을 때우고 있었다. 그들은 내가 지나가자 흘끔
흘끔 눈치를 살피더니 한 마디씩 하는 것을 잊지 않았다. 남자들
은 요즘 여자들에게서 다소곳한 옷차림을 찾아볼 수가 없노라고
불만을 토로했고 여자들은 외부인의 옷에서 늦가을 패션의 유행
을 점쳐보려고 했다.

상일은 소극장에 나타나지 않았다. 낯익은 얼굴들이 더러 눈
에 띄는 것으로 보아 지난번과 같은 병동의 환자들이 분명했지
만 상일은 그 속에 끼어 있지 않았다. 치료사 박영길 씨의 얘기를
떠올리며 나는 그의 상태가 더 악화된 것일까 생각했다. 그 사이
에 그가 퇴원을 했을 성싶지는 않았다. 드라마는 보다 순한 환자
를 손님으로 받아 진행되었고 순조로이 마무리되었다.

다소는 낙담한 기분이 되어 소극장을 나서던 나는 맞은편 복
도의 게시판에 사진 몇 장과 인쇄물들이 붙어 있는 것을 보았다.
건물 안쪽으로 이어진 복도 벽에는 대여섯 장의 그림도 걸려 있
었다. '한가위 대잔치(집단 치료)'라는 표제가 붙은 사진 속에는
많은 환자와 아마도 위문을 왔음 직한 울긋불긋한 옷차림의 사
람들이 뒤섞여 있었다. 인쇄물의 글에는 대수로운 내용은 없었
다. 환자들이 작문 시간에 지은 수필인 듯했는데 주로 자기반성

과 앞으로의 병원 생활에 대한 각오 따위가 적혀 있었다. 거기에 비하면 그림이 담고 있는 메시지는 훨씬 놀랍고 충격적이기까지 한 것이었다. 모범작으로 선정되는 기준이 글의 경우에는 내용의 건강함이었지만 그림은 형상화 능력에 있었던 듯했다. 높은 담과 철조망 위를 나는 하얀 새의 그림이 있었고, 애수에 잠긴 여인의 얼굴이 클로즈업된 곁으로 멀어져가는 남자의 뒷모습을 담은 그림도 있었다.

네번째 그림 앞에 이르렀을 때 나는 잠시 호흡을 멈추어야 했다. 32병동 강상일, 그의 그림이었다. 그림 속에는 제법 노인 티가 나는 남자의 얼굴이 상단에 위치하고 있었고 그 아래로 나팔처럼 넓어지는 도형이 있었다. 한참을 들여다본 다음에야 나는 그것이 아득히 멀어지는 길임을 알 수 있었다. 길은 그림의 하단으로부터 시작하여 화면 깊숙한 곳으로 사라지고 있었던 것이다. 옆모습으로 잡힌 남자의 얼굴은 콧날과 턱의 단단한 선이 두드러져 보였다. 그리고 그것은 상일이 파생되어 나온 모태임을 느끼게 했다. 그제야 비로소 나는 그 사람을 본 적이 있었음을 기억하게 되었다. 그해 겨울일 것이었다. 석사학위 논문을 마친 후 상일은 집으로 나를 초대한 것이었다. 유쾌하지 못한 일은 기억하지 않으려는 본능의 억압 때문이었을까. 그 일은 기억이라는 지층의 고생대 화석으로 단단히도 감추어져 있었다.

네 사람이 식탁에 둘러앉아 있었고 음식이 차려져 있었다. 상일의 아버지는 그로부터 들어온 숱한 비난과는 대조적으로 친절하고 따뜻해 보였다. 그는 미소를 머금었고 내게 간단한 질문들을 했다. 어머니 역시 거북해 보이지는 않았다. 말수가 적다는 것이 우선 나를 편안하게 해주었다. 그러나 한 사람 한 사람에 대한 호감에도 불구하고 식탁으로부터는 이상한 냉기가 풍겨오고 있었다. 그들은 마치 냉전 중인 적대국의 수뇌들처럼 미소를 지었고 식사를 했다. 시간이 흐를수록 그들이 서로를 경계하며 관찰하고 있다는 느낌은 더해갔다.

"상일이가 사귀는 사람이 생겼다는 얘기를 들었을 때부터 난 벌써 이런 아가씨려니 했다오. 하하, 사람 보는 눈 하나는 몹시 까다로운 녀석이거든."

"아마 아버지를 닮았겠죠."

아버지는 상일의 뼈 있는 대구에 아랑곳없이 말을 이었다.

"그래 아가씨는 이 녀석의 어디가 마음에 들었어요?"

상일의 신경이 자꾸 날카로워지는 듯했으므로 나는 적당히 얼버무려야 했다. 대화를 다른 곳으로 돌리기 위해서 나는 자리에 없는 상일의 동생을 거론하기로 했다.

"상준 씨는 요즘 바쁜 모양이에요."

잠시의 침묵이 흐른 후 아버지가 입을 열려 했을 때 상일의 숟가락이 식탁 아래로 떨어졌다. 상일은 의자를 밀치고 숟가락을 주웠으며 어머니에게 새것을 가져다달라고 부탁했다. 상일의 아버지는 싱긋 웃으며 말머리를 돌렸다.

"저 녀석은 어릴 때부터 늘 무얼 흘리고 떨어뜨리고 했어요. 하지만 사람은 좀 털털한 게 너무 꼼꼼한 것보다 낫지요."

식사는 그렇게 끝이 났다. 거실에서 식후의 차 한 잔씩을 마시면서도 분위기는 거의 달라지지 않았다. 상일의 아버지는 신문을 뒤적이며 요즘 대학생들이 너무 세상을 모르고 행동하는 것 같다고 혀를 찼고 상일은 짤막한 대꾸들로, 그것도 나를 의식하여 자제하는 듯한 말투로, 아버지만이 세상을 아는 것은 아니라고 못을 박았다. 나는 앉아 있는 자리가 자꾸 불편하여져서 견딜 수가 없었다. 상일의 동생에 대한 이야기가 왜 한마디도 오가지 않는가도 미심쩍은 의문이었다. 결국 나는 찻잔을 비우고 곧 그 자리를 빠져나와야 했다. 상일의 식구를, 동생이 빠진 불완전한 모습으로나마 보았던 것은 그때가 처음이자 마지막이었다.

상일의 그림을 보며 나는 마치 그날의 분위기를 다시 접하는 듯 불편함을 느꼈다. 길은 아득한 곳으로 사라지고 있었지만 허공에 맺힌 아버지의 초상은 그것이 길의 시작이자 끝이라고 말하는 듯했다. 나는 퍼뜩 한 가지 생각을 떠올렸고 특수치료과 사무실이 있는 쪽으로 발길을 돌렸다.

"또 오셨군요. 그래, 이번에는 무얼 도와드릴까요?"

박영길 씨는 나를 기억하고 반겼다. 나는 논문을 써야 하는데 막히는 곳이 많아 큰일이라고 너스레를 떤 다음 간곡한 부탁조로 본론을 꺼냈다. 지난번에 사이코드라마의 주빈으로 나왔던 강상일 씨에 대해서 좀더 상세히 알고 싶다고, 그 사람의 작문과 그림들을 찾아보고 싶다고, 박영길 씨는 곤란한 일이라고 고개를 저었다. 입원 치료 중인 환자들의 사생활권은 절대 존중해주어야 하는 것이 병원의 책임이라는 것이었다. 그러나 나는 그의 이야기가 논문에서 인용될 반 페이지 분량의 예에 불과하며 또한 당연히 가명을 쓰게 될 것이라고 설득했다. 결국 그는 젊은 여자의 간청을 거절하지 못했다.

상일에 대한 자료를 뒤진 결과 얻어낸 것은 그림 여덟 장이었다. 문예실에서는 32병동의 원고지 뭉치를 다섯 개나 훑었지만 그의 글을 찾아낼 수 없었다. 형식적이어야 할 부분은 싸그리 무시하기로 작정한 것이었을까. 그러나 그림만으로도 나는 그에 관한 많은 정보를 얻을 수 있었다. 특징적인 것은, 그의 그림들 중 여섯 장이 복도에서 보았던 것과 동일한 구조를 이루고 있다는 사실이었다. 하단에서 시작하여 화면 속으로 사라지는 길이 있었고 그 위의 허공을 뒤덮은 무엇이 있었다. 그리고 그것 또한 세 가지가 순차적으로 반복되고 있었다. 아버지의 초상, 새끼줄로 엮은 둥근 올가미, 황금빛 십자가였다. 나는 자꾸만 손끝이 떨려오는 것을 박영길 씨에게 눈치채이지 않기 위해 노력해야 했다. 아버지의 초상은 그의 길 위에 드리워진 올가미가 되었을 만큼 처절한 것이었을까. 나머지 두 장 중 한 장의 그림은 열 개의 손가락을 모두 펼친 손을 그린 것이었고 다른 한 장은 커다란 종 속에 쪼그리고 앉은 남자의 모습을 그린 것이었다. 두 그림은 모두 내게 어떤 과거를 연상시키고 있었다. "뭐랄까. 피해 의식 같은 게 있는 사람이군요. 아버지에 대해서 말입니다. 그 고통을 종교를 통해서 해소하고 싶어 하지만 쉽지 않은 모양이죠."

박영길 씨의 견해에 공감을 표시하면서 나는 몇 줄의 메모를 시늉했다. 그리고 그림들을 그에게 돌려주었다. 아직도 내게는 명확히 이해가 되지 않았다. 내가 알지 못하는 어떤 질곡들이 그의 삶을 가로막고 있었는지, 그것이 과거로부터 날아온 숙명의 화살이었는지 혹은 그의 앞길에 드리우고 있었던 그림자였는지 따위도. 분명한 것은 그가 끊임없이 밝은 빛의 세계로 나오기 위해 몸부림치고 있다는 사실이었다. 황금빛 십자가가 그런 노력을 보여주고 있었다. 그러나 나는 또한 그의 모든 노력이 스스로에게조차 철저한 허구요 기만일 수 있음을 잊지 말아야 했다.

9

상일이 다시 나를 찾아온 것은 그 저녁으로부터 사흘이 지난 오후였다. 잠을 설친 것처럼 휑한 눈이었지만 그는 그런대로 침착해 보였다. 나는 가장 먼저 그날의 일을 물어보았다. 왜 갑자기 사람을 놀라게 만들고는 달아나버렸는가. 예매해두었던 두 장의 표는 어떻게 되었는가. 그는 마치 기억도 나지 않는 오래전의 일을 새삼스러이 꺼낸다는 듯 눈을 껌벅거리더니 천천히 미소를 지었다. 아, 그 일 말인가. 그리고 그는 그날 갑자기 중요한 일이 생겨서 나와의 약속을 지킬 수 없었노라고 말했다. 뭐라고 설득할 구실을 찾아야겠는데 적당히 떠오르는 건 없고 장난질할 생각만 들더라는 것이었다. 나중에 전화를 걸어서 설명할 생각이었는데 너무 바빠서 깜빡 잊었다고 했다. 그가 너무 대수롭지 않게 둘러대는 바람에 나는 화를 낼 기분도 잃어버리고 말았다. 그러나 상일이 여느 때처럼 내게 키스를 하려 했을 때 나는 쉽게 그를 받아들이지 않았다. 그의 무심한 행동이 나를 얼마나 예민하게 만들었던가를 알리기 위해서였다. 평소 같으면 그는 내 기분을 달래기 위해서 입에 발린 반성과 맹세를 수십 차례쯤 해야 했다. 그런 다음에야 나의 입술을 허락받을 수 있었고 그러고는 이런 소리를 투덜거리곤 했다. 도대체 사랑이란 게 뭐길래 인간 강상일이 이렇게 구차해져야 하나. 그런데 그날의 그는 그렇지 않았다. 단 한 번 나의 거부에 그는 점잖게 물러나 앉더니 소파에 어깨를 기대었다.

"설계도에 관해서 나는 중요한 사실을 잊고 있었어. 도저히 잊을 수 없을 만큼 중요한 것이었는데 말이야."

"아직도 빠뜨린 게 있었다니, 놀랍군요."

그는 내 말투의 빈정거림을 조금도 의식하지 않았다.

"그렇지, 놀라운 일이야…… 내 설계도는 어리석을 만큼 평면적이었거든. 난 세상이 언제나 두 개의 극에 의해서 조작되고 절충된다는 것을 고려에 넣지 않았어. 승리와 패배, 행복과 불행, 사랑과 증오 따위…… 물론 알고야 있었지. 하지만 난 그걸 의식적으로 무시하려 해왔어. 두 가지는 서로 다른 것이 아니다, 단지 표면적인 차이만을 안고 있을 뿐이다, 궁극적으로는 동일한 결과에 수렴될 것이다,라고. 그런데 이제는 어쩔 수 없이 차이를 인정해야 할 상황이 되고 말았어. 나의 설계도 역시 두 가지 축으로부터 탄생을 요구받은 것이었고 그 한 축이 무너지자 순식간에 쓰레기 같은 폐물이 되어버린 거야. 어쩌면 이제야 나는 진정으로 두 축의 대립을 무시할 수 있게 된 것인지도 모르지."

"그렇다면 축하를 해야 할 일이군요."

나는 그가 왜 갑자기 그런 생각을 갖게 되었는지 짐작할 수 없었다. 그가 말하는 어쩔 수 없는 상황이라는 것은 무엇인지, 그의 설계도에서 비롯되었다는 두 가지 축은 또 무엇인지, 질문들이 혀끝을 간지럽혔지만 나는 애써 무관심한 태도를 지키려 했다.

"하지만 문제가 간단해진 것은 아니야. 오히려 훨씬 심각해진 셈이지. 자잘한 대립들의 존재를 인정하게 된 것은 보다 본질적인 두 극이 있음을 부정할 수 없게 된 까닭이거든. 말하자면 죽음의 세계, 영혼의 세계가 나타난 거지. 내가 그려온 설계도는 그 세계를 뿌리로 하고 있었어. 변하기 쉽고 다분히 충동적인 인간들과의 관계는 더 이상 의미를 지닐 수 없게 돼. 거기서는 오직 신과의 관계만이 중요성을 띨 뿐이야."

"정말 놀라워요. 겨우 그런 것들을 이제야 깨달으셨다는 건가요?"

"나는 아무것도 깨닫지 않았어."

그는 여전히 침착하게, 그러나 조금은 지친 눈빛으로 나를 바라보았다.

"나 자신의 사고방식에 있어서는 아무것도 달라지지 않았어. 나는 보편적인 세상 사람들에 대해서 이야기하고 있는 거야. 신과 영혼의 개념을 도입하면 여태까지 설명되지 못했던 많은 부분들이 쉽게 풀릴 수 있거든. 현상만으로는 논하기 어려웠던 문제들, 이를테면 육기통 승용차의 뒷좌석에 앉아서 카폰으로 업무를 보는 사람과 빌딩 청소부와의 차이라든가 미스 코리아와 불구자와의 차이 같은 문제들이 명쾌하게 설명되지. 실지로도 많은 사람들이 자신의 불행을 전생의 업이나 사후 세계의 축복에 대한 기대들로 감당해나간다는 건 결코 간과할 수 있는 일이 아니야. 그리고 더욱 중요한 건, 그런 관계가 내 눈을 속일 수도 있을 만큼 그럴듯하다는 점이야. 죽음은 영원히 풀리지 않을 비밀의 성이거든……"

나는 그의 논리가 작위적인 어거지로만 여겨졌다. 그러나 그의 목소리가 몹시도 공허하게 울려오고 있었으므로 반박을 계속할 기분은 일지 않았다.

잠시 후 그는 집으로 돌아가야 한다며 일어났다. 그렇게 빨리 돌아가리라고는 생각지 못했기에 나는 다소 당황했다. 우리 사이의 껄끄러움은 조금도 풀어지지 않고 있었던 것이다. 그러나 그는 반드시 돌아가야 할 일이 있으며 이유는 나중에 설명해줄 수 있을 것이라고 말했다. 정중한 표정을 짓고 있는 동안은 누구도 그의 뜻을 막을 수 없었다. 그는 조용히, 불과 30분 전에 들어왔던 문을 통해 빠져나갔다.

열흘 후 나는 그에게 전화를 걸었다. 그동안 그로부터는 아무런 연락도 오지 않고 있었다. 상일을 찾는 나에게 그의 어머니는 친절하게 말씀해주셨다.

"상일이는 아버지 산소에 갔어요."

나는 설명할 수 없는 기분이 되어버렸다. 산소라는 것은 생명이 끊어진 사람들을 위한 낱말이 아니었던가. 아버지의 죽음에 내가 전혀 무지했었음을 알자 어머니는 오히려 놀라는 눈치였다. 그녀는 상일의 아버지가 갑자기 쓰러졌으며 담당 의사로부터 가능성이 없다는 진단을 받고 이틀 만에 숨을 거두었다고 말했다. 그리고 이즈음은 상일이 매일처럼 산소를 찾고 있다는 것도 가르쳐주었다.

전화를 끊고 날짜를 헤어보던 나는 그의 아버지가 숨을 거둔 날이 상일이 마지막으로 찾아왔던 날의 하루나 이틀 전이었음을 알게 되었다. 그렇다면 그때는 상일이 상주의 옷을 입고 곡을 하고 있어야 할 시간이었다. 나는 그가 왜 불쑥 현관을 들어섰으며 서둘러 돌아가려 했던가를 이해할 것 같았다. 밑도 끝도 없는 얘기들이 그의 입으로부터 흘러나왔던 사정도 어느 만큼은 알 수 있을 것 같았다. 갑작스러운 혈육의 죽음을 통해서 그는 죽음이라는 것의 허망함을 절감하게 된 것이었다. 더구나 아버지는 영원히 허물어지지 않을 것처럼 버티고 서 있던 요새였으며 그가 가장 엄청난 증오로 파괴하고 싶어 했던 거대한 괴물이었다. 나는 문득 그의 이야기 한 구절을 떠올렸다. 나의 설계도 역시 두 가지 축으로부터 탄생을 요구받은 것이었고 그 한 축이 무너지자 순식간에 쓰레기 같은 폐물이 되어버린 거야…… 그 말의 뜻을 절반 정도는 풀어낼 수 있었다. 두 가지 축 중의 하나는 아버지였으며 그 한 축이 무너졌음은 곧 아버지의 별세를 뜻하였으리라는 것을. 그러자 나는 다시 그의 아버지가 가망 없음 선고를 받은 것이 우리가 함께 영화 구경을 가기로 했던 날 부근이었음에 생각이 미쳤다. 더 이상 의심할 필요가 없는 일이었다. 선고를 받는 순간부터 그의 머릿속은 죽음이라는 낱말로 가득 차게 되었으며 갈피를 잃고 흐트러진 것이었다. 그러나 그가 말한 두 가지 축 중의 나머지 한 축은 과연 어떤 것이었을까.

상일의 설계도는 처음부터 너무 많은 것을 담으려 하고 있었다. 그것은 무모한 계획이었고, 그가 고백했던 대로 어리석어지기 위한 노력이었다. 그는 한 장의 도면 속에 인류가 이루어온 모든 역사를 포함시키려 했던 것이다. 피라미드의 정상을 차지하고 퍼질러 앉은 비대한 사기꾼들로부터 그 밑바닥을 떠받든 채 후들거리다가 쓰러져가는 비쩍 마른 군상에 이르기까지. 뿐만 아니라 그는 그들의 관계를 상호보완적으로 설명하려 했고 그

관계를 지속시킬 수 있는 도구들을 설정하려 했으며, 그들 하나하나가 왜 각자의 자리에 놓여야 하는가를 밝히려 했다. 비록 시인들의 비판 정신을 중요시하기는 했지만 그것을 통하여 역사의 구조가 달라지리라고는 생각지 않았다. 그가 시인들에게 기대한 것은 다만 달콤한 환상이었다. 현실의 고통 너머로 변화가 다가오고 있다는 환상, 그래서 숱한 사람들이 목을 길게 늘이며 끈기 있게 육신을 고갈시키도록 할 환상이었다. 그 점은 현실이라는 근원적 허구를 잊기 위해서 설계도의 자잘한 허구들에 몰두하려는 상일 자신의 모습과 다르지 않았다. 나는 그의 생각에 동의하지 않았고 그의 발상이 시작부터 정당하지 못했음을 지적하려 했었다. 나는 이런 말을 했다. 상일 씨는 자신이 승리와 패배의 이분법적인 사고방식을 극복했다고 하지만 제가 보기에는 오히려 퇴행적으로 포기한 것 같아요. 상일 씨의 설계는 껍질 속으로 웅크리려는 거북이 같거든요. 그러나 그의 고집이 얼마나 단단한가를 알고부터는 아예 참견을 않고 있었다.

그날까지 나는 상일이 왜 허구의 설계에 집착하는가를 이해하지 못하고 있었다. 물론 그날 이후로도 그 까닭을 제대로 이해한 적은 없었다. 그러나 그즈음의 내게는 어렴풋한 짐작 하나가 어른거리고 있었다. 오징어 행상 아주머니 앞에서 하얗게 안색이 질리는 것을 보면서 갖게 된 느낌이었다. 비쩍 마른 밑바닥의 군상들에 대하여 그는 견디기 힘든 통증을 느끼며, 설계도라는 허구로 그 같은 현상들을 합리화시킴으로써 스스로의 통증을 눈가림하려 한다는 것이었다. 세상은 어차피 그런 것이다라는 체념적인 눈가림을……

그 후로 나는 상일을 만날 수 없었다. 몇 차례의 전화를 걸었지만 목소리조차 들을 수가 없었다. 어머니의 한결같은 대답은 그가 아버지의 산소에 갔다는 것이었다. 그러나 밤늦은 시각의 전화가 두어 번 이어지자 어머니는 어쩔 수 없다는 듯 말했다. 상일이는 누구와도 통화를 하고 싶지 않대요. 나는 예의 바르게 전화를 끊어야 했다.

몇 달이 지난 어느 날 친구 윤경으로부터 조금은 충격적인 소식을 듣게 되었다. 같은 과 선배 언니가 상일과 함께 다니는 장면을 여러 번 보았다는 것이었다. 뿐만 아니라 윤경은 그들의 관계를 뒷조사한 다음 이렇게 설명해주었다. 언니는 독실한 크리스천이며, 상일과는 두 달 전 교회에서 알게 되었다. 서로를 통하여 하나님을 느낄 수 있을 만큼 그들은 영적으로나 신앙적으로나 가까운 사이가 되었다. 이미 그들은 함께 유학을 가서 신학을 공부할 계획까지 세워두고 있다. 그리고 얼마 후 나는 그들이 정말 유학을 갔다는 소식을 들을 수 있었다. 그를 위하여 해줄 수 있는 일이 아무것도 없었음이 서글프기도 했고 그런 소식을 빠뜨림 없이 주워 다 들려주는 윤경이 밉기도 했다. 그러나 아무튼 내 속에서 상일이라는 존재는 마침표를 찍어야 했다.

10

네번째 방문에서야 나는 다시 상일의 모습을 볼 수 있었다. 찬 공기가 속살까지 파고드는 겨울날이었다. 조마조마했던 대로,

가게가 문을 열자 상일은 서둘러 무대 위로 올라갔다. 조금 더 수척해 보였지만 역시 턱수염을 말끔히 밀어낸 단정한 모습이었다. 그는 가게의 두 주인에게 다가가 팔을 내밀었다.

"제 가슴속의 모든 죄악을 드리고 오직 한 분 하나님만을 경배하는 마음을 받고 싶습니다."

무대 밖의 연출 담당 여의사는 그의 출현을 달가워하지 않는 표정이 역력했다. 그녀가 아무런 신호도 보내지 않았으므로 가게 주인들은 상일을 그냥 내려보내려고 했다. 그들은 상일의 팔에서 죄악을 거둬들이고 하나님을 경배하는 마음을 안겨준 다음 안녕히 가시라고 말했다. 그러나 상일은 무대 출구를 가리키는 여주인의 손가락을 본 체 만 체 그 자리에 버티고 서 있었다. 그는 아주 천천히 두 주인의 얼굴을 쳐다보더니 연출의를 향해 돌아섰다.

"저는 치료를 받기 위해 올라왔습니다. 이대로 내려보내지는 말아주십시오."

연출의는 상일의 직접적인 항의에 적잖게 당황하는 눈치였다. 그녀가 곤란한 표정으로 생각에 잠겨 있는 사이 관객석에서 누군가가 박수를 치기 시작했다. 객석은 순식간에 박수와 환호로 뒤덮였다. 상일은 이제 밀려 내려갈 염려는 없다고 생각했는지 헛기침을 하며 무대 가운데로 걸어 나왔다. 그가 말문을 열었다.

"이날 이때까지 제 삶은 줄곧 하나님을 시기하는 무리에 둘러싸여 있었습니다. 그들은 제가 그들 무리와 같아지도록 유혹했습니다. 저는 번번이 그들의 유혹에 빠져 하나님을 배반하고 하나님의 사랑을 비웃곤 했습니다. 그러니까 그건…… 아마 고등학교에 다니던 때였다고 생각됩니다. 그 무렵은 성적인 호기심들이 한창 불온한 형태로 싹트던 때이기도 했죠. 학교에는 쉬는 시간만 되면 이상한 잡지에서 오려낸 여자 나체 사진을 들고 교실을 휘젓는 아이들이 있었습니다……"

"강상일 씨!"

연출의가 그의 이야기를 중단시켰다.

"정말 번번이군요. 왜 그런 뻔한 거짓 연극으로 우리를 속이려드는 거죠? 상일 씨의 태도는 상일 씨 자신을 위해서나 다른 환자들을 위해서나 결코 바람직하지 못한 것이에요."

"제가 무슨 얘기를 하려는 것인지 알기나 하십니까?"

"또다시 골고다 언덕의 예수가 되고 싶으신 거겠죠."

연출의의 단호한 대꾸에 상일은 움찔하는 눈치였다. 그러나 그는 안색을 바꾸지 않고 태연히 말을 받았다.

"신앙을 무시하는 사람은 정신적으로 성숙되지 못한 사람입니다. 하지만 연출가 선생님께서 재미가 적으시다면 다른 얘기를 들려드리도록 하겠습니다. 이런 얘기는 어떨까요. 사람을 죽인 일 말입니다. 살인을 했다는 얘기죠. 물론 여기 계신 여러분 중에는 그런 경험을 가진 분이 없으시겠지만, 그건 별로 권장할 만한 경험은 아니었습니다."

그는 지극히 침착하게 말을 잇고 있었는데 이미 그의 눈에 연출의의 존재는 왜소해지기 시작한 모양이었다.

"첫번째 살인이 있었던 건 대학원 마지막 학기였습니다. 자랑할 일은 못 되지만 저는 그럴듯한 대학의 석사과정에 적을 두고 있으니까요. 그 무렵 제게는 이따금 만나서 시간을 때우는 여자

친구 한 명이 있었습니다. 같은 학교의 음악대학생이었는데, 그녀에 대해서는 긴 설명이 필요 없을 겁니다. 부모를 잘 만나서 어려움이라고는 모르고 자란 평범한 여대생이라고나 할까요. 30만 원짜리 코트를 걸치고 다니며 시선은 언제나 전방 15도인 그런 여대생이었죠. 그녀는 오빠랑 둘이서 강남의 아파트 한 채를 얻어 쓰고 있었습니다. 시간 때우기가 끝나면 저는 그녀를 집 앞까지 바래다줄 때도 있었습니다. 그런데 문제는 그녀의 아파트 단지 입구였습니다. 그곳에는 한겨울에도 스웨터 몇 개만을 껴입은 채 오들거리는 오징어 행상 아낙이 있었거든요…… 그렇습니다. 이미 짐작하신 분도 계시겠지만 제 첫번째 살인의 제물은 바로 그 아낙이었습니다. 왜 그런 가엾은 여자를 죽였느냐구요? 이유는 간단합니다. 그녀의 눈에는 분노가 없었기 때문입니다. 로얄살롱이 지나가도 털코트와 털목도리에 파묻힌 귀부인이 지나가도 그녀는 도무지 분노할 줄을 몰랐기 때문입니다. 적의를 품기는커녕 오히려 그녀는 그들의 자비를 기다리고 있었습니다. 걸음을 멈추고, 그녀로부터 한 마리의 오징어를 사주기를, 그래서 조금이라도 일찍 얼어붙은 몸을 일으킬 수 있게 하여주기를 말입니다. 장래의 귀부인인 여대생을 집으로 바래다주면서 저는 매번 소름끼치는 살의를 느껴야 했습니다. 마침내 어느 어두운 밤, 저는 그녀로부터 생명을 빼앗기로 결심했습니다. 육신까지 죽인다는 건 너무 번거로운 일이었기에 그녀의 영혼만을 조용히 불러냈습니다. 행상 아낙의 영혼은 아파트 담 아래의 으슥한 숲까지 무심히 따라왔습니다. 저는 두 손으로 그녀의 목을 졸랐습니다. 왜 죽어야 하는가를 설명할 필요는 없었습니다. 죽음은 시작이 아니라 끝이었으니까요. 그녀의 영혼은 끈질긴 생명에의 집착으로 바둥거렸지만 결국 호흡을 멎고 늘어졌습니다."

상일은 자신의 두 손을 내려다보았다. 열 개의 손가락이 그림 속에서처럼 쫙 펼쳐져 떨리고 있었다. 그는 천천히 손을 내리더니 무대 위를 걸었다.

"여러분은 그것이 진짜 살인이 아니라고 이의를 제기할지도 모릅니다. 그렇다면 좋습니다. 그건 진짜 살인이 아니었다고 해두겠습니다. 하지만 불과 며칠 뒤, 이번에는 누구도 부정할 수 없는 명백한 살인이 있었습니다. 아시겠습니까. 명백히 모든 사람들에게 공개된 살인이 있었단 말입니다. 그리고 놀랍게도 대상은 저의 아버지였습니다. 의사는 사인을 혈압성 뇌출혈이라고 진단했지만 그 사람은 아마 희극배우 출신이었던가 봅니다. 그처럼 명백한 살인을 뇌출혈이라고 진단하다니…… 어쩌면 그 사람도 부친이 죽어 마땅한 위인임을 알고 있었던 건지도 모르죠. 부친의 죽음은 이미 3년 전부터 계획된 것이었습니다. 동생에게 그 일이 있었던 날부터. 물론 그전에도 아버지는 우리 형제에게 참을 수 없는 혐오의 대상이었지만 그 일이 있고부터는 더 이상 용납할 수 없게 되었던 겁니다."

상일이 잠시 침묵을 지키자 연출의가 부드럽게 그를 재촉했다. 그녀도 이제는 여유를 되찾고 상일의 고백에 흥미를 느끼게 된 모양이었다.

"좀더 상세히 말씀해보세요. 아버지가 왜 그런 혐오의 대상이 되어야 했죠?"

"아버지는 위선자였기 때문입니다. 겉으로 대하는 태도는 언제나 자상하기 짝이 없었습니다. 친절하고 상냥하고 대등한 입장인 척하는 것이었죠. 하지만 아버지는 누구에게도 마음을 여는 법이 없었습니다. 중요한 결정이 있을 때마다 우리는 뒤통수를 얻어맞는 느낌이었어요. 모든 판단과 결정은 아버지만의 권리였고 나머지 사람은 그 결정을 충실히 실행하는 수족에 지나지 않았거든요. 생각해보세요. 어느 날 갑자기 낯선 여자를 데려와 엄마라고 부르라 한다면 누가 입에서 그 소리가 제대로 나오겠습니까. 진짜 엄마는 아버지 자신의 손으로 죽인 것과 다름없는데도 말입니다. 매사가 그런 식이다보니 우리 형제는 아무래도 아버지를 좋아할 수 없었습니다. 반면에 동생과 저의 사랑은 어떤 다른 형제들에게도 비할 바가 아니었습니다. 동생이 걸음마를 시작하던 무렵부터 우리는 그림자처럼 붙어 다녔습니다. 그 무렵에는 또 유아 유괴가 활개를 치던 때라 저는 학교만 파하고 돌아오면 동생의 위치를 파악하는 일로 하루를 시작하곤 했지요. 동생은 제 발등에 발을 올려놓고 걸어다니기를 좋아했습니다. 이렇게……"

그는 발 위에 어린 아이를 태우고 두 팔을 붙든 다음 힘겹게 걷는 시늉을 했다.

"그러던 동생에게, 그러니까 아버지가 돌아가시기 3년 전에 좋지 못한 일이 생긴 모양이죠."

상일의 눈빛이 파랗게 변했다.

"그 작자 때문입니다. 아버지라는 그 작자 말입니다. 그자가 동생을 전투경찰로만 빼돌리지 않았더라도 그런 일은 없었을 겁니다."

"동생이 입대를 했나 보군요."

상일은 고개를 저었다.

"상준이는 입대할 생각이 전혀 없었습니다. 대학생이 되고부터 몹시도 알차고 분주하게 자기 삶을 꾸려가고 있었거든요. 사회학과의 분위기에 지나치게 빨려드는 게 제게도 조금은 걱정스러웠지만 상준이도 이제는 어린애가 아니었죠. 저는 동생이 자기 자신을 잘 추슬러나가리라 믿어 의심치 않았습니다. 그런데 아버지는 아마 그 애를 내버려두기가 불안했던 모양입니다. 데모와 빨갱이가 아버지에게는 같은 말이었고 빨갱이라면 자다가도 고개를 젓는 분이었으니 무리도 아니었어요. 경험해보지 못한 너희에게는 아무리 설명해도 이해되지 않을 거다, 그놈들이 어떻게 우리 땅과 집을 뺏어갔는지 말이다. 하지만 그것만큼은 있을 수 없는 일이었습니다. 어느 날 문득 아버지는 상준의 학교에 휴학계를 내고 우선 징집 지원서를 제출해버린 겁니다. 상준이는 나중에야 그 같은 사실을 알게 되었고 집안에서는 한바탕 난리가 벌어져야 했습니다. 부모와 자식의 권리로부터 시작해서 시국관에 이르기까지 모든 것이 논란의 대상이 되었죠."

"상일 씨는 그때 정확히 어떤 입장이었나요?"

"글쎄요, 뭐랄까…… 솔직히 대답하는 편이 낫겠죠. 저는 그들처럼 현명하지 못했습니다. 한 가지 입장을 단호하게 내세울 수 없었어요."

"좋아요. 그때 상황을 기억하기는 어렵지 않겠죠? 함께 그 시간으로 가보기로 합시다."

연출의는 가게의 두 주인을 다시 무대 위로 올린 다음 남자 주인에게 아버지 역할을 여주인에게는 상일의 역할을 맡겼다. 상일에게는 그의 남동생 역을 맡도록 했다. 그러나 그 역할 분담은 싱겁게 끝나버렸다. 동생 역을 맡은 상일이 아버지와 몇 마디 언성을 높이다 불쑥 이런 선언을 하고는 무대 밖으로 나간 것이었다.

"아버지 뜻이 정 그러시면 그렇게 하겠습니다. 하지만 이번이 마지막입니다. 형식적으로나마 아버지의 뜻을 따르는 건 이번이 마지막입니다. 앞으로의 모든 일은 제 뜻대로 해나갈 것입니다."

상일은 연출의가 요구하는 드라마가 자기 얘기를 풀어나가는 데 있어서 별반 중요하지 않다고 판단한 듯했다. 그녀는 할 수 없이 두 주인을 내려보내고 다시 상일을 불러 올려야 했다.

"그래서 동생은 입대를 했군요."

"그렇지만 아버지의 흉계는 아직 끝나지 않고 있었습니다. 그 작자는 비밀리에 손을 써서 동생이 전투경찰로 차출되도록 해두었던 것입니다. 자대 배치 직후 동생으로부터 온 편지에는 곤혹스러움이 가득 차 있었습니다. 어떻게 해야 할지 모르겠다. 나는 누구인가. 내가 쳐다보아야 할 하늘은 과연 어디에 있는가. 그러더니 결국…… 우리는 동생이 병원에 있다는 기별을 받게 되었습니다. 그 애는 갈비뼈가 부러지고 뒷머리가 깨어진 채 죽은 듯이 누워 있었습니다. 무얼 먹지도 못하고 사람을 알아보지도 못하더군요. 부대 상사 얘기로는 계단에서 굴렀다는데 그게 어디 말이나 되는 소립니까. 심하게 계단을 굴렀다는 사람이 찰과성이나 타박성은 한 군데도 없고 갈비뼈와 뒷머리만 깨졌다는 게 말입니다. 동료들에게 물었더니 시위 진압 출동을 나갔는

데 상준만이 현장에서 차를 내리지 않았더랍니다. 이런 작전에
는 참가할 수 없다구요. 부대로 돌아와 소대장의 호출을 받았는
데 상준이 실려 나간 후에 봤더니 개머리판에 피가 흥건하더랍
니다…… 뻔한 얘기죠. 그 자식이 제 동생을 개머리판으로 후려
갈긴 겁니다. 그 개 같은 자식이."

상일은 떨림 때문에 이야기를 잇지 못했다.

"고소를 하지 않았나요?"

"고소라구요? 하하, 그렇죠. 그런 방법이 있기는 하죠. 하지
만 그건 적어도 우리나라에서 가능한 이야기는 아닐 겁니다. 제
게 그런 사실을 들려준 동료는 이런 덧붙임을 잊지 않았거든요.
양심의 가책 때문에 알려드리는 겁니다만 절대 비밀로 해주십
시오. 법적 증언 따위를 감히 할 용기는 없습니다. 그러니 도대
체 무얼 근거로 고소를 하겠습니까. 동생은 백치 같은 눈으로 헛
소리만 하죠, 의료진은 경찰들과 한패가 되어 짝짜꿍이죠, 게다
가 아버지는 입술에 자물쇠를 매단 듯 침묵뿐이죠. 그때부터 저
는 아버지를 의심하게 되었습니다. 아버지의 각본 속에는 애당
초 모든 것이 들어 있지 않았을까 하고. 강제 휴학을 시키고 우
선 징집을 시키고 전투경찰로 차출시키고 일련의 절차가 너무도
치밀하게 이루어지고 있었으니까요. 설사 마지막 결과가 각본에
없었다 할지라도 아버지는 제게 혐오와 저주를 받아 마땅했습니
다. 그 후로 3년 동안 저는 하루라도 아버지의 파멸을 기원하지
않은 적이 없습니다. 제발 저 작자를 시궁창 속에 처박아주십시
오. 가장 처참한 파국에 이르도록 해주십시오. 누구에게랄 것도
없이 빌었습니다. 아버지의 죽음은, 그 3년 동안의 처절한 기원

이 빚어낸 살인이었던 것입니다."

"아버지의 죽음이 통쾌했겠군요."

"천만에요. 그렇지 않았습니다. 죽음이란 건 너무 간단한 마침표였습니다. 조금도 처참하지 않은 그냥 마침표였죠. 오징어 행상의 영혼을 죽였을 때 제게는 그녀에 대한 아무런 증오도 없었다는 것을 알아주시기 바랍니다. 전 결코 나쁜 일을 했다고도 생각지 않았으니까요. 그러나 어쨌건 아버지의 죽음은 엉뚱하게도 죽음에 대한 관심을 불러일으켰습니다. 죽음의 본질, 죽어야만 하는 필연성, 죽음 이후의 세계에 대한 호기심…… 그러다가 저는 교회를 나가게 되었고 어느 여신도를 통하여 하나님을 만나게 되었습니다. 소박하고 진실되기 짝이 없는 여인이었습니다. 우리는 곧 결혼을 했고 함께 신학을 공부하기 위해 서독으로 건너갔습니다."

그는 잠시 말을 멈추고 허공을 바라보았다. 마치 한 쌍의 신혼 부부가 허공으로 거니는 것을 보는 듯 시선이 아득해졌다. 그러나 그는 곧 눈길을 거두어 연출의에게로 돌렸다.

"연출가 선생님께서는 우리가 행복했는지를 묻고 싶으실 테죠. 물론 행복했습니다. 반년쯤은 말입니다. 하지만 그 행복이 끊임없이 이어졌으리라고는 기대하지 마십시오. 매사를 진지하게 보는 사람들에게 행복이란 욕조의 뜨거운 물과 같은 법이에요. 나른한 쾌감을 느끼는 순간 다른 한편에서는 무겁고 답답함이 숨통을 죄어오기 마련이거든요. 경제적으로 넉넉한 형편이 아니었기에 학교는 저 혼자만이 다니고 있었습니다. 하루 종일 집을 지켜야 했던 아내는 아이를 갖기를 원했습니다. 그런데 이상한 일이었어요. 우리에겐 도무지 아이가 생기지 않는 것이었어요. 나름대로는 적잖은 노력을 했지만 소용이 없었습니다……"

연출의가 그의 말틈을 비집고 들었다.

"그건 이상한 일이 아니에요. 제가 이유를 맞혀볼까요. 상일 씨는 아이에 대해서 두려움을 느끼고 있었어요. 아버지에 대한 혐오감이 장차 태어날지도 모를 자식과의 관계조차 혐오스럽게 만들고 있었던 거예요. 그래서 상일 씨는 무의식적으로 아내의 임신을 기피하고 있었죠."

상일은 표정을 일그러뜨렸다.

"모르겠어요. 그랬을지도 모르죠. 아버지에 대한 갖가지 감정들은 잠시도 머릿속을 떠나지 않았고 저는 그 고통으로 가위눌림까지 당하던 형편이었으니까요…… 아내가 광신적으로 변하기 시작한 건 그 무렵부터였습니다. 그 전까지도 아내의 신앙은 두텁고 진실한 편이었지만 상식을 벗어나는 일을 저지르지는 않았어요. 그런데 그 어느 날부터 아내는 하나님 중독자가 되어버린 겁니다. 아니, 이건 적당한 표현이 아닌 것 같군요. 지금 제 얘기는 모두 그 당시의 느낌들이란 점을 유념해주십시오. 오히려 이제는 아내를 성자였다고 생각하고 있으니까요. 아무튼 아내는 집안일을 소홀히 하고 교회에만 매달리게 되었습니다. 제가 학교를 가고 나면 종일 교회에서 사는 눈치였어요. 그렇지 않으면 교회 근처의 지하도 입구에서 행인들에게 전도를 하고 있었습니다. 예수님 믿고 구원받으세요, 심판의 날이 멀지 않았어요, 가까운 교회들 찾으세요. 기가 막힐 노릇 아니겠어요. 가뜩이나 추운 겨울날에 한길에 서 그러고 있는 아내의 모습을 본다는 게 말입니다. 더구나 아내 에겐 외투 따위도 없었습니다. 가난한 사람들을 구원한답시고 벌써 내다 판 다음이었지요. 외투뿐 아니라 집 안에 값나갈 만한 물건들은 차례차례 자취를 감추고 있었어요."

"부인께서 그렇게 변하신 이유를 잘 생각해보셨나요?"

"저도 어지간히는 참으려고 했지만 아내의 행동을 무작정 내 버려둘 수만은 없었습니다. 아내는 감기까지 걸려 새벽녘에는 헛소리를 해댈 정도였습니다. 저는 몹시 화를 내고 아내에게 금 족령을 내리려고 했습니다. 그러나 아내는 눈도 꿈쩍 않더군요. 그 일이 있었던 날도 아내는 아침부터 열이 낫지 않았어요. 그런 데도 스웨터 몇 개를 껴입고 밖으로 나갈 채비를 하는 것이었어 요. 제가 학교로 가기만을 기다리는 눈치가 역력했습니다. 저는 아내를 불러 앉히고 다그쳤죠. 그 몸을 해가지고도 전도를 나가 려느냐구요. 그랬더니 아내는……"

"잠깐만요. 이 선생님 좀 올라와주세요."

연출의는 가게의 여주인을 불러올려 상일의 역할을 맡기고 상 일에게는 그의 부인 역을 맡도록 했다. 이번에는 연출의와 상일 의 의사가 통했는지 상일은 성실하게 주어진 역할에 임했다. 상 일 역의 여주인이 말했다.

"이것 봐, 몸이 그 상탠데 또 어딜 나가려는 거야."

상일이 분한 아내는 대답 없이 물끄러미 상일 역을 쳐다보았 다. 그러자 그가 다시 소리쳤다.

"오늘 아침 당신 체온이 몇 도였는지 몰라서 그래? 밤새 헛소 리를 하고 아직도 나가서 떠들 기운이 남았단 말이지. 도대체 당 신이란 사람은 이해할 수가 없어. 집구석에 남아나는 게 없이 다

갖다 바치더니 이제는 당신 몸까지 바치려는 거야? 하나님이라도 그렇게 지나친 신앙은 원치 않을 거야."

"전 아무렇지도 않아요."

"아무렇지도 않다고? 오호, 체온계가 고장이라도 났던 모양이군. 밤새 내가 들은 소리는 모두 꿈이었나. 가서 거울을 한번 들여다봐. 당신 얼굴이 어떻게 변해 있나를 잘 좀 살펴보란 말이야. 코만 훌쩍거리지 않는다면 사람들은 모두 당신을 미라로 착각할 거야."

아내는 상일에게서 눈을 떼지 않으며 또박또박 말했다.

"육신은 중요하지 않아요. 이건 다만 껍질에 지나지 않아요. 하나님의 사랑을 전하기 위해 일하다 죽는다면 그것보다 더 큰 행복은 없을 테죠. 그만큼 빨리 하나님께서 저를 당신의 보좌 곁으로 부르고 싶어 한다는 뜻이니까요. 상일 씨도 그랬잖아요. 지상의 삶은 하나님의 나라를 위한 준비일 뿐이라구요."

"그런 뜻이 아니었어. 나는 단지……"

"천만에요. 분명히 그런 뜻으로 이야기한 것이었어요. 천국은 고귀한 영혼에 깃드는 것인데 사람들은 왜 이다지도 물질적인 이해관계 속에서 헤어나질 못하는 것일까, 사소하고 보잘것없는 집착에서 벗어나지 못하는 것일까, 서로의 영혼을 사랑하지 못하는 것일까. 그리고 이런 말도 했어요. 심판의 날이 오면 우리는 모든 짐과 억압으로부터 자유로워질 것이다, 어서 그날을 맞고 싶다. 우리가 아이 문제를 다시 생각하게 된 것도 우리 아이가 그날 이 전에 죄악에 물들 것을 두려워해서였잖아요."

상일 역의 여주인이 대꾸할 말에 고심하는 눈치를 보이자 연출의는 두 사람의 위치를 바꾸도록 했다. 이제 아내가 된 여주인은 상일이 아내 역이었을 때 했던 말을 되풀이했다.

"육신은 껍질에 지나지 않아요. 상일 씨도 그랬잖아요. 지상의 삶은 하나님의 나라를 위한 준비일 뿐이라구요. 그렇다면 설사 감기가 폐렴이 되어 조금 일찍 죽는다 한들 조금도 슬퍼할 일이 아니에요. 그건 육신의 껍질을 벗고 짐과 억압으로부터 자유로워지는 것을 의미하고 그만큼 빨리 하나님의 보좌 곁으로 가는 것을 의미하니까요."

상일은 순식간에 거칠고 열정적인 눈빛으로 돌아와 있었다. 그는 답답하다는 듯 아내의 말꼬리를 물었다.

"물론 그런 얘기를 했지. 하지만 당신은 내 말을 오해하고 있어. 나는 그런 까닭에 지상의 삶이 중요하지 않다고 말하려던 것은 아니었어. 만약 그것이 하찮고 불필요한 단계라면 하나님께서는 처음부터 천국만을 만들었을 거야. 알아듣겠어? 내가 그런 얘기를 했던 것은 현재의 삶을 살아가는 우리의 자세를 말하기 위해서였단 말이야. 언제나 천국을 준비하는 마음으로, 심판의 날을 기다리는 마음가짐으로 살아가자는 거였지. 모두가 당신처럼 현재를 팽개친다면 세상은 하나님이 예고한 심판의 날이 오기도 전에 저절로 녹아 없어져버릴 거야."

"이 땅에서 이루어지는 모든 일이 곧 하나님의 역사하심이에요."

"제발 그런 무책임한 소리는 집어치워. 당신은 당신의 주인이야. 하나님을 믿고 의지한다고 해서 당신의 존재마저 없어지는 것은 아니야. 마치 당신은 부잣집 담벼락에 기대앉은 거지 같군

그래. 정확히 그런 꼴이야. 언젠가 내가 얘기한 적이 있었지. 부자촌 아파트 입구에 오징어 두어 축을 늘어놓고 마냥 기다리기만 하던 행상 아낙에 대해서. 그 여자도 당신처럼 낡은 스웨터만 몇 겹으로 입고 있었어. 그리고 이따금 기어드는 소리로 외치더군. '오징어 사세요. 울릉도 오징어가 2천 원, 천5백 원, 며칠 있으면 다 팔립니다.' 어때? 당신 신세랑 똑같다고 생각하지 않아?"

그는 거의 이성을 잃어 보일 만큼 큰 소리로 떠들며 무대를 짓밟고 다녔다.

"지하도 입구에서 당신의 외치는 소리랑 도대체 어디가 다르냔 말이야. 예수님 믿고 구원받으세요, 심판의 날이 멀지 않았어요. 오징어를 강제로 떠맡기려는 건가. 그런 태도는 참된 신앙인이 취할 자세가 아니야. 부끄러운 줄 알아야 한다구. 세상이 썩고 종말이 다가오고 있다는 건 다름 아니라 기독교인들조차 그처럼 어리석은 권위에 빠져들고 있다는 얘기야……"

나는 그의 감정이 극도로 고조되어 폭발 직전까지 이르러 있다고 생각했다. 그러나 그것은 잘못된 판단이었다. 다음 순간 나는 그가 관객들에게는 감추어진 손으로 아내 역의 여주인에게 신호하는 것을 본 것이었다. 그녀만이 알아볼 수 있을 만큼 살짝 손을 저었는데 아마 그녀더러 돌아서서 무대를 빠져나가라고 말하는 듯했다. 그녀는 몇 마디 더 상일의 얘기에 귀를 기울이다가 말했다. 그녀의 목소리는 여전히 침착하고 나지막했다.

"상일 씨는 변했어요. 너무 많은 부분이 예전의 모습과 달라졌어요."

그녀가 몸을 돌려 무대의 출구 쪽으로 걸어가려 하자 상일은 주체할 수 없는 억양으로 소리쳤다. 연설하듯 두 팔을 휘저으며 그녀에게 다가갔다.

"변한 건 내가 아니고 당신이야. 난 조금도 달라지지 않았어. 우리가 신학을 공부하기로 한 것은 신을 위해서가 아니었어. 단지 하나님의 영광을 찬미하기 위해서만은 아니었단 말이야. 절대자를 찬미하고 인간으로서의 존엄성을 스스로 포기하기 위해서였다면 굳이 신학을 택할 필요도 없었을 거야. 세상 돌아가는 꼴이 모든 사람에게 그러기를 강요하고 있으니까. 하지만 우리는 애당초 인간을 위해서 신을 공부하기로 했어. 알아듣겠어? 우리는 신이 아니라 인간인 거야. 밍크코트로 감싼 귀부인이 아니라 낡은 스웨터 속에서 오들거리는 행상 아낙인 거야. 이봐, 어딜가는 거야."

상일의 아내는 잠시 멈칫했지만 고개도 돌리지 않았다.

"많이 늦었어요."

"거기 서지 못해!"

상일이 두어 차례 더 소리를 질렀지만 그녀는 걸음을 멈추지 않았다. 상일은 그녀의 뒷모습을 노려보다가 자신의 두 손을 내려다보며 부르르 떨었다. 그의 표정이 차츰 잔혹스러워지는 것을 느낄 수 있었다. 그녀가 거의 출구에 이르렀을 때, 마침내 상일은 아내를 덮치고 목을 움켜쥐었다. 그는 그녀를 타고 눌러 목을 조르며 마주 소리쳤다.

"죽어, 죽어! 인간이기를 포기한 자들은 죽어 마땅해, 인간답게 살고자 하는 사람들에겐 오히려 방해가 될 뿐이야. 내 동생 상준이를 봤지? 지금은 그 꼴이지만 그 애는 가장 인간답게 살려고 노력한 사람이었어. 그런데 그 애를 그렇게 만든 작자들도 똑같은 하나님을 섬기고 똑같은 주기도문을 외고 있으니 어떻게 된 일이지? 대답해봐, 대답해보란 말이야……"

몇 사람이 달려들어 뜯어말리려 했지만 상일은 목을 조른 손길을 풀지 않았다. 오히려 더욱 힘을 가하며 몸부림쳤다. 그 모습은 보는 사람들의 숨결을 앗아갈 정도로 처절한 것이었다. 그는 계속해서 무슨 말인가를 지껄였고 그를 뜯어내려는 이들의 완력에 필사적으로 저항했다. 그러나 정작 그가 일으켜 세워지고 가게의 여주인이 일어났을 때 사람들은 그녀의 무사태평함에 실소를 금할 수 없었다. 그녀는 조금도 놀랐거나 고통받은 표정이 아니었다. 그것은 상일의 연기가 지극히 냉정하고 침착한 상태에서 이루어졌음을 말해주고 있었다.

어두운 무대 위에 상일은 다시 홀로 서게 되었다. 연기는 끝났지만 그의 눈에는 여전히 아스라한 비감이 감돌고 있었다. 연출의가 진행을 유도하기도 전에 그는 벌써 자신의 대사를 준비하고 있었다.

"아내는 죽었습니다…… 하지만 그건 잘못된 일이었습니다. 제정신이 아니었어요. 어떻게 제 손으로 그렇게 착하고 순결한 아내를 죽일 수 있었을까요. 아내가 세상의 이치를 바꿀 수 있었던 것도 아니고 신과 인간의 질서를 뒤엎을 수 있었던 것은 더더욱 아니잖습니까. 어차피 그런 세상이었다면 가장 빨리 체념하고 가장 빨리 순종하는 것이 가장 현명한 약자의 태도였는지도 모르죠. 게다가 저는 최근에 와서야 깨달을 수 있었습니다. 하나님의 뜻은 언제나 인간들이 헤아릴 수 없는 높이에서 이루어지고 있다는 사실을 말입니다. 그 뜻을 보잘것없는 이성으로 움켜쥐려 한 것은 참으로 어리석은 짓이었습니다. 모든 길은 믿음 속에 있다는 평범한 진리를 저는 이 자리에서 여러분과 함께 새삼 느껴봅니다."

그는 몹시 엄숙한 눈길을 허공으로 향했다. 생각에 골똘히 잠겨 방심한 표정이기도 했다. 그러다 그는 조용히 마지막 말을 맺었다.

"여러분 가정의 앞날에 축복이 가득하기를 주 예수 그리스도의 이름으로 기도드립니다. 할렐루야!"

11

나는 혼란스러움을 안고 소극장의 문을 나섰다. 그의 이야기를 어느 부분까지가 진실인 것으로 믿어야 할지 갈피 잡을 수 없었다. 그가 자기 자신을 방어하기 위하여 만들어낸 허구는 얼마큼의 분량이었을까. 또한 나는 그가 쇠창살 가로지른 정신병동으로 돌아가야 한다는 사실을 믿을 수가 없었다. 그는 너무 멀쩡했고 너무 논리적이었고 오히려 지나쳐 보일 정도로 침착한 모습이었다. 도무지 나는 그에게서 예전과 달라진 점을 찾아낼 수 없었던 것이다.

특수치료과 사무실이 있는 쪽으로 걷다가 문득 나는 걸음을 멈추었다. 왜 그곳으로 가려 하는지 이유를 알아내기 위해서였다. 그러자 나는 내가 더 이상 이 병원을 찾지 않으려 한다는 것을 깨달았다. 상일은 이곳에서도 여전히 자신의 삶을 꾸려나가고 있었다. 치밀하고 만족스럽게, 내가 원한다고 해서 억지로 끼어들 수 있는 틈이 거기에는 없었다. 마침표를 찍기 위해서라도 이곳에서 안면을 익힌 사람을 마지막으로 방문해야 하지 않을까 망설이는데 마침 문이 열리고 박영길 씨의 모습이 나타났다. 그는 어딘가를 급히 가려는 모양이었는데 나를 보더니 반갑게 손짓했다.

"역시 왔었군요. 논문은 다 끝나가나요?"

그는 나를 잠시 기다리게 하고는 사무실로 돌아가 서류 봉투 하나를 들고 나왔다.

"마침 32병동에 가까운 후배가 있어서 강상일 씨 기록 카드를 복사시켜두었죠. 도움이 되려나 모르겠습니다. 하지만 오늘은 긴 얘기를 나누지는 못하겠군요. 쓸데없이 바쁜 일이 생겨서 말입니다."

다시 종종걸음으로 멀어지려다가 그는 고개를 돌리고 웃었다.

"사연이 복잡한 사람 같더군요. 하기야, 여기 입주자치고 복잡하지 않은 사람은 없지만, 하하하, 부인이 한 주 걸러 한 번씩은 찾아오는데 글쎄 번번이 면회를 거절당하고 돌아간다니까요. 그럼 살펴서 돌아가십시오. 책 나오면 한 권 부쳐주시구요."

나도 그에게 작별 인사를 했다. 그가 사라지자 부인이 어떤 사람이었던가를 묻지 못했다는 아쉬움이 남았다. 윤경은 선배 언니에 대해서 세세하게까지는 얘기해주지 않았었다. 특히 그녀 집안의 경제적 형편이나 그녀의 의상 취향 따위에 대해서는. 그녀는 털코트에 털목도리를 두른 귀부인이었을까. 그렇잖으면 낡은 스웨터를 껴입은 행상 아낙이었을까. 그러나 나는 곧 스스로의 호기심을 떨구어버렸다.

해변처럼 둥그렇게 휘어진 길 끄트머리에는 커다란 휴지통이 있었다. 그 앞에 서서 박영길 씨가 건네준 봉투를 두 쪽으로 찢었다. 두 번 세 번 더욱 잘게 찢어서 자잘한 조각들을 만든 다음 휴지통 속에 던져 넣었다. 네번째 방문이 어느 만큼은 나를 홀가분하게 만들어준 느낌이기도 했다. 그것은 그의 불행이 어느 누구도 상관할 수 없는 그의 몫임을 확인시켜주고 있었다. 적어도 내 생각에는 말이다. 그리고 내가 가장 싫어하는 것은 소득 없는 미련이었으니, 나는 그를 잊어도 좋은 구실을 마련한 셈이었다. 혼란스러움은 나를 억지로 그의 질서 속으로 밀어넣으려 할 때나 발생할 따름이었다.

정문을 나와서 충분히 멀리 걸어왔다고 생각되었을 때 나는 잠시 걸음을 멈추고 돌아보았다. 차가운 겨울 거리 너머로 백색 건물이 을씨년스럽게 서 있었다. 그러자 문득 그 건물 위로 한 장의 그림이 겹쳐지는 듯했다. 여덟 장 그림들 중 한 장이었던 커다란 종 속에 갇힌 사내의 모습이었다. 그림 속의 사내는 상일이었고 그를 둘러 막은 종은 바로 저 창백한 건물이었다. 그리고 그것은, 상일이 집요하게도 그리려 했던 설계 도면을 닮아 보였다.

지난겨울의 불

문이 열리고 헐거운 작업복 바지가 들어섰다. 경준은 서류를 읽던 눈을 들지 않고 손을 뻗어 책상 앞을 가리켰다. 사내는 책상으로부터 두 걸음쯤 떨어진 곳에 멈추어 섰다. 점퍼 주머니에 두 손을 찔러 넣고 있었다. 조서에 기재된 내용은 간단하고 분명했다. 새벽 5시 40분, 순찰 중이던 신철복 경장이 거동이 수상한 자를 발견하고 불심 검문한 결과 휘발유와 성냥을 소지한 것이 드러나 파출소로 연계해왔다는 것이었다. 방화범에 대한 특별 수사 명령이 내려진 상태였으므로 사내는 경찰서를 거치지 않고 곧바로 이곳 검찰청의 특수부로 이송되어 왔다. 따라서 경준이 참고할 수 있는 자료라고는 오늘 오전 신 경장이 직접 작성한 조서가 전부였다. 그 밖에, 세 시간 전 사내에 대한 보고를 접하고 경준이 조사한 기사 몇 토막이 더 있었다.

　"신철복 경장."

경준은 조서를 처음으로 넘겼다. 사내의 태도가 마음에 걸렸다. 검사실까지 와서 주머니에 손을 넣고 있는 사람을 그는 아직 본 적이 없었다.

"검문 당시의 상황을 직접 진술해주겠소?"

"3월 2일 05시 40분이었습니다. 초소 근무를 마칠 때가 가까워 근처를 한번 둘러보려고 나서는 길이었는데 103번지 골목을 얼쩡거리는 피의자가 눈에 띄었습니다. 불심 검문을 하고 피의자의 몸을 뒤지니 휘발유를 담은 플라스틱 물통 하나와 성냥 두 갑이 있었습니다. 그래서 파출소로 연행해왔습니다. 이상입니다."

신 경장은 떨리는 목소리를 억지로 누르고 있었다. 물론 경준은 신철복 경장의 긴장을 충분히 이해할 수 있었다. 오늘의 사건에는 무척 많은 것이 걸려 있었다. 만일 그가 검거한 피의자가 지난 한 달 동안 세상을 시끄럽게 들쑤셨던 연쇄 방화의 주범이기만 하다면 그는 천만 원의 상금과 2계급 특진의 포상을 받게 되는 것이었다. 경준은 내심 씁쓸한 미소를 지었다.

"그때 현장에는 신 경장 혼자 있었던가요?"

"네, 그렇습니다."

"규정상 초소 근무는 반드시 복초로 되어 있지 않습니까?"

"원래는 조인규 의경과 함께입니다만 순찰은 반대쪽으로 흩어져서 돌기로 했습니다."

경준은 고개를 끄덕였다.

"그랬군요. 그런데 조 의경을 부를 필요도 없이 혼자서 일이 수습되었다, 이런 말이죠?"

"그렇습니다. 혼자로도 충분했습니다. 조인규 의경은 제가 피의자의 손에 수갑을 채우고 초소로 돌아온 다음에야 우리와 합류했습니다."

"103번지 골목에 대해 설명할 수 있겠죠?"

"그 골목은, 말하자면, 막다른 골목이라고 하는 편이 적절할 겁니다. 그게 정확한 표현이죠…… 왜냐하면 그곳은 기와집 한 채에 의해서 거의 가로막혀 있는 셈이거든요."

"완전히 막히지는 않았다는 말이군요."

신 경장은 얼핏 보아 마흔이 훨씬 넘게 보였다. 하지만 실제 나이보다 대여섯씩은 늙게 보이는 경관들의 연령을 감안한다면 아직 마흔이 안 되었을지도 몰랐다. 분명한 것은 경장이라는 그의 직급 25년간의 장기근속에 의해 가까스로 얻어졌으리라는 점이었다.

"그 동네의 집들은 대체로 어수룩하고 빈틈이 많답니다. 그래서, 막다른 골목이라고 해도 일반 주택가나 도심지의 막다른 골목과는 차이가 나지요."

몇 가지 질문을 더 하면서 경준은 사정을 어느 만큼 이해하게 되었다. 근처의 집들은 담이 거의 없거나 야트막해서 지리를 조금 익힌 사람이라면 어렵잖게 달아날 수 있었다. 그러나 사내는 아무런 반항 없이 신 경장의 검문을 받았고 수갑을 찼다. 그것은 애당초 사내에게 달아날 의사가 없었음을 의미하는 것이었다. 경준이 그 점을 확인하려 들자 신 경장은 간단히 긍정하려고는 하지 않았다. 그는 고개를 저었다.

"불심 검문이라는 것은 당하는 사람들의 입장에서는 언제나 갑작스러운 일입니다. 예상을 못 하고 있는데 불쑥 경찰이 나타나 신분증을 요구하면 당황하기 마련이니까요. 윤형석도 그 순간에는 잠시 얼이 빠진 모습이었습니다. 발바닥이 땅에 뿌리를 내린 듯 멍청히 서서 움직이질 못했습니다. 하지만 설사 달아났다 해도 그는 곧 다시 붙잡혔을 겁니다."

경준은 손을 들어 흔들며 알았다는 표시를 했다.

"좋습니다. 수고가 많았어요. 바쁘지 않다면 거기 좀 앉아 계십시오."

이제는 사내와 정면으로 상대해야 할 시간이었다. 경준은 조서 속에 나타난 사내의 태도를 다시 한번 살펴본 다음 천천히 고개를 들었다. 피의자의 눈을 똑바로 쳐다보는 첫 순간을 그는 언제나 가장 중요하게 여기고 있었다. 두 개의 시선이 처음으로 마주치는 순간 그에게는 많은 것이 결정되었다. 피의자에게 진정 조서에 기재된 것만큼의 죄가 있는가, 고의적이었는가 우발적이었는가, 그 죄는 어느 만큼의 무게를 지니고 있는가 따위였다. 그러나 지금 경준은 사내의 눈빛 속에서 그가 원하는 단서들을 찾아낼 수 없었다. 사내의 눈은 마치 심호흡을 내뱉고 축 늘어진 허파꽈리처럼 메마르게 열려 있었다. 허공을 향하던 그 눈은 잠시 경준의 시선을 내려다보더니 원 상태로 돌아갔다. 두 손은 여전히 호주머니에 찔러진 채였다.

"윤형석 씨!"

경준은 목소리를 밀도 있게 모으며 사내의 이름을 불렀다.

"지장을 찍기 전에 조서를 읽어보셨겠죠. 진술 내용이 사실과 같음을 인정합니까?"

예상했던 대로 사내는 아무런 대답도 하지 않았다. 경준은 참을성 있게 사내의 눈을 지켜보았다.

"대답하지 않는 것은 인정할 수 없다는 뜻입니까?"

그는 허공으로 띄워진 사내의 눈빛을 자기 시선의 그물망으로 포획하려 했지만 성과가 없었다. 늘어진 사내의 허파꽈리는 다시 숨을 들이쉴 생각을 않고 있었다. 경준은 조서를 덮고 담배를 피워 물었다. 처음부터 줄곧 사내는 침묵으로 일관하고 있었다. 그나마 사내의 신원과 현재 직업이 밝혀진 것도 그의 진술에 의해서가 아니라 그가 지니고 있었던 작은 지갑을 통해서였다. 짜증스러운 생각보다 경준은 답답함이 앞섰다. 무엇이 사내에게 휘발유와 성냥을 들고 새벽 거리로 나서도록 만들었던 것일까.

경준은 일단 이 정도에서 사건 인수를 단락 짓기로 했다. 지난 몇 년간의 경험이 그에게 가르쳐준 것이 있다면 그것은 여유를 가질 것과 서두르지 말 것이었다. 그는 신철복 경장에게 돌아가도 좋다고 말했다. 경장은 꼿꼿하게 서서 경례를 한 다음 문을 열고 나갔다. 경준은 약간 부드러워진 눈길로 사내를 타일렀다.

"윤형석 씨, 물론 당신에게는 묵비권이 있습니다. 침묵을 지키는 것이 유리한 사건도 종종 있습니다. 하지만 적어도 이번 사건은 그런 경우들과는 거리가 멀다고 생각됩니다. 당신은 현장범으로 체포되었고 따라서 당신의 침묵은 그 사실을 설명하는 데 아무런 도움도 되지 않기 때문입니다. 혼자서 좀더 침착하게 생각해보시기 바랍니다."

그는 윤형석을 데리고 들어왔던 최 수사관에게 다시 윤을 데리고 나가라는 눈짓을 했다. 최가 윤의 팔을 끼고 문 가까이 다가갔을 때 경준은 문득 생각난 것이 있다는 듯 최를 불렀다. 그는 최 수사관의 귓전에다 몇 마디를 간단하게 지시했다. 최는 고개를 끄덕이고 손바닥에 메모를 했다.

혼자가 되자 경준은 의자 등받이에 드러눕듯 어깨를 기대었다. 몸의 긴장이 미끄러져 하체 쪽으로 빨려 내려갔다. 두 다리를 책상 위로 편안하게 올리고 그는 또 한 개비의 담배를 꺼내어 물었다.

윤형석이라는 남자가 방화 용의자로 검거되었다는 보고를 접했을 때 경준은 그 일을 그리 신통하게 생각하지 않았었다. 그는 그것이 지난 며칠 동안 간간이 있었던 피라미들의 모방 방화 정도이리라 생각했다. 실질적인 연쇄 방화는 이미 지난달 25일을 전후하여 꼬리를 감추고 있었던 것이다. 더구나 현장에서 검거된 용의자는 단 한 명이었고 근처에서 공범의 흔적도 발견되지 않았다면 더 말할 나위도 없는 일이었다. 그러나 팩스로 전송되어 온 정식 보고서를 읽으면서 경준은 이번 사건이 전혀 흥미 없는 것만은 아님을 알게 되었다. 조서 속에는 그의 관심을 환기시키는 무엇이 있었다. 우선 용의자로 검거된 윤형석이라는 남자는 서울의 이름 있는 대학을 졸업하고 6년째 대기업 사원으로 근무 중인 엘리트였다. 대부분의 모방 방화가 신원 불분명한 한량이나 현실에서 좌절되어 불만으로 가득 찬 사람들에 의해 시도되었던 것과는 대조를 이루고 있었다. 또한 윤의 신원 조회 결과는 재미있는 내용을 담고 있었다. 윤은 14년 전 그의 나이 열다섯 때 소년 방화범으로 입건되어 기소유예를 받은 적이 있었다. 대학 2학년 때는 시위 가담으로 연행되어 구류를 먹은 일도 있었다. 경준은 묘한 기분이 되어 몇 번이고 조서를 되풀이해 읽었다.

경준은 먼저 14년 전의 소년 방화범 사건을 조사하기로 마음 먹었다. 그때부터 지금까지, 불이라는 것이 윤형석에게 의미하는 바는 무엇이었을까. 당시의 기록을 조사하는 방법은 두 가지가 있었다. 첫째는 14년 전 그 사건을 담당했던 검찰의 수사 기록을 뒤지는 것이었고 둘째는 신문 기사를 찾는 것이었다. 전모를 상세히 알기 위해서는 물론 수사 기록을 뒤져야 하겠지만 그 방법은 난점이 있었다. 전산 처리 방식이 운용되기 훨씬 전의 일이었으므로 그 기록이 어느 검찰지청 어느 창고 구석에 처박혀 있는지 알 도리가 없다는 점이었다. 결국 경준이 신속히 해낼 수 있는 방법은 14년 전 당시의 일간지들을 뒤져 윤형석 소년에 관한 기사를 찾아내는 것뿐이었다. 결론이 내려지자 그는 곧 자료실로 몸을 이동시켰다. 10년이 지난 신문은 창고 속에 쌓아두었으므로 그는 다시 먼지 덩이가 굴러다니는 창고로 들어가야 했다.

두텁게 피어오르는 먼지와 사투를 벌인 끝에 세 토막의 기사를 찾아냈을 때는 벌써 점심시간이 끝나가고 있었다. 그리고 그제야 경준은 자기 행동에 웃음이 나왔다. 굳이 자신이 직접 고생할 필요가 없는 일이었다. 특수부 소속 수사관들은 언제나 그의 지시를 기다리고 있었던 것이다. 첫번째 기사는 1976년 2월 27일자 일간지의 사회면을 큼직하게 장식하고 있었다.

15세 소년 방화범으로 밝혀져, 근무하던 공장에 여섯 차례 방화. 영등포 경찰서는 26일 태성실업(대표 정은수) 방화 사건의 범인으로 윤형석 군(15)을 입건했다. 윤 군은 지난해 10월 말부터 올해 2월 중순까지 여섯 차례에 걸쳐 자신이 근무하던 태성실업 주식회사의 원단 창고에 불을 놓아온 것으로 밝혀졌다. 경찰 관계자는 윤 군의 범행 동기에 대해 일에 대한 중압감으로부터 달아나고자 하는 한 도피책으로 방화를 택하게 되었던 것 같다고 설명했다. 윤 군은 국민학교를 졸업한 75년 초부터 중학교 진학을 포기하고 아버지 윤관철 씨(43)가 일하는 태성실업에서 함께 근무해오고 있었다. 한편 경찰은 윤형석 군에 대해 구속영장을 신청할 방침인 것으로 알려졌다. [……]

경준에게는 이 기사가 낯설지 않았다. 중학교 3학년이 되던 해 봄이었던가. 그는 한숨이 새어 나오던 아버지의 어깨 너머로 이런 사연을 본 기억이 있었다. 그 무렵의 그들 부자에게 윤형석 군의 이야기는 결코 단순한 동정거리가 아니었다. 경준 역시 당장이라도 학교를 그만두고 돈을 벌어야 할 만큼 가계는 형편없이 기울어져 있었던 것이다. 돌이켜보고 싶지 않은 시절이었다. 다른 두 개의 기사는 입건된 후의 진행을 다루고 있었다. 하나는 입건된 날로부터 약 열흘 후 같은 신문에 실린 기사였는데 검찰이 윤 군을 기소유예 처리하기로 결정했다는 내용을 담고 있었다. 곁에는 소년의 사진과 '다시 학교에 다닐 수 있게 되어 기쁘다'며 환하게 웃는 윤형석 군'이라는 설명이 붙어 있었다. 그러나 비록 오래되어 변색된 사진이기는 했지만 경준은 사진 속의 소년이 환하게 웃고 있다고는 생각하기 어려웠다. 오히려 어떤 감정을, 금방이라도 터져 나올 것 같은 어두운 응어리를 억제하고 있는 듯한 모습이었다. 윤 군의 기소유예 처리 배경에는 태성실업

1/8

정은수 사장의 배려가 컸다는 얘기도 있었다. 정은수 사장이 소년의 처지를 딱하게 여겨 처벌하지 말아달라는 진정서를 검찰에 제출하였다는 것이었다. 검찰은 피해자의 진정서와 범인의 정상을 참작하여 기소유예키로 결정하였다고 했다. 기사를 접한 많은 시민이 윤 군과 윤 군의 가족에게 전달해달라며 성금을 보내어왔다는 얘기도 있었다. 모모 사장, 모모 그룹 대표, 모 회사 직원 일동, 어디에 사는 시민 누구 등. 윤형석 군이 다시 학교를 다닐 수 있게 된 것은 그렇게 모인 성금 덕분이라고 했다.

재미있는 것은 세번째 기사였다. 그것은 보다 인간적인 관점에서 접근하여 윤형석을 취재하고 있었다. '공장 일이 너무 힘들어요' '15세 소년 6차례 방화' '원단 불타면 쉴 수 있다' 등 세 가지가 차례차례 제목으로 뽑혀 있었다.

서부지검은 서울 영등포 태성실업 방화범으로 입건된 윤형석 군을 기소유예 처리했다(본보 2월 27일 자 기사 참조). 검찰은 이번 사건을 처벌을 원하지 않는다는 피해자 정은수 씨(태성실업 대표)의 진정서와 윤형석 군의 정상을 참작하여 기소유예 처리키로 방침을 정했다.

윤 군은 지난해 국민학교를 졸업한 뒤 서울 구로 3동 태성실업에 취업, 오전 8시부터 오후 7시까지 하루 11시간씩 원단 나르는 일을 해오다 일이 힘들자 지난해 10월 26일 오후 1시쯤 공장 지하 창고에 들어가 성냥불로 솜에 불을 붙여 쌓여 있던 원단에 불을 지른 것을 비롯, 같은 방법으로 모두 6차례에 걸쳐 불을 질렀다는 것. 윤 군은 경찰에서 "일이 너무 힘들어 그만두고 싶었지만 아버지가 그냥 다니라고 했다"며 "불을 질러 원단이 타면 공장이 문을 닫아 쉬게 될 것 같아 이 같은 짓을 계속했다"고 말했다. 또 윤 군은 "교복을 입고 지나다니는 중학생 아이들을 보면 자기 신세가 처량해지며 화가 났다"고 말했다.

국민학교 6학년 때 윤 군의 담임을 맡았던 이상준 교사(가명)는 윤 군의 성격을 말수가 적고 책임감이 강한 편이나 지나치게 내성적인 것이 흠이었다고 평했다. 1남 2녀 중 둘째인 윤 군은 현재 보증금 10만 원에 월세 1만 원짜리 셋방에서 아버지와 함께 살고 있다.

경준은 책상 위로 뻗었던 다리를 내렸다. 다소 기묘한 느낌이 그를 빨아들이고 있었다. 소년 방화범, 14년의 세월, 그리고 또다시 방화범. 보고서를 읽고 신문 기사를 조사하면서 이미 그 같은 느낌은 시작되었었다. 직접 윤형석을 만나본 후로 그 느낌은 한결 더해지고 있었다. 그의 눈빛과 그의 침묵, 차분한 듯하면서도 한편으로는 은근히 경멸을 깔고 있는 듯하던 그의 태도가 호흡을 거북하게 만들었다. 그리고 더욱 이해할 수 없는 일은 윤형석의 온몸에서 배어 나오던 그 느낌이 경준에게 낯설지 않게 다가온다는 사실이었다.

윤을 인수받는 자리에서 경준은 14년 전의 사건을 확인 심문하리라 생각하고 있었다. 당신은 이미 한 차례 방화범으로 입건되어 기소유예를 받은 적이 있다, 당신이 근무하던 공장에 무려여섯 차례의 방화를 저질러 상당액의 재산 피해를 입혔다, 14년 전 당신이 열다섯 살 때의 일이다. 인정하는가…… 그 말은 그러나 경준의 입속에서 혀끝을 간지럽히며 맴돌았을 뿐 윤형석을 향하여 던져지지 못했다. 구태여 소리 내어 확인할 필요도 없을 만큼, 윤형석의 현재 모습에는 지나온 모든 과거가 담겨 있었다. 하지만 그렇다고 해서 경준이 윤을 이번 연쇄 방화의 진범으로 생각한다는 뜻은 아니었다. 두 가지는 별개의 문제였다. 경준은 처음부터 윤이 진범일 수 없다는 단정을 내리고 있었고 그 생각은 여전히 달라지지 않고 있었다. 우선 윤이 진범이 될 수 있기에는 사건의 규모가 너무 엄청났다. 보고된 방화만도 한 달 새 백 건을 훨씬 웃돌고 있었다. 더구나 그것은 단순히 산술적인 수치만으로 생각되어야 할 문제가 아니었다. 사건 발생 직후부터 경찰의 엄중한 단속망이 가동되었음을 감안한다면 백 건이라는 숫자는 수백 건 수천 건보다 위력적인 것이었다. 치밀하고 방대한 조직이 아니라면 불가능한 일이었다. 또 한 가지 윤이 진범이 될 수 없는 이유는 사건의 성격 측면에서 나타났다. 백여 건에 달하는 방화의 대부분은 달동네 빈민가를 무대로 이루어졌고 극소수만이 그나마 서민 주택가에서 발생했었다. 그것은 특별한 효과를 노린 계획적인 범죄가 아니라면 빈민들에 대한 증오를 의미했다. 그러나 과연 윤형석에게 빈민가의 사람들에게 불세례를 퍼부어야 할 이유가 있었던가. 그렇지 않았다. 차라리 반대에 가까웠다. 그가 불세례를 퍼붓고 싶은 대상이 있다면 그건 빈민가가 아니라 보석과 외제 상품 들이 모여 사는 부촌일 것이었다. 모든 성장 과정을 통하여 윤은 빈민의 정서에 동화되어 있었다. 비록 최근 그가 대학을 졸업하고, 대기업 사원으로 입사하면서 중산층으로의 이전을 시작했다고는 하지만 대학 시절의 시위 가담

전력 등을 본다면 그에게는 여전히 빈민층과의 유대감이 남아 있음을 알 수 있었다. 그가 달동네 구석구석에 불몽둥이를 휘둘 렀으리라고는 생각할 수 없는 일이었다. 게다가 윤의 눈빛은 어 떠했던가. 경준은 이제야 윤과의 첫 대면을 차분히 돌이켜보게 되었다. 윤형석의 눈빛은 결코 죄를 짓고 죄지었음을 고백하는 사람의 눈빛이 아니었다. 그의 시선은 자기 내부와의 화해만을 더듬고 있었을 뿐 법을 집행하는 사람들에게는 무관심하게 닫혀 있었다.

상황을 조목조목 따져가며 경준은 윤형석의 범행을 부인했다. 그러나 경준은 그 부인의 깊숙한 밑바닥에는 보다 근본적인 심 증이 자리하고 있음을 알고 있었다. 연쇄 방화 사건에서는 어쩐 지 절망의 냄새가 났다. 그것은 조직의 냄새를 풍겼고 정치적인 음모의 비릿한 악취를 풍겼다. 방화가 시작되었다가 불현듯 꼬 리를 감춘 시기를 따져봐도 그랬다. 마치 보다 큰 사건을 얼버무 리기 위한 중화제로 사용된 듯한 느낌을 주는 것이었다. 하지만 경준은 자신의 심증이 지나친 의심에 불과하기를 또한 간절히 바라고 있었다.

부장검사가 찾는다는 연락을 받았을 때 경준은 막 윤형석의 가택 수색에서 돌아와 혜지의 사진을 꺼내 들고 있었다. 외출에 서 돌아올 때마다 그녀의 사진을 꺼내어 드는 것은 불과 몇 주 사 이에 배어버린 습관이었다. 그전까지는 그럴 필요가 없었다. 보 고 싶을 때면 언제고 전산실로 찾아가거나 전화를 걸어서 그녀 의 목소리를 들을 수 있었으니까. 하지만 요즈음엔 그를 대하는 혜지의 태도가 눈에 띄게 달라져 있었다. 사정이 바뀌고부터였다. 물론 경준은 그 책임이 자신에게 있음을, 자신의 불분명한 태도에 있음을 모르지 않았다. 그녀는 경준의 우유부단한 침묵에 화를 내고 있었던 것이다. 조그만 볼을 빨갛게 부풀리면서 쏘아보는 그녀의 분개는 맨 처음부터 그들을 엮어준 그녀만의 특징이었다. 발령을 받은 다음 날 전산실장인 그녀를 첫 대면하면서 경준은 선배 검사들의 농간에 빠져 실수를 하고 말았다. 선배들은 그에게 길을 잡기 위해서는 처음부터 자연스럽게 말을 내리는 것이라 부추겼고 그는 순진하게도 그 말을 따랐다. 그녀는 두 볼을 빨갛게 부풀리면서 안경 너머로 그를 쳐다보았다. "단말기 만지는 데 자신이 있으신가 보죠?" 그가 무슨 뜻인가를 몰라 어리둥절해하자 그녀는 한마디를 더 던지고 돌아섰다. "전근 가는 분도 그렇게 예의 없이 말하지는 않아요." 선배들은 그의 이야기를 듣고 배꼽이 빠져라 웃어대었다. 그는 며칠을 두고 쫓아다니며 그녀에게 사과해야 했다. 그것이 시작이었다.

부장검사는 전에 없이 반갑게 경준을 맞아들였다. 소파에 마주 앉아서 담배를 권했다. 경준은 한 개비를 뽑아 들었다.

"요즘 건강은 어떤가. 자네도 빨리 국수를 팔아야 신수가 한결 훤해질 것 아닌가."

경준은 그저 미소를 지었다.

"큼직한 사건을 맡았으니 힘이 더 들 테지. 김 검사도 자네한테 너무 많은 일을 할당하는 게 아닌가 걱정을 하더군. 하지만 그런 사건을 제대로 풀어낼 적임자는 역시 자네밖에 없어서 말이야."

"그다지 큰 사건은 아니라고 생각합니다."

부장의 연막전술에 대해서 경준은 언제나 직접적인 부딪힘을 택했다. 시간과 불쾌함을 절약할 수 있는 지름길이었다. 부장은 곧 별수 없이 본론을 끄집어내곤 했다.

"가택 수색은 어땠나. 뭐 좀 얻어낼 게 있었는가."

"단서가 될 만한 것은 아무것도 없었습니다. 지극히 평범한 하숙생의 방이었습니다."

부장은 살풋 눈살을 찌푸렸다.

"하지만 아무런 흔적도 없었다는 건 이상한걸."

부장의 표정을 보면서 경준은 눈살을 찌푸려야 할 사람은 오히려 자기라고 생각했다. 이따금씩 부딪히는 이런 종류의 간섭이 경준에게는 질색이었다. 형법은 분명히 검사에게 개별적인 사건에 대하여 수사의 전권을 위임하도록 규정하고 있었다. 부장의 실망이 이해가 되지 않는 것은 아니었다. 그 역시 수색 영장을 발부받아 윤형석의 하숙으로 향하면서는 적잖은 기대를 가졌더랬으니까. 그러나 윤의 방은 그저 그렇고 그런 회사원의 하숙에 지나지 않았다. 책상과 책장과 비키니 옷장 하나가 가구의 전부였다. 책장에는 책이 가득 꽂혀 있었고 미처 자리를 얻지 못한 3, 40권의 책이 그 곁으로 쌓여 있었다. 불과 관계된 흔적은 찾아볼 수 없었다. 주인 여자의 인상도 평범했고 그녀가 말하는 하숙생 윤형석도 평범했다. 굳이 한 가지 별다른 점을 찾는다면 윤에게는 친구가 거의 없었다는 것이었다. 전화를 걸거나 찾아오는 사람도 없었고 특별히 누구와 잘 어울리는 기색도 없었다. 여자 친구는 더더욱 없었다. 경준이 수사관과 함께 방 구석구석을 뒤져 찾아낸 것은 세탁할 때가 훨씬 지난 속옷과 양말 두 켤레, 그리고 담배 가루에 뒤섞인 고독한 노총각의 냄새였다.

꽤나 길게 이어진 침묵을 깨뜨리면서 부장은 고개를 저었다.

"몹시 치밀하고 교활한 놈이군. 여간내기가 아니야. 하기야 소년 시절에 이미 방화범으로 입건되었을 정도라면 알 만한 일이지. 대학 때 학생운동 판에 뛰어들면서는 물 만난 고기처럼 휘젓고 다녔다지 아마……"

부장은 유신 말기부터 제법 이름을 날린 공안검사였다. 그것이 그의 소신에서 우러나온 행동이었는지 어떤지는 몰라도 후배 검사들에게는 결코 좋은 소리를 듣지 못하고 있었다. 조만간 안기부의 요직으로 자리를 옮길지 모른다는 소문의 주인공이기도 했다. 그러한 부장과 경준은 이미 한차례 맞부딪힌 경험을 갖고 있었다.

2년 전 안기부의 수사 요원들이 무리한 수사를 벌이다 무고한 시민 몇을 다치게 했을 때였다. 백성진이라는 유학생이 그들 중 한 사람이었다. 그는 안기부를 상대로 소송을 제기하려 했다. 그때 그 사건을 담당하게 된 것이 공교롭게도 부장이었다.

"그래 자네는 앞으로 어떻게 할 생각인가. 현장범에다 휘발유와 성냥의 물증까지 있으니 기소하는 것은 문제가 아니겠지. 하지만 실마리만 찾아낸다면 좀더 묵직한 사건이 풀려 나올 것 같지 않은가."

경준은 뒤로 물러앉으며 어깨를 폈다.

"글쎄요. 수사를 더 진행시켜봐야 알겠지만 현재로서는 실질적인 범죄를 포착하기가 힘들다는 생각도 드는군요. 윤형석은 일종의 정신적인 흥분 상태에서, 이를테면 모방 방화에의 충동 같은 심리 상태에서 거리를 배회하고 있었던 것 같습니다."

"어째서 그런 단정을 내리는 건가."

"단정이 아니라 현재의 제 느낌입니다. 그는 몇 시간 동안 새벽 거리를 서성였지만 그의 플라스틱 물통에서 휘발유는 한 방울도 뿌려지지 않았으니 말입니다."

"자네는 분명히 재능 있는 검사야. 그러나 항상 그 점이 흠이었다네. 지나치게 감상적인 시선으로 사건을 바라보려는 것 말일세. 사소한 정황이 그 같은 판단의 여지를 제공하더라도 우리는 먼저 사건의 성격과 비중을 고려해야 해."

"제가 말씀드리고 싶은 것도 바로 그 점입니다. 사건의 성격과 비중을 고려할 때 윤형석은 결코 연쇄 방화의 용의자는 될 수 없다는 겁니다. 그는 어릴 적부터 빈민 계층의 일원으로 성장해왔습니다. 그의 자의식은 빈민의 정서에 토대하고 있습니다. 그런 그가 빈민가를 대상으로 방화 폭력을 휘둘렀을 가능성은 적습니다. 또한 그 사건의 규모는 한 개인의 소행이기에는 너무 엄청납니다. 훨씬 조직적인 연쇄의 개입을 의심케 합니다. 상상할 수 없을 정도로 치밀한 계획과 조직력, 기동력을 갖춘…… 따라서 윤형석은 모방범의 혐의는 받을 수 있어도 연쇄 방화의 주범이 될 수는 없다고 봅니다."

부장은 마치 경준과 대칭적인 자세를 취하겠다는 듯 비스듬히 물러앉았다. 한 손으로 무릎 위의 담뱃갑을 만지작거리며 미소를 지었다.

"법조인으로서의 정신은 높이 평가하겠네. 열 사람의 범인을 놓치는 한이 있어도 단 한 사람도 억울하게 희생되는 일이 있어서는 안 된다는 거겠지. 하지만 그건 재판관들이 유념해야 할 기본 명제야. 실무진의 검사들마저 그런 정신을 고집한다면 우리는 단 한 사람도 자신 있게 법정에 세울 수 없을걸세."

부장의 태도는 그러나 상황에 따라 적절히 변했다. 백성진의 사건을 맡은 부장은 별 망설임 없이 불기소 처리해버렸다. 수사 과정에서 약간의 무리가 있었을지언정 안기부가 공권력의 한계를 넘어섰다고는 볼 수 없다는 것이었다. 옆에서 지켜보던 경준은 부장의 불기소 처리가 있을 수 없는 일이라고 생각했고 친구인 변호사를 백성진에게 소개해 재정 신청을 유도하려 했다. 그것은 담당 검사의 공정성이 의심스러우니 다른 검사에게 재수사를 받게 해달라는 탄원적 법률 행위였다. 만약 고등법원에서 이의 있다는 판단과 함께 재수사 결정이 내려지면 담당 검사의 경력에는 치명적인 오점이 남겨졌다. 사정을 눈치챈 부장은 갖은 압력과 회유책으로 백성진을 몰아붙여 결국 재정 신청을 포기하도록 만들고 말았다.

"자네가 보다 적극적인 마음가짐으로 수사에 임한다면 윤형석의 배후에 적어도 대여섯 명의 공범이 있을 것임을 나는 자신 있게 말하겠네."

"잘 알겠습니다."

경준은 부장과 길게 앉아 있고 싶은 생각이 없었다. 그래서 짤막하게 대답하고 일어서려 했다. 부장은 그에게 잠시 기다리라는 손짓을 하더니 책상 위에서 서류 봉투 하나를 가져왔다. 봉투를 건네며 부장은 의미있는 미소를 지었다.

"윤형석과 함께 대학 시절 지하 서클 활동을 했던 친구들 명단이야. 뭐 다른 뜻이 있는 것은 아닐세. 그저 참고가 되었으면 하는 거지. 그런데 내가 들은 바로는 최근 윤형석이 그들과 접촉한 일이 있었다더군."

내키지 않는 일이었지만 경준은 그 봉투를 받아들고 부장실을 물러 나와야 했다.

가택 수색을 마치고 돌아오면서 경준은 어렴풋이나마 사건의 윤곽을 확신하고 있었다. 휘발유와 성냥을 들고 새벽 거리를 서성인 까닭은 좀더 심문을 해보아야 알 일이겠지만 적어도 윤에게는 실질적인 방화의 혐의는 없다는 것이었다. 현장에서 검거된 점을 감안하더라도 예비죄라든가 혹은 기껏해야 가벼운 미수 정도가 적용되어야 하리라. 경준이 선고할 수 있는 형량은 몇 개월간의 징역일 것이며 그러면 법원에서는 집행유예쯤의 판결이 떨어지게 되리라. 그런 생각을 하고 있었다. 마음에 걸리는 점이 한 가지 있다면 윤형석이 이미 방화범으로 입건되어 기소유예를 받은 적이 있다는 사실이었다. 그는 자신이 검사와 변호사의 역할을 혼동하고 있는 듯해 쓴웃음을 짓기도 했다. 그런데 난데없이 디밀어진 부장의 서류는 무엇이란 말인가. 그가 알고 있다는 최근의 접촉은 또 무엇이었던가.

부장이 건네준 봉투 속에는 여섯 사람의 명단과 간단한 인적 사항이 들어 있었다. 경준은 일단 그들의 신원 조회를 넘기기로 했다. 생각 없이 전산실을 향하려다가 그는 이마를 두드리고 전화기를 들었다. 명단과 주민등록번호를 부르고 결과가 나오면 검사실로 가져다줄 것을 부탁했다.

수화기를 내려놓는데 마침 수사관 최가 문을 두드리고 들어왔다. 그의 손에는 얄팍한 조서 뭉치가 들려 있었다. 경준은 전날 윤형석을 데리고 나가는 최에게 한 가지 지시를 해두었었다. 윤형석에게 자기 행동의 동기와 목적에 대하여 동일한 질문을 한 시간 간격으로 되풀이하라는 것이었다. 결코 심하게 다루지는 말고, 반복적으로 이어지는 동일한 질문은 피의자를 지치게 하고 따라서 의식의 위장막을 교란시키는 효과가 있었다. 경준은 최가 내려놓은 조서를 한 장씩 넘겨 보았다. 처음 대여섯 차례까지는 아무런 대답도 듣지 못한 채 똑같은 질문만이 이어지고 있었다. 그 시간에 그 장소에 있었던 이유가 무엇인가. 휘발유는 왜 지니고 있었는가. 불을 지른다면 그 결과로 얻게 되는 것은 무엇이라고 생각하는가. 새벽 2시경 윤형석이 입을 열어서 말한 첫마디는 잠을 자게 해달라는 것이었다. 최는 대답만 하면 곧바로 잠을 재워주겠다고 약속했다. 그러나 윤은 다시 입을 다물었다. 두 시간 후의 질문에서 윤형석은 횡설수설 조리 없는 말을 늘어놓고 있었다. 나는 불을 지르려 했다. 그러나 불을 지른 것은 그들이었다. 그들은 내게 명령했고 나는 그것을 거역할 수 없었다. 그들이 내게 돈을 지불하고 내 영혼을 샀기 때문이다. 영혼을 팔아버리고 나는 무척 행복했다. 나는 불몽둥이를 들고 사방으로 휘두르며 춤을 추었다. 그러나 춤을 추는 것은 내가 아니었다. 내 팔과 다리는 그들의 실타래 끝에 매달린 나무토막이었다. 나는 처음부터 그것을 알고 있었다. 모르는 척하고 싶었을 뿐이다. 하지만 이제는 나의 팔다리에 불이 붙고 있다. 팔과 다리가 불타고 있다. 졸립다. 잠을 자고 싶다. 이 대목에서 최는 이제 윤형석이 마음을 열기 시작했다고 판단하고 잠을 자도록 허락해주었다. 세 시간을 재운 다음 아침 7시 30분에 재심문을 시작했다. 그러나 그 세 시간 사이에 윤형석은 또다시 처음으로 돌아가 있었다. 그는 새벽 4시의 진술을 확인하고자 하는 최에게 눈동자만 멀뚱거렸다. 무슨 소리를 하자는 것인지 도무지 못 알아듣겠다는 표정이었다. 그리고 그 이후로 줄곧 입을 열지 않고 있었다. 최가 윤형석을 곱게 내버려둔 것은 담당 피의자에게 결코 폭행을 가하지 못하도록 하는 경준 때문일 것이었다.

최가 윤형석을 데리러 간 사이 경준은 머릿속을 정리해보려 하였다. 잠시 눈을 감고 쉬는 사이에 계절이 바뀌어버린 느낌이었다. 그가 입고 있는 옷은 늦봄의 헐렁한 티셔츠였지만 하늘에서는 진눈깨비가 휘날리고 있었다. 야릇한 미소와 함께 부장이 들이민 서류 봉투, 그 속에 숨겨진 여섯 명의 용의자, 윤형석의 갑작스러운 진술, 그들이 내게 불을 지를 것을 명령했다. 영혼을 팔아버리고 나는 무척 행복했다. 그러나 이제는 나의 팔다리에 불이 붙고 있다…… 물론 경준은 이 사건이 드러난 것만큼 간단하지는 않을 것임을 예상하고 있었다. 하지만 그렇더라도 이건 좀 지나치게 커지는 느낌이었다. 서연숙 양이 문을 들어서고서야 그는 방금 노크 소리를 들은 기억이 났다. 그녀는 신원 조회 결과를 경준의 책상 위에 올려놓고 돌아섰다.

"저, 미스 서……"

그는 목청의 돌출 부분들을 헤집고 힘겹게 소리를 냈다. 그의 팔은 어설프게 들려져 있었다.

그녀가 돌아보았다. 그는 팔을 내리며 눈길을 내리깔았다. 잠시 후 경준은 다시 그녀에게 팔을 저었다.

"아녜요. 고마워요."

그녀는 고개를 까딱하고 문을 나갔다. 경준이 불쑥 그녀를 불러 세운 것은 혜지가 지금 무엇을 하고 있는가를 묻고 싶어서였다. 민 실장 자리에 있나요, 하는 질문이 목젖을 간지럽혔다. 그러나 혜지가 자리에 있다면 그다음엔 무슨 말을 할 수 있을 것인가. 경준은 자신의 계산되지 않은 행동들에 언제나 당혹감과 짜증을 느꼈다. 어려운 일로 머릿속이 복잡한 때일수록 그는 그녀가 보고 싶어졌다.

윤형석은 조금도 달라지지 않은 모습이었다. 눈빛도 침묵도 여전했고 점퍼 주머니에 두 손을 찔러 넣은 것도 그대로였다. 최 수사관의 못마땅해하는 눈초리에도 아랑곳하지 않았다. 심문이 시작되면 하루가 다르게 변해가는 피의자다운 표정을 윤에게서는 찾아볼 수 없었다. 경준은 가능한 한 부드럽게 말문을 열었다.

"안색이 아주 좋군요. 혼자서 생각을 좀 정리해보셨습니까."

윤은 외부와의 접촉 창구를 모두 폐쇄시킨 인상이었다. 경준은 의자를 가져와 윤을 앉히게 했다. 자세가 낮아졌으나 윤은 허공으로 띄운 시선을 낮추지 않았다.

"이미 말씀드렸지만 윤형석 씨의 침묵은 이 사건을 해결하는데 아무런 도움도 되지 않습니다. 당신은 현장에서 검거되었기 때문입니다. 하지만 당신의 형량이 무겁게 확정되었다는 얘기는 아닙니다. 수사에 협조만 하신다면 오히려 아주 가볍게 처리될 수도 있는 일입니다. 자, 이젠 고집을 버리고 입을 여십시오. 무슨 일이 있었습니까. 무슨 말 못 할 사정이라도 있었습니까."

경준은 윤의 말문을 열기 위해 몇 가지 얘기를 했다. 우리는 당신에 관하여 많은 조사를 했다. 당신이 일류 대학을 졸업하고 일류 그룹의 사원으로 근무해왔다는 것도 알고 있으며 당신의 근무 성적이 누구 못지않게 좋았다는 것도 알고 있다. 당신 회사의 부장은 당신이 대리들 중에서도 가장 우선적인 진급 대상자였다고 말했다. 또 우리는 당신이 성장기를 몹시 힘겹게 보내었다는 것도 알고 있다. 당신은 한때 학교를 중단하고 공장 근무를 해야 했고 그곳에서 원단 창고에 불을 질러 기소유예를 받기도 했다. 대학 때는 지하 서클 활동이 지나쳐 구류를 먹은 일도 있었던 것으로 안다. 하지만 그것이 우리에게 당신을 지난 연쇄 방화 사건의 범인으로 단정 짓게 할 충분한 근거가 되는 것은 아니다. 당신에게는 스스로를 변호할 이유와 자격이 있다. 그러지 않는다면 당신은 상상하기 어려운 죄목을 뒤집어쓰게 될 것이다. 협박과 설득을 번갈아 해도 별 소용이 없자 경준은 최 수사관에 의해서 새벽 4시에 작성되었다는 심문서를 들이대었다. 나는 불을 지르려 했다. 그러나 불을 지른 것은 그들이었다. 그들은 내게 명령했고 나는 그것을 거역할 수 없었다, 그들이 내게 돈을 지불하고 내 영혼을 샀기 때문이다. 이게 도대체 무슨 소리인가. 불지를 것을 명령했다는 그들이란 누구를 가리키는 것인가. 왜 당신은 돈을 거절하고 그들의 명령을 거역할 수 없었단 말인가. 경준은 냉정을 잃지 않으며 윤으로부터의 대답을 얻어내고자 했다. 하지만 윤의 무감각한 표정은 비 오는 날 석고 조각처럼 뿌옇게 굳어 있을 따름이었다. 이제 경준은 어쩔 수 없이 마지막 수단을 쓰기로 했다. 그는 윤형석의 코밑에 서연숙 양이 가져온 여섯 사람의 신원 조회 서류를 던졌다.

"윤형석 씨가 더 이상 입을 열지 않겠다면 우리는 당신과 그들 여섯 명을 조직적인 연쇄 방화범으로 단정 짓는 수밖에 없습니다."

윤은 비로소 반응을 나타내었다. 그는 힐끔 경준을 보더니 서류를 집어 들었다. 경준은 담배를 꺼내어 붙여 물었다.

"우리는 윤형석 씨가 최근 그들과 접촉한 사실을 알고 있습니다."

윤은 비교적 오랫동안 서류를 들여다보았다. 그러고는 천천히 내려놓으며 이해하기 힘든 미소를 지었다.

"두 사람은 수감 중이고 세 사람은 두 달 전부터 사전 영장이 발부되어 수배 중에 있군요. 연쇄 방화의 용의자로는 아주 그럴 듯한 세틉니다."

경준은 아차 싶은 생각이 들었다. 서 양에게 신원 조회 결과를 받으면서 잠시 엉뚱한 생각을 하느라 그것을 검토하는 것을 잊고 있었던 것이다. 그러나 그는 놀란 감정을 내색하지 않으며 서류를 돌려받았다.

"그게 무슨 상관이죠. 중요한 것은 당신이 새벽 거리에서 휘발유를 몸에 지닌 채 검거되었다는 사실과 또한 최근에 당신이 그들과 접촉했다는 사실입니다."

"저는 이미 6년째 그들 중 누구와도 얼굴을 마주한 적이 없습니다. 하지만 당신들이 접촉을 기정사실화하니 말씀드리지 않을 수 없군요. 지난 2월 초, 저는 수감 중인 박인호를 만나려고 안양

교도소로 갔더랬습니다. 면회 신청을 하고 가까스로 허락을 받았지만 정작 그가 면회 장소를 나올 시간이 되자 돌아와버리고 말았습니다. 그게 전부입니다. 왜 그냥 돌아왔는지 묻고 싶으실 테죠. 그건 제가 그를 만날 자격이 없다는 생각이 들었기 때문입니다."

구속과 수배 중인 다섯 사람은 각각 국가보안법 위반과 노동 쟁의 조정법 위반의 혐의를 받고 있었다.

"6년 동안이나 만나지 않았다는 박인호를 왜 갑자기 면회 갈 생각은 하게 되었습니까."

"신문 기사를 읽었습니다. 그들이 유죄를 선고받고 수감되었다는 기사를 말입니다. 알량한 동정심에 옛정이 되살아나 얼굴이라도 한번 보고 싶었던 거죠. 면회 갔던 일까지 벌써 알고 있으니 검찰의 수사력이 아직은 쓸 만한 모양이군요. 감탄했습니다. 하지만 그렇게 좋은 머리들이 모여 앉아 있으면서도 이번 방화 사건의 성격은 제대로 이해하지 못하고 있으니 이상한 일이에요."

"무슨 뜻으로 하는 말인가요."

"아, 아닙니다. 아무런 뜻도 없는 말입니다. 오랜만에 입을 열었더니 저도 무슨 소릴 하고 있는지 모르겠군요."

경준은 윤의 얼굴에서 냉소적이기는 하나 전에 없던 활기가 반짝이는 것을 보았다. 그는 기회를 놓치지 않고 윤형석 자신의 일들을 심문해야 한다고 생각했다. 그러나 그가 첫 질문을 생각해내었을 때는 이미 시간이 늦어버린 후였다. 윤은 어느 틈에 다시 핏기 없는 모습으로 돌아가 있었고 경준의 질문들에 귀를 기울이지 않았다. 경준은 무의미한 질문을 몇 차례 되풀이하다가 조서를 덮고 윤형석의 초점 없는 시선을, 그러나 그 속에 깃든 침묵의 고집스러움을 물끄러미 바라보았다. 경준으로서 이해하기 힘든 일은 윤형석을 마주 대할 때마다 자신 있게 다그칠 수가 없다는 것이었다.

혜지는 검찰청에서 약간 떨어진 곳에 방 하나를 얻어 자취를 하고 있었다. 사정이 달라지기 전까지 경준은 그곳의 가장 빈번한 방문객이 되어왔었다. 방문객이라는 말이 어색할 정도로, 그들은 함께 슈퍼마켓에 들러 커다란 쇼핑 봉지를 들고 귀가하기도 했고 시장통의 식당에서 순대볶음 3인분을 먹고 배를 토닥거리며 돌아오기도 했다. 방을 들어서면 누가 먼저랄 것도 없이 그녀의 매트리스 속으로 기어 들어갔다. 그녀는 암고양이처럼 벗은 알몸으로 그의 등에 매달려 콧소리를 냈다. 결혼에 대한 이야기는 그들 사이에서 한 번도 오간 적이 없었는데 그건 그들이 서로 그 말을 먼저 꺼내기를 두려워하기 때문인지도 몰랐다. 그러나 그때 그 일이 일어났다. 혜지의 아버지가 죽은 것이었다. 그녀의 부모는 경기도 오산에 있었지만 이제 혼자가 된 어머니는 하나뿐인 피붙이 곁으로 오고 싶어 했다. 모녀는 시골집을 정리한 돈으로 방 두 칸을 얻었다. 몇 주 전의 일이었다. 그 후로 경준이 그녀의 집을 찾은 것은 한 번뿐이었다. 혜지 어머니는 집으로 찾아온 경준을 마치 사위를 대하듯 알뜰히 위하려 했고 경준은 그같은 대접을 견딜 수 없었다. 그와 혜지 사이에는 아무것도 기정사실화한 것은 없었고 경준은 자신이 아직 그런 일의 필요성을 느끼지 못한다고 생각한 것이었다. 그는 또한 그녀 역시 자기와 마찬가지 생각일 것이라 짐작하고 있었다. 하지만 그것은 정확한 짐작이 아니었을까. 혜지의 표정은 날이 갈수록 어두워졌고, 요즘의 느낌은 마치 그가 겁 없는 반말로 그녀의 분노를 일깨웠을 때처럼 차가워진 듯했다. 그는 그 까닭을 알고 있었을 뿐 아니라 만약 그녀가 자존심을 접고 대답해온다면 그것은 더욱 감당하기 어려우리라는 두려움 때문이었다.

주인 여자는 경준의 두번째 방문에도 여전히 놀라움을 감추지 못했다. 그러나 그녀는 당황한 중에도 예의를 지키려 했다.

"어떡하나. 방이 엉망일 텐데, 지난번에 다녀가신 후로 정리를 못 했거든요. 아무것도 손대지 말아야 할 것 같아서……"

그녀는 괜찮다면 잠깐 동안 청소를 하겠노라고 말했다. 경준은 그녀를 만류하고 윤형석의 방으로 들어갔다. 윤의 방에는 윤형석 자신만큼이나 고집스러운 침묵이 감돌고 있었다. 방바닥에 흩어진 옷가지와 책 몇 권, 그리고 흐릿한 구두 자국들이 그 침묵을 더욱 어둡게 조명하고 있었다. 윤의 아버지는 7년 전에 사망했으며 두 누이는 그 무렵을 전후하여 출가를 한 것으로 되어 있었다. 그렇다면 윤의 혼자 생활은 제법 세월을 가진 셈이었다. 하지만 그것이 윤의 생활을 어둡게 웅크리게만 만들 이유가 될 수는 없었다. 과거야 어떠했건 현재의 윤은 장래가 충분히 보장된 대기업 사원이었던 것이다. 경준은 집요한 침묵으로 부터 벗어나기 위해 방바닥에 쓰러진 카세트를 세웠다. 데크에는 테이프가 끼워져 있었고 경준은 무심히 작동기를 눌렀다. 테이프가 움직이며 흘러나온 노래는 「갈 수 없는 나라」라는 곡이었다. 그는 반사적으로 멈춤 단추를 누르려다가 손을 거두며 콧잔등을 비볐다. 억눌러두었던 한숨이 살그머니 기어 나오는 것 같았다.

「갈 수 없는 나라」는 그들의 첫 회식 자리에서 혜지가 부른 노래였다. 나중에 그는 그것이 혜지의 입 끝에 붙어 다니는 노래라는 것을 알았다. 그는 그녀에게 그 노래를 부르지 말아줄 것을 당부해야 했다. 어렵게 어렵게 사춘기와 대학 시절을 보내면서 그가 소망한 일이 한 가지 있었다면 가난한 사람들이 괄시받지 않는 세상에서 살고 싶다는 것이었다. 하지만 그 소망이 현실과는 까마득히 동떨어져 있음을 깨닫는 데는 많은 시간이 걸리지 않았다. 그는 현실 속에서 괄시받지 않는 사람들의 층으로, 아니 오히려 괄시할 권리가 있는 사람들의 층으로 파고들기 위해 발버둥쳐야 했다. 자신의 지난 삶을 아무리 그럴듯한 수식어로 장식한다 해도 그것은 부정할 수 없는 사실이었다. 그는 옛 소망을 기억의 가장 낡은 창고 속으로 가두어버려야 했다. 혜지와의 관계를 결혼으로까지 발전시키기를 거부하는 심리의 밑바닥에는 어쩌면 그 낡은 기억이 버티고 있는 것인지도 몰랐다. 그녀에게는 그 기억을 자극하는 무엇이 있었다. 생각 없이 이루어지는 행동들 속에서, 이를테면 버스표를 사고서 거스름돈을 헤어보는 습관이라든가 껌 파는 아이에게는 반드시 다정한 말을 건네고야 마는 모습 속에서, 그녀는 그를 우울하게 만들었다. 그녀는 그의 기억 가장 아래쪽까지 내려와 낡은 창고의 자물쇠를 여는 열쇠와도 같은 존재였다. 그는 만약 자신이 결혼을 한다면 어두운 기억이라고는 눈썹 끝만큼도 남아 있지 않은 여자를 선택하리라 생각했다. 밝게 따뜻하게 행복하게만 자라서 세상을 모두 아름다운 것으로만 보는 여자를. 실제로 그의 동료나 선배 들 부인 중에는 그런 여자가 없지 않았으니까. 그들은 스스럼없이 이런 말을 했다. 요즘은 돈이 성격을 만든다니까. 하지만 그는 과연 그것이 가능한 일일까를 자신할 수 없었다. 그가 혜지와 헤어진다는 것이. 그들이 서로 헤어져 남남이 되고 다른 사람의 남편과 아내가 된다는 것이.

테이프가 끝나는 둔탁한 소리와 함께 경준의 의식은 현재로 돌아왔다. 그는 책장 유리 너머로 우두커니 서 있는 낯선 남자의 모습을 보았다. 갑작스러이 그를 이곳으로 움직여온 목적은 무엇이었을까. 택시를 잡아 타고 윤형석의 주소를 일러주면서부터 사실상 그는 스스로를 납득시킬 목적을 갖고 있지 않았다. 일단 그곳으로 가보자는 것이 대답의 전부였다. 가면 거기서 무엇인가를 만나게 되겠지. 하지만 그를 기다리는 것은 어디에도 있어 보이지 않았다. 그는 책장 너머의 남자를 지우기 위해 무작정 유리를 밀치고 몇 권의 책을 뽑기 시작했다. 『공업화학 입문』『실험과 유기 화학』『유기체론』 등을 거쳐 그의 손길이 멈춘 곳은 『죄와 벌』의 책갑 앞이었다. 도스토옙스키의 『죄와 벌』은 경준이 과거 가장 좋아하였으나 지금은 가장 멀리하게 된 책 중의 하나였다. 그 책이 경준에게 의미하는 바는 곧 라스콜리니코프의 살인이었다. 그는 잠시 망설였다. 그리고 곧, 스스로의 기피증 앞에 과시라도 하듯 그 책갑을 뽑아 들었다. 그러나 책갑 속에는 원래의 알맹이가 아니라 얄팍한 공책 한 권이 들어 있었다. 경준은 어떤 예감을 느꼈고 그것이 틀리지 않음을 확인하게 되었다. 그 속에는 질서 없이 갈겨쓴 남자의 고백이 있었다.

아버지는 무거운 박스를 메고 가다가 중심을 잃었다. 박스가
아버지와 함께 쓰러지며 옷가지가 쏟아져 나왔다. 이틀 전에 내
린 눈이 거뭇거뭇하게 녹아내리던 오후였다. 공장장은 눈에 젖
는 옷들을 다급히 주워 올리더니 아직 일어나지 못하고 있던 아
버지에게 발길질을 퍼부었다. 밤낮 술독에 빠져 사는 놈에게 이
런 일을 맡긴 게 잘못이었지. 세탁비는 네놈 일당에서 빼겠어. 아
버지는 옆구리를 감싸 쥐고 질퍽한 눈밭을 굴렀다. 열다섯 살 소
년은 창유리에 두 눈을 갖다 댄 채 바깥일을 내다보고 있었다.

그날 나는 지하실의 원단 창고에 세번째 불을 질렀다. 처음 두
번의 불이 전적으로 충동에 의한 것이었던 반면 세번째 것은 계
획적이고 보복적인 방화였다. 그들의 말대로 아버지는 거의 매
일을 술과 함께 지냈다. 술에 찌든 아버지의 모습이 보기 싫었지
만 그러나 나는 아버지가 공장장이나 상무에게 당하는 꼴들은
더욱 보고 싶지 않았다. 피해 의식이 나를 지배하게 된 것은 그
무렵부터였을 것이다. 아니, 실질적으로는 이미 훨씬 오래전부
터 그런 일들이 시작되었었다. 국민학교 4학년 때 담임선생은 반
아이의 만년필 하나가 없어지자 나를 발가벗기고 몸수색을 했
었다. 선영이라는 여자애에게 그 애의 아버지가 미국을 다녀오
며 사다 준 것이라고 했다. 6학년 때는 내가 나보다 17등이나 성
적이 떨어지는 아이의 시험지를 커닝했다는 이유로 애들 앞에서
창피를 당하기도 했다. 형석이는 정직하지 못해서 거짓말과 커
닝을 잘하니까 여러분 모두 조심하도록 하세요. 진짜 이유는 내
가 공부를 잘했음에도 불구하고 아버지가 한 번도 학교를 찾아

오지 않았다는 데 있었다. 그 뒤로 언제나 사정들은 비슷하게 진행되어왔었다.

지금 나는 내 속에서 거품을 터뜨리며 부패되어가는 피해 의식을 느낀다. 내 혈관을 흐르는 피는 검붉고 혼탁한 오염의 찌꺼기들이다. 이따금은 이 같은 피해 의식이 지나친 것으로 여겨지기도 했다. 나의 현재는 이제 그것을 보상하기에 충분한 단계에 이르지 않았는가. 이제는 좀더 밝아지고 가벼워져야 할 때가 되지 않았는가. 한동안은 내 생활 속에서 피해 의식을 지워버리려고 노력하기도 했었다. 나는 자본주의의 한가운데로 들어가서 그들의 물결에 휩쓸리고 연신 헤픈 웃음을 터뜨리기도 했다. 그러나 그것은 점차 내 몫이 아니라고 나를 도리질치게 만들었다.

하지만…… 과연 내가 무엇을 할 수 있단 말인가. 혼자서만 잘 살기 위해 6년의 시간을 흥청거려온 지금, 과거의 동료들은 구속과 수배의 곤욕을 치르는 지금.

어제는 박인호를 면회하기 위해 안양교도소로 찾아갔었다. 갑자기 그가 보고 싶어 견딜 수 없었다. 어렵게 면회 신청을 했고 허락을 얻었다. 그러나 정작 그가 나타날 순간이 되자 나는 두려움에 휩싸이고 말았다. 그 자리를 감당할 자신이 없어지고 두 다리의 지탱력이 쑤욱 달아났다. 건강하고 당당할 그의 모습을 마주할 용기가 내게는 없었던 것이다.

불이 붙고 있다. 달동네 빈민들의 도피처 구석구석에서. 불길은 그들의 실낱같은 연명을 비웃으며 그들의 희망을 잿더미로 만들고 있다. 그 불이 누구에 의해서 질러지는가를 나는 알고 있다. 그것은 다름 아닌 나 자신이다.

과거의 나는 미워해야 할 사람을 미워할 줄 알았다. 돈이 많은 사람들, 그래서 어려움을 모르는 사람들, 돈이 많은 사람을 사랑하는 사람들. 나는 필통 가득히 미제 연필을 채우고 다니는 아이들을 미워했고 그들의 부모를 미워했고 그네가 내미는 돈 봉투에 따라 칭찬과 성적을 결정했던 선생을 미워했다. 공장에서도 그랬다. 포장공 윤관철 씨의 아들이기 때문에 나를 깔보는 모든 사람들을 나는 미워했다. 나는 창고에 불을 질렀고 타오르는 불꽃 속에서 훨훨 불춤을 추었다. 중학교 고등학교를 다니고 어거지로 대학까지 다녔지만 세상은 달라지지 않았다. 세상은 여전히 돈의 자식들을 사랑했다. 나는 그들을 향해 화염병을 던졌다. 돈에 미친 족속들에게 역사적 필연성으로 무장된 욕을 처바를 수 있다는 것이 통쾌하기 그지없었다. 그러나 나의 화염병은 그들을 태우지 못했다. 오히려 그 불길이 태운 것은 나 자신이었을까. 지금 나는 내가 미워했던 사람들의 편에 서서 그들의 충실한 수족이 되어 있다. 그들로부터 월급을 지급받으며 나의 생명과 영혼을 팔고 있다. 내 팔과 다리에는 그들의 돈뭉치에서 풀려나온 실이 묶여 있고 그들이 내게 쥐여준 불덩이가 타고 있다. 나는 그것을 가난한 사람들의 동네에 던진다. 그들의 대문 앞, 그들의 창틀 아래, 안타깝게 몸부림치는 그들의 육신을 소각시키고 있는 것이다. 단지 내가 돈의 파수꾼으로 채용되는 영광을 얻었다는 이유 때문에.

오늘도 나는 가난한 이들의 발아래에 불을 지르고 있다. 알량한 직장과 월급에 세뇌당해 미워해야 할 자를 미워하지 못하는 스스로를 비웃으며, 발등으로 불길이 오르는데도 비명 한번 지르지 못하는 착한 이들을 비웃으며, 그러나 이제 그 불은 달라져야 한다. 비웃음만의 불로 끝나서는 안 된다. 고통당하는 사람 모두가 불길처럼 피어 오르도록 만들어야 한다. 그들 각자가 자기 삶의 주인이 되기 위하여. 그것이 빈민가에 내질러진 불의 교훈이다……

문밖에서 헛기침 소리가 나고 주인 여자의 목소리가 들렸다.

"차라도 한잔 드시겠어요?"

경준은 자신이 너무 오래 머물러 있었음을 깨달았다. 벌써 그가 이 방으로 들어온 지 한 시간이 가까워지고 있었다.

"아닙니다. 이제 나가봐야 합니다."

그는 서둘러 방 안을 치웠다. 그가 다녀간 흔적을 남기지 않기 위해서였다. 읽고 있던 일기장만을 봉투에 넣어 옆구리에 끼고 밖으로 나왔다. 구두를 신기 전에 그는 아주 신중한 표정으로 주인 여자를 불렀다. 자신이 다녀간 사실을 어느 누구에게도 절대 비밀로 해달라고 당부했다. 그녀는 그의 눈빛에 눌려 성실하게 고개를 끄덕였다.

경준은 오전 내 유쾌하지 못한 기분이었다. 가슴 가운데쯤 소화되지 못한 음식 덩이가 걸린 듯 답답하고 거북했다. 그의 시선은 처리해야 할 일들은 외면한 채 봄비가 흩어지는 창밖만을 두리번거리곤 했다. 점심시간이 가까워서야 그는 자기 기분의 정체를 깨달았다. 그것은 어슴푸레하게 스쳐갔던, 그러나 일상의 시작과 함께 지워져야 했던 새벽녘의 꿈으로부터 비롯되고 있었다.

　동이 트기에는 아직도 먼 새벽, 그는 군용 지프에 올라앉아 어딘가로 가고 있었다. 지프는 끊임없이 덜컹거렸고 때로는 경사길을 오르는 듯 뒤쪽으로 몸이 쏠리기도 했다. 그의 곁에는 김 부장이 앉아 있었고 운전석에는 윤형석이 앉아 있었다. 또 한 사람이 윤의 옆에 있었다. 그들은 유쾌하게 떠들다가 웃음을 터뜨리곤 했다. 마치 축제의 장소로 가는 듯 들떠 있는 모습들이었다. 마침내 그들이 도착한 곳은 이제 곧 철거가 시작되려는 산비탈의 어느 빈민촌이었다. 낡은 기와와 루핑에 뒤덮인 집집의 대문 앞에는 서너 명씩의 사람들이 묶여 있었다. 어린아이부터 노인들까지 그들의 얼굴은 한결같이 쪼그라든 주름투성이였다. 경준의 일행은 농담 짓거리를 주고받으며 휘발유와 불씨를 나누었다. 그곳에는 이미 몇 대의 지프가 더 와 있었고 거기서도 똑같은 일이 일어나고 있었다. 박 검사 와이프가 기발한 재치로 아파트 세 채를 분양받았대. 당분간 아파트는 쉬고 땅이나 보러 다닐까 하던데, 시바스리갈 한 병씩 사 들고 오면 요령을 가르쳐주겠대. 조만간 때려치우고 변호사 개업을 해야 할 텐데 이 검사는 어때. 이 짓 길게 할 생각이야. 일행은 나눠 받은 휘발유와 불씨를 들고 각자 담당의 집 앞으로 갔다. 그가 맡은 집 대문간에는 젊은 부부와 두 아이가 묶여 있었다. 그는 그들의 발치에 휘발유를 붓고 불을 당겼다. 불길은 모든 것을 거슬러 올라갔다. 사방에서 불꽃이 춤을 추고 묶여 있던 사람들은 비명을 질렀다. 일을 끝낸 일행은 다시 지프에 모여 고스톱을 쳤다. 이따금 벽이나 기둥이 넘어지는 소리에 차창 밖을 보면 악을 쓰는 이들의 얼굴이 보였다. 그 얼굴들 속에는 박인호를 비롯한 윤의 옛 친구들 모습도 있었다. 경준은 아직 그들을 만난 적이 없었지만 그들을 보는 순간 그들이 누구인가를 알 수 있었다. 또 그는 멀지 않은 곳에서 혜지의 얼굴이 불타고 있는 것도 보았다. 그는 잠시 이상한 생각이 들었다. 왜 혜지가 저 속에 있는 거지? 하지만 그뿐이었다. 김 부장이 그의 어깨를 치면서 광을 팔아야 한다고 말했다. 그 부분에서 경준의 기억은 증발했다. 그리고 때맞춰 김 부장의 전화가 걸려왔다.

"아직 자리에 있었구만. 점심이나 함께 들까. 자네한테 할 얘기도 있고 말이야."

그들은 김 부장의 차를 타고 제법 떨어진 곳의 식당으로 갔다. 김 부장은 경준에게 사철탕이 어떻겠느냐고 물었다. 경준은 개고기를 먹어본 일이 없다고 대답했다. 부장은 고개를 끄덕였다. 참 그렇지, 자네는 개고기를 좋아하지 않는댔지. 하지만 한 번쯤 먹어보는 것도 괜찮지 않겠나. 경준이 계속 내키지 않는 표정을 짓자 부장은 말을 바꾸었다. 하기야 아직은 맛이 오르지 않았을 거야. 사철탕이라고는 하지만 역시 그건 복더위에 뜯어야 제맛이거든. 그리고 그들은 삼계탕 두 그릇을 주문했다.

아주 잠깐의 침묵도 식탁 위에는 이상한 거북함을 풀어놓았다. 정확하게 말하자면 거북함이 감도는 곳은 식탁 위가 아니라 경준의 가슴속일 것이었다. 그는 언제나 부장과 함께 있는 자리가 편하지 않았던 것이다. 식사 제의를 받았을 적에도 일차적인 그의 내심은 거부 반응을 나타내었었다. 기피하고 싶은 대상에는 오히려 당당해지려는 충동이 부장의 제의를 받아들이게 했지만 그는 여전히 불편함을 지울 수 없었다. 부장은 경준에게 겉과 속이 다른 사람, 뻔뻔스럽다는 표현밖에 쓸 수 없는 사람의 표본과도 같았다. 재정 신청 사건이 그런 성격을 확연히 드러나도록 만들었다.

"수사는 진척이 좀 있는가?"

"네."

뻔뻔스러움이 그들 연쇄의 공통적인 특징임을 느끼게 되면서 부장에 대한 적의는 조금씩 흐려졌었다. 이를테면 경준 자신부터가 열 살 스무 살 연상의 수사관들에게 반말 짓거리를 해대기가 예사였던 것이다. 그러나 오늘의 거북한 느낌에는 특히 집요한 면이 있었다.

"난 말일세. 언제나 자네처럼 유능한 젊은이에게 어울리는 배필감이 없을까 고민해왔다네. 아름다운 한 쌍의 결합은 주위 사람들에게도 기쁨을 주는 일이거든. 그런데 마침 그런 여자들이 나타났어."

부장은 저고리 안주머니에서 두 장의 사진을 꺼내어 경준에게 건네주었다. 그의 말처럼 아름다운 여자들이었다. 경준이 원해왔던 대로 어두운 기억이라고는 눈썹 끝만큼도 엿보이지 않는 여자들. 부장은 그들 각각을 대단한 가문의 딸이라고 소개했다. 한 명은 하프를 공부하는 박사과정 생이었고 한 명은 신부 학원 학생이었다. 경준이 사진을 돌려주려 하자 부장은 손을 내저었다.

"자네가 가져가서 생각해보도록 하게. 어느 쪽도 버리기엔 아깝겠지만 한꺼번에 두 여자랑 결혼할 수는 없는 일이잖나.”

부장은 사진을 억지로 경준의 주머니에 찔러 넣었다. 그러자 삼계탕이 도착했다. 뚝배기 속에는 벌거벗은 닭이 거꾸로 처박혀 있었다. 흐물흐물하게 녹은 살점 사이로 불거져 나온 뼈가 보였다. 문득 경준에게는 새벽녘의 꿈이 되살아났다. 불길 속에서 아우성치던 사람들의 모습이. 그의 기억과 시각 사이에서는 묘한 연상 작용이 일어났다. 불은 여전히 살아 꿈틀거리며 뱀의 혓바닥처럼 춤을 추었다. 아우성치던 사람들은 어느 한 순간 뚝배기 속으로 옮겨졌다. 인삼과 대추가 떠 있는 닭 국물 속으로. 그리고 그 속에서 그들은 힘없이 늘어지고 흐물흐물해져갔다. 곁에는 천연덕스럽게 광을 파는 경준의 모습도 있었다. 그는 울컥치미는 구토증을 느꼈다.

검사실에는 최 수사관이 와서 기다리고 있었다. 경준이 들어서자 그는 소파에서 몸을 일으켜 세웠다. 그의 보고는 윤형석이 드디어 자백을 시작했다는 것이었다.

“윤형석은 꽤 여러 곳에 불을 질렀음을 실토했습니다. 자세한 얘기는 검사님 앞에서 직접 하겠다는군요.”

경준은 윤을 데려오도록 지시했다. 잠시 후 윤은 최 수사관에게 이끌려 들어왔다. 경준은 최에게 나가 있으라는 눈짓을 하고 최가 두고 간 심문서를 펼쳤다. 말문을 열기 시작했다는 것 외 별다른 내용은 없었다. 경준은 묵묵히 윤을 바라보았다. 윤의 눈빛은 아직도 안개가 낀 듯했지만 검사의 시선을 외면하지는 않았다.

"불을 질렀습니다. 방화죄를 저지른 것을 인정하겠습니다."

경준은 팔짱을 끼고 책상 너머로 건너다보았다. 윤은 진술을 계속했다.

"거의 새벽마다 거리로 나갔습니다. 휘발유와 성냥을 들고. 지포 라이터도 있었지만 첫날에 태워먹어 버렸죠. 하지만 정확하게 기억나진 않습니다. 어느 골목 어느 집 대문들에 몇 차례나 불을 놓았는지는 말입니다. 집들은 생김생김이 비슷했고 또 저는 술에 잔뜩 취해 있을 때가 많았거든요."

윤의 말이 한참 동안 이어지지 않자 경준이 물었다.

"그게 전부입니까?"

"전부입니다."

"무척 간단하군요."

"복잡한 일은 아니니까요."

윤형석은 아주 조금의 자백만으로도 충분히 방화범의 혐의를 뒤집어쓸 수 있으리라 자신하는 말투였다.

"그렇다면 나도 간단히 확인만 하겠습니다. 누구로부터 사주를 받았습니까."

"사주라구요? 왜 그런 질문을 하시는 거죠? 사주 따위는 없었습니다."

경준은 심문 일지의 앞부분을 찾아서 읽었다.

"나는 불을 지르려 했다. 그러나 불을 지른 것은 그들이었다, 그들은 내게 명령했고 나는 그것을 거역할 수 없었다, 그들이 내게 돈을 지불하고 내 영혼을 샀기 때문이다. 이런 말도 있군요. 나는 불몽둥이를 들고 사방으로 휘두르며 춤을 추었다. 그러나 춤을 추는 것은 내가 아니었다, 내 팔과 다리는 그들의 실타래 끝에 매달린 나무토막이었다. 어떻습니까. 당신이 한 말이 틀림없겠죠."

"그냥 해본 소리였어요. 같은 말을 또 묻고 또 묻고 하길래 지긋지긋해서요. 졸립기도 했죠. 그런 걸 곧이곧대로 믿다니 퍽 순진하시군요."

"다시 한번 묻겠습니다. 누구로부터 사주를 받았습니까."

"사주는 없었습니다."

"수사 기관을 데리고 놀고 싶은가요?"

윤형석은 의자를 밀치고 일어섰다. 아주 잠깐 사이에 그는 빨갛게 달아올라 흥분하고 있었다.

"사주는 없었습니다. 백 번을 물어봐도 마찬가집니다. 사주는 없었습니다. 설사 그런 게 있었다 하더라도 내가 기억할 수 없으면 그만 아닙니까. 그 심문서야 최 수사관이 멋대로 끄적거린 거겠죠. 경찰이건 검찰이건 수사 일지에서는 허다하게 발견되는 게 허위 기재니까요. 나는 누구로부터도 사주를 받은 적이 없고 누구로부터도 명령을 받은 적이 없습니다. 그 서류의 기재 사항을 부정합니다. 나는, 내가 원해서, 불을 질렀습니다."

"달동네 빈민들의 실낱같은 연명을 비웃고 그들의 희망을 잿더미로 만들기 위해섭니까. 아니면 돈의 파수꾼으로 채용되어 돈에 미친 족속들의 충실한 수족이 되어버린 영광을 비웃기 위해섭니까."

윤형석은 흠칫 어깨를 떨었다. 경준은 책상 서랍을 열고 윤의 책장에서 뽑아온 공책을 꺼내었다. 윤은 창백한 안색이 되더니

의자에 털썩 주저앉았다.

"어떻습니까. 이젠 기억이 나시겠죠. 당신에게 방화를 사주한 사람은 당신에게 직장을 주고 일을 주고 월급을 준 사람들이었죠. 당신은 그들에게 영혼을 팔았고 그들의 명령에 따라 지난 6년 동안 힘없는 사람들의 발등에 불을 지르고 다녔습니다. 그걸 새삼스럽게 깨달은 거예요. 그래서 인당수에 몸을 던지기라도 하겠다는 겁니까. 그렇다면 대단히 정열적인 양심이군요. 묘비명은 어떻게 쓰는 게 좋겠습니까."

윤은 대구하지 않았다. 한참 만에야 입을 연 그는 경준에게 담배 한 개비를 청했다. 경준이 라이터로 불을 붙여주었다. 윤은 연기를 길게 내뿜으며 쓴 미소를 지었다.

"축하드립니다. 파렴치하게도 일기장을 뒤지셨군요."

"거짓을 먼저 시작한 건 당신이었습니다."

윤형석은 체념스러운 동작으로 재를 떨었다.

"좋습니다. 그렇게까지 집요하게 나오신다면 얘기를 하겠습니다. 하지만 그 전에 한 가지 조건이 있습니다. 지금부터 하는 이야기는 전적으로 이 검사님의 자존심을 충족시켜드리기 위해서 털어놓는 얘기란 점입니다. 이 검사님의 치밀한 추리와 수사 감각을 만족시켜드리기 위해서. 왜냐하면 저는 방화범이 되어야 하고 정식으로 기소되어 법정에서 유죄 판결을 받아야 하거든요. 검사님이야 이런 얘길 듣더라도 돌아서서 술 한잔 마시면 그만 아니겠습니까."

경준은 담배를 꺼내고 담뱃갑을 윤과 그 사이에 던져놓았다. 그리고 고개를 끄덕였다.

"조건을 받아들이겠습니다."

"역시 관대하시군요."

윤은 빈정거리는 듯한 웃음을 머금었다.

"무슨 얘기부터 시작할까요. 그렇지. 휘발유를 들고 새벽 거리로 나서게 된 이유부터 시작하는 것이 적당하겠군요. 지금 검사님께서 가장 궁금해하시는 것도 바로 그 대목일 테니까요. 새벽거리를 배회하게 된 건 여러 날 전부터였습니다. 3, 4시쯤 집을 나와서는 무작정 휘젓고 다니다가 동이 틀 무렵 돌아가곤 했습니다. 저는 제 자신을 시험해보고 싶었습니다. 과연 제가 가난한 사람들의 대문에 불을 지를 수 있는가를 말입니다. 만약 그럴 수 있다면, 그럴 수 있을 만큼 심장이 두껍다면 저는 현재의 삶을 지속시켜나갈 작정이었습니다. 소위 그 돈의 파수꾼으로서의 영광된 삶을, 농부들은 무밭을 갈아엎고 도시 빈민들은 전셋돈이 없어서 일가족 연쇄 자살을 한다는 뉴스를 보면서 수입품으로 의식주를 장식하는 삶을. 3당 통합에 고개를 끄덕이며 한시름 놓았다고 기뻐하는 삶을, 아마 은근히는 그럴 수 있기를 바라고 있었을 테죠. 하지만 그게 제게는 불가능했습니다. 바보스럽게도 저는 그들의 대문에 불을 지를 수가 없었습니다. 휘발유를 붓고 성냥을 한번 긋기만 하면 되는데…… 어느 골목에선가는 휘발유를 붓는 데까지 성공한 적이 있었지만 그뿐이었습니다. 차라리 내몸을 태우고 싶더군요. 그러다가 신철복 경장을 만났습니다. 그는 제게는 구세주와 같은 사람이었습니다. 고민과 어처구니없는 강요로부터 저를 해방시켜주었습니다."

자조적인 눈빛으로 윤형석은 허공을 보았다. 그의 시선은 부옇게 내뿜어진 담배 연기 속으로 사라졌다.

"달아날 수도 있었습니다. 어쩌면 달아나버렸을지도 모릅니다. 그가 조금만 빠른 걸음으로 다가왔더라면 말입니다. 하지만 그는 밭을 가는 누렁이처럼 어정어정 걸어오더군요. 그 굼뜬 걸음은 이렇게 말하고 있었습니다. 너는 달아날 수 없다. 네가 달아날 곳은 어디에도 없다. 이미 너는 네 마음속에서 도피처를 지워버렸기 때문이다. 그의 지적은 정확했습니다. 저는 어디로도 달아날 수 없고 달아나지 말아야 한다는 것을 인정하기로 했습니다. 또 무슨 얘기를 할까요. 궁금한 게 있으면 말씀하십시오."

"방금 얘기는 잘 들었습니다. 하지만 아직 이해할 수 없는 건 왜 당신이 구태여 유죄 판결을 받으려고 하는가입니다."

"제 결심이 더 이상 흔들리지 않도록 붙들어 매기 위해섭니다. 결단코 더 이상은 돈의 파수꾼으로 채용되는 영광을 못 얻도록 하기 위해서, 말하자면 족쇄를 채우자는 거지요. 저는 그들을 미워해야 합니다. 돈이 많은 사람들, 그래서 돈의 방종에 길들여진 사람들, 그리고 그들이 퍼뜨린 부패의 세균과 싸워야 합니다."

경준은 헛기침을 했다.

"그러나 당신도 알겠지만 사회라는 것은 그렇게 단순할 수가 없습니다. 인간들이 존재하는 한 경쟁의 속성은 지속될 것이고 자연스러이 가난과 부의 분화가 이루어지겠죠. 게다가 연쇄에는 언제나 그 연쇄를 이끌어가는 소연쇄가 필요하기 마련이고 정치력과 경제력이 그들 쪽으로 쏠리는 것은 피할 수 없는 일 아니겠습니까."

"물론입니다. 그 점을 부정하려는 것은 아닙니다. 사장은 회사를 운영하고 장관은 정책을 세워야 합니다. 검사님께서는 범법자를 기소하셔야겠죠. 권력을 행사해야 할 자리에 있는 사람들에게 그것은 오히려 의무이기도 하니까요. 하지만 하나의 사회가 균형을 유지하기 위해서는 이끌어나가는 세력뿐 아니라 집요하게 그들을 물고 늘어지는 세력도 있어야 합니다. 그리고 그 역할을 삼권분립이니 여당 야당이니 하는 권력 내부의 제도적 장치에 기대한다는 것은 어리석기 짝이 없는 일입니다. 그들이 만들어낸 것은 결국 수입 통나무집을 운반해준 인부 가장이 몇 달치 임금을 장례비로 남겨두고 가족과 함께 자살한 사회일 뿐이니 말입니다. 그런 까닭에 저는 새삼스러이 제 친구들을 사랑하게 되었습니다. 그들은 그들만이 할 수 있는 일을 했고 떳떳한 전과자가 되었습니다. 제가 있어야 할 곳은 처음부터 그들 곁이었습니다. 이제는 검사님께서도 저를 기소해야 할 이유를 충분히 납득하셨으리라 생각합니다."

경준은 무슨 말인가를 덧붙여야 할 것 같았다. 그러나 그게 무엇인가를 언뜻 생각해낼 수는 없었다. 그는 최 수사관을 불렀고 윤 형석을 보호실로 데려가도록 했다.

경준이 윤형석의 기소유예장 작성을 끝낸 것은 퇴근 시간이다 되어서였다. 오후내 망설임만을 거듭하던 그가 기소유예 처리를 결심할 수 있었던 것은 이런 말이 떠올라준 다음이었다. 당신이 당신의 길을 걷다가 보면 문득 전과자가 되어 있을 수도 있겠죠. 하지만 당신의 길을 가기 위해서 처음부터 전과자라는 표찰이 필요한 것은 아닙니다. 물론 그 말은 경준이 스스로의 가책을 막기 위한, 자기 손으로 윤형석을 기소하지 않기 위한 얄팍한 술책일 수도 있었다.

창밖으로는 아직도 자잘한 빗방울이 흩어지고 있었다. 경준은 전산실로 전화를 걸었다. 오랜만에 그는 혜지의 목소리를 들었고 그녀에게 방으로 와줄 것을 부탁했다. 그는 김 부장이 찔러준 두 장의 사진과 라이터를 꺼내었다. 그녀가 들어섰을 때 방에는 검은 연기가 자욱했다.

"무슨 일이 있었어요?"

그녀는 코를 막고 콜록거리며 창문을 열었다.

"화형식이 있었어."

"죄인이 누구였어요?"

"나도 몰라. 하지만 지금의 나는 아니었어."

어색함과 이해할 수 없음이 뒤섞인 그녀의 모습에 경준은 빙그레 미소를 지었다. 그는 그녀의 귀를 빌려 속삭였다.

"잠깐 조는데 돌아가신 어머님이 찾아오셨어. 혜지 어머니께서 오늘 나를 보고 싶어 하신다더군."

어이없어하는 그녀의 눈을 보며 경준은 내일 아침이면 쏟아질 부장검사의 질책 따위는 아무래도 좋다고 생각했다.

가출
— 회전목마를 위하여 1

물론 나는 그처럼 바보스러운 짓은 하지 않았을 것이다. 그런 일을 벌이기에는 이미 너무 많은 시간을 살았고 너무 많은 것을 알고 있었으니까. 이를테면 나는 이상은의 노래를 들으면서 어깨춤을 출 수도 있었고 하덕규의 노래를 들을 적이면 슬픈 표정을 지어야 한다는 것도 알았던 것이다. 뿐만 아니라 내 머리 깊숙한 곳에는 회전목마의 원리라는 게 들어앉아 있어서 나로부터 어리석은 행동을 막아내고 있었다. 그것은 내가 몹시 바보 같은 일을 저질렀던 몇 년 전의 저녁, 윤식이 형이 들려준 이야기였다. 그때 형은 타지로 돈벌이를 나갔다가 몸이 상해 집에 돌아와 쉬고 있었다. 형은 어두움 때문인지 담담해 보이는 눈빛으로 그 이야기를 들려주었었다.

그러나 성우는 달랐다. 그 애는 아직 세상을 조금밖에 살지 않았고 가족에 대한 사랑도 적었으며 회전목마의 원리라는 것도 모르고 있었다. 무엇보다도 그 애의 어리석음은 자신의 삶이 장소를 옮김으로써 달라질 수 있다고 믿는 데 있었다. 도대체 그것이 가능하기나 한 일이란 말인가. 한 사람의 삶이 공간 좌표의 이동에 의해 달라진다는 것이. 그래서 새로운 운명을 얻게 된다는 것이. 아니, 어쩌면 다른 사람들에게는 그 같은 일이 가능한 것인지도 모르겠다. 그러나 적어도 우리 식구에게 그런 바람은 한낱 우스꽝스러운 놀림감이 될 뿐이었다. 윤식이 형의 얘기에 의하면 우리 식구는 모두 태어날 때부터 단단한 쇠파이프 한 가닥씩을 등에다 꽂고 있었다는 것이다.

성우가 말썽을 일으킨 것은 토요일 저녁이었다. 이미 그날 점심시간과 저녁 식사 시간에도 그 애의 모습이 보이지 않는 것에 나는 은근히 불안을 품고 있었다. 9시 저녁 인원 점검 시간이 되자 숙희 이모는 성우가 집 안에 없음을 알게 되었다. 우리 집에 들어와 몇 달을 넘긴 이모라면 누구나 그렇듯 숙희 이모는 자잘한 일에 신경을 쓰지 않는 편이었고, 그래서 대수롭게 여기지는 않았다. 어느 구석에 처박혀서 자그만 나쁜 일에 열중하고 있을 테지. 그러나 한 시간이 지나도록 나타나지 않자 이모로서도 더 이상 내버려둘 수만은 없게 된 모양이었다. 이모는 방송을 크게 틀어 중학교와 고등학교에 다니는 남자아이들을 불러모았다.

"이 녀석이 어느 집 처마 밑에선가 잠이 든 모양이야. 숲 쪽으로 갔다가 길을 잃었을지도 모르고, 두 명씩 짝을 지어 동네를 샅샅이 뒤져보도록 해."

그리고 이모 자신은 성우와 같은 또래인 국민학교 3학년 아이들을 통해 가까이 지내는 반 친구들의 전화번호를 알아냈다. 하지만 가까스로 통화가 된 서너 명의 집에서도 성우의 소식을 들을 수는 없었다. 수색조의 작업도 아무런 성과를 가져오지 못했다. 시계는 벌써 11시를 알리고 있었다.

그때, 유난히도 초조한 모습으로 사무실과 현관을 기웃거리던 형국이가 눈물을 찔끔거리기 시작했다. 머리가 좀 모자라는 까닭에 4학년이면서도 아직 샛별반에 다니는 아이였다. 그 애는 울먹이면서 내 신발, 내 신발 하고 말했다. 미정이 이모가 차분차분히 형국이를 달래었더니 그는 뜻밖의 이야기를 털어놓았다. 학교에서 돌아오는 길에 성우가 알사탕 하나를 사 주며 신발을 잠깐만 바꿔 신자고 했다는 것이었다. 그는 며칠 전에 받은 새 신발을 끔찍이도 아꼈지만, 잠깐이라는 말과 알사탕의 유혹에 넘어가 신발을 바꿔 신고 말았다. 성우의 운동화는 앞코에 구멍이 뚫려 엄지발가락이 꿈틀꿈틀 보였다.

"달리기 선수로 뽑혔는데 연습할 때 신을 신발이 없어서 그런다며…… 상을 타면 절반씩 나누기로 했단 말예요."

숙희 이모가 군밤을 쥐어박자 그는 또 울음을 터뜨렸다. 이 신발만이 아니라 옷까지도 가장 좋은 것만을 골라 입고 갔음이 곧 밝혀졌다. 예감이 이상해진 미정이 이모가 성우들의 방을 뒤져 보더니 후원자들 만날 때 입히려고 넣어둔 옷이 없어졌다는 것이었다. 길을 잃었거나 어딘가에서 잠든 것이리라고 믿고 싶어 했던 이모들은 분개에 가득 차서 욕지거리를 늘어놓았다. 그리고 김 집사님에게 전화를 걸어 사실을 알려드려야 했다.

성우가 어딘가에서 길을 잃었으리라고 생각하는 것은 처음부터 말이 되지 않는 소리였다. 그는 우리 식구들 중에서도 모든 방

면에 눈치가 가장 빠른 애였다. 민정이나 형국이가 양말 서랍에 감춰둔 50원짜리 동전은 언제나 그의 것이었고 자물쇠가 채워진 부엌으로 들어가 야식을 장만해 오는 것도 그의 몫이었다. 심지어 그는 도갑사 쪽으로 30분도 넘게 걸어가야 나오는 과수원에는 몇 개의 비밀 통로가 있으며 몇 시부터 몇 시 사이가 가장 안전한 시간인가도 잘 알고 있었다. 그의 재주에는 형들조차 혀를 내두를 정도였다.

김 집사님은 총무님에게 전화를 걸었고 두 분은 엇비슷한 시각에 현관을 들어섰다. 하지만 이미 12시가 넘어 있었으므로 두 분이 할 수 있는 일은 아무것도 없었다. 원장 아버지가 출장 중이라는 사실이 더욱 마음에 걸렸는지 총무님은 안절부절 어쩔 줄 몰라 하는 모습이었다.

그 시각 성우는 광주역 건물의 그늘진 구석에 몸을 웅크리고 있었다고 했다.

밤차를 타기 위해 조금씩 붐비던 사람들도 끊어지고, 광장에는 움직이는 것이 거의 없었다. 멀찌감치서 이따금 자동차 불빛이 스쳐갔다.

도시의 밤은 참 이상했다. 아무리 귀를 기울여도 풀벌레 소리는 들리지 않았고 하늘에는 별도 그다지 보이지 않았다.

도시에서는 숨을 쉴 때 아주 조심해야 해. 자동차랑 공장에서 뿜어대는 연기 때문에 공기가 너무 더러워져 있거든. 잘못해서 시커먼 연기 한 덩이를 삼키면 가슴이 까맣게 물들고 말아. 어느 동화책에선가 그런 이야기를 읽은 기억이 났다. 아닌 게 아니라 그는 벌써 가슴이 답답해지는 느낌이었다. 하지만 어쩔 수 없는 일이었다. 그는 오늘부터 이 도시에서 살아가게 될 것이며, 그러자면 깨끗하지 못한 공기에도 차츰 길이 들어야 하는 것이다. 그는 가능하면 콧구멍만을 사용하려 애쓰며 조심스럽게 숨을 들이마셨다.

배 속에서는 자꾸만 물 흐르는 소리가 들렸다. 읍 정류장에서 시외버스를 타면서부터 아무것도 먹지 못했으니 창자가 미끈하게 비어 있을 것이다. 주머니 속에는 천 원짜리 두 장이 네 겹으로 접혀 있었다. 그러나 성우는 입술을 앙다물었다. 무슨 일이 있더라도 그 돈만큼은 쓰지 않으리라 벌써 여러 차례 다짐을 한 터였다. 내일의 계획을 위해 그것은 없어서는 안 될 돈이었던 것이다. 광장 끝에서 보았던 포장마차로 가서 우동 국물이라도 구걸해볼까 싶었지만 그는 그 생각에도 고개를 저었다. 역 주변의 포장마차에는 수사 기관의 첩보원이 있을지도 모른다. 만일 지금 같은 시각에 그처럼 어린 꼬마가 나타나 먹을 것을 구걸한다면 그들은 당연히 의심을 할 것이며 경찰서에 알리고 말리라. 그러면 그들은 그의 계획을 알아챌 것이며 그를 다시 천사의 집으로 돌려보내버릴 것 아닌가.

도망 실패자라는 우스갯감이 되어 실컷 두들겨 맞지 않기 위해서라도 그는 배고픔을 참아야 했다. 그만 잠을 청하기로 하고 그는 주머니 속의 돈을 단단히 움켜쥐었다. 혹시 자다가 쓰러져도 옷이 버리지 않도록 주변을 치워두는 것도 잊지 않았다. 두 무릎 사이에 조그만 고개를 얹고 눈을 감았다. 배가 몹시 고팠지만 그래도 그는 금방 잠이 들었다.

이튿날은 일요일이었다. 성우는 새벽부터 일어나 여러 시간을 걸어서 어린이대공원 앞에 이르렀다. 물어물어 길을 찾아오는 동안에도 그는 되도록이면 바빠 보이는 사람을 붙들고 길을 물으려 했다. 할 일이 없어 보이는 사람, 이를테면 평상에 나와 앉은 가게 주인이라든가 팔리지 않는 물건을 잔뜩 쌓아둔 리어카 행상 같은 사람에겐 말을 붙여서는 안 되었다. 그런 사람들은 많은 일을 오래도록 기억했고 또한 누구에게건 쉽게 떠들어대는 버릇이 있었다. 불필요한 호기심도 많기 마련이었다. 말하자면 그들은 나중에라도 그가 대공원으로의 길을 물어물어 갔다는 불리한 증언을 할 수 있는 사람이었던 것이다.

매표소 앞에 줄 선 사람은 많지 않았지만 그 너머 대공원 안에는 그가 만족하고도 남을 만큼의 사람들이 북적거리고 있었다. 손에손에 아이스크림과 솜사탕을 든 아이들이 뛰어다니며 고함을 질러댔다. 민식의 얘기는 그가 여러 번 다짐했던 대로 틀림없는 정보였다. 성우는 배고픔도 피곤도 말끔히 사라지는 기분이었다.

그러나 그는 곧 다시 한 가지의 걱정거리에 부닥쳤다. 그것은 아주 현실적이고 긴요한 문제였다. 그의 계획을 위해서 그는 저 복잡한 아이들의 무리 속에 들어갈 필요가 있었지만 그에게는 그럴 방법이 없었던 것이다. 소인 입장권을 끊으려면 그가 가진 돈의 절반을 희생시켜야 했다. 가장 간단한 생각이 머리를 스쳐 갔지만 그는 그것을 지워버렸다. 여기는 도시였고, 도시에서는 누구나 예의를 지키며 살고 있었다.

두번째로 떠오른 생각도 복잡한 것은 아니었다. 표를 끊는 사람들 뒤에 엉거주춤 붙어 서 있다가 그들에게 엉겨붙어 입구를 통과한다는 작전이었다. 그러나 그의 작전은 한 가지 조건을 고려에 넣지 않고 있었다. 입구에서 표를 받는 경비원들은 그런 종류의 얌체 작전에 이골이 난 전문가라는 사실이었다. 그들은 표의 장 수와 사람 수를 대조했고 재빨리 차이를 간파한 다음 앞의 어른에게 물었다.

"실례지만 일행이 몇 분입니까?"

여가 앞뒤를 둘러본 다음 그를 손가락으로 가리켰다.

"저 아이는 우리 애가 아니에요."

경비원 아저씨는 그의 뒷덜미를 붙잡아 돌려세웠다. 두번째에서도 같은 결과가 되풀이되었다. 그는 한 번을 더 시도할까 생각했지만 입구서부터 두드러지는 인물이 되어버린다면 계획에 차질이 생길 것을 우려하여 마음을 돌려먹었다. 자신이 할 수 있는 일은 처음부터 한 가지뿐이었음을 그는 인정해야 했다. 조금은 예의에 어긋나는 일이었지만.

천천히 주변을 돌아보았다. 시멘트로 만든 담장은 도저히 접근할 수 없을 만큼 높고 단단해 보였다. 그러나 어디에건 한두 군데쯤의 결함이 있으리라는 것을 그는 의심하지 않았다. 끈기 있게 담을 따라간 결과, 그는 과연 넘어 들어가기에 적당한 곳을 찾아낼 수 있었다. 제법 울창한 숲에 잇닿아 있어 담장이 여느 곳보다 낮은 지점이었다. 뿐만 아니라 숲은 그의 작은 몸이 담을 타고 넘는 것을 가려주기에 충분해 보였다.

"정말이야. 거기서는 매일처럼 과자랑 아이스크림을 간식으로 준대. 신발도 두 달에 한 켤레씩 나오는데 나이키 아니면 프로스펙스래. 아피스 같은 고물딱지 신은 돈 주고도 구하기 힘들걸."

"걔가 정말 그랬단 말이지?"

민식은 눈을 깜박거렸다.

"정말이라니까. 윤석이는 거기서 여섯 달을 살다가 돌아왔어."

"때리는 사람도 없대?"

"그렇대두."

윤석이는 광주 사는 민식의 사촌 동생이라고 했다. 어린이대공원에 놀러 갔다가 부모를 잃어 근처의 어느 고아원에 맡겨졌는데 여섯 달 만에야 집으로 돌아왔다는 것이었다.

"너, 거짓말하면 나중에 죽어."

성우가 다시 한번 다짐을 주었지만 민식은 꿈쩍도 하지 않았다. 그의 얘기는 아마 모두 사실인 모양이었다.

성우는 신발과 양말을 벗어 주머니 속에 쑤셔 넣고 담장에 맞붙은 소나무를 타고 오르기 시작했다.

점심시간이 되어 집으로 돌아왔지만 나는 조금도 식욕을 느낄 수 없었다. 플라스틱 식판에는 부수수한 보리 알갱이와 단무지, 된장국이 담겨 있었다. 젓가락으로 쌀밥만을 골라 우물거리는데 벌써 그릇을 비워버린 형국이 눈을 동그랗게 뜨고 쳐다보았다.

"동우 성 맛있는 거 많이 먹었나 봐."

나는 대답을 하지 않았다. 그러나 그는 집요한 눈길을 떼지 않으며 같은 말을 물었다. 그는 4학년이었지만 아직 왼쪽 가슴에 이름표와 손수건을 붙이고 다녔다. 콧구멍과 입술 사이에는 언제나 기관차가 오르내렸다. 나는 식판을 그에게로 밀어주고 일어섰다. 형국은 자신의 빈 식기를 재빨리 내 자리로 옮겨놓았다. 먹는 일에 대해서만큼은 그도 이제 샛별반을 벗어날 자격이 충분했다.

경우랑 식이 성철이가 마당에서 총싸움을 하고 있었다. 널어둔 빨래와 나무 둥치 사이를 뛰어다니며 총질을 했다. 그들에겐 붙잡히는 모든 것이 장난감이 되었다. 돌멩이는 총이 되었고 나뭇가지는 그럴듯한 칼이 되었다. 경우는 나를 보고도 눈짓 한번 없이 담요 빨래 뒤로 사라져버렸다. 그 애는 나를 좋아하지 않았다. 무엇 하나 제대로 챙겨주지는 못하면서 잔소리만 늘어놓는 것이 싫었을 것이다. 그래서 나도 요즘은 입을 다물고 있었다. 화단 저쪽에 김 집사님이 앉아 있었다. 나는 무슨 말인가를 해야 할 것만 같아 그리로 다가갔다.

"죄송합니다 집사님, 자꾸 걱정거리만 만들어드려서……"

고맙게도 김 집사님은 빙그레 웃음을 지어주었다.

"누구나 한 번씩 그러는 거 아니겠니. 그래도 요즘은 훨씬 줄어든 편이지. 너두 기억하겠지만 옛날에는 사흘이 멀다 하고 이런 일이 있었으니 말이다."

"성우는 아직 모르는 게 너무 많아요. 산수 시간에 이제 겨우 분수를 시작하는 모양이던데요."

그는 고개를 끄덕거렸다.

"요즘도 아이들이 담다디 춤을 추라고 못살게 구니?"

"춤 같은 건 추지 않아요. 올해부터 저는 중학생이 된걸요. 그렇지만…… 노래는 이따금 불러요."

"다른 사람을 즐겁게 한다는 것은 좋은 일이지. 그런데 어떡하면 좋을까. 총무님이 원장님께 전화를 드렸더니 오늘 저녁에 당장 돌아오시겠다고 했다는구나. 그전에 성우 녀석의 소식을 알아야 할 텐데……"

준석이가 허둥지둥 대문을 들어선 것은 그때였다. 그는 화단가에 우리가 있는 것을 보고는 숨을 몰아쉬며 쫓아왔다.

"성우가 광주로 갔대요."

그는 다짜고짜 그렇게 내뱉고는 한참 동안 숨결을 가다듬었다. 그리고 다시 입을 열었다.

"성우랑 같은 반 친구 중에 민식이라는 애가 있는데 성우가 어저께 걔한테 그랬다는 거예요. 광주 어린이대공원에 꼭 한번 가보고 싶다고요."

"갑자기 그게 무슨 소리야."

"걔도 그 말밖에 듣지 못했대요. 아무튼 지금쯤 광주 어린이대공원에 있을 거라면서 찾아보라고 했어요."

김 집사님은 그렇게 작은 애가 혼자서 광주까지 갈 수 있었을까 미심쩍어했다. 성우는 여섯 살 때 이곳으로 들어온 후로 충분히 자라지를 못했다. 우리 집 아이들이 대부분 그렇듯 성우도 나이보다 두세 살은 어려 보였다. 그러나 나는 그 애가 만일 광주로 나가고자 했다면 틀림없이 그렇게 했으리라는 것을 의심하지 않았다. 집사님도 결국은 고개를 끄덕이며 광주경찰서에 전화나 한번 해보아야겠다고 일어섰다.

"다시 한번 차분차분히 말해보아라. 왜 그런 위험한 일을 하려 했는지."

"아버지랑 동생을 잃어버렸어요. 표 파는 데 앞에서요. 거기 까지는 같이 왔었는데 갑자기 없어진 거예요…… 아버지는 문경 이를 안고 있었는데 내가 한눈을 파는 사이 먼저 들어가신 것 같 아요."

성우는 제법 울먹이기까지 하면서 그런 사정을 늘어놓았다. 경찰 아저씨가 답답하다는 듯 소리를 질렀다.

"그런 바보 같은 얘기가 어디 있어, 대공원 안에서도 아니고 입구에서 아버지를 잃어버렸다니."

성우는 아예 눈물을 쏟으며 악을 써대었다. 경찰관은 곧 자신 의 실수를 깨달은 모양이었다. 그는 한참 동안 어르고 달랜 다음 에야 성우의 울음을 멈추게 할 수 있었다.

"그런 일이 있었으면 경비원 아저씨에게 말씀드리고 들여보 내달라고 하지 그랬니."

"너무 무서워 보였어요."

경찰 아저씨는 차츰 성우의 얘기를 믿게 된 모양이었다. 그는 맞은편의 책상으로 가더니 종이와 볼펜을 들고 돌아왔다.

"이름이 뭐지?"

"박덕진."

"나이는?"

"일곱 살요."

경찰관은 성우의 아래위를 훑어보았다. 새삼스럽게 그가 어리 다는 생각이 들었지만 몸집이나 생김새로 보아서 그 나이 이상일 것 같지는 않았다. 더구나 저 아이가 거짓말을 하고 있을 것 같지는 않았다. 옷이며 신발도 깨끗하고 생김생김도 단정해 보였다. 게다가 주머니 속에는 저 애 자신도 모르는 돈이 2천 원이나 들어 있지 않았던가. 어쩌면 저 애의 아버지는 저 애를 잃어버릴 작정으로 복잡한 곳에 데려온 것은 아니었을까.

"아버지 성함은 어떻게 되지?"

"……모르겠어요."

"어머니는?"

성우는 고개를 저었다.

"성함을 모르겠어?"

그는 조그맣게 대답했다.

"우린 엄마가 없어요."

경찰관은 점점 자신의 추리가 사실인지도 모른다고 생각하게 되었다. 그럴수록 성우의 거짓말은 쉬워졌다. 그가 한마디를 하면 경찰관은 세 마디 네 마디를 덧붙여주었고 친절한 보충 설명을 달아주었다. 이를테면 사는 곳에 대한 얘기가 나왔을 때 성우는 다만 커다란 시장 근처였노라고만 얘기를 얼버무렸다. 그러자 경찰 아저씨는 운암시장인가, 아니지 거기는 너무 가까워, 그렇게 가까운 곳에서 여기에 데려다 버릴 수는 없겠지, 양동시장 쯤이 아닐까, 얘야 혹시 아버지가 고물 장수를 하지 않았니, 그것도 아니겠군, 그런 일은 수입이 괜찮을 테니 말이야, 하고 갖가지 추측을 대신해주었다. 성우는 모든 종류의 추측에 대해 그럴 것 같아요라든가 아닌 것 같아요라고만 말하면 되었다.

대공원 내 미아보호소에 연락하기 위해 전화기를 들면서

도 경찰관은 여러 차례를 망설였다. 연락해봐야 별 소용 없을 텐데……

성우는 다시 한번 인상을 찌푸리며 눈물을 흘렸다. 이번에는 얼마 만인지도 기억할 수 없는 진짜 눈물이었다. 경찰 아저씨는 미아보호소에서 방송을 할 테니 곧 연락이 올 거라고 달래려 했다. 그러나 성우는 배를 움켜쥐고 몹시 가련한 표정이 되었다. 그가 울먹였다. 배가 고파요…… 경찰 아저씨가 시켜준 설렁탕을 그는 국물 한 숟갈 남기지 않고 말끔히 먹어치웠다.

일이 생각보다 잘될 것 같았다. 이런 식으로만 나간다면 그는 어느 누구라도 속여낼 자신이 있었다. 담장 위에서 경찰관의 호각 소리를 들었을 때는 정말이지 모든 게 끝나는 줄 알았었다. 그런 곳에도 치사하게 감시하는 사람이 있었다니. 그의 머릿속에 준비된 연극은 대공원 안의 복잡한 인파 속에서 울먹이며 아빠를 찾는 장면부터 시작되고 있었던 것이다. 배가 불러오고 따스한 기운이 온몸으로 퍼져나가자 성우는 나른한 졸음을 느꼈다. 소파 구석에 둥그렇게 몸을 말고 그는 잠이 들었다.

"정성우! 정성우!"

시간이 얼마나 흘렀을까. 그는 누군가가 큰 소리로 부르는 것에 놀라 잠이 깨었다. 엉겁결에 대답을 하며 일어나니 경찰 아저씨가 무서운 얼굴로 내려다보고 있었다.

"네놈이 정성우 맞지?"

그는 가까스로 자신의 새 이름을 기억해냈다.

"아니에요. 저는 박덕진이에요. 제 동생은 박문경이구요."

"이 자식이 아직도 거짓말을 하고 있어. 그런데 왜 네가 대답을 하는 거야."

경찰관은 종이쪽지 한 장을 들더니 큰 소리로 읽어나갔다.

"이름 정성우. 나이 10세. 국민학교 3학년. 나이에 비해 몹시 작은 체구이며 반곱슬머리임. 왼쪽 목 아래에 큼직한 수두 자국이 있음. 빨간 티셔츠에 청바지를 입었을 것이며 아피스 새 신발을 신고 있음. 위의 어린이는 영암 천사의 집에서 어제(17일) 오후 가출한 소년이니 발견 즉시 연락 바람. 이게 네가 아니고 누구란 말이야 이 꼬마야. 왼쪽 목 아래 수두 자국은 네가 자는 동안 벌써 확인해두었어."

성우는 갑자기 온몸이 떨려왔다. 있는 기운을 다 짜내어 소리쳤지만 이빨이 딱딱 마주쳤다.

"아니라니까요. 저는 그런 애는 몰라요."

"네가 그런 애를 아는지 모르는지는 조금만 기다리면 알게 될 거다. 너희 고아원 집사님이 곧 도착하실 테니 말이다."

성우는 소파 속으로 파고들어 사라져버리고 싶은 기분이었다. 또다시 그곳으로 돌아가야 한단 말인가. 지옥 같은 악마의 집으로, 아이스크림이랑 생과자 같은 건 꿈속에서도 타 먹을 수 없는 곳, 이모랑 형 들이 반죽음이 되도록 몽둥이질을 할 테지. 화장실 청소를 한 달쯤 해야 할 거야. 명호 형은 신문지 쌀 띠지를 산더미처럼 주면서 풀칠해서 붙이라고 할 거고, 조금만 게으름을 부리면 사정없이 발길질을 해댈 거고…… 집을 나와버리기로 결심하기까지 그는 많은 망설임을 겪었었다. 하지만 무엇보다도 견딜 수 없었던 것은 툭하면 쏟아지는 형들의 주먹질 발길질이었다. 그는 그런 것이 싫었고 그래서 달려들다가는 더욱 늘씬하게 두들겨 맞기 마련이었다. 그는 그곳이 자신에게 어울리는 집이 아니라고 결정하지 않을 수 없었던 것이다.

 집사님이 성우를 데리고 돌아온 것은 저녁 식사 시간이었다. 배식이 끝나고 막 숟가락을 들려고 하는데 누군가 소리쳤다. 성우가 왔다. 아이들은 우르르 창문 앞으로 달려가 서로 고개를 내밀려고 다투어댔다. 광준이 형이 식탁을 내리치며 자리로 돌아갈 것을 명령했다. 우리 집에서는 제일 높은 고등학교 3학년 형이었다. 아이들은 발끝으로 걸어 각자의 자리로 돌아가 앉았고 곧 시끌벅적한 식사가 시작되었다.

 식탁마다 라면 수프 봉지가 굴러다녔다. 오늘 오후에는 생라면 간식이 있었으므로 대다수의 아이들이 수프 한 봉지씩을 갖고 있었다. 라면을 잘게 부수어 수프와 섞어 먹어버린 아이들은 다른 아이가 버리는 수프 빈 봉지를 거꾸로 뒤집어 탈탈 털었다. 나는 주머니 속의 수프를 만지작거리다가 도로 넣고 맨밥을 먹었다. 형국이가 자기 밥을 비비다가 수프가 많은 쪽으로 한 숟갈을 떠서 주었다. 수프 다 먹었어요? 코를 훌쩍 빨아들이며 물었다. 욕심에 비해서, 그래도 그 애는 엉뚱한 정이 많은 애였다.

 "네가 박덕진이야? 국민학교도 안 들어간 일곱 살 애기란 말이야?"

 사무실에서는 한 시간도 넘도록 총무님의 역정이 들려 나왔다. 그건 정말 이해할 수 없는 일이었다. 원장 아버지가 자리를 비우시기만 하면 총무님의 말씀이 왜 그렇게 길어지는지. 숙희 이모의 말에 따르면 총무님도 원래는 말씀이 많은 편이지만 원장님 계실 때는 말수를 줄이고 지내기 때문이라고 했다. 하지만 그건 또 무슨 까닭에서란 말인가.

총무님은 하루 종일을 염소와 아이들 속에서 보내셨다. 아침 일찍 일어나 염소젖을 짜서는 깨끗이 말려둔 베지밀 병에 담아 동네를 한 바퀴 도셨다. 40년이 넘도록 하루도 거른 적이 없었다고 했다. 그 수입으로 그는 세 명의 딸을 출가시키고 두 명의 아들에게 대학 교육을 시키고 있었다. 그러고는 우리 집으로 와서 해 질 녘까지 구석구석을 기웃거렸다. 돌아가는 길에는 하수구 옆의 잔반통에 담긴 음식 찌꺼기를 거두어 가는데 그건 내일 아침 다시 젖을 짜야 할 염소들을 위한 것이다. 그러나 총무님의 생활이 그것만으로 이루어지는 것은 아니었다. 주일 아침이면 총무님은 읍 교회의 어엿한 장로님이 되어 검정색 가운을 입으셨다. 교회 강당의 제일 뒤쪽 구석진 자리에서도 총무님의 커다란 귀를 볼 수 있었다. 그런 까닭인지 총무님은 곧잘 감동적인 설교를 하셨다. 사실은 지금도 총무님의 말씀은 설교조로 변하고 있었다.

"주님! 참으로 놀라운 일입니다. 이 작은 아이 속에 악마의 혼이 깃들려 하고 있습니다. 이 아이의 영혼이 악마의 부름에 솔깃해 흔들리고 있습니다. 거룩하고 거룩하옵신 주님! 이 모든 잘못은 저의 신앙 없음에서 비롯된 것이오나 이 아이를 이대로 내버려둘 수는 없사옵니다. 주님께서 이 아이 속으로 들어가 따끔하게 벌하옵고 올바른 길로 인도하여주시옵소서. 그리하여 이 아이가 다시 밝은 빛의 세계에서 우리와 함께 생활하며 주님의 높으신 사랑을 찬양할 수 있도록 허락하여주시옵소서……"

창문 아래 기대어 앉아 나는 사무실로부터 흘러나오는 소리를 엿듣고 있었다. 성우가 들어야 할 말을 뺏어 듣는 것 같기도 했지만 어차피 그 애는 다른 생각을 하고 있을 테니 상관없는 일이었다. 우리 세 형제가 처음 이곳으로 들어올 적에도 총무님은 오랜 시간에 걸쳐 설교를 늘어놓으셨더랬다. 나는 누비이불 조각으로 경우를 둘러업고 있었고 성우는 고무신짝을 찌익찍 소리나게 끌며 따라왔었다. 우리를 데리고 온 사람은 군청 사회과의 사회계장이었다. 그때는 그저 무뚝뚝히 안경을 낀 아줌마로 알았을 뿐이다.

"형아, 새로 가는 집에서는 먹을 것 많이 줄까."

성우는 돌멩이를 걷어차며 기대 어린 목소리로 물었다. 할아버지마저 돌아가셨으므로 다른 곳으로 옮겨야 한다는 것을 알았을 뿐 우리는 어디로 가는지도 모르고 있었다. 커다란 대문을 들어서자 흘끔거리는 아이들의 눈길이 긴장을 느끼게 했다. 사무실에서 우리가 맞이한 총무님은 내게 이불 포대기를 풀어 경우를 내려놓을 시간도 주지 않고 기도를 시작하셨다. 이처럼 맑고 밝고 귀여운 아기 천사들을 저희와 함께 생활할 수 있도록 인도하여주심에 아버지 하나님 진정으로 감사드립니다…… 하염없이 긴 기도가 이어지는 동안 나는 척척한 등에 경우를 업고 있어야 했다. 성우는 고무신짝을 발가락으로 뜯으면서 배가 고프다고 징징거렸다. 그때도 그는 설교 따위에는 관심이 없었는데 그건 우리가 꼬박 네 끼째를 굶어온 까닭이기도 했다.

마침내 설교가 끝난 모양이었다. 몇 명이 함께 주기도문을 외는 소리가 들리고 김 집사님의 목소리가 들렸다. 원장님이 곧 오

실 텐데 그 사이에 저녁이나 먹이도록 하죠. 그들은 성우를 식당
으로 보냈다. 아주머니들이 또 한 차례 그에게 타박을 줄 것이다.
잠시 후 나는 창문 밖에서 식당을 들여다보고 있었다. 주방 쪽에
서 성우가 식판 하나를 들고 나오더니 텅 빈 식당 한가운데 자리
를 잡고 앉았다. 생각보다 천연덕스러운 모습이었지만 나는 이
제부터 그가 당해야 할 일들을 알고 있었다. 나는 손가락 끝으로
창유리를 두드렸다. 그가 다가왔다. 입이 잘 떨어지지 않았다. 나
는 가까스로 주머니 속의 라면 수프를 꺼내어 건네주었고 그는
그것을 받아 들고 식판 앞으로 되돌아갔다. 된장국에 밥을 말고
수프를 뿌리더니 정신없이 먹기 시작했다.

앞마당이나 뒤운동장에는 경우 또래의 꼬마들밖에 보이지 않
았다. 나는 이제 2층으로 올라가야 할 시간이라는 것을 알았다.

늘씬한 승용차가 마당으로 미끄러져 들어온 것은 성우가 밥을
채 다 먹기도 전이었다. 사무실에서 대기 중이던 총무님과 집사
님, 이모들이 쪼로미 나와 늘어섰다. 해자 이모의 손에는 원장 아
버지가 갈아 신으실 실내화가 들려 있었다. 성우는 남아 있던 밥
을 급히 퍼 넣었지만 그렇게까지 서두를 필요는 없었다. 그를 부
르기 전에 원장실에서는 한차례 홍역이 치러져야 했다.

"도대체 창피해서 고개를 들고 다닐 수가 있어야죠. 며칠 자리
만 비웠다 하면 꼭 한 가지씩 말썽이 생기니······"

호통 소리는 원장실과 복도 하나를 마주 보고 있는 정결방 여
학생들이 충분히 들을 수 있을 정도였다. 온유방에서도 큼직한
소리는 거의 알아들을 수 있었다. 호통을 받고 있는 총무님, 집

사님, 이모 들의 입장에서는 가장 못마땅한 점이 바로 그것이었다. 조용히 야단을 쳐도 충분히 이해할 수 있는 사람들인데 꼭 그렇게 핏대를 올려가며 아이들의 웃음거리로 만들어야만 할 것인가. 아이들이 엿들으며 그들을 얼마나 우습게 여기게 될 것인가. 그러나 원장 아버지는 아랑곳없이 자신의 호통을 마무리지었다. 그런 다음에야 사정이 어떻게 되었던가를 듣고자 했다.

총무님이 볼멘소리로 설명을 했다. 그놈이 어디서 무슨 소리를 들었는지 혼자서 차를 타고 광주까지 나갔더라, 수소문을 해본즉 어린이대공원 앞 파출소에 보호되어 있다길래 김 집사를 보내어 데리고 왔다, 대공원 담을 넘다가 잡힌 모양이더라. 그러나 총무님은 성우가 나이를 속이고 박덕진이라는 엉뚱한 이름을 썼으며 마치 그곳에서 부모를 잃은 미아처럼 행동했다는 사실은 말하지 않았다. 그런 얘기까지 원장의 귀에 들어간다면 뒤치다꺼리가 훨씬 복잡해지리라는 생각 때문이었다. 언제나 밖으로 나돌기만 하는 원장은 아이들의 세계가 얼마나 무섭고 끔찍한가를 이해하지 못했다. 원장 아버지는 고개를 끄덕이고 성우를 들여보내라고 말했다. 모두 다 일어서 나오고 성우가 들여보내어졌다. 물론 그에 앞서, 나이와 이름 건은 얘기하지 말라는 주의가 주어졌다.

원장 아버지는 성우가 들어서자 싱글싱글 웃었다. 그를 무릎 앞으로 불러 세우고는 엉덩이를 투덕거렸다.

"허허, 이눔아, 대공원이 그렇게 가보고 싶더냐."

성우는 어차피 어른들과의 관계는 신경도 쓰지 않고 있었다. 기껏해야 몇 시간쯤 벌을 서거나 귀에 솜을 막고 잔소리를 들으

가출   235

면 될 터였다. 그의 생각은 끊임없이 2층 충성방을 더듬고 있었다. 명호 형, 광준이 형, 은구 형 들의 얼굴이 어른거렸다.

"집에 있는 사람들 생각은 나지 않든? 아버지가 얼마나 걱정하고 있을지도 생각나지 않고? ……성우는 아버지 걱정 안 했어?"

그는 마지못해 입을 열었다.

"걱정했어요."

원장 아버지는 몹시 기쁜 표정이 되어 이 얘기 저 얘기를 물어보았다. 왜 갑자기 대공원이 보고 싶어졌으며 돈은 어떻게 구해서 차표를 샀고 어떻게 물어물어 대공원까지 갈 수 있었던가 따위를. 성우는 그런 얘기들에 대답하지 않고 입술만을 부루퉁히 내밀었다. 그러자 원장 아버지는 모든 것을 이해한다는 듯 너그러운 태도를 취했다. 그는 다시 집 식구들이 성우의 행방불명을 얼마나 걱정했던가를 알려주고자 했다. 아버지는 중요한 출장까지 중간에 그만두고 돌아왔다. 총무님과 집사님은 어젯밤 한숨도 못 주무신 모양이더라. 그리고 그는 성우에게 다시는 이런 일을 하지 않겠다는 다짐을 받으려 했다. 그런 정도의 다짐이야 조금도 어려운 일이 아니었다.

"아버지랑 약속한다. 이제 다시는 이런 일 없기다?"

"예."

성우는 손가락을 걸었다.

"아이구 내 아들. 다 키웠구나. 혼자서 그 먼 길을 다 찾아가고……"

그는 또 한 차례 성우의 엉덩이를 두드리며 이제 돌아가도 좋다고 말했다. 성우는 꾸벅 인사를 하고 문 쪽으로 걸어갔다. 한 가지 생각이 그의 걸음을 잡아당겼다. 차라리 원장 아버지께 모두 말씀드려버릴까. 지금 위에서 어떤 일이 준비되고 있는가를. 그는 단지 대공원이 보고 싶었던 것이 아니라 지긋지긋한 매질 로부터 달아나고 싶었다는 것을. 그는 몸을 돌렸다. 원장 아버지 가 고개를 들었다.

"얘기할 게 아직 남았니?"

그는 다시 한번 인사를 꾸벅했다.

"안녕히 주무세요."

어른들이 이해할 수 있는 일이 아니었다. 도와줄 수 있는 일은 더더욱 아니었다.

형국이가 몸을 비틀었다. 그러자 여지없이 발길질이 날아왔 다. 그는 어깨로 내 팔을 들이받았고 나는 다시 준석의 어깨에 부 딪혔다. 움직이지 않고 가만히 있으면 그런대로 견딜 만했지만 이렇게 한번 흔들려서 다시 자세를 잡고 꿇어앉으려면 무릎뼈가 바스러지는 듯했다. 여느 때는 국민학교 5학년 이상이 집합 대상 이었지만 오늘은 3학년부터였다.

방문이 비직이 열리고 윤철이가 얼굴을 들이밀었다. 성우 형 왔어요. 들어오라고 해. 아이들은 들리지 않게 안도의 한숨을 내 쉬었다. 그래 봤자 좋은 일이 일어날 턱이 없었지만 어쨌건 빨리 끝장을 보고 싶은 게 모두의 바람이었다. 성우는 고개를 푸욱 수 그리고 걸어 들어왔다. 명호 형이 뺨을 갈기고는 구석 자리를 가 리켰다. 광준이 형이 일어나더니 천천히 입을 열었다.

"이런 구린내 나는 집에 있고 싶어서 있는 사람은 아무도 없다. 도망가고 싶은 사람은 누구든지 그래도 좋다. 하지만, 반드시 성공해야 한다. 도망가다가 붙잡히거나 숨을 곳이 없어서 돌아오는 사람은 다리몽둥이가 분질러지도록 맞는다. 알겠나!"

아이들은 무겁게 대답을 했다. 광준이 형은 내가 가장 좋아하는 형이었다. 형도 나를 좋아했고 성우와 경우 또한 귀여워했다. 신문 배달을 해서 월급을 받는 날이면 백 원짜리 두세 개쯤은 꼭 나누어 주었다. 하지만 오늘로서 우리 사이의 신뢰는 모조리 깨어진 모양이었다. 나는 열심히 형의 눈치를 살폈지만 단 한 번도 다정한 눈길을 받을 수 없었다.

의식이 시작되었다. 고등학교 3학년 형들이 먼저 서로에게 빠따를 돌렸다. 열 대씩이었는데, 몸을 빼거나 신음 소리 한번 내는 형이 없었다. 우리 집에서 형이 된다는 것은 바로 저것을 의미했다. 야구 방망이 앞에서도 늠름하게 몸을 버텨낸다는 것. 말은 없었지만 아이들은 저 같은 형들의 모습을 존경했고 흉내 내려고 노력했다. 개중에 조금이라도 몸을 비틀거리거나 다리를 구부리는 형이 있으면 아이들은 존경의 대상에서 제외시켰다. 그런 형에게는 말도 고분고분 듣지 않았고 심부름도 제대로 해주지 않았다. 빠따는 차례차례 아래로 내려왔고 내 순서도 가까워지고 있었다.

한 달에 한 차례 정도는 이런 의식이 있었다. 특별히 금기시되는 일 몇 가지가 있었는데 그것이 깨뜨려질 때였다. 형들에게 대든다거나 밖에 나가서 맞고 들어온다거나 혹은 오늘처럼 도망가다가 붙들린다거나 하는 일들이었다. 특히 밖에 나가서 누군가에게 맞고 들어온 애가 있을 경우는 일이 커졌다. 맞고 들어온 애가 먼저 자체 징계를 당했고, 만일 곁에서 보았으면서도 돕지 않은 애가 있다면 두 배로 늘씬하게 두들겨 맞았다. 그리고 식구들 모두가 동원되어 때린 애를 찾았다. 물론 그 애에게는 그날이 무덤으로 운반되는 날이다.

명식이가 소리를 질러댔다. 명호 형의 동생이었다. 나랑 같이 중학교 1학년이었지만 그 애는 형국이처럼 샛별반 출신이었다. 두 대를 맞더니 쓰러져서 일어나지 않으려고 바둥거렸다. 명호 형이 다가가서 가슴을 걷어찼다. 광준이 형이 그 애를 성우 옆에 꿇어 앉혔다. 형국이는 벌써 기가 질려 바들바들 떨었다.

내가 일어나 책상 모서리를 잡고 서자 광준이 형이 말했다.

"정동우, 너는 특별히 스무 대다."

나는 입술을 깨물고 숫자를 헤아려나갔다. 다섯, 여섯, 일곱…… 다리가 점점 주저앉으려 했다. 허벅지에 불이 붙고 있는 느낌이었다. 열셋, 열넷…… 목소리가 나도 모르게 커졌다. 눈살 한 번 찌푸리지 않고 당당하게 맞던 형들의 모습을 생각하려 했지만 잘되지 않았다. 나는 소리를 지르고 싶었고 터져버리고 싶었고 어딘가로 뛰쳐나가고 싶었다. 우리 반에는 가끔이라도 나처럼 다리를 저는 애가 아무도 없었다. 열여덟 열아홉에서는 손톱이 책상을 긁으며 찢어졌다. 그러나 스물이 되자 이상하게도 모든 느낌이 사라져버렸다. 내게는 아무런 통증도 남아 있지 않았다. 다만 허벅지가 조금 척척했고, 마치 경우가 내 등에서 쉬를 했을 때처럼, 다리가 절룩거려졌을 뿐이었다.

빠따가 차례를 돌자 광준이 형이 다시 앞으로 나왔다. 아이들은 성우 쪽을 보며 지레 겁을 먹었다. 형은 야구 방망이로 바닥을 두어 번 찍은 다음 말했다.

"아마 지금쯤 성우의 엉덩이에서는 피가 줄줄 흐르리라고 생각한다. 그렇지 않나, 정성우?"

성우는 대답 대신 고개를 더욱 깊게 숙였다. 아이들은 뜻밖이라는 표정을 지었다. 광준이 형은 한참 동안 침묵을 지키더니 입을 열었다.

"앞으로 도망자에 대한 처벌은 이런 식으로 한다. 일주일간 내가 모르는 집합이 있을 때는 용서하지 않겠다."

밤이 되자 나는 살그머니 성우를 불러내었다. 그 애는 별로 내켜 하지 않았지만 그래도 형을 따라 나왔다. 우리는 뒤운동장 구석의 놀이터로 갔다. 닳을 대로 닳아 칠이 벗겨진 철봉 로켓과 삐걱거리는 회전 지구가 놀이기구의 전부였다. 지구를 우리는 거창하게도 회전목마라 부르기도 했다. 그 애에게 사과를 받겠다거나 하는 뜻에서가 아니었다. 성우는 누구에게도 사과 따위를 하는 애가 아니었다. 나는 몇 해 전의 윤식이 형을 흉내 내며 천천히 회전목마를 돌렸다.

"애, 너는 이따금 등이 아프지 않니?"

성우는 눈을 깜박거렸다. 그 애의 눈빛은 철봉에 부딪혀 반짝이는 달 조각과 비슷했다.

"어떤 형이 그러는데 우리 등에는 단단한 쇠파이프가 하나씩 박혀 있대."

그는 여전히 알아들을 수 없는 모양이었다. 이야기를 시작은 했지만 나로서도 마찬가지로 막막한 일이었다. 그 복잡한 사정을 어떻게 이 애에게 이해시킬 수 있을까. 적당한 낱말들이 찾아지지 않았다. 그때 문득 좋은 생각이 떠올랐다.

"『달려라 번개』라는 그림책 생각나지?"

성우가 고개를 끄덕였다.

"비바람 치는 들판이 싫어서 번개는 자꾸만 앞으로 달리지. 아버지 어머니도 보고 싶고 따뜻한 집도 그립고 맛있는 것도 먹고 싶고…… 하지만 언제나 제자리를 맴돌 뿐이야. 번개는 단단한 쇠파이프에 등이 찔린 회전목마거든…… 그래서 내 말은…… 우리도 번개처럼 어디로도 달아날 수 없는 목마라는 거야."

어렴풋이나마 성우는 이해를 하는 듯했다. 그의 눈동자에 맺힌 달빛이 유난히 커졌다. 그러나 그는 곧 눈길을 돌리고 말았다.

나는 가슴이 몹시 답답했다. 허벅지의 통증이 차츰 등으로 옮겨 가는 듯했고 어깨가 좁게 좁게 움츠러드는 느낌이었다. 해야 할 말이 더 있을 것 같았지만 사실은 나 역시도 모르는 일이 많음을 새삼스레 깨닫고 있었다. 이를테면, 가도 가도 조그만 동그라미를 벗어나지 못하는 번개가 왜 힘겹게 달리기를 중단하지 않는지도 나는 모르고 있었다. 혹은 그것이 중단하지 않는 것인지 자신의 힘으로 중단할 수 없을 것인지 따위도.

"난 다른 아이가 되고 싶었어."

성우의 중얼거림이 조그맣게 귓전으로 흘러들었다.

상처

— 회전목마를 위하여 2

우리 집에는 형국이가 좋아하는 사람이 많았다. 그러나 그를 좋아하는 사람은 아무도 없었다. 사소한 음모라도 꾸미기 위해 둘러앉았을 때 형국이 나타나면 아이들은 감추지 않고 눈살을 찌푸렸다. 더러는 드러나게 냉대를 하여 그를 쫓아 보내려고 하기도 했다.

"국민학교 4학년이나 되면서 아직 제 코도 못 닦는 얼간이가 누구게."

그러면 아이들은 일제히 웃음을 터뜨렸다. 그건 다만 그가 4학년임에도 불구하고 샛별반에 다니고 있다는 이유 때문만은 아니었다. 그에게는 접근을 유쾌하지 않게 만드는 몇 가지 요소가 있었다. 잇몸이 드러나도록 벌어진 입술과 누렇게 썩은 이빨, 언제나 코 아래를 왕복 중인 기관차 따위가 그랬다. 형국은 박대마저 느끼지 못할 만큼 눈치가 없지는 않았지만 쉽사리 자리를 뜨지는 않았다. 그는 끈기 있게 자신의 탐색 작업을 마쳤다. 스며들었던 것처럼 슬그머니 자리를 빠져나가는 것은 그 모임이 군것질감과는 거리가 멀다는 결정을 내린 다음이었다.

이제 막 종종걸음을 시작한 경우나 식이 같은 애들도 형국이 나타나면 질겁을 했다. 아이들은 자기네끼리 놀 때보다 두 배는 큰 비명을 울리며 창고 건물 뒤로 달아났다. 하지만 그들 모두가 형국의 손길을 피할 수는 없었다. 일진이 사나운 아이 하나가, 대개는 성철이 그러했지만, 그의 상대역이 되어주어야 했다. 형국은 그 아이를 붙잡아 어르고 달래고 부둥켜안고 그가 할 수 있는 모든 일을 했다. 뽀뽀를 하기도 했고 억지로 목말을 태우려다가는 하수구 속으로 처박기도 했다. 쓰레기통 근처에서 주워 온 반쯤 먹다 남은 복숭아씨를 주머니에 쑤셔 넣기도 했다. 그로서는 최대한의 호의를 베푸는 일들이었지만, 일련의 절차가 끝나면 아이에게 남는 것은 서너 군데의 상처와 좀처럼 지워지지 않는 얼룩들이었다. 밤늦은 시각 잠자리에 들 무렵이면 우리는 곧잘 숙희 이모의 고함 소리와 성철의 울음을 들을 수 있었다. 그 시간까지 용케 피해 다녔던 성철이 마침내 상처와 얼룩을 들켜버린 것이었다.

"어떻게 된 애가 주머니 속까지 엉망을 만들어 다니니. 세탁기나 제대로 돌아가면 느들한테 이런 소리 하지도 않아. 제발……"

형국에게 매질이 별무소용이라는 것은 누구나 알고 있는 사실이었다. 물론 당장은 큰 효과가 있었지만 돌아서는 순간 그는 모든 기억을 재래식 변기에다 떨어뜨렸다.

후원자와의 만남이 있었던 날도 그랬다. 분위기가 깨질 것을 염려한 집사님과 이모들은 아예 형국을 그 자리에 참석시키지 않으려고 했다. 그러나 원장 아버지는 그들의 걱정을 이해하기에는 너무 단호한 관용을 지니고 있었다. 그는 열외자가 한 명도 없어야 한다고 선언했고, 언제나처럼 자신의 말을 번복하려고 하지 않았다. 집사님과 이모들이 할 수 있는 일은 예방 조치를 단단히 하는 것뿐이었다.

숙희 이모는 형국에게 미리 약간의 체벌을 준 다음 밤늦도록 타이르고 겁을 주었다. 상견례 자리에서 또 이상한 짓을 하면 내일은 밤새 볼기를 때릴 테다, 알겠니. 형국은 다짐보다도 수십 배가 넘게 고개를 끄덕였다.

이튿날의 상견례에서 그러나 형국은 예정되었던 주인공의 역할을 훌륭히 연출해내었다. 처음에는 분위기에 주눅이 든 탓인지 그는 다소곳하고 얌전한 아이였다. 윗입술과 콧구멍 사이를 잇는 기관차도 다른 사람들의 시선을 끌지는 않았다. 오히려 식이와 경우가 지나치게 뛰어다닌다고 주의를 들었다. 형국이 서서히 주역으로서의 면모를 드러내기 시작한 것은 과자와 환타 한 잔씩이 탁자 위에 놓이면서부터였다. 과자는 그로부터 밤을 새울 볼기의 공포를 앗아가기에 충분했다. 그는 두 주머니에 가득 과자를 담고 입이 터져나가라 쑤셔넣은 다음 우물거렸다. 이따금 흘려 넣는 환타가 죽이 되어 새어 나왔다. 고등학교 교감이라던 그의 후원자는 어정쩡한 미소를 띠며 자신의 환타 잔마저 형국에게 밀어주었다. 점심 식사로 잡채밥이 나오자 형국의 눈은 하얗게 뒤집어졌다. 그는 손과 얼굴로 밥을 먹었다. 교감은 그 모습을 보고 참을 수가 없었던지 껄껄 웃음을 터뜨리고 말았다.

그때부터 진짜 사건이 시작되었다. 형국은 자기를 보고 웃는 사람은 자기를 좋아하는 사람이라고 믿고 있었다. 그는 탁자를 넘어 건너가 교감에게 엉겨 붙었다. 집사님과 숙희, 해자 이모 들이 기겁을 하고 뜯어내었지만 이미 그의 후원자는 처참한 몰골로 변해 있었다. 과자 반죽과 잡채, 짜장 들이 고스란히 옮겨져 있었다. 형국은 끌려가면서도 후원자의 팔소매에 얼굴을 비벼댔다.

"하지만 그건 그 아이의 책임이 아니야."

힘든 일이 생기면 종종 그러듯 김 집사님은 성경에 이마를 문질렀다.

"고등학교 교감이라는 그 어리석은 후원자는 글쎄 자신의 담당 아동을 바꿔달라는구나. 도대체 정이 가지 않는다나."

마땅히 대꾸할 말이 없어 나는 고개를 끄덕거렸다.

"그러면 그건 누구의 책임이죠?"

"형국이가 광주형제원으로 들어온 게 80년 5월이란다. 이 애는 어느 젊은 부부의 시체 사이에서 젖가슴에 흐르는 피를 핥고 있었지. 그때 이 애 나이가 만 네 살이었으니 충격이 어지간했겠니. 참 너는 그때 무슨 일이 있었는지를 아직 모르겠구나."

나는 80년 5월이라는 게 어떤 특별한 의미를 갖는지 알지 못했다.

"하지만 그 후원자는 알고 있어. 그때 무슨 일이 있었는지를 말이다. 그런데도 담당 아동을 바꿔달라고 말하니, 그래 너는 그런 일이 있을 수 있다고 생각하니."

집사님은 곧잘 내게 그런 말씀들을 하셨다. 그는 아마 내가 충분히 자랐으며 그의 말을 이해할 수 있으리라 생각하는 모양이었다. 우리 형제들에 대해서 골치 아픈 일이 생기면 그는 언제나 나를 불렀던 것이다. 그러나 만일 내가 그의 말에 고개를 끄덕거린다면 그건 단순히 그를 위로하기 위한 시늉에 불과할 따름이었다. 실질적으로 우리 집의 살림을 도맡고 있었던 집사님의 머릿속에는 답답한 일들이 가득 차 있었기 때문이다. 그는 큰 기대를 걸지 않으면서도 이렇게 마무리를 짓곤 했다.

"네가 잘 좀 보살펴주도록 해라. 그래도 그 애가 제일 따르는 게 너잖니. 그 애는 자기가 하는 일 중에 무엇이 잘되고 무엇이 잘못되었는지도 모르는 아이란다."

복도에는 형국이 사형을 언도받은 죄수처럼 꿇어앉아 있었다. 형국에게도 화려한 그의 날들이 없는 것은 아니었다. 그가 어깨를 펴고 고개를 젖히고 마치 읍내 장터에 나온 군수님의 아들처럼 거드름을 피운 적이 있었다면 사람들은 휘파람을 불겠지만 단언하건대 그에게도 분명히 그런 날이 있었다. 우리 집 보모들 중 막내인 미정이 이모가 처음 들어온 몇 달 동안이었다.

"이것 봐, 이모 치마에 그렇게 얼굴을 문지르지 마. 네 코가 온통 묻잖아."

중학생 아이들이 멀찌감치서 야단을 쳤지만 그는 언제나 미정이 이모의 곁을 맴돌았다. 첫날부터 그랬다. 미정이 이모는 잎 사이에 수줍게 달린 복숭아처럼 고운 얼굴이었으나 이상하게도 코흘리개 형국이를 밀쳐내지 않았다. 형국이는 이모의 고운 얼굴에서 거절당하지 않으리라는 확인을 느끼는지도 몰랐다.

"이모에게는 누구나 꼭 같아요. 이모는 여러분 모두를 사랑하거든요. 거짓말하지 않고 착한 사람이면 더 좋죠."

상처　　　　　　　　　　　　　　　　　　　　249

미정이 이모는 고등학교를 졸업한 지 1년이 채 못 되었고 고아원이라고는 우리 집이 처음인 초보자였다. 다만 석 달이 지나면 그녀 역시 다른 이모들과 마찬가지로 목청 걸고 눈가에 주름살 지워지지 않는 폭군이 되리라는 사실을 나는 번연히 알고 있었다. 형국의 봄날도 그때까지가 아닐까. 그러나 아무튼 이모는 형국에게 각별한 정을 베푸는 듯했다. 그녀의 말대로, 거짓말 안 하고 착하기라면 형국을 따라갈 아이가 없었으니까.

이모의 후광이 있는 한 형국이는 더 이상 외롭지 않았다. 아이들은 그가 와도, 그는 이제 예전처럼 슬며시 끼어들지 않았거니와, 눈살을 찌푸리거나 조롱하지 않았다. 4학년이면서 코도 제대로 못 닦는 애가 누구게 하고 놀려대던 아이는 주머니에서 종잇조각을 꺼내어 형국의 코밑을 닦아주었고 신문지를 깔고 있던 아이는 반쪽을 찢어 그에게 건네주었다. 미정이 이모는 자기 방 아이들의 간식을 형국을 통해서 나누어 준다는 사실을 알기 때문이었다.

아이들의 대화도 형국의 구미에 맞게 바뀌어야 했다. 그들이 하는 얘기는 대부분이 먹는 것을 중심으로 이루어졌다. 입으로 들어가는 것치고 형국이 좋아하지 않는 게 없기는 했지만, 그래도 그가 가장 좋아하는 것은 아이스바 종류였다. 신문지를 찢어 건네주었던 준석이 입언저리에 혀를 내둘렀다.

"명절날 대통령 하사품보다 맛있는 건 수박바야. 어저께 내 친구가 사 먹는 걸 조금 얻어먹어봤는데 진짜 수박보다 열 배는 맛있었어."

그는 마치 진짜 수박을 먹어보기나 한 것처럼 말했다. 그러자 다른 아이가 따라붙었다.

"내 친구도 수박바가 제일 맛있대. 걔는 매일 점심시간이면 그걸 하나씩 사 먹는데 앞으로는 나한테 꼭 한 입씩 나눠주기로 했어. 문방구까지 달려갔다 오는 건 우리 반에서 내가 제일 빠르거든."

형국은 눈동자를 두리번거리며 침을 삼켰다. 그는 자신이 맛본 몇 안 되는 아이스바의 이름을 기억해내어 대화 속에 끼어들고 싶었지만 쉬운 일이 아니었다. 이름들은 칠판에 적힌 글씨처럼 흐릿하고 미심쩍었다. 조시바였던가 주스바였던가. 결국 그는 그런 노력을 포기하고 잇따라 나오는 아이스바 종류들에 가슴만 두근거리기로 작정했다.

그런 이야기에 정신이 팔려 있을 동안이라도 미정이 이모에 대한 형국의 후각은 몹시 예민했다. 그가 갑자기 일어나 뒤도 돌아보지 않고 뛰어간다면 그곳에는 미정이 이모가 있었다. 이모는 고무장갑을 낀 손으로 빨래를 널거나 마른빨래들을 거두어들이곤 했다. 형국은 시키지 않아도 무거운 빨래 통을 들고 이리저리 쫓아다녔다. 이모가 충분히 빈 빨랫줄을 찾을 때까지. 어느 날인가 형국이 빨래통을 뒤집어엎는 바람에 두 시간분의 땀이 허사로 돌아가고부터 이모는 그다지 달가워하지 않는 눈치였다. 하지만 형국에게 그가 하고 싶은 일을 막는 것은 웃는 얼굴로는 불가능했다. 아이들은 빨래통을 들고 기우뚱거리는 형국 곁으로 다가가며 은근히 물었다. 애, 오늘은 간식 안 준다니?

본격적인 가을의 느낌이 우리 집에서는 감나무를 통하여 시작

상처   251

되었다. 찬바람이 불고 학교 가는 아이들 어깨 위로 낡은 외투가 걸쳐지면 감나무는 탐스러운 열매를 주렁주렁 늘어뜨렸다. 그러나 그것은 아직 그림 속의 감에 불과했다. 색깔만 그럴듯했을 뿐 감은 돌덩이처럼 단단하고 떫었던 것이다. 세 그루의 홍시 감나무 외에 단감나무도 한 그루 있었지만 형편은 마찬가지였다.

총무님이 아침저녁으로 감나무에 손대지 말라는 잔소리를 하게 되면 그때부터 아이들은 슬슬 빗자루를 던지기 시작했다. 말하자면 그 소리는 이제 감이 어느 만큼 익었으니 먹을 만하리라는 신호와도 같았다. 꼬마들은 신발을 던졌고 중학교 고등학교 형들은 커다란 싸리비나 나무 막대기를 구해서 던졌다. 하지만 마당에는 곧 한 입씩 베어 물린 감알들이 수두룩 흩어졌다. 총무님의 조바심은 언제나 지나치게 빨랐고 감은 아직 조금도 제 맛이 들지 않은 것이었다.

"조금만 더 됐다가 홍시를 만들어서 모두 여러분에게 나눠 드릴 겁니다. 제발 먹지도 못하는 감 떨어뜨려서 버리지 말고 기다리세요……"

총무님은 항상 진지했고 기도문을 욀 때처럼 절실한 표정이 되셨다.

"정 먹고 싶거든 식당 아주머니한테 된장을 달래서 찍어 먹으세요. 아무리 떫은 감이라도 된장을 바르면 다 먹을 수 있습니다."

그러면 아이들은 히죽거리며 장난을 쳤다.

"너, 된장 발라버린대. 총무님이 너 된장 발라버린대."

된장 바른다는 소리는 경운기를 모는 규호 아저씨가 지나가는 개를 보면 항상 하는 말이었다. 보신탕을 해 먹겠다는 건지 구워 먹겠다는 건지, 아무튼 그런 이야기였다.

그래도 아이들은 감을 향한 팔매질을 멈추지 않았다. 여느 해 같으면 형국이는 먹을 만한 감 한 알을 얻기 위해 반나절은 고생을 해야 했다. 그의 어쭙잖은 신발 던지기로는 좀처럼 감을 명중시킬 수 없었던 것이다. 전해 가을에 나무 막대기를 던졌다가 뒤통수를 얻어맞고는 누가 나무 막대기를 들기만 해도 창고 앞으로 달아나곤 하던 터였다. 하지만 올해는 사정이 달랐다. 그의 뒤에는 미정이 이모가 있었으므로 아이들은 서로 그럴듯한 감을 형국에게 가져다주었다. 그는 마당 한쪽 구석에서 잠시 동안 구경만 하면 되었다.

하루에 한 차례씩, 그는 한 아름의 감을 놓고 고민해야 했다. 가장 먹음직스러운 것을 고르기 위해서였다. 몹시 엄숙한 절차를 거쳐 네 개의 감을 고른 다음 그는 그것들을 한 입씩 맛보았다. 그중에서도 가장 맛이 든 감을 미정이 이모에게 선물하려는 것이었다.

"왜 안 먹어요? 한 입만 먹어보세요."

형국은 빨래를 두들기는 이모 앞에서 칭얼댔다. 자기의 선물을 자기가 보는 앞에서 먹어주기를. 형국의 생활이 온통 먹는 것과 누군가를 좋아하는 것으로 이루어져 있음을 생각한다면 그의 간절한 바람을 이해할 수 있으리라. 그런 모습을 볼 때면 나는 왠지 불안해지곤 했다. 형국에 대한 이모의 참을성은 얼마나 더 길게 이어질까. 그러나 다행히도 이모는 형국의 바람을 거절하지 않았다. 이모는 비눗물을 대충 문질러 닦고 형국의 이빨 자국이나 있는 쪽으로 한 입을 베어 물었다. 형국은 만세를 부르며 다시 마당으로 쫓아 나갔다. 그러면 이모는 입속에 든 것을 뱉어내고 몇 번이고 양치질을 했다.

형국이 두 손과 두 주머니에 한 입 물려 나간 감을 들고 다니는 것은 자신의 승리에 대한 당당한 과시이기도 했다. 그는 그것들을 밤이 늦도록 들고 있었지만 다음 날 아침이면 빈손이 되었다.

그가 공부를 시작했다는 소문은 순식간에 온 집안의 놀라움이 되었다.

소문의 발생은 이러했다. 어느 날 저녁 모든 아이들이 충성방에 모여 텔레비전을 보고 있었을 때 준석은 라면 수프 반 봉지를 흘린 것을 깨닫고 믿음방으로 돌아갔다. 아무도 없을 줄 알았던 그 방에는 뜻밖에도 형국과 미정이 이모가 있었다. 이모는 전구를 끼워 해진 양말을 꿰매고 있었고 형국은 국어책을 펴들고 있었다. 준석은 자기 방으로 돌아간 이유도 잊고 충성방으로 뛰어가 소리를 질렀다. 형국이 책을 읽고 있어. 정말이야. 책을 읽고 있다니까.

아이들은 맥가이버조차 팽개치고 우르르 몰려와 문틈으로 들여다보았다. 과연 방 안의 모습은 준석이 얘기한 것과 다르지 않았다. 10분이 지나지 않아 소문은 온유방과 정결방 누나들 귀에까지 들어갔다. 다음 날 아침 쓰레기 수거용 경운기를 몰고 온 규호 아저씨는 명식에게 이런 얘기를 들을 수 있었다.

"글쎄 형국이가 무얼 시작했는지 아세요? 공부를 시작했어요. 국어책 읽는 걸 제가 똑똑히 봤어요."

아저씨는 눈이 둥그레져서 휘파람을 불었다. 그런 쓸데없는 건 무엇 때문에 시작하려는 거지. 애야, 공부라는 건 큰 도시에 사는 부잣집 아이들이나 하는 거란다.

하지만 아저씨는 형국에게는 그런 식으로 말하지 않았다.

"너 공부를 시작하기로 했다면서, 그게 정말이니?"

형국인 가슴을 뻬죽이 내밀었다. 몹시 중요한 비밀이지만 이미 들켜버렸으니 어쩔 수 없다는 듯 그가 말했다.

"사람은 배우지 않으면 아무런 쓸모가 없대요."

그는 매일 저녁 아이들이 텔레비전을 볼 시간에도 믿음방에서 책을 펴 들고 앉아 있었다. 그의 곁에는 양말을 꿰매거나 뜨개질 감을 붙든 미정이 이모가 있었다. 그러나 그의 공부는 소문만큼 알맹이가 찬 것은 아니었다. 이튿날 내가 이따금 조사해보는 바에 의하면 그는 아직 국민학교 1학년 과정도 제대로 이해하지 못하고 있었다. 그의 공부는 철저히 기억에, 그것도 불확실하고 일회적인 기억에 의존하고 있었다. 이를테면 철수라는 글자를 읽을 때 그는 철자가 ㅊ과, ㅓ라는 모음과, ㄹ받침으로 이루어졌음을 알지 못했다. 미정이 이모가 읽어주는 소리를 귀담아들었다가 비슷하게 흉내를 낼 뿐이었다. 절소, 찰수, 칠수 따위를 거쳐서 마침내 철수라고 읽기는 하지만 다음 날이면 다시 처음부터 시작되어야 했다.

미정이 이모의 눈가에 잔주름이 떠나지 않게 된 것도 그 무렵과 때를 같이해서였다. 이모는 곧잘 코를 킁킁거리며 말했다.

"이게 무슨 냄새지? 무언가가 상해가고 있어."

하지만 이모는 방 안 어느 구석에서도 혐의점을 찾지 못했다.

그녀가 할 수 있는 일은 저녁마다 아이들을 발가벗겨 세면장으로 내모는 것이었다. 꼬마 아이들은 고추도 가리지 않고 우르르 몰려가 물싸움을 했다. 이모에게는 그만큼씩의 빨랫감이 늘어날 뿐이었다.

그러던 어느 날, 이모에게는 눈가의 잔주름이 울상으로 바뀌어버린 일이 생겼다. 믿음방 캐비닛 속에 넣어둔 돈이 없어진 것이었다. 그것도 자그마치 10만 원이나 되는 돈이.

"왜 나한테는 얘기도 하지 않았어. 바보같이 캐비닛 속에다 그런 큰돈을 넣어두다니……"

숙희 이모가 걱정 반 나무람 반으로 말했다. 미정이 이모는 그 돈을 거기 둔 것이 하루밖에 되지 않았으며 그날로 당장 치우려던 참이었다고 했다. 광주의 간호전문학원에 등록하기 위해 가까스로 빌려 온 돈이라는 것이었다. 한 주일에 이틀씩 저녁 시간만 다니겠다고 했지만 원장님이 허락하지 않았으므로 몰래 등록만이라도 하려고. 학원 과정을 거치지 않고는 시험 자격도 주어지지 않기 때문이었다.

"아무리 그렇더라도 나한테까지 얘기 못 할 건 뭐야. 캐비닛 속이 애들한테는 자기 손바닥보다 훤하다는 걸 몰라?"

숙희 이모는 자기가 초기에 당했던 일들을 하나하나 늘어놓았다. 돈이 없어지는 줄도 모르고 순진하게 넣어두기만 하던 시절, 갖가지 방법을 써서 감추어도 눈만 감았다 뜨면 사라지고 없던 이야기들을. 그래서 이제는 아예 돈을 한 푼도 지니고 있지 않는다고 말했다. 이모들이나 집사님 사이에서 이런 얘기가 오갈 적이면 나는 몹시 서글퍼졌다. 왜 우리는 틈만 보이면 돈을 훔쳐야 하는 것일까.

학교 앞에는 과자랑 아이스크림을 잔뜩 쌓아둔 문방구가 셋
있었다. 점심시간이나 하굣길이면 거기에는 아이들이 바글거렸
다. 또뽑기를 하는 아이들, 쥐포를 굽는 아이들, 아이스바를 쭐쭐
빠는 아이들, 우리 집 형제는 언제나 멀찌감치서 손가락만 빨고
있었다. 선영이 누나는 언젠가 학교 앞에 늘어선 튀김집들을 모
조리 불질러버렸으면 좋겠다고 얘기한 적도 있었다. 그 아이들
은 가슴을 졸이며 돈을 훔치지 않아도 문방구며 튀김집을 드나
들 수 있었다.

아무튼 돈은 없어진 다음이었다. 우리 집에서는 누구든 일단
돈을 잃어버리면 그것으로 그만이었다. 마치 그 돈은 닭장 속으
로 던져 넣은 한 알의 좁쌀과 같아서 어느 순간 누구의 입으로 삼
켜졌는지 알아낼 길이 없었다. 그러나 미정이 이모는 쉽사리 단
념하려 하지 않았다. 사실 그러기에는 너무 큰돈이기도 했다. 사
정을 전해 들은 김 집사님은 일단 집사님의 선에서 조사를 해보
기로 했다. 더 위로 올라가봐야 번거로워지기만 할 뿐 도움이 될
일은 없었다.

"한 푼도 안 남기고 가져간 것으로 보아 큰 애의 소행이 분명
해. 꼬마들이라면 기껏해야 1, 2만 원쯤 집어갔을 테니 말이야."

그는 도난 사건 전문가다운 추리를 했다. 그러나 그는 곧 자신
의 단정에 대해서 이맛살을 찌푸렸다.

"그렇다면 더 큰일인데. 큰 아이들은 하나같이 능구렁이라서
도무지 꼬리를 잡을 수 없거든."

아이들이 차례차례 불리워졌다. 꼬마 아이들부터 고등학교 형

들에 이르기까지. 집사님은 하루 종일 끈기 있게 심문을 했다. 하지만 그런 방법으로 실마리 잡기를 기대한다는 것은 애당초 불가능한 일이었다. 그것은 이러했다. 작은 아이들의 자그마한 도둑질은 면담만으로 간혹 발견되는 경우가 있었다. 형들 중에는 꼬마들의 소행을 고자질함으로써 평상시 자신의 결백을 알리려는 수가 있기 때문이었다. 그러나 만일 밑의 아이가 형들에 대해 조금이라도 미심쩍은 이야기를 한다면 그는 그날부터 잠자기를 포기해야 했다. 자정만 되면 자동적으로 뒤뜰로 나가는 날이 며칠이고 계속되었다.

"이렇게 해서는 어려워요."

집사님은 내 말에 고개를 끄덕였다. 하지만 그가 다른 방법을 생각해낼 수 없기는 마찬가지였다. 나 역시 그랬다. 나는 이미 형들 중 누가 수상쩍은가를 눈치채고 있었던 것이다.

마침내 미정이 이모가 눈물을 흘리기 시작했다. 이모는 방으로 들어가 문을 잠그고 훌쩍거렸다. 간간이 엄마 하며 울먹이는 소리가 들렸다. 숙희 이모와 해자 이모는 속이 상해 어쩔 줄 몰라 했다.

형국이 집사님의 책상 앞으로 불려간 것은 마지막 차례였다. 집사님은 그에게는 아예 아무런 기대도 하지 않고 있었다. 그러나 일단 마주 앉게 되자 집사님은 오히려 가장 뜻밖의 기대가 남겨진 것인지도 모른다고 생각했다. 집사님은 그에게 사정을 차근차근 설명했다. 그가 가장 좋아하는 미정이 이모가 지금 곤란한 입장에 빠져 있으며 그걸 풀어줄 수 있는 사람은 형국이밖에 남지 않았다고. 그리고 그에게 물었다.

"혹시 오늘 학교 앞에서 돈을 많이 쓰는 애가 없었니? 그러니까, 또뽑기 앞에 오랫동안 매달려 있었거나 조스바를 몇 개씩 사먹은 애가 말이다."

고개를 젓기만 하던 형국이 나중에야 더듬거리며 입을 열었다.

"명식이 성이 애들한테 수박바를 하나씩 사 줬어요."

집사님은 우선 명식이라는 이름에 실망을 느꼈다. 그 애는 형국이와 같은 샛별반 출신이었고 아직도 여전히 흐리멍텅한 상태에 있었다. 그런 아이가 10만 원이나 되는 돈을 훔쳤을 리가 만무한 것이었다. 그러나 다음 순간 집사님은 한 가닥 실마리를 움켜쥐었다. 그는 곧 명식을 불러들였고 10분 후에는 그의 형인 명호를 불렀다. 우리 모두는 연극이 끝났음을 알았다. 명호 형은 명식의 하나밖에 없는 피붙이였다.

명호 형은 순순히 사실을 인정했고 7만 4천 원의 남은 돈을 내놓았다.

형국은 다시 한번 우리 집의 스타가 되었다. 집사님은 그를 목말을 태우고 마당을 몇 바퀴나 돌았으며 미정이 이모는 그의 볼에 뽀뽀를 해주고 수박바를 다섯 개씩이나 사주었다. 그는 더욱 의기양양히 국어책을 펴들고 철수와 찰소를 읽어나갔다. 찰소가 말하은니다. 영흐야…… 미정이 이모는 그에게 2 더하기 3이 얼마인지도 가르쳐주었고 초록색과 노란색이 어떻게 다른지도 알려주고자 했다. 물론 형국은 번번이 엉뚱한 소리를 했지만, 그의 주머니에는 라면 수프가 떨어질 날이 없었다.

그러나 그 모든 것은 표면적인 승리에 지나지 않았다. 며칠 후 어느 아침 형국은 아이들과 함께 2층 계단을 내려오고 있었다. 그는 아직 눈곱이 덜 떨어진 상태였고 입가에는 침이 말라붙어 있었다. 바로 뒤에서 내려오던 준석이가 슬그머니 발을 헛디디며 형국의 등에 부딪친 것은 몹시 우연스러운 일로 보였다. 마침 그 순간 인철의 뒤꿈치가 형국의 발등에 부딪친 것도 우연이었을 것이다. 형국은 손쓸 겨를도 없이 계단 아래로 곤두박질치고 말았다.

이모들이 달려왔을 때는 이미 아무도 남아 있지 않았다. 형국만이 비명을 지르며 울고 있었다. 형국은 자음과 모음이 제대로 구분되지 않는 소리로 누군가가 자기를 떠밀었다고 했지만 그의 주장을 뒷받침해줄 만한 사람이 없었다. 그제야 식당에서 기어 나온 아이들은 형국의 비명이 울렸을 때 자기들은 모두 식당에 앉아 있었노라고 말했다. 집사님이 2층으로 올라가 충성방의 문을 여니 이부자리에는 명호 형만이 엎드려 누워 있었다. 명호 형은 팬티 바람으로 고개를 돌렸다.

"어쩐 일이세요, 이렇게 일찍."

진상을 밝혀내기는 불가능한 일이었다. 미심쩍은 점이 없지 않았으나 형국의 낙상은 잠이 덜 깬 그가 발을 헛디딘 까닭이었다고 처리되었다. 형국은 병원으로 옮겨졌고 다리에 깁스를 댄 채 열흘 동안 누워 있어야 했다. 자진해서 그의 병문안을 가려는 아이는 아무도 없었다. 숙희 이모와 미정이 이모가 누구든 다섯 명만 함께 그를 찾아가보자고 말했을 때도 아이들은 서로서로 눈치만 살필 뿐이었다.

미정이 이모의 눈가에 자리 잡은 주름은 좀처럼 지워질 기미를 보이지 않았다. 그녀에게는 잇따라 불행한 사태가 벌어진 셈이었다. 형국에 대한 이모의 애착은 도무지 우리로서는 이해하기 힘들 정도였으니까. 게다가 미정이 이모가 담당으로 있는 믿음방에서는 끊이지 않고 퀴퀴한 냄새가 배어 나왔다.

"아무래도 우리 방에 냄새 때문에 죽은 귀신이 붙은 모양이야. 천장에서 쥐나 고양이가 썩고 있는 건 아닐까."

이모는 코를 찡그리며 고개를 갸웃거렸다. 이른 새벽 들판에는 벌써 하얗게 서리가 깔리고 있었지만 냄새는 점점 심해질 따름이었다. 저녁마다 믿음방 아이들은 발가벗겨져 세면장으로 내몰렸다. 처음에는 히히덕거리며 재미있어했지만 이즈음엔 두 팔로 어깨를 감싸안고 발을 동동거렸다. 감기가 걸려 제법 크게 기침을 해대는 아이도 있었다. 눈치껏 시간을 때우다가 그들은 팔다리에 몇 방울의 물을 뿌리고 방으로 들어왔다. 이모는 방으로 돌아오는 아이들의 몸에 코를 갖다 댔지만 수상한 냄새는 나지 않았다.

아직 붕대를 풀지 않은 형국은 거의 종일을 방바닥을 뒹굴며 보냈다. 일부러 다가가서 말을 거는 아이도 없었고 형국이 자신도 예전처럼 아무에게나 엉겨붙으려 하지 않았다. 어렴풋이나마 그는 자신이 모든 아이들로부터 미움을 받게 되었음을 느낀 모양이었다. 가끔 나는 아무도 없는 틈을 타서 말을 붙여보았다.

"냄새나는 방에 오래 누워 있으면 어지럽지 않니? 바깥바람이라도 좀 쐬고 텔레비전도 보고 그러렴."

그러면 형국은 몹시도 수줍은 미소를 머금었다.

"괜찮아요."

"뭐가 괜찮다는 거니. 이렇게 방바닥만 뒹굴면 몸에 좋지 않
대도."

"괜찮아요."

그는 내가 무슨 말을 물어도 한결같이 괜찮아요만 되풀이했
다. 그런데 사실은 그가 바깥바람을 쐬고자 하여도 간단한 문제
는 아니었다. 깁스한 다리를 끌고 아래층으로 내려가 다시 현관
을 나선다는 것은 다른 누군가의 부축이 없이는 불가능한 일이
었다. 하지만 우리는 누구도 형국을 도와줄 수 없는 입장이었던
것이다.

"어떤 놈이든지 형국이 자식한테 말 한마디만 붙였단 봐라. 이
빨을 줄줄이 뽑아 짤짤이를 해버릴 테다."

명호 형의 말이 아니더라도 아이들은 누구나 적개심을 품고
있었다. 형국이가 불지 않았더라면 그들은 명식이를 통해서 몇
개의 수박바를 더 얻어먹을 수 있었을 까닭이었다. 형국에게 가
장 성가신 문제는 하루에 한두 차례 화장실을 가야 한다는 것이
었다. 소변이야 우유갑에 받았다가 비우면 되었지만 대변은 그
렇지가 못했다. 미정이 이모가 그를 화장실로 데려가 일을 보는
동안 계속 손을 잡고 있어야 했다. 그런데 설상가상으로 형국에
게 배앓이가 시작되었다. 그는 별안간 소리를 질러대다가 화장
실로 쫓아가서는 물감처럼 노란 물똥을 쏟아내곤 했다. 때맞춰
미정이 이모가 곁에 없으면 바지와 방바닥을 버리곤 했으므로
이모는 잠시도 근처를 떠날 수 없었다. 이모는 형국이를 다른 방
으로 옮겨 눕히려고 했다.

"방 안 공기가 나빠서 그럴 거야. 나도 이 방에 오래 있으면 골치가 지끈거리거든."

그러나 그는 기겁을 하고 발버둥을 쳤다. 무슨 일이 있어도 자기 방을 떠나지 않겠다는 것이었다. 이모는 어떻게든 그를 달래보려 했지만 결국 손을 들고 물러나고 말았다.

"그 애는 믿음방을 떠나면 죽는 줄로 알고 있어."

그 무렵부터 형국은 저녁 시간의 공부에도 시들한 기색을 보이게 되었다. 병원에 있는 동안도 그는 줄곧 찰소와 칠수를 읽었고 2 더하기 3은 7을 외웠다고 했다. 하지만 이제는 이모가 책을 들이밀어도 슬며시 고개를 돌렸다. 잠시 신경을 쓰지 않으면 그는 손가락에 침을 묻혀 소리 나지 않게 책장을 찢었다. 비행기를 접으려다가 결국 아무것도 만들지 못하고 구겨버렸다. 이모는 버려진 책장을 하나하나 펼치며 한숨을 내쉬었다.

형국이 관심을 보인 것이 있다면 그것은 그가 배앓이를 고치기 위해 먹도록 되어 있었던 하얀 알약이었다.

"약을 너무 자주 먹어도 좋지 않아요. 식사 후에만 한 알씩 타가도록 하세요."

숙희 이모는 다리를 절룩거리며 찾아오는 형국에게 하루에도 몇 차례씩 같은 소리를 해야 했다. 그는 아무 때고 불쑥불쑥 나타나 배를 움켜쥐고 약을 달라고 했던 것이다. 그러나 이상한 일은 약을 아무리 먹어도 그의 배앓이가 조금도 나아지지 않는다는 사실이었다. 며칠이 넘도록 그는 여전히 팬티에 다 노란 물감을 적셔내었다. 빨랫줄에는 언제나 대여섯 장씩 그의 팬티가 널려 있었다.

아이들이 다소나마 형국에게 관심을 보이게 된 것은 그 팬티들의 행진과 함께였다. 아이들은 서로 눈치를 살피며 조심스럽게 형국을 놀려대었다. 똥쟁이, 똥쟁이, 행국이, 오늘은 노란 물감으로 어느 나라 지도를 그려주시겠습니까. 그러면 형국은 빙그레 미소를 지을 따름이었다. 그는 마치 그들의 놀림을 반가워하는 듯했고 그의 얼굴에는 분홍빛 생기가 피어올랐다. 그리고 다음 날 빨랫줄에는 두세 장의 팬티가 더 널리곤 했다.

"단단히 뒷조사를 해봐야겠어. 약을 그렇게 먹으면 오히려 변비가 생길 텐데 아직도 설사를 하고 있으니……"

숙희 이모의 이야기를 듣고서야 미정이 이모는 의심스러운 점을 깨달았다. 설사가 시작되고부터 형국은 거의 밥을 먹지 않고 있었다. 달리 먹을 게 있을 리도 없었다. 그런데도 그는 끊임없이 설사를 쏟아내고 있었다. 결코 적지 않은 양으로. 그렇다면 그는 자신의 눈을 피해 늘 무언가를 먹어왔다는 얘기일까. 형국의 입가가 이따금 주홍빛으로 물들어 있었음을 그녀는 떠올렸다.

그날 미정이 이모는 빨랫감을 잔뜩 짊어지고 믿음방을 나왔다.

"이모 빨래하고 올 테니까 말썽부리지 말고 가만히 누워 있어."

형국은 고개를 끄덕였다. 그는 이불 위를 뒹굴면서 무슨 노래인가를 흥얼거렸다.

이모는 잠시 후 살그머니 방 앞으로 돌아와 열쇠 구멍으로 들여다보았다. 아니나 다를까. 형국은 두 손으로 주홍색 공 같은 것을 들고 열심히 베어 먹고 있었다. 열쇠 구멍을 통하여 풍겨 나오는 퀴퀴한 냄새는 한결 역하게 느껴졌다. 이모는 다짜고짜 문짝을 열어젖히며 방으로 들어갔다. 형국은 급히 두 손을 뒤로 감췄지만 이미 그가 숨기기에는 너무 늦은 상황이었다. 이모는 코를 감싸 쥐고 비명을 질렀는데, 우리가 현장을 목격할 수 있었던 것은 바로 그 비명 덕분이었다. 그때 우리는 점심 식사를 위해서 잠시 돌아와 있었던 것이다.

형국은 커다란 장롱의 밑바닥 가림목을 교묘하게 뜯어낸 다음 그 속에다 비닐 자루 하나를 넣어두고 있었다. 수십 개도 넘게 구멍이 뚫린 그 자루 속에는 곰팡이에 허옇게 뒤덮인 감이 10여 개 들어 있었다. 그 밖에도 별별 게 다 있었다. 바퀴벌레, 귀뚜라미, 죽은 지네, 산 지네, 라면 수프 먹다 남은 것, 그리고 하얀 알약 열두어 알도 보였다. 알약들을 그는 부지런히 모으기만 했을 뿐 정해진 목적대로 사용하지는 않은 것이었다. 그 자루 부대로부터 뿜어지는 악취는 감히 가까이 다가갈 용기를 내지 못하게 했다. 형국이만이 태연스러이, 그러나 비밀이 탄로 난 게 조금은 아쉽다는 듯, 홍시홍시 하며 손가락질하고 있었다.

미정이 이모는 몽둥이를 집어 들고 형국을 타작하기 시작했다. 우리에게도 뜻밖의 일이었지만 그것은 형국에게는 참으로 놀라운 일이 아닐 수 없었다. 몇 차례 몽둥이가 어깨와 엉덩이를 지나간 다음에야 형국은 누가 누구를 때리고 있는가를 깨달았고, 비로소 숨넘어가는 소리를 질러대었다. 그는 붕대를 풀지 않아 불편스러운 다리를 끌며 방 안 구석구석을 도망다녔다. 썩은 감이 으깨어지고 바퀴벌레와 귀뚜라미가 사방으로 튀어 달아났다. 미정이 이모가 씨근거리며 말했다. 내가 미쳤지, 너 같은 놈을 사람을 만들어보려고 헛고생을 하고 있었으니…… 형국은 마침내 방 밖으로 기어 나갔고 이모는 몽둥이를 휘두르며 뒤쫓아 나갔다.

그건 정말 대단한 구경거리였다, 한 사람은 절름거리며 한 사람은 몽둥이를 휘두르며 쫓아다니는 광경은, 그러나 그들이 이층의 여덟 개 방을 거의 한 번씩 휘젓고 다시 믿음방 쪽으로 돌아왔을 때 나는 더 이상 참을 수 없어 이모에게 소리쳤다.

"그러지 말아요. 그건 그 아이의 책임이 아니에요."

이모는 주춤하더니 나를 돌아보았다.

"형국이가 광주형제원으로 들어온 것은 80년 5월이었대요. 이 애는 어느 젊은 부부의 시체 사이에서 젖가슴에 흐르는 피를 핥고 있었구요. 그때 이 애 나이가 만 네 살이었으니 충격이 어지간했겠어요."

나는 내가 지껄여댄 말의 정확한 뜻을 모르고 있었다. 따라서 그 말이 어떤 효과를 발휘하게 될지도 알지 못했다. 다만 그 순간 우연히도 집사님이 들려주신 이야기가 떠올랐을 뿐인 것이었다. 그러나 그 말의 효력은 엄청나고도 즉각적인 것이었다. 미정이 이모는 몽둥이를 집어 던졌고 두 손바닥 사이에 얼굴을 파묻었다. 소리 나게 몇 번을 울먹이더니 아래층으로 내려가버렸다. 이모는 식당 일을 보시는 석규 어머니네로 뛰어가 한나절을 더 운 모양이었다.

집사님은 사정 얘기를 들으시고도 내게 꾸지람을 내리지는 않으셨다. 그는 그저 천천히 고개를 끄덕거리더니 이렇게 말했다.

"서미정 선생도 80년 5월에 아버지를 잃어버렸다더구나. 그때 아마 무슨 특수부대 하사관으로 근무 중이었다지…… 서 선생이 형국이한테 특별히 잘해주고 싶었던 게 아마 그런 이유 때문이었을 게다."

나는 모든 것을 이해한다는 듯 지그시 입술을 깨물었다.

그날 저녁, 형국이는 숙희 이모의 방으로 이사를 했다. 미정이 이모를 더 이상 힘들어하지 않게 하려는 집사님의 배려였다. 거창하게도 이사라는 말을 썼지만 형국이가 자신의 몸뚱이와 함께 옮겨 간 것은 쥐방울만 한 베개 하나였다.

숙희 이모의 엄한 눈초리 밑에서 형국은 금세 배앓이를 나았고 며칠 뒤에는 다리의 깁스도 풀게 되었다. 아직 조금씩은 절룩거렸지만 그는 학교를 갈 수 있다는 게 몹시 기쁜 듯했다. 미정이 이모도 이제는 그를 여느 아이와 똑같이 대했다.

아이들이 모여 있을 때 그가 슬그머니 끼어들면 준석이는 눈에 띄게 인상을 찌푸렸다. 준석은 아이들을 돌아보며 입을 삐죽삐죽 내밀었다.

"국민학교 4학년이나 되면서 제 코도 못 닦는 얼간이가 누구게."

그러면 아이들은 와 하고 웃음을 터뜨렸다. 하지만 형국이는 그런 일에 신경을 쓰지 않았다. 그는 열심히 눈동자를 굴리며 혹시 누구의 주머니 속에 먹을 것이 감추어져 있지 않나를 살폈다. 경운기를 몰고 가던 규호 아저씨가 형국이를 발견하고는 소리쳤다.

"다리가 다 나은 모양이구나. 그래 요즘도 공부를 열심히 하고 있니?"

준석이가 형국이를 대신해서 대답했다.

"형국인 이제 공부 같은 것 하지 않아요. 그딴 건 큰 도시의 부잣집 아이들이나 하는 거래요."

규호 아저씨는 준석의 대답이 몹시 만족스러운 듯 크게 고개를 끄덕이셨다. 그는 손을 흔들고 경운기 엔진 소리를 높였다. 형국이는 이미 그 자리를 빠져나가고 없었다. 그가 관찰한 바에 의하면 거기 모인 아이들 중에는 누구도 먹을 것을 갖고 있지 않았던 것이다.

상자 속으로 사라진 사나이

그는 그런 종류에 속한 사람이었다. 머릿속엔 늘 어린 시절 뛰놀던 골목길에 대한 기억들만이 가득 차 있고 시간이 날 때마다 행여 그 길이 도로 정비 공사로 사라져버리지나 않았을까 걱정하는 사람, 업무 관계로 만나는 현재의 사람들보다 그 시절 친구들의 얼굴을 훨씬 더 또렷하게 떠올릴 수 있는 사람, 휴가철이 돌아올 적마다 고향 방문 계획을 세우는, 그러나 벌써 10여 년째 출장길이 아닌 기차에는 몸을 실어보지도 못한 사람, 그런 종류에 속한 사람이었다. 물론 나는 처음부터 그를 알아볼 수 있었다. 비록 매일처럼 수십 명의 환자들을 상대하며 그들 속에서 함께 뒹굴어야 하는 게 내 직업이기는 했지만 그래도 그처럼 유별난 희귀 종족을 감지해내는 후각은 마비되지 않고 있었던 것이다.

내가 그에게 첫 질문을 던지는 데 며칠씩이나 여유를 준 것은 그의 그 같은 사정을 고려해준 까닭이었다.

"그래, 자넨 어쩌다가 이곳에 들어왔나."

그때 그는 두 손바닥으로 허공에다 너비와 높이 따위를 측정하고 있었다. 아마 특별 치료 활동 시간에 목공예반에서 무얼 만들기로 한 모양이었다. 너비를 어느 만큼으로 할지 결정하기 힘든 듯 손바닥들을 멀리 가까이 움직이더니 흘끗 나를 쳐다보았다. 그는 무슨 말인가를 하려는 것 같았다. 그러나 다시 허공 측정 작업으로 돌아가 열심히 고개를 갸웃거렸다.

"무얼 만들고 싶은지 얘기하면 내가 적당한 크기를 가르쳐주지."

또 한 번의 내 호의에 그는 아무런 반응도 보이지 않았다.

나는 이런 작자들을 어떻게 다루어야 하는지 잘 알고 있었다. 그가 귀를 기울이건 말건 나는 은밀한 목소리로 이런저런 얘기를 들려주었다. 이 병동에서 끗발 좋은 친구가 누구누구이며 수간호원의 첩보원은 누구인가, 함부로 속을 터놓아서는 안 되는 입싸개는 또 누구인가 등등. 허공을 측정하는 그의 손길이 차츰 느려지는 것으로 보아 그가 내 얘기에 귀를 기울이고 있음은 분명했다. 그것이 확인되자 나는 얼마 전에 있었던 사고 이야기를 해주었다. 늘 벙어리 행세를 하며 아무도 상대하지 않던 한 환자가 형식이라는 주먹패 출신에게 두들겨 맞아 척추에 금이 가고 말았다고. 하지만 아무도 그를 동정하지 않았고 형식에게 책임을 묻지도 않았노라고, 그러자 그는 슬그머니 고개를 내 쪽으로 향했다.

"만약에 말이오. 내가 댁이랑 말문을 튼다면 다른 사람들과 얘기하지 않아도 별일 없이 해줄 자신이 있소?"

나는 기쁨을 억누르기 위해 안간힘을 써야 했다. 또 한 명의 환자가 내 고객 철에 등록되는 순간이었다. 더구나 그는 내가 짐작했던 대로 희귀 종족임에 틀림없었다.

"자네 이름이 백성인이라고 했던가. 여기가 처음이니 아직 이 병동이 어떤 시스템으로 움직여지는지도 잘 모를 테지. 하지만 자네가 조금만 더 이곳 생활에 익숙해진다면 내게 그런 질문을 한다는 게 얼마나 우스운 일인가를 알게 될걸세. 여기 있는 70명은 모두 내가 정기적으로 심리상담을 해주는 내 환자들이란 말이야. 그러니 자네가 내게만 모든 문제를 털어놓는다면 아무도 자넬 다치지는 않아."

그는 한결 마음이 놓이는 기색이었지만 여전히 고개를 저었다.

"하지만 그것만으로는 충분하지 않아요. 내게 언제까지고 진정한 친구가 되겠노라고 약속할 수 있어야 해요. 변심하지 않고, 우리 사이에 다른 누구도 더 끼워 넣지 않고, 또 내가 한 얘기는 누구에게도 옮기지 않겠다고 말예요."

"그러지. 그건 친구로서의 도리이기도 하고 의사로서 환자를 대하는 태도이기도 해. 자, 이젠 내게 자네가 무슨 이유로 이곳에 왔는지를 이야기해도 되겠지."

그로부터 그 이유를 들을 수만 있다면 나는 어떤 맹세라도 할 생각이 있었다. 그는 한참을 더 머뭇거리다가 어쩔 수 없다는 듯 입을 열었다.

"대수로운 일이 아니었어요. 그저 자물쇠를 잠갔을 뿐이에요. 커다란 장롱이었죠."

"그게 모두란 말인가."

"그게 모두예요."

나는 슬슬 진짜 흥미가 모이기 시작하는 것을 느꼈다. 이런 종류의 수수께끼를 푸는 데 있어서는 나를 따라갈 사람이 없었다.

"아주 단단한 장롱이었겠군."

"물론이죠."

"그러고 나서 자네는 무얼 했나. 그 장롱을 잠그고 나서 말일세."

"아무것도 하지 않았어요. 그냥 그 앞에 앉아 있었어요."

"좋아. 그렇다면 이제 내게 그 속에 무엇이 들어 있었는지 말해주겠다."

"김도상 씨가 들어 있었어요. 가구 사업부 실장이었죠."

다음 질문을 생각하느라 잠시 동안 정신이 없었다. 그가 왜 장롱 속으로 들어가 있었느냐, 거기서 무얼 하고 있었느냐 등등. 그러나 그때 백성인은 저쪽으로 걸어가고 있었다. 나는 쫓아가서 그를 붙들고 얘기를 나누다 말고 사라지는 법이 어디 있느냐고 야단을 쳤다. 그러자 그는 오히려 놀라는 표정을 지었다. 이렇게 많은 얘기를 했는데 아직도 얘기를 나누는 중이었단 말입니까. 오늘분은 충분히 한 것 같아요. 나는 그를 다루기가 여간 까다로운 일이 아니라는 것을 깨닫고 고개를 끄덕여주었다.

"그렇다면 오늘은 그만 하도록 하지. 하지만 한 가지만 대답해주게. 그 양반이 장롱 속으로 들어간 게 무슨 까닭이었나."

"제가 들어가도록 만든 까닭이었죠."

그는 다시 허공에다 손바닥 상자를 만들며 걸어가버렸다.

내가 더 이상 그를 따라붙으며 성가시게 굴지 않은 것은 아내의 마지막 부탁을 잊지 않고 있었기 때문이었다. 그녀는 늘 입버릇처럼 말했었다. 제발 너무 많은 일에 나서서 참견하지 말아요. 사사건건 호기심으로 코를 들이밀지도 말구요. 당신이 그러지 않아도 세상은 그럭저럭 굴러가게 마련이라구요. 물론 그녀의 그런 당부에 대해 나는 대꾸할 말이 얼마든지 있었다. 이를테면 이런 것이었다. 하지만 내가 박 선생에게 그 돈을 융통해주지 않았다면 그 사람 지금쯤 아주 곤란한 형편에 처해 있었을 거야. 그러면 그녀는 한숨을 내쉬며 고개를 저었다. 덕분에 지금 아주 곤란한 형편에 처해 있는 건 우리죠. 박 선생이란 사람은 휘파람을 불고 있구요.

아내가 하고자 했던 말을 내가 이해하지 못한 것은 아니었다. 또 그녀의 말에 동의하지 않는 것도 아니었다. 나는 지나치게 많은 일들에 끼어들어 사람들로 하여금 내게 무언가를 기대하도록 만들었고 따라서 내 아내를 힘들게 만들고 있었다. 그리고 그 일들의 대부분은 애당초 내가 끼어들지 않았더라면 아무도 내게 기대하지 않을 성질의 요구들이었던 것이다. 그러나 이해할 수 없는 것은 나 자신이었다. 이상하게도 나는 귀를 간질이는 소문들을 견디지 못했다. 어디 사는 누구에게 무슨 일이 생겼다더라 하는 소문만 들리면 나는 현장으로 달려가야 했다. 그래서 소문의 진상을 밝혀내야만 했다. 그 대가로 내게 돌아오는 것은 언제나 두 어깨에 지워진 묵직한 짐이었다. 나는 몇 사람 사이의 불화를 식히기 위해 이쪽저쪽으로 쫓아다니며 말을 전하기도 했고 때로는 빚잔치를 돕느라 급전을 빌려주기도 했다. 그런 행동들이 아무런 보상도 받지 못한다는 것은 누구보다도 나 자신이 더 잘 알고 있었다. 하지만 나는 정말 어찌할 수 없는 위인이었다. 그렇게 난리를 치느라 지쳐 늘어졌던 몸도 며칠이 지나면 다시 새로운 소문을 찾아 귀를 세우는 것이었다.

제발 너무 많은 일에 나서서 참견하지 말아요. 이제부터라두요. 당신이 그러지 않아도 세상은 굴러가게 마련이에요. 마지막 말을 남기는 자리에서까지 아내는 그렇게 내 걱정을 썼다. 그건 정말 감동적인 문장이었다. 마지막 자리에서까지 내 일에 마음을 쓰다니. 그런 걸 보면 아내는 결국 나와 다르지 않은 종류인 모양이었다. 그런데 한 가지 아내가 잘못 생각한 것이 있었다. 내가 언제나 염려하는 대상은 세상이 아니라 사람들이라는 사실이었다. 세상 따위가 굴러가건 미끄러져가건 그건 내가 상관할 바가 아니었다. 하지만 만약 연인에게 냉대받은 한 노총각이 막소주라도 퍼마시고 비틀거리다 빙판에서 미끄러져 넘어지기라도 한다면 아마 너무도 가슴 아픈 일이 될 터였다.

며칠이 지나도록 나는 백성인과 다시 조용히 이야기할 시간을 갖지 못했다. 사실 난 좀 바쁜 편이었다. 내게 심리상담을 원하는 환자들이 어지간히도 많았기 때문이다. 그들은 보이지 않는 줄을 선 사람들처럼 차례차례 내게 다가와 고민들을 늘어놓았다. 벌써 3주일째 아무도 나를 면회 오지 않아요. 소변을 서서 보는 여자들도 있다면서요. 그게 사실일까요. 그런 여자를 만난다면 당장이라도 모든 것을 새로 시작할 수 있을 것 같은데……더러는 이번 선거 때문에 속을 태우는 친구도 있었다. 지금 나는 여기 있을 몸이 아니야. 제기랄, 그런 뻔뻔스러운 자식이 감히 국회의원에 출마하는 꼴을 보고 있어야 한다니. 제발 날 좀 내보내 줘. 며칠만이라도 좋아. 자넨 수간호원이랑 얘기도 제법 통하잖아. 서너 명의 환자만을 상대해도 제대로 된 상담을 해주려면 진이 빠졌다. 저녁 식사 후의 자유시간은 어느 결에 흘러가버리기 일쑤였다. 그러고는 나도 편안히 쉴 수 있는 시간이 필요했다. 도무지 내 쪽에서 그를 찾아가 상담 신청을 유도해낼 틈이 없었던 것이다.

그가 내 옆자리에 앉아 있음을 우연히 발견하게 된 것은 금요일 오후 영화관에서였다. 그는 몸을 똑바로 세우고 두 팔을 가지런히 모은 채 잔뜩 긴장된 표정으로 주위를 두리번거리고 있었다. 아마 그로서는 이런 분위기의 영화관에 들어와본 적이 없었을 것이었다. 여덟 개의 병동에서 모여든 3, 4백 명가량의 사람들은 저마다 다른 병동의 친구들을 찾기 위해 목을 빼어 고함을 쳐대고 있었다. 안부 인사를 나누고 우스갯소리를 던지고 누구는 어떻게 되었느냐고 묻기도 했다. 이제 곧 나가게 될 테니 용기를 잃지 말라고 격려하는 사람도 있었다. 이곳에 처음 들어온 사람이라면 누구나 가장 먼저 놀랄 일이 있었다. 여기 사람들이 자기 문제는 제쳐두고 다른 사람부터 걱정하는 따뜻한 마음씨였다.

"저기 실내화를 옆구리에 꼭 끼고 앉은 친구 보이지."

나는 그의 긴장을 풀어주기 위해 먼저 말문을 열었다.

"유심원이라는 친군데, 저 친구 옆을 지나갈 때는 아주 조심해야 해. 자칫 그 신발이라도 건드렸다간 난리가 벌어져. 누가 자기 신발을 뺏어가기라도 하려는 줄 알고 괴성을 지르며 멱살을 잡고 늘어진다니까."

"별로 좋아 보이지도 않는데요."

"4년 전엔 제법 괜찮았어. 하지만 문제는 그게 얼마나 비싼 신인가가 아니야. 저걸 준 사람이 옛날 애인이라나 뭐라나. 친구는 저 신을 잃어버리지만 않으면 언젠가는 그 망할 여자가 돌아와 주리라고 믿고 있는 거야."

"그렇다면 절대 저 신을 잃어버리지 말아야죠."

"신을 잃어버린다면 차라리 그 여자를 포기할 수 있게 되지 않을까."

백성인은 갑자기 눈을 부라리며 나를 노려보았다.

"무슨 소리를 하는 거예요. 댁이 환자를 치료하는 방법은 늘 그런 식이었나요."

"아니야. 난 그저 자네 생각을 한번 떠보았을 뿐이야."

이제 나는 그 이야기를 시작해도 좋을 만큼 충분히 그가 달아올랐다고 생각했다.

"하지만 그러는 자네는 왜 김도상 실장을 장롱 속에 처넣고 자물쇠를 잠가버렸는가."

"그건 문제가 달라요. 그 양반은 모든 걸 너무 쉽게 포기하는 습성이 있었다구요."

그는 다시 오늘분의 이야기를 시작할 준비가 갖춰진 모양이었다. 그러나 그때 영화가 시작되었다. 요란한 음악이 울리며 화면을 가득 메운 하늘 위로 공군 비행기 몇 대가 날아들었다. 마치 석양으로부터 탈출하려는 몇 마리의 새처럼 그들은 이쪽을 향해 날갯짓해왔다. 사람들은 소리를 지르고 박수를 쳐대었다. 음악

소리, 비행기 엔진 소리, 환자들의 열광하는 소리. 또 누구는 가서 모조리 죽여버리라고 고함을 쳤다. 그 틈새로 백성인은 내 귀를 잡아당기더니 악을 썼다.

"그 양반은 모든 걸 너무 쉽게 포기하는 습성이 있었어요. 아시겠어요. 아직 우리에겐 충분한 희망이 남아 있었단 말예요."

나는 더 이상 참지 못하고 벌떡 일어나 공군기 조종사들에게 소리를 질렀다. 부숴버려. 모조리 부숴버려. 하지만 사람들은 다치지 않도록 해. 제발 부탁이야. 뒤에서 누군가가 끌어당겨 나는 다시 의자에 주저앉아야 했다. 나는 등 뒤를 향해 한바탕 욕지거리를 늘어놓았다. 물론 뒤에서도 만만찮은 욕설이 돌아왔다. 목소리가 낯설지 않았으므로 나는 마음 놓고 욕을 계속했다. 그렇게 한참을 주고받다가 주위 사람들의 만류를 받고 그만두었다. 한결 기분이 좋아져 있었다. 석양을 탈출하던 피조(怪鳥)들은 이제 거대한 광장에 내려앉고 있었다. 그가 다시 내 귀를 잡아당겼다.

"난 미래에 대한 희망 따위를 얘기하는 게 아니에요. 적어도 우리를 지켜나갈 수는 있다는 희망이었죠."

"이건 굉장해. 최근엔 이런 영화가 없었어. 공군기 조종사의 전쟁과 사랑을 그린 거지. 자넨 상상할 수 있겠나. 공군기 조종사들이 한번 출격할 때마다 얼마나 많은 사람의 심장을 멎게 하는지 말이야. 그러면서도 그들은 자기 심장의 짝을 찾아 늘씬하게 빠진 여자들 뒤꽁무니나 따라다닌다구. 웃기는 일이지. 가장 현실적인 비극이기도 해."

나는 열심히 얘기했지만 혼자서 떠들어댄 꼴이 분명했다. 내 말에 이어서 그가 다시 무슨 소린가를 잔뜩 떠들어대었는데 도무지 아무것도 알아들을 수가 없었던 것이다. 영화관 속은 여전히 많은 소리로 시끄럽기 그지없었으니까. 별수 없이 나는 그의 귀를 끌어당겨 이렇게 말했다.

"내일 오후 대청소 끝나고 나랑 얘기 좀 할까."

그는 고개를 끄덕였다. 그래서 나는 영화 관람에 열중할 수 있었다.

다음 날 오후 대청소가 끝났을 때, 그러나 나는 어디에서도 그를 찾을 수가 없었다. 그러고 보니 청소 시간 중에도 줄곧 그가 보이지 않았던 듯했다. 청소를 시작할 때까지만 해도 분명히 있었는데 그 사이에 어디로 사라진 것일까. 나는 병동 구석구석을 빠짐없이 뒤졌다. 화장실, 목욕탕, 침대 밑, 탁구대 밑, 그리고 모든 방을 차례로 뒤졌다. 그러나 그는 어디에도 없었다. 그를 알 만한 사람을 만나면 나는 혹시 그가 어디 있는지 아느냐고 물어보았다. 그러면 그들은 자기 문제를 의논해왔다. 왜 이렇게 날씨가 화창한지 모르겠다. 비를 내리게 하는 방법은 없느냐. 나는 그들을 밀쳤다. 그런 얘기를 나누고 있을 때가 아니었다. 내 환자들 중에서 가장 희귀한 종족의 한 사람이 사라져가고 있었다.

병동이 그날처럼 넓어 보인 적도 없었다. 나는 그곳을 돌고 또 돌았다. 아마 네댓 번쯤 순회 점검을 했을 것이었다. 그러나 여전히 백성인은 나타나지 않았다. 토요일 오후에는 특치고 외치고 아무것도 없었으므로 그가 공식적으로 외출했을 가능성은 없었다. 내 행동을 수상쩍은 눈으로 지켜보던 박 간호사가 다가와 무슨 일이냐고 물었다. 혹시 침대에 묶이고 싶다면 얘기만 하라고,

자기가 아주 단단히 묶어주겠노라고. 나는 그에게 고자질 따위를 할 생각은 없었다. 그러나 아무래도 나 혼자서는 백성인의 행방을 밝힐 도리가 없었다. 그래서 그에게 백이 어디 갔는지 혹시 아느냐고 물어보았다. 그는 빙그레 웃더니 이렇게 비꼬았다. 아마 의사 선생한테 심리상담 받는 게 두려워서 도망이라도 간 모양이지. 나는 그런 작자에게 도움을 구한다는 게 어리석은 일이라 단념하고 혼자만의 수색을 계속했다. 그러나 마침내 간호진에서도 그의 실종을 알아차린 것인지 야단법석을 떨기 시작했다. 그들은 이미 내가 수십 번도 더 뒤진 자리들을 또 뒤지더니 나를 불러서 마지막으로 백성인을 본 것이 언제였느냐고 물었다. 나는 그들에게 말해주었다. 더 늦기 전 병원 내에 비상을 걸라고. 이 좁은 병동 안에 그가 없다는 것은 너무도 분명한 사실이라고. 결국 병동 내부에는 진짜 비상이 걸렸다.

마침내 그가 모습을 드러낸 것은 저녁 식사 시간이 다 되어서였다. 빨랫감을 밖으로 옮겨 나가려던 심 간호사는 수레가 여느 날보다 무거운 것에 고개를 갸웃거렸다. 그러자 빨랫감들이 움직이기 시작했다. 가운이며 침대 시트 들이 헤쳐지고 그 사이로 마술이라도 부린 듯 백성인이 우뚝 솟아오른 것이었다. 심 간호사는 비명을 지르려다가 생각을 바꿨는지 이렇게 소리 질렀다. 여깄다! 반가워서 어쩔 줄 모르는 그런 목소리였다. 사람들이 모여들었고 백성인은 심 간호사의 손에 부축받으며 우아하게 빨랫감 수레로부터 내려왔다. 그는 갓 태어난 태아처럼 눈살을 잔뜩 찌푸리고 있었다. 빛이 성가시고 모여선 사람들이 성가시다는 듯. 이 동네를 드나든 지 벌써 10년이 넘었지만 나는 아직 누구도 빨래 통에서 술래잡기를 했다는 소리는 들은 적이 없었다. 누군가가 박수를 치기 시작했고, 사람들은 모두 그 대열에 참가했다. 나도 그러지 않을 수 없었다. 박수 소리는 휘파람과 환호성으로까지 번졌다.

잠시 후 사람들이 흩어지기 시작했을 때 나는 당연히 그 자리에 남아 백성인을 돌보아야 했을 것이었다. 그가 마음의 안정을 취하도록 손이라도 잡아주고 왜 그 속에 들어가 있었는지 물어주기도 해야 했을 것이었다. 나는 그의 의사였던 것이다. 그러나 내가 다른 사람들과 함께 뒤돌아서 흩어지는 대열에 낀 것은 주눅이 든 까닭이었다. 무려 네 시간이 넘도록 빨래 통 속에, 냄새 나는 가운과 시트를 속에 쪼그리고 앉아 있은 그에게 풀이 죽은 까닭이었다. 왜라는 질문도 그런 희귀종 앞에서는 별 의미가 없었다.

"미안해요. 약속을 못 지켜서 말예요."

나중에 오히려 먼저 말을 걸어온 쪽은 그였다. 나는 고개를 끄덕이며 대충 얼버무렸다.

"괜찮아. 바쁘면 그럴 수도 있는 일이지 뭐."

"언제 나와야 할지 알 수가 없었어요. 그 속엔 시간 따위는 없었거든요."

이미 얘기한 바 있겠지만 그는 다른 사람들과 어울리는 것을 몹시도 싫어하는 경향이 있었다. 뭐랄까. 그에게는 대인 관계에 대한 혐오증 같은 것이 있는 듯했다. 누군가 그에게 말을 걸기 위해 다가가면 그는 반드시 직각으로 꺾어서 달아났다. 투약 집합

시간에도 그는 사람들과 함께 줄서는 것을 견디지 못했다. 따라서 그의 차례는 언제나 제일 마지막이었다. 사람들은 모두 그를 손가락질하고 그의 험담을 늘어놓게 되었다. 그런 신세가 된 사람이 겪는 가장 고달픈 일은 어깨패들이 그를 점찍게 된다는 사실이었다. 사람들이 손가락질하는 친구는 건드려보았자 뒤탈이 없다는 점 때문이었다. 실제로도 나는 이미 김형식 같은 작자가 그에게 눈독을 들인다는 소문을 듣고 있었다.

"이봐, 자넨 꼭 죽은 내 마누라 같구만."

사정을 너무 잘 알고 있었던 터라 나는 자꾸 그에게 말을 시키고 싶었다.

"형수님이 어쨌길래요."

"지금 자네가 어쩌고 있는가만 생각해보면 알 수 있을걸세."

아내는 언제나 다른 사람들 일로 분주한 나를 몹시도 못마땅해했었다. 그러나 솔직히 얘기하자면 아내는 백성인 정도로 꽉 막힌 구멍은 아니었다. 가까운 사람들과는 그럭저럭 얘기도 잘했고 챙겨주기도 잘했다. 오히려 내가 지나친 점이 없지 않아 있었을 것이었다.

"아주 사려가 깊은 분이었겠군요."

그건 사실이었다. 아내는 아주 생각이 깊은 여자였다. 내가 사촌에게 돈을 빌려주느라 근저당을 설정했던 우리 집이 은행 관리로 넘어간 사실을 먼저 안 것도 그녀였다. 또한 그 돈이 되돌아올 가능성이 전혀 없음을 더 잘 알고 있었던 것도 그녀였다. 그러자 그녀는 내게 아무런 말도 하지 않았다. 혼자서 속을 썩이며 이리저리 뛰어다니다 쓰러져버린 것이었다. 의사는 그녀의 졸도와

혼수상태에 대해 이렇게 말했다. 아무 곳도 이상은 없어요. 하지만 신경의 긴장 상태가 너무 오래 이어진 것 같군요. 이런 경우에는 대체로 가능성을 기대하기 힘들죠. 과연 그의 말대로 아내는 다시 깨어나지 못했다. 그런데 그녀가 얼마나 생각이 깊은 여자였는가 하면 그녀는 쓰러지기 전에 이미 자신에게 일어날 일들을 예측하고 내 앞으로 유서를 남겨두었을 정도였다. 제발 이제부터라도 너무 많은 일에 나서서 참견하지 말도록 하라고, 아내는 그런 여자였던 것이다.

아내가 나를 어찌할 수 없었듯 나도 아마 그 친구를 어떻게 하기는 힘들 모양이었다.

그는 사회에 있을 때 가구 디자이너로 일했노라고 했다. 미술대학에서 산업디자인을 전공하고 곧바로 가구 디자인 쪽으로 들어섰다는 것이었다. 하지만 이미 졸업하기 전부터 그는 가구 디자인에 손을 대고 있었다. 응용미술품 대흰지 뭔지에 직접 출품을 해서 등위에 오른 적도 있었다고 했다.

"세 개의 상자로 이루어진 것이었어요. 겹쳐놓을 수도 있고 나란히 놓을 수도 있고 세울 수도 눕힐 수도 있는 아주 자유로운 형태였죠. 게다가 내부 공간까지 마음대로 변형시킬 수 있는 것이었다구요."

그가 처음 일을 시작할 무렵만 해도 가구 디자이너라는 것이 전문적인 직종으로 정착된 형편은 아니었다. 그는 뜻이 맞았던 친구 몇 명과 함께 손을 잡고 일종의 디자이너 클럽을 만들었다. 그들의 구상을 이해한 후원자가 자금을 대어 회사 법인을 설립했다. 몇 년 동안은 열심히들 일했다. 그러나 시간이 흐르면서 차츰 그들의 뜻이 너무 순진했음을 알게 되었다. 디자인만으로 시장 경쟁에서 이기기에는 아직 세상이 성숙하지 못했던 것이다. 게다가 대기업들은 앞다퉈 외국 가구들을 수입해 들여왔다. 회사는 역부족을 절감하고 문을 닫아야 했다. 함께 일을 시작했던 동료들은 대부분 경기 좋은 근처의 업종들로 옮겨갔다. 인테리어라든가 팬시 소품 디자인 쪽이었다. 지금 그 친구들은 그런 업종들에서 한창 주가를 올리는 중견 디자이너들로 성장해 있었다. 또다시 가구사를 택해서 가구 만들기만 고집한 사람은 그뿐이었다.

"저라고 왜 유혹의 손길이 없었겠어요. 특히 인테리어 쪽에서 훨씬 나은 대우를 해주겠다는 스카우트 제의가 여러 차례 있었죠. 하지만 번번이 거절했어요. 나는 가구 디자이너였거든요. 아시겠어요. 난 가구 디자이너였단 말입니다."

어쩐지 나는 그에게 왜 가구 디자인을 그렇게 좋아하느냐고 물어봐주어야 할 것 같았다. 가구장이들이 인테리어나 팬시 쪽보다 자부심이 강하다는 얘기는 들은 적이 있었다. 장삿속으로만 물건을 만드는 게 아니라 오래오래 남을 작품을 만들어낸다는 장인정신이 있다는 것이었다. 그러나 백성인의 고집이 꼭 그런 것인지 어떤지 가늠할 수는 없었다.

"가구 디자인을 시작하는 데 무슨 특별한 이유라도 있었나."

그는 눈을 몇 차례 껌벅이더니 이렇게 되물었다.

"어릴 때 혹시 집에서 쌀뒤주라는 걸 썼었나요."

"물론이지. 대청마루 한구석에는 늘 그게 놓여 있었지. 굉장히 무겁고 단단한 놈이었어. 아마 참나무로 만들어진 것이었을 테

지. 내가 올라가서 아무리 뛰고 굴러도 까딱없었다구. 덮개를 여
는 데만 해도 상당히 힘이 들어갈 정도였으니까.”

나는 오래도록 잊고 있었던 친구라도 만난 듯 신이 나서 떠들
었다.

“쌀뒤주는 모두 그렇죠.”

“자네 집에도 그게 있었던 게로군.”

“아주 어렸을 때였어요. 여섯 살이나 일곱 살쯤 되었을 거예
요. 난 아버지께 물어보았죠. 내가 도대체 어디서 나온 거냐구요.
아버지는 껄껄 웃으시더니 바로 그 쌀뒤주를 가리키더군요. 이
건 네가 좀더 크면 가르쳐주려 했다만 할 수 없구나. 넌 저기서
나왔단다. 하지만 다른 사람들에겐 아직 얘기하지 않도록 하려
무나.”

“대단한 양반이셨구만.”

“그 뒤로 그 뒤주는 내게는 고향 같은 존재가 되었어요. 혼자
집을 지킬 적이면 나는 늘 그 속에 들어가 있곤 했어요. 덮개를
닫고 캄캄한 곳에 웅크리고 있으면 내 숨소리밖에는 아무것도
들려오지 않았죠. 그렇게 앉아서 나는 옛날에 내가 거기서 무얼
했을까를 상상해보곤 했어요. 그리고 왜 내가 밖으로 나왔을까
도 생각해봤어요. 뒤주 속은 정말이지 평화로운 동네였거든요.
아마 나는 더 이상 들어갈 수 없을 만큼 커질 때까지 그곳 출입을
계속했을 거예요. 그 후 내가 다시 무언가 속으로 들어가기 시작
한 것은 고등학교 2학년 때였어요. 집이 한창 엉망일 때였어요.
어머님이 돌아가시고 가까운 친척에게 빌려주었던 돈이 몽땅 날
아가고 아버지는 날마다 술로 밤을 지새우고, 그럴 때였어요. 난

이번에는 내 방의 커다란 붙박이 옷장에서 피신처를 찾았어요. 옷장 속으로 들어가본 적이 있으세요. 나이가 제법 든 다음에 말예요. 거긴 정말 훌륭한 곳이에요. 나이 든 사람들이 고향 삼기에는 더없이 좋은 곳이죠."

"그래서 자네는 가구 디자인을 선택한 게로군."

"그런 이유도 있었을 거예요. 하지만 그 일을 시작한 이후로는 한동안 그런 버릇은 사라졌어요. 가구를 만든다는 사실만으로도 충분했는지 모르죠."

내가 가장 이해할 수 없는 사람들은 언제나 말수가 없는 듯 입을 굳게 다물고 있는 사람들이다. 그들은 깨어 있는 시간의 거의 대부분을 말하지 않고 보낸다. 누가 무슨 말을 걸어도 대꾸조차 않을 기색들이다. 그러나 입을 여는 단 몇 프로의 시간이 되면 그들은 별안간 청산유수가 된다. 속을 게위내듯 열정적으로 모든 얘기를 털어놓는다. 그리고 어느 순간 다시 입 다문 화상으로 돌아가는 것이다. 그런 다음이면 그들은 이미 표정에서부터 사람들을 거부하게 된다. 그때 내가 백성인의 얼굴에서 발견하게 된 것도 다시 침묵으로 돌아간 그 표정이었다. 나는 그의 입을 더 열기 위해 이런저런 말을 찔러보았다. 자네가 얘기를 이렇게 잘하는 줄은 미처 몰랐군. 자네가 만들어낸 가구들도 틀림없이 대단할 거야. 특히 장롱들은. 그런데 왜 건축 설계를 하지 않고 가구 디자인을 시작했나…… 하지만 그 어떤 말로도 이미 닫힌 그의 입은 열 수가 없었다.

그런 작자들은 아마 그렇게 생각하는 경향이 있는 모양이었다. 말이란 건 쓸데없는 허섭스레기에 불과하다고, 입과 혀는 다만 밥을 삼키고 트림이나 올리기 위해서 있는 것이라고. 어쩌면 그들은 참된 삶이라는 게 뒤주나 장롱 속에 존재한다고 믿고 있을지도 모를 일이었다. 내가 그런 부류에 속하지 않는다는 건 실로 다행스러운 일이었다.

다시 한번 그와 활기있는 대화를 나눌 수 있었던 것은 사나흘이 지나서였다. 그의 행동이 조금 수상쩍음을 눈치채고 다가갔던 나는 그가 아주 작은 갑 하나를 들고 서성거리고 있음을 알게 되었다. 아기 손가락 두 개나 될 성싶게 작은 나무로 만든 상자였다. 겉모양도 제법 그럴듯하게 디자인되어 있었고 덮개도 단단하게 붙어 있었다. 허공에 손바닥을 휘둘러가며 측정하던 상자가 결국은 이렇게 쪼끄만 꼴로 나타난 것이었을까. 그러나 나는 아무것도 묻지 않고 조용히 그의 뒤를 따라 움직이기만 했다. 그는 무언가를 찾고 있음이 분명했다.

"어디로 가면 바퀴벌레를 찾을 수 있을까요. 살아 있는 놈으로 말예요."

마침내 그는 혼자서는 힘들다고 판단했는지 내 조언을 구했다. 나는 그를 목욕탕으로 안내했다.

"여기서 잠시 기다리면 나타날 거야."

우리는 문턱에 나란히 걸터앉았다.

"정말 나타날까요."

"물론이지. 믿음을 갖고 기다려보라구."

나는 그의 분위기를 망치지 않기 위해 조심하며 이렇게 물었다.

"목공예반에서 만든 모양이지. 아주 근사해. 밖으로 나가면 나는 가장 먼저 자네가 만든 장롱 한 짝을 사겠네."

"이건 아무것도 아네요."

그는 쑥스러운 듯 말꼬리를 얼버무렸다.

"김형식이 자네한테 무슨 얘길 했나. 어제 보니까 패나 귀찮게 구는 것 같던데."

"아무것도 아네요. 어딜 가나 그런 작자들은 있게 마련이잖아요."

"그건 그래. 어딜 가나 곰팡이는 있게 마련이지. 아마 자네한테 돈을 만들어내라고 윽박질렀겠지."

그는 두 눈의 초점을 모아 벽면이며 천장을 살피느라 정신이 없었다. 내가 묻는 말들에는 그저 건성으로 대꾸를 할 뿐이었다.

"그런 사람들이 나를 어떻게 대하는가는 조금도 중요한 문제가 아니에요. 문제는 친구들이죠."

"자네한테도 친구들이 있었나."

"무슨 소리를 하는 거예요. 친구들이 없는 사람도 있나요. ……하지만 그렇군요. 지금은 없어요. 지금 내게는 친구라곤 하나도 없어요. 아."

그는 천천히 몸을 일으켰다. 맞은편 벽에 마침내 바퀴벌레 한 마리가 나타나 있었다. 아주 조심스럽게 그는 그쪽으로 다가갔다. 잠깐 만에 바퀴벌레는 그의 사정권 안에 들어오게 되었다. 이제 그가 손을 움직이기만 하면 그놈은 영락없이 붙잡힐 형편이었다. 그러나 문득 그는 몸을 뒤로 빼며 중얼거렸다. 아직 너무 어린 놈이군요. 더 살 권리가 있어요. 아닌 게 아니라 그놈은 너무 작아 보였다.

"그래 자네 친구들에게 무슨 문제가 있었단 말인가."

"친구라뇨, 금방 말씀드렸잖아요. 난 친구라곤 하나도 없다고."

"그건 큰일이군. 친구가 없이는 살아갈 수가 없어. 그러니까 김형식 같은 작자도 자넬 함부로 여기는 것 아닌가."

그는 두 손바닥 사이에 얼굴을 묻고는 힘껏 문질렀다.

"걱정 말아요. 난 그런저런 걱정 없이 살 수 있는 곳을 알고 있으니까."

결국 그는 바퀴벌레 한 마리를 생포할 수 있었다. 그가 원했던 큼직한 놈으로. 그는 그것을 상자 속에 집어넣고 덮개를 꽉 막았다. 그 작업을 마쳤을 때 그는 더할 수 없이 행복해 보였다.

"이제부터 이놈이 어떤 일을 하게 될지 알고 있나요."

"글쎄, 자네 친구라도 된다는 건가."

"틀렸어요. 하지만 아주 틀린 건 아니군요. 이놈은 제 첩보원 노릇을 하게 될 거예요."

그 상자를 그는 침대 매트리스 아래에 집어넣었다. 너무 작은 것이었으므로 아무런 표시도 나지 않았다.

며칠이 지난 목요일 저녁 그는 내게 은밀히 다가와 이렇게 말했다. 오늘 오후 그 상자를 뒤뜰에 묻었어요. 사이코드라마를 보고 돌아오는 길에요. 이젠 정말 그놈을 성가시게 굴 일은 아무것도 없을 거예요. 그놈은 방해받지 않고 임무를 수행하게 되는 거라구요. 나는 그 임무라는 게 어떤 것인지, 그 바퀴벌레가 무슨 첩보원 노릇을 한다는 것인지 물어보았다. 그는 대답 대신 슬쩍 미소를 지으며 고개를 살래살래 흔들었다. 시간이 지나면 자연히 알게 될 거예요.

이곳 병동에서 이루어지는 일치고 불합리하고 무의미하지 않은 일이란 별로 없다. 모든 시간표며 조직 체계는 수용 환자들을 억압하기 위해서 마련되어 있는 것이다. 그러나 그중에서도 으뜸가는 바보 같은 일은 소위 집단 치료라는 것이다. 애초의 목적과는 달리 그것은 종종 사람들을 더 상처받게 하고 따라서 더 단단한 껍질 속으로 움츠러들게 만들 뿐이다.

백성인을 대상으로 했던 첫번째 집단 치료 역시 별반 다를 바가 없었다.

치료실에는 의사를 포함하여 열일곱 명이 의자를 둥그렇게 만들어 앉아 있었다. 의사는 사람들에게 차례차례 백성인에 대한 의견들을 물어보았다. 이제 그가 한 식구가 되고 두 주일 남짓이 지났는데 그동안 어떤 것들을 알아내고 느꼈느냐고. 사람들은 그저 눈길을 내리깔거나 한숨을 내쉴 따름이었다.

"백성인 씨는 너무 말이 없는 것 같아요."

"그는 다른 사람들이랑 좀더 어울려야 해요. 늘 그렇게 혼자 있는 건 회복에 도움이 되지 않아요."

집단 치료 점수에 관심이 높은 한두 명이 어쩌다가 그런 소리를 했다. 아마 그들은 더 많은 얘기도 할 수 있었을 것이다. 무엇이든 알기만 했다면. 내 차례가 되었을 때 나는 아무 말도 하지 않으리라 생각하고 있었다. 그러나 불쑥 이런 말이 튀어나왔다.

"난 그동안 많은 병동을 다녀봤어요. 하지만 어디서도 집단 치료를 이런 식으로 하지는 않았어요. 환자들의 자발성이 없이는 아무런 치료 효과도 기대할 수 없다는 걸 의사 선생님도 잘 알고 있을 것 아녜요. 강제로 순서를 돌리지 말고 하고 싶은 얘기가 있는 사람이 스스로 말하는 게 어때요."

의사는 내 말에 순순히 고개를 끄덕였다.

"그렇게 한번 해볼까요. 자, 그러면 백성인 씨에 대해서 하고 싶은 얘기가 있는 사람은 자발적으로 한번 말해보도록 하죠."

그러나 아무도 먼저 얘기를 시작하려는 사람은 없었다. 모두들 서로 눈치만 살필 따름이었다. 그렇게 잠깐을 기다린 다음 의사는 다시 내게 말했다.

"또 다른 방법이 있나요."

제기랄. 나는 입을 다물고 있을 도리밖에 없었다. 그래서 순서가 계속되었다.

"백성인 씨는 좀더 많은 얘기를 하도록 노력해야 할 것 같습니다."

순서가 끝났을 때 의사는 우리 모두에게 야단 비슷한 말을 한마디했다. 함께 사는 식구에게 이렇게들 관심이 없어서 어떡하느냐. 이건 백성인 개인의 잘못이 아니라 여러분 모두의 불성실을 나타내는 것이다. 여러분 모두의 회복 의지가 부족함을 드러내는 것이다. 그리고 그녀는 불쑥 화살을 내 쪽으로 돌렸다.

"모두 알고 있겠지만 지금 이 방 안에는 자칭 의사라는 사람이 한 명 앉아 있어요. 그는 틈만 나면 많은 사람에게 심리상담을 해준다고 들었는데 아마 백성인 씨에 대해서도 가장 많은 것을 알고 있을 테죠. 그의 견해를 좀 들어볼까요."

나는 그에 대해 아무런 말도 할 생각이 없었다. 사람들의 시선이 모두 나를 향해 쏠렸을 때도 그 생각에는 변함이 없었다. 이런 자리에서, 사람을 기계 부속품쯤으로 생각하는 의사 나부랭이를 상대로 나의 희귀종 환자를 해부할 생각은 없었다. 그러나 그때 나는 의사의 두 눈이 나를 노려보고 있음을 알게 되었다. 그 눈에 는 어떤 협박의 뜻 같은 게 담겨 있었다. 얘기하기가 싫다면 우리 한번 주제를 옮겨볼까. 당신 부인은 어때. 당신이 죽인 당신 부인 말이야. 그건 마찬가지야. 당신이 죽였건 당신의 그 간섭하고 참 견하기 좋아하는 버릇이 죽였건 뭐가 다르겠어.

그녀가 그런 눈으로 나를 협박할 적에는 정말이지 도리가 없 었다. 나는 백성인에게 양해를 구하는 눈길로 잠시 쳐다보았다. 그는 내 눈길 따위에는 아랑곳하지 않았다. 나는 아주 조금만을 얘기하기로 마음먹었다.

"백성인 씨는 가구 생산 회사에서 디자이너로 일하고 있었습 니다. 그러다가 어느 날 그는 가구 사업부 실장 김도상 씨를 자신 이 만든 장롱 속에 집어넣고 자물쇠를 잠갔습니다. 그리고 몇 시 간 동안 그 앞에 앉아 있었습니다. 그래서 그는 이곳으로 들어오 게 되었습니다."

"그게 전부인가요."

"전부입니다."

"김도상 씨를 장롱 속에 집어넣고 자물쇠를 채운 이유는 물어 보지 않았나요."

"물어보았습니다만 아직 대답은 듣지 못했습니다."

"자칭 의사시라더니 참 많은 것을 알아냈군요."

나는 여자들에게 비교적 관대한 편이었다. 관심도 많았을 뿐

아니라 가능하면 항상 이해하려고 애쓰는 편이었다. 그러나 이
윤경신이라는 여의사만큼은 도무지 호감을 갖고 대해줄 수가 없
었다. 그녀는 아주 침착하고 자상한 듯했지만 사실은 차가운 비
웃음으로 가득 차 있었던 것이다. 내 아내였던 여자와는 조금도
닮은 구석이 없는 사람이었다.

"그럼 이번엔 백성인 씨에게 직접 묻도록 하죠. 가구 사업부
실장을 장롱 속에 집어넣고 자물쇠를 잠근 사실이 있었던가요."

"네."

백성인은 짤막하게 대꾸했다.

"왜 그랬죠. 김도상 씨는 벌써 2년이 넘도록 백성인 씨가 함께
일해온 동료일 텐데."

두번째 질문에 대해서는 그는 아무런 반응도 보이지 않았다.
그러자 의사는 좀더 많은 이야기를 하기 위해 몸을 일으켰다.

"백성인 씨가 아트파크에서 일을 시작한 것이 아마 4년쯤 전
이었죠. 거의 창업 멤버나 다름없다고 들었는데 사실인가요.
……그렇다면 이유는 생각보다 간단하겠군요. 아트파크는 처음
부터 그다지 전망이 좋지 않았어요. 사장이 자금력이 있었기에
한 몇 년 허리띠를 졸라매면 숨통이 트이겠지 하는 고집으로 밀
고 나왔어요. 시간이 지나면서 그러나 인테리어 파트는 그럭저
럭 제구실을 하기 시작했어요. 인테리어 시대가 시작된 까닭이
었죠. 사장은 가구 파트를 축소하고 대신 인테리어 파트를 증원
하기로 했어요. 백성인 씨에게도 인테리어 쪽으로 옮기라는 권
유를 했어요. 하지만 백성인 씨는 그걸 거절했어요. 자기는 언제
까지고 가구 디자이너일 뿐이라고. 게다가 가구 파트의 축소에

대해서 불만까지 표시했죠. 사장이 백성인 씨보다 2년이나 짧은 경력의 김도상 씨를 가구 파트 실장으로 앉힌 것은 그러니까 손을 들고 인테리어 파트로 옮기든지 회사를 나가든지 둘 중 하나를 택하라는 무언의 강요였어요. 어때요. 여기까지 사실과 다른 점이 있나요. 그렇다면 이유는 간단하죠. 백성인 씨는 사장의 그런 강요와 김도상 씨의 도전을 용납할 수 없었던 거예요. 가구 파트의 최고참으로 4년씩이나 이끌어오면서도 실적을 제대로 올리지 못한 책임은 생각지도 않고 말예요."

"훌륭하군요. 하지만 실적을 제대로 올리지 못했다는 얘기는 누구한테 들은 건가요."

뜻밖의 반문에 의사는 잠시 말이 없었다. 그러나 그녀는 곧 냉정을 되찾았다.

"그렇지 않고서야 가구 파트 축소론이 나왔을 리가 없잖아요."

"의사 선생님의 추리는 대단합니다만 한 가지 잊고 계신 게 있군요. 당신께선 디자인계에 대해서는 아는 게 별로 없다는 사실입니다. 말씀하셨듯이 아트파크의 가구부는 별 재미를 못 보았습니다. 하지만 그건 전체 가구류를 통틀어 하는 얘기고 제가 주로 맡았던 장롱이며 붙박이장 따위는 형편이 달랐습니다. 그동안 아트파크를 지탱시켜온 게 그런 상품들이었다고 해도 과언이 아닐 겁니다. 따라서 디자이너로서 제 개인의 경력은 결코 처지는 편이 아니었단 말입니다. 생각해보세요. 그렇지 않다면 사장이 왜 저를 인테리어 쪽으로 돌리려고 애썼겠습니까. 더 많은 월급을 제시하며, 사장은 제 감각을 높이 평가하고 있었던 겁니다."

"과연 그럴까요."

그녀는 여전히 냉소적이었다. 그러나 나는 이제껏 백성인 씨가 이처럼 침착하며 적극적인 자세로 대화에 임하는 것을 본 적이 없었다. 과연 나의 회귀종 환자답게 그는 여러 가지 얼굴을 갖고 있었다.

"문제는 가구업계 전반의 불황이었습니다. 그럴 수밖에 없는 형편이기도 하죠. 목재 건조 과정부터가 엉망이니까요. 인건비도 엄청나게 올랐고, 게다가 사장은 더 큰 욕심을 내기 시작했습니다. 그는 고만고만한 제품들로 국내 기업들과 도토리 키 재기를 하는 것은 아무런 소득이 없다고 판단하고 최고급 가구들을 수입하기로 한 것입니다. 스칸디나비아 반도에서, 아시겠지만 스칸디나비아 가구라 하면 엄청난 고가품들 아니겠습니까. 장롱 한 짝에 몇천만 원, 소파 한 세트에 몇천만 원을 호가하는 것들이죠. 이만저만한 사치가 아니에요."

"백성인 씨가 그 정도로 애국자인 줄은 미처 몰랐군요."

"가구를 수입한다는 건 있을 수 없는 일입니다. 가구라는 건 우리의 생활공간을 직접 꾸미는 환경입니다. 그건 비단 언제나 그곳에 있을 뿐 아니라 알게 모르게 우리 속으로 다가들어 정서를 변화시키기도 하죠. 상아색 식탁에서 밥을 먹는 사람과 자주색 식탁에서 식사하는 사람이 서로 다른 기분을 갖게 되리라는 건 당연한 일 아니겠어요. 그렇게 중요한 가구를 노랑머리 코쟁이들의 것으로 수입한다는 건 있을 수 없는 일이란 말입니다. 장롱은 더욱 그렇죠, 장롱은 마음의 고향이니까요. 아니, 그건 모든 것의 고향이기도 하죠. 내가 김도상 씨를 그 속으로 집어넣은 건 그가 그런 사실을 깨닫지 못하고 있었기 때문입니다. 그는 사장의 스칸디나비아 가구 수입 계획에 적극적인 충성을 보인 인물이었거든요."

의사는 차갑게 미소 지으며 눈빛을 반짝였다. 무언가 꼬투리 잡을 단서를 찾아낸 것이 틀림없었다.

"그 점에 대해서 좀더 길게 얘기해볼까요. 장롱은 마음의 고향이다. 아니, 장롱은 모든 것의 고향이다. 왜 백성인 씨는 장롱을 자신의 고향이라고 생각하게 되었을까요."

"내 고향이 아니라 모든 사람의 고향이죠."

"글쎄요. 그건 사람마다 생각들이 다를 테죠. 어디 여기 앉아 있는 분들께 한번 물어볼까요. 장롱이 자신의 고향이라고 생각하는 분은 손을 들어주세요."

그녀는 구두 소리를 또각거리며 백성인의 코앞을 어른거리고 있었다. 그러다가 사람들 사이의 작은 원을 맴돌았다. 손을 드는 사람은 아무도 없었다. 그녀는 별로 만족스러워하는 표정도 짓지 않고 다시 백성인 쪽으로 돌아섰다.

"대부분의 사람들에게 장롱이라는 건 오히려 다른 이미지와 연결되어 있을 거예요. 이를테면 도피처, 은닉처 같은 거겠죠."

점수 관리에 유난히 관심이 많았던 어떤 멍청한 녀석이 문득 손을 들더니 이렇게 떠들거렸다.

"저, 이런 말씀을 드려도 될까요. 장롱이 은닉처와 연결된다는 의사 선생님 말씀은 정말 정확한 거랍니다. 고등학생 시절 저는 한 여자친구 집에 놀러간 적이 있었답니다. 집이 비어서 부모님

몰래 초대받아 갔던 거죠. 그런데 돌아오지 않기로 되어 있었던 그녀의 부모가 갑자기 초인종을 눌렀어요. 제가 갈 곳이라고는 그녀의 방 장롱 속밖에 없었답니다. 일곱 시간을 갇혀 있는 동안 그녀는 우유갑으로 다섯 번씩이나 제 오줌을 받아내야 했어요.”

사람들은 피식피식 웃음을 지었고 어디선가 휘파람 소리가 들렸다. 의사는 그를 향해 고개를 한번 끄덕여주고 하던 얘기를 계속했다.

“그런 장롱이 고향이라는 엉뚱한 이미지를 가지려면 아마 어떤 특별한 기억이 있었을 거예요. 말하고 싶지 않다면 입을 다물고 있어도 좋아요. 그러나 그건 백성인 씨의 건강 회복에 조금도 도움이 되지 않는다는 사실만 잊지 마세요.”

그녀는 걸음을 멈추어 서서 비스듬히 그를 내려다보고 있었다. 그것은 아주 불공평한 관계였다. 한 사람은 자유로이 걸어 다니며 내려다보고 있었고 한 사람은 얌전히 앉아서 올려다볼 것만을 요구당하고 있었던 것이다. 나는 그런 장면을 더 이상 묵인하기에는 너무 공정한 사람이었다.

“제발 의자에 앉으시죠, 의사 선생님. 이건 심문이나 고문이 아니라 집단 치료예요. 몰아세운다고 좋은 결과가 나오는 건 아니잖습니까.”

그녀는 그러나 내 말에는 들은 척도 하지 않았다.

“그 일이 있기 얼마 전부터 백성인 씨에게는 한 가지 이상한 버릇이 있었다죠. 장롱 속으로 들어가는 버릇 말입니다. 작업 시간 중에 갑자기 사람이 보이지 않아 찾다 보면 장롱 속에 웅크리고 있곤 했다더군요. 그것도 같은 이유에서인가요. 장롱이 백성인 씨의 고향이기 때문이었던가요."

정말이지 나는 그녀의 또각거리는 구두 소리를 참을 수가 없었다.

"이건 집단 치료예요. 집단 치료, 그 구두 소리 좀 그만 낼 수 없나요."

나는 제법 거센 투로 항의를 했고 이번에는 그녀도 무시하고 넘어갈 수만은 없는 형편이었다. 그녀는 무슨 말인가를 하려고 입을 벌렸다. 그러나 더 먼저 소리를 지른 쪽은 백성인이었다.

"입 좀 닥치고 있어요. 역성을 들 필요는 없어요. 친구 따위는 필요 없단 말예요."

그러고 그는 의사에게 벽시계를 가리켰다.

"시간이 벌써 지난 것 같군요. 소변이 급한데 먼저 일어나도 괜찮을까요."

의사는 고개를 끄덕였다. 그러나 마지막 한마디 남기는 것을 잊지 않았다.

"다음 시간에는 백성인 씨에게서 더 많은 얘기를 들어보도록 하죠. 여러분도 그동안 서로에게 좀더 관심과 애정을 갖고 이야기를 나눠보도록 하세요."

그날 밤 백성인의 방에서는 약간의 소란이 있었다. 김형식의 패거리가 모여들어 문을 잠그고 백성인에게 이른바 정신교육이라는 걸 강행한 것이었다. 나는 그 사실을 알고 있었지만 그곳으로 접근할 수 없었다. 손을 쓸 도리도 없었다. 나뿐 아니라 야간 당직 간호사들도 그런 일이 일어나고 있음을 잘 알고 있었다. 그러나 그들에게는 그 일에 개입하고 싶은 의사가 전혀 없었다. 우리 사이의 일은 우리끼리 알아서 하라는 식이었다. 마침내 잠겼던 방문이 열리고 형식의 패거리가 사라졌을 때 나는 가장 먼저 그 방으로 달려갔다. 백은 두번째와 세번째 침대 사이에 갈대 채찍에 얻어맞은 개구리처럼 쭉 뻗어 있었다. 나는 그를 들어올려 침대에 눕혔다. 비명을 지르지 않는 것으로 보아 뼈가 부러진 곳은 없는 듯했다. 그나마 다행스러운 일이었다.

"그러게 내가 뭐랬나, 사람들이랑 얘기도 좀 하고 친구도 만들라고 하지 않았나."

나는 이 병동의 심리상담 의사였다. 그러나 내게는 나 자신이 너무 잘 알고 있는 한계가 있었다. 내 의사로서의 역할은 대화와 순리로써 엉킨 매듭들을 풀어나가고자 하는 사람들에게만 유효하다는 사실이었다. 누구들처럼 권위나 힘을 앞세워 폭력적인 태도를 취하는 이들은 도무지 어떻게 할 수 없었던 것이다.

그가 꿈틀꿈틀 몸을 움직이더니 일어나 앉으려 했다.

"왜 그래, 화장실이라도 가고 싶어."

나는 그를 부축하며 물었다. 그는 한참 동안 아무 대답 없이 혼자서 용틀임만 계속했다. 그러다 마침내 지쳤는지 한숨을 내쉬었다.

"날 침대 밑으로 좀 내려주시겠어요."

나는 그렇게 했다. 그러자 그는 다시 인상을 쓰며 침대 아래로 기어 들어갔다. 내가 고개를 디밀고 들여다보고 있자니 그는 한 가지 부탁을 더 했다.

"침대 시트랑 담요로 양쪽 옆을 가려주시겠어요. 빛이 새어 들지 않았으면 좋겠군요."

그건 어려운 일이 아니었다. 내 침대에서 담요와 시트까지 마저 가져다가 나는 그의 침대 양옆을 단단히 가렸다. 그러고는 살그머니 그 속으로 기어 들어갔다. 왜 백성인이 기회만 되면 이 같은 상자 속으로 들어가려 하는지 궁금하기 짝이 없는 일이었다. 그는 내가 기어들자 다시 한숨을 푹 내쉬었다. 그 어둠 속에서도 나는 그의 눈살 찌푸림을 보는 것 같았다. 제발 혼자 있게 해주시겠어요. 나는 그보다 훨씬 간절한 목소리로 애원했다. 제발 여기 함께 있게 해주겠니. 아무 짓도 하지 않을게. 아무 소리도 내지 않고 아무것도 묻지 않을게. 그냥 여기 앉아 있게만 해다오.

그가 다시 입을 연 것은 꽤나 긴 시간이 지난 후였다. 한 시간이, 아니 세 시간이 흘렀을지도 모르겠다. 나는 그가 이미 잠든 줄로 생각하고 있었다.

"제가 가장 이해할 수 없는 일은 말예요. 왜 사람들은 그처럼 하찮은 일들에 엉겨붙어 있어야 하는지예요."

"어떤 일들이 하찮다는 건가."

"모든 일이요. 사람들이 매달려 살아가는 모든 일이 그렇죠."

"그럼 자네가 매달려 살아가는 일은 어떤가."

"마찬가지죠. 다를 리가 있겠어요."

나는 갑자기 등줄기로 식은땀이 배는 것을 느꼈다.

"왜 그 모든 일들이 하찮다는 것인지 설명해줄 수 있겠나."

"그게 설명되어질 수 있다면 아마 그렇게까지 하찮은 일은 아닐 거예요."

"무슨 말인지 좀더 쉽게 얘기해주게."

이건 참으로 묘한 느낌이었다. 빛 한 조각 스며들지 않는 좁은 공간에서, 아니, 좁은지 어떤지조차 알 수 없는 공간에서 보이지 않는 사람의 목소리와 얘기를 나눈다는 것은, 심지어 나는 내 목소리가 어디서 울려나오는 것인지도 알 수 없었다. 그저 어둠 속에 두 개의 목소리가 두 방울의 기름처럼 둥둥 떠다니는 듯할 뿐이었다.

"어려운 얘기가 아니에요. 나는 내가 어디서 어떻게 왜 시작되었는지를 알지 못해요. 어디로 가고 있는지도 몰라요. 사실은 가고 있는지 뭘 하고 있는지도 모르죠. 그러면서도 자꾸자꾸 팔다리를 허우적거려야 하니 미칠 노릇 아니겠어요. 그러나 무슨 어둠 속 어딘가에서 나의 씨앗이 시작되었으리라는 것뿐이에요. 그리고 언젠가는 이 속에서 다시 내 모습이 지워지고 어둠만이 남게 되리라는 거예요."

그 얘기는 내가 나 자신에게 수십 번도 넘게 제기해온 의문이었다. 지구상에 존재해온 사람들 중 스스로에게 그런 의문을 던져보지 않은 사람은 아마 몇 명 되지 않을 것이었다. 나는 나 자신을 얼버무리기 위해 사용해온 소리들을 그에게 늘어놓았다.

"알 수 없는 일에 매달리는 것처럼 어리석은 일이 또 있겠나. 내가 자네라면 보다 적극적으로 사람들과 함께 사는 대열에 끼어들겠네. 가능하면 많은 일에 끼어들어 가능하면 많은 사람과의 관계로 거미줄을 치는 걸세. 관계가 쌓이고 얽혀서 현재라는 단단한 땅을 만든다면 자네도 구태여 과거를 돌이켜보며 자궁타령이나 늘어놓을 필요는 없어질 테지."

내가 문득 입을 닫은 것은 윤경신 의사가 떠올랐기 때문이었다. 나는 그녀에게 이런 얘기를 거의 똑같이 주워섬긴 적이 있었다. 왜 그토록 많은 일들에 관여해야 했던가를 설명하면서. 그러자 그녀는 비단뱀처럼 독기 품은 눈초리로 나를 쏘아보았다. 그녀는 말했다. 그래서 부인을 죽일 수밖에 없었단 말이군요.

"한때는 저도 그런 생각을 가진 적이 있었어요. 그래서 일도 열심히 하고 친구들도 열심히 만났죠. 기대할 것이라곤 결국 사람밖에 없다는 생각이었으니까요. 하지만 그것도 아니었어요. 오히려 그게 가장 속절없는 짓이었더군요."

"글쎄, 어떤 일이 자네에게 그런 생각을 갖도록 했을까."

다시 얼마 동안 어둠이 이어졌다. 재미있는 것은 이 캄캄한 공간에서 대화의 단절은 침묵이 아니라 어둠의 형태로 메워진다는 사실이었다. 소리와 빛은 어쩌면 같은 부모로부터 태어난 다른 자식들일지도 모를 일이었다.

"장 선배는 진짜 친구라고 자신할 만한 친구들이 있었나요."

"암, 있었지. 있었구말구."

갑작스러운 질문에 나는 그렇게 힘을 주어 대답했다. 그러나 내심으로는 그다지 자신이 없었다.

"제게도 그런 친구들이 있었어요. 아니, 그렇게 믿고 지낸 친구들이 있었죠. 고등학교와 대학교를 함께 다닌 친구들이었으니까 한 6, 7년은 거의 강제로 붙어 다닌 작자들이었어요. 학교를 졸업한 후에도 우리는 꾸준히 만나며 서로를 성가시게 굴어온 사이였답니다……"

처음 그 친구들의 숫자는 여섯 명이었다고 했다. 그런데 몇 년이 지나면서 형편이 달라지기 시작했다. 서른을 한두 살 넘긴 무렵부터였을까. 그들 사이에 다른 친구들이 끼어들게 된 것이었다. 그들은 처음 여섯 명 중 두어 명이 가깝게 지내던 또 다른 그룹이었는데 서로 오래전부터 안면들은 익어온 사이였다. 두 그룹이 함께 모이게 되자 숫자는 보통 10여 명에 이르렀다. 숫자의 변화는 모임의 성격에도 커다란 변화를 가져왔다. 친밀하고 아늑하고 아담하던 분위기가 갑자기 시장 바닥처럼 떠들썩해진 것이었다. 모이는 장소도 많이 달라졌다. 예전 같으면 누구네 안방이나 거실쯤으로도 충분했지만 이제는 반드시 레스토랑의 대형 룸을 예약해야 했다. 자그마한 카페를 점령하기도 했고 드물지 않게 룸살롱을 이용하는 경우도 생겼다. 특히 다른 그룹에서 온 주성훈이라는 친구는 룸살롱행 바람을 잡는 데 자질이 있었다. 가업이던 커다란 음식점을 물려받아 하던 터였기에 그런 곳 출입에 어지간히 이력이 붙은 처지이기도 했다.

"모임의 성격이나 느낌이 몹시도 달라져버렸어요. 뭐랄까, 예전에는 그 모임을 지탱해온 게 서로에 대한 애정과 의지였어요. 따로따로 살아가는 여섯 개의 인생이 아니라 함께 여섯 명의 삶을 살아가는 공동체 같은 느낌이 들 적도 있었으니까요. 하지만 그런 느낌은 말끔히 사라져버리고 말았어요. 그 같은 친밀감은 애당초 자그마한 그룹에서나 가능한 것 아니겠어요. 이제 모임은 마치 법인기업의 주주총회 자리처럼 변했어요. 그 자리를 찾아가는 마음도 친구들이 보고 싶어서라기보다는 어쩐지 빠지면 손해를 볼 것 같은 빠듯함 때문으로 바뀌었어요. 그러더니 결국 그런 일이 시작되더군요."

어느 날 그들이 역시 레스토랑의 룸에 모여 있었을 때 누군가가 그런 이야기를 꺼내었다. 인원도 10여 명 되었고 하니 이제 그

들을 중심으로 하나의 회 같은 것을 만들어보자고. 제법 본때 있
게 틀도 만들고 회칙도 만들어 제대로 된 모임을 시작해보자고.
이미 몇 명 사이에서는 얘기가 되어 있었던 모양이었다. 금세 여
기저기서 동의가 쏟아지고 그것을 당연시하는 분위기가 형성되
었다. 누구는 벌써 회의 이름이니 월 회비 따위를 떠들기도 했다.
그는 도무지 눈앞에서 벌어지는 일들을 믿을 수가 없었다. 엊그
저께까지만 해도 이 친구들은 그런 식의 조직에 대해 상당히 비
판적인 입장을 보여오던 터였다. 소위 하나회니 월계수회니 벽
계수회니 하고 떠들어대는 이익 집단들을 욕해오고 있었다. 그
런데 무엇이 이들을 이렇게 뒤바꾼 것이었을까. 무엇이 이들에
게 정적 집단을 포기하고 이익 공동체를 찾도록 만든 것이었
을까.

"물론 그들의 이야기가 전혀 터무니없는 억지만은 아니었어
요. 회비를 모아 기금을 마련하고 회원들의 경조사에 기부하며
궁극적으로 회원들의 복지와 이익에 기여하도록 도모한다는 뜻
은 무척 그럴듯한 냄새를 풍기니까요. 하지만 그들은 한 가지 사
실을 잊고 있었어요. 어떤 종류이건 목적이 정해지고 절차가 마
련된다면 진짜 사랑은 뒷걸음질 치기 시작한다는 것 말예요. 게
다가 조직의 이름 밑에 가려진 익명의 폭력들이 시작되는 거죠.
모르겠어요. 그들의 목적이 그런 손실을 감당하면서라도 번듯한
모임 하나를 만들어내는 데 있었다면 그를 나름으로는 또 대단
히 의미 있는 일이었을 테죠."

왠지 나는 무슨 말이라도 해야 할 것 같았다.

"자네 뜻은 충분히 이해하겠네. 그렇지만 이렇게도 생각해볼

수 있지 않을까. 자네도 애기했다시피 요즘은 소위 무슨무슨 회라는 게 어지간히도 설쳐대는 세상일세. 게다가 모든 일이 틈 없이 얽혀 있어서 여기저기 아는 사람이 많을수록 일하기가 수월한 세상이기도 하지. 그런 세상을 혼자서 살아가려니까 사람들은 자꾸만 불안해지고 뒤처지는 것 같아서 이름 몇 자 분명한 어떤 모임에 들고 싶어 하는 것 아니겠나."

"그럴 테죠. 하지만 시대가 그러니까 우리도 그렇게 해야 한다는 식으로는 생각하고 싶지 않아요. 시대를 만들어내는 건 결국 사람이에요. 사회 분위기가 힘들어질수록 더 주체적으로 되어야 하는 게 사람들의 도리 아니겠어요."

그래서 그는 회 결성에 반대 의사를 표명하고 나섰다. 지난 10여 년간 우리는 잘해왔다. 아무런 회칙이나 틀 없이도, 그건 우리가 애당초 서로에의 호감과 애정으로 모여든 자연스러운 친구들인 까닭이었다. 형식이 아니라 내용으로 우리는 서로의 모든 것을 이해하고 있었다. 그런데 갑자기 이 모임에 칼질을 하려는 것은 무슨 까닭인가. 왜 이 아름다운 모임에 인공적인 수술을 가하려 하는가. 사회생활을 위한 어떤 도움들이 필요하다면 제발 다른 곳에서 찾도록 하자. 이 모임만큼은 언제까지고 우리들의 마음의 고향으로 남겨두도록 하자. 그는 몇 명과 말다툼을 벌여야 했다. 특히 회의 결성을 강력히 주장하고 있던 주성훈과 그랬다. 그들은 그 결정을 투표로 내리기로 했다. 결과가 나왔을 때 그러나 그는 자신의 노력이 많은 공감을 얻지는 못했음을 알게 되었다. 과반수가 회 결성을 지지했고 서너 명은 기권을 했다. 반대표를 던진 사람은 그 자신뿐이었다. 그래서 다시 회의 이름과 회비에 대한 거론이 시작되었다. 이름은 동백회라고 정해졌다.

"그래 자네는 거기 그냥 눌러앉아 있었나?"

한숨 소리가 들렸다.

"탈퇴할까도 생각했었어요. 하지만 그럴 수는 없겠더군요. 그들은, 적어도 그들 중 다섯 명은 제가 태어나서 가장 많은 시간을 함께 보낸 친구들이었어요. 가장 사랑하는 친구들이었고 가장 신뢰할 수 있는 친구들이기도 했죠. 그 나이에 그들을 포기하고 새로운 친구들을 얻는다는 건 여간 힘든 일이 아니잖아요. 더구나 그처럼 믿었던 친구들이 모두 그런 생각을 하고 있으니 다른 사람들에게 더 큰 기대를 건다는 것도 우스운 일 같았죠."

심리상담 의사로 지내오는 동안 나는 많은 사람으로부터 무척이나 많은 이야기를 들어왔다. 그러나 백성인의 사연처럼 깊이 공감할 수 있는 일은 많지 않다. 어둠 속에서 한참 동안 고개를 끄덕이다가 나는 이렇게 말해주었다.

"어쨌건 그 모임에 눌어붙어 있기로 했다면 그럭저럭 넘어간 셈이었구만."

"그런 셈이었죠. 하지만 제가 거기서 오래도록 견딜 수 있으리라고 생각한 건 아주 큰 잘못이었어요."

동백회라는 게 결성되고, 한동안은 특별히 달라진 점은 없었다. 그저 일들이 조금 더 번거로워졌다는 것 정도를 들 수 있을 터였다. 초대 회장의 감투를 자청해서 쓴 주성훈이 의욕적으로 일을 추진한 까닭이었다. 그는 첫 행사로 도고온천으로의 1박 2일 나들이를 개최했고 체육대회니 모임 결성 백일잔치니 하는 따위를 꼬박꼬박 챙겼다. 회원들의 집에 자그마한 일거리만 생겨도

놓치지 않고 집합 연락을 했다. 주객이 전도되어 오직 이 모임을 위하여 모든 일들이 이루어지는 듯한 느낌마저 들 지경이었다. 그러나 어느 만큼 시간이 지나고는 그런 열성도 시들해졌다. 모임은 예전과 비슷한 상태로 되돌아갔다.

그러다가 다시 말썽거리가 시작된 것은 작년 초엽이었다. 이른바 지방자치 시대라는 게 개막되고 시의원 선거 일정이 공고되면서 동백회에도 수상쩍은 바람이 불게 된 것이었다. 바람을 몰고 온 사람은 또다시 주성훈이었다. 그는 회원들이 모여 있는 앞에서 그들이 이번 선거에 적극적으로 참여해야 한다는 것을 강력히 주장했다. 동백회가 진정으로 회원들의 복리를 증진시키기 위해서는 힘 있는 사람들과 연결되어야 한다고. 그러기 위해서는 이번 선거에서 승리할 가능성이 있는 사람과 미리 좋은 관계를 맺어두는 편이 바람직하다고. 더구나 그 사람들이 아쉬울 때 그들과 관계할 수 있는 기회를 놓치지 말아야 한다고 말했다. 회원들은 고개를 갸웃거리면서도 입맛을 다셨다. 썩 나쁜 생각 같지는 않군. 하지만 여러 가지 문제가 있을 텐데. 우선 각자가 소속된 선거 구역부터가 다르잖아. 백성인은 이번에도 혼자서 반기를 들었다. 그들 모임을 그런 식으로 이용할 수는 없다고. 그들이 모인 목적은 친목과 정을 위한 것이지 돈이나 출세 따위가 아니지 않느냐고. 그리고 이번에도 그의 반대는 대다수의 동조와 미지근한 침묵 속에 묻혀 사라져야 했다. 주성훈은 선거구가 모두 갈라져 있다는 사실에 대해서도 나름대로의 대책을 마련해 두고 있었다. 일단 그들 중 집이 과히 멀지 않은 몇 명을 자신의 구에 사는 것처럼 위장시킨다. 그리고 그가 데리고 있는 사람들과 친분 있는 몇몇 사람을 동백회 회원처럼 꾸민다. 그런 다음 그들을 하나의 집합으로 묶어 동백회라는 게 마치 지역 중심적인 집단인 양 보이게 한다는 것이었다. 선거 후보와의 관계를 거의 전적으로 자신이 떠맡아서 한다면 특별히 곤란할 일도 없으리라고 했다. 그건 맞는 소리였다. 그러나 그것은 다시 말하자면 모든 생색을 자신이 내고 시의원 후보로부터 떡고물이 떨어지는 길도 자신으로 일원화하겠다는 소리이기도 했다.

"내 얘기는 그런 생색이나 떡고물이 중요하다는 건 아니에요. 문제는 그런 소리를 하는 작자의 사람 됨됨이죠. 후보와 회원들을 모두 그럴듯하게 속여 넘겨 혼자서만 실속을 챙기겠다는 얘기 아니에요. 물론 그렇게 덩치 큰 음식점을 운영하려면 권력의 근처를 배회할 필요는 있을 테지만 적어도 그런 일에 친구들을 팔아먹지는 말아야 한다구요."

그런데 더욱 어처구니없는 쪽은 동백회 회원이라는 친구들이었다. 언제나 무슨 일에나 미적지근한 편인 그들은 누군가가 우격다짐으로 밀어붙이면 밀어붙이는 대로 밀려가는 부류인 모양이었다. 그들은 갑자기 20여 명 인원의 대규모 동백회가 되어 시의원 후보의 부름에 몰려다녔다. 불고기 파티에도 가고 단체 여행 지원금도 받고 그 돈으로 룸살롱에 가서 여자들을 끼고 실컷 마시기도 했다. 그 자리에서 주성훈은 또 주연을 이끄는 지휘자가 되어 오만 가지 포즈를 다 잡았다.

"그 이상은 도저히 견딜 수가 없더군요. 도저히 그들 속에 끼어 있을 수가 없더군요. 나는 더 이상 그 모임에 어울리지 않기로 결정했습니다. 모이는 장소로 나가지도 않았고 연락 따위도 하지 않았습니다. 한참 동안 그들에게서 전화가 걸려오더군요. 더러는 집으로 찾아오는 작자도 있었어요. 나는 장롱 속에 숨어서 그들을 피했습니다. 장롱 속처럼 아늑한 장소가 또 있을까요. 결국 모든 관계는 끊어지더군요."

솔직히 말하자면 그때 나는 주성훈이라는 작자를 몹시도 부러워하고 있었다. 어쩌면 그처럼 멋들어지게 세상을 살 수 있을까. 커다란 음식점을 물려받았다면 재산도 어지간할 것이었고 그만하면 사람들은 다루는 솜씨도 보통이 아니었다. 더러 뒤꽁무니에서 손가락질을 당하는 경우도 있기는 하겠지만 대수로운 문제가 아니었다. 더구나 그처럼 얼굴 가죽이 두꺼운 사람에게는, 세상에는 그렇게 두껍게 태어나 큼직하게 놀도록 정해진 사람들이 있었던 것이다.

어둠 속에서 다시 가느다란 한숨 소리가 들려왔다.

"장 선배는 참 편안한 분이군요. 의사 앞에서도 이렇게 긴 이야기를 해보지는 못했어요. 하기야 의사라는 양반들은 모두 자기가 듣고 싶어 하는 얘기만을 듣는 족속이니까. ……혹시 제가 한 가지 부탁을 드려도 될까요."

"무어든 얘기만 하게. 내가 할 수 있는 일이라면 힘써볼 테니."

내 단점은 귀가 얇다는 것이었다. 아주 조그만 사탕발림 소리에도 기분이 좋아져서 너그러워지곤 했다. 그러나 더욱 치명적인 단점은 약속을 너무 쉽게 해버린다는 사실이었다. 돌이켜보면 나는 그날만큼은 부탁을 들어주겠노라는 약속을 하지 않았어야 했다는 생각이 들기도 한다. 어쨌건 그의 부탁을 듣노라 나는 다시 얼마 동안을 그 어둠 속에 웅크리고 앉아 있어야 했다.

금요일 오후에는 언제나처럼 영화 상영이 있었다. 3, 4백 명의 관객들이 극장으로 모여들었고 검은색과 붉은색의 짙은 커튼이 쳐졌다. 영화는 월남전에 참전했다가 정신질환을 앓게 된 한 남자와 잘 빠진 어느 창녀와의 아리송한 관계를 다룬 것이었다. 그리고 나는 이미 이 영화를 서너 번은 본 터였다. 제기랄, 원무과에서 영화 구입을 담당하는 작자가 어떤 건달인지는 모르겠지만 어지간히도 챙겨먹는 모양이었다. 하지만 사실 그날의 하이라이트는 영화 따위가 아니었다. 장면이 어느 만큼 진행되고 남자 주인공이 경찰서로 연행되었을 때 그는 몇 대의 타자기에서 울리는 글자 찍는 소리를 월남전 당시의 기관총 소리로 착각하고 전투태세로 돌입하게 된다. 모두 엎드려. 매복 기습이야. 그런데 그 순간 관객들 속에서도 고함 소리가 터져 나온 것이었다.

"어떤 자식이야. 내 신발, 내 신발. 모두 죽여버릴 테다."

고함을 지른 것은 유심원 씨였다. 실내화를 늘 옆구리에 끼고 다니며 그것을 잃어버리지만 않는다면 언젠가는 떠나간 애인이 돌아오리라고 믿어온 사람이었다. 영화 감상에 방해된다고 사람들이 야유를 보내었지만 그는 고함 소리를 멈추지 않았다. 오히려 갈수록 발악적으로 되었다. 마침내 비상등이 켜지자 여기저기로 그의 실내화 짝들이 날아다니는 것이 보였다. 누군가가 그것으로 장난질을 치는 것 같았다. 유심원 씨는 미친 사람처럼 정신없이 그것을 쫓아다니느라 마구 사람들을 밟고 다녔고 그래서 욕지거리가 터졌고, 결국은 근처의 모든 사람들이 고함을 질러대게 되었다.

"신발을 돌려줘, 이 개망나니들아."

"이쪽이야. 이쪽으로 던지라구."

"모두 엎드려, 적의 매복 기습이다."

"죽여버릴 테다. 내 신발, 내 신발……"

유심원 씨를 골탕 먹이려는 사람, 신발을 돌려주라고 악쓰는 사람, 기관총을 쏘는 사람, 그 총에 맞지 않으려고 의자 밑으로 숨는 사람, 이건 총소리가 아니라 타자기 소리일 뿐이라고 고함을 지르며 해명하는 사람, 거기다가 무슨 사정인지도 모른 채 우왕좌왕 대피소를 찾으려고 몰려다니는 사람들까지 가세하여 극장 안은 순식간에 난장판으로 변했다. 극장의 모든 조명이 켜졌고 남자 간호사들이 몽둥이를 들고 투입되었다. 소란은 몇 분 지나지 않아 진정되었다. 영화 상영은 중단되었고 우리는 모두 각자의 병동으로 돌려보내어졌다.

그런데 이 일련의 사건이 사실은 내가 계획하고 준비한 것임을 아는 사람은 몇 명 되지 않았다.

"제발 잠깐만 나갔다 올 수 있도록 도와주세요. 장 선배는 여기 사정을 누구 못지않게 잘 아는 분이니까 마음만 먹는다면 충분히 해낼 수 있는 일 아니겠어요."

그 새벽 백성인이 어둠 속에서 내 손을 더듬어 잡으며 속삭인 부탁이었다.

"왜 그러는가. 내가 보기에는 여기가 자네한테 가장 어울리는 장소 같은데."

"그래요. 그건 나도 잘 알고 있어요. 하지만 볼일이 좀 생겼어요. ……지난번 상자에 담아 뒤뜰에 묻었던 바퀴벌레 기억하시죠. 그에게서 연락이 왔어요. 자기를 한번 방문해달라구요. 만나서 나눌 얘기가 있다나요."

"그렇다면 아직 시간이 있겠구만. 아무도 그놈을 건드리지는 않을 테니 말이야."

그는 손을 좀더 강하게 쥐며 두어 번 흔들었다.

"그렇지 않아요. 그의 형편은 모르겠지만 내게는 시간이 그리 많지 않아요. 김형식이라는 건달이 설치죠. 덧니투성이의 여의사가 이빨을 앙다물고 으르렁거리죠. 한시라도 빨리 그를 만나 보아야 한다구요."

그는 정말이지 운이 좋았다. 그런 일에 있어서만큼은 나를 따라올 사람이 없었다. 그가 진정 이곳을 빠져나가려 한다면 그건 과히 어려운 일은 아니었던 것이다.

"자넬 내보내주는 건 큰 문제가 아니야. 하지만 문제는 그다음부터야. 자넨 과연 얼마나 오랫동안 붙들리지 않고 견딜 자신이 있나."

"그런 건 아무래도 좋아요. 내게 필요한 시간은 아주 잠깐이니까요."

그다음부터 며칠 동안 나는 약간의 준비 작업을 해야 했다. 내 환자들 중 여자 문제로 속을 썩이던 몇 명에게 이런 귀띔을 한 것이었다. 당신이 그 여자와 왜 화해하지 못하고 있는지 알아요. 그건 모두 유심원 씨 때문이에요. 그의 낡은 실내화 짝 때문이죠. 그 실내화에는 한 여자의 엄청난 한이 담겨 있어요. 그게 세월이 흐르는 동안 점점 더 강해져서 다른 여자들이 우리 병동에 접근하는 것조차 막고 있는 거라구요. 그들은 그렇다면 어떻게 해야 하느냐고 물었고 나는 처방을 알려주었다. 그녀의 한을 달래기 위해서는 가능하면 많은 남자가 그 실내화 짝을 어루만져주어야 한다고, 또 다른 호기심 많고 장난기 많은 환자에게는 이런 말을 하기도 했다. 유심원 씨의 신발을 훔쳐내어 수많은 사람 손에 한 바퀴 돌리면 그가 어떤 반응을 보일까. 금요 극장 같은 곳에서 말이야. 아마 길길이 날뛰다가 까무러치기라도 할 테지.

나는 그들이 그런 소리까지 듣고서 결코 가만히 있지는 않으리란 것을 잘 알고 있었다. 그리고 내 예상은 적중하여 그날 극장에서는 그런 사건이 벌어진 것이었다. 내 지시에 따라 3번 출구 바로 옆에 앉아 있었던 백성인은 혼란을 틈타 순조롭게 빠져나가 사라질 수 있었다. 때문에 나는 저녁 식사 인원 점검 시간에 또 한 차례 비상이 걸리리라는 것도 이마 알고 있었다. 사람들은 가장 먼저 빨래 통을 뒤졌다. 물론 그를 발견할 수는 없었다.

백성인이 발견된 것은 꽤 여러 날이 지나서였다. 그를 발견한 사람은 지하 식당에서 일하는 주방 아주머니들 중 한 명이었고, 그가 발견된 곳은 식당 옆 폐품을 쌓아둔 창고의 대형 냉장고 속이었다. 추운 날씨 탓에 많이 상하지 않은 그의 얼굴은 몹시도 평화로워 보였다고 했다. 나는 그 소식을 전한 간호사에게 물어보았다.

"혹시 그가 작은 상자 하나를 몸에 지니고 있지 않았던가요."

"그랬다더군요."

"상자 속에는 바퀴벌레 한 마리가 함께 죽어 있었을 테죠."

"그래요."

"그리고 그놈도 똑같이 평화로운 표정을 짓고 있었겠군요."

간호사는 또 뭔가 속았다는 표정을 지었다. 그는 흘끗 나를 한

번 거들떠보고 걸어가버렸다. 그의 모습은 도무지 평화로움과는
거리가 멀었다. 그를 지켜보고 선 나 역시 조금도 다를 바가 없을
것이었다.

겨울 소묘

천만에요. 난 아주 행복합니다. 행복해서 눈물이 흐를 지경이랍니다. 창밖으로 눈송이가 날리고 있죠, 곁에선 발갛게 가스불이 피어오르고 있죠. 아름다운 음악이 있고 술이 있고 마담이 있는데 내가 왜 우울하겠습니까. 난 말입니다. 이렇게 짙게 뿜어져 나오는 색소폰 소리를 무척 좋아한답니다. 굵은 혈관을 따라 심장의 피가 모조리 빨려들어 가는 느낌이라고나 할까요. 때로는 그 짙은 소리가 부드러운 뱀처럼 온몸을 휘감는 듯한 느낌도 들어요. 자, 우리 눈물겨운 행복을 위해서 건배를 듭시다. 카페와 마담과 나와 그리고 1999년의 장엄한 죽음을 위해서.

그날의 이야기를 들려달라구요. 그러죠. 그건 수십 번을 되풀이해도 흐뭇한 기억이니까요.

32년 남짓을 살아오면서 내게는 무척 많은 날이 있었습니다. 슬픈 날도 있었고 기쁜 날도 있었고 기분이 째지도록 횡재한 운

좋은 날도 있었죠. 하지만 그날은 다른 어떤 날들도 비교될 수 없을 만큼 단연 두드러지는 내 생애 최고의 날이었습니다. 아시겠습니까. 내 생애 최고의 날이었다. 이런 말입니다. 홀에는 최고급 뷔페 요리들이 차려져 있었어요. 단상 양옆으로는 또 각처에서 보내져 온 화환들이 촘촘히 늘어서 있었죠. 게다가 화단을 통해서 내가 알게 되었던 거의 모든 사람들이 참석해주었습니다. 그모든 일들이 나를 위해서 준비되어 있었던 겁니다.

이미 한두 차례씩 상을 받은 적이 있는 선배들은 자상하게 어깨를 두드려주었습니다. 그리고 이런 말을 했습니다. 축하는 하지만 말이야, 사실 이건 조금도 놀라운 일은 아니야. 우린 네가 언제고 큰 상을 받으리라는 것을 알고 있었으니까. 중요한 것은 이제부터라구.

시상식이 끝나고 꽤나 거창한 술자리가 마련되었습니다. 물론 황연배 선생님도 자리를 함께하셨죠. 그는 아무리 바쁜 틈에라도 제자들에 대한 배려를 잊지 않는 분이거든요. 그는 좌중의 상석에 앉아서 나를 바로 옆자리에 앉히고는 손수 그날의 첫 술잔을 따라주었습니다. 저 친구들 얘기가 옳아. 나 역시 오래전부터 자네 작품을 눈여겨보고 있었다네. 나야 그저 황송할 뿐이었죠. 내게 그런 상을 내려준 사람이 사실은 황 선생님 자신이었다는 것을 너무 잘 알고 있었으니까요.

그림을 그리는 사람들 중에는 더러 황 선생님에 대해서 좋지 않은 얘기를 하는 축도 있다고 들었습니다. 그들은 황 선생님이 지나치게 권위적이고 독점적이며 편협하리만치 자기 쪽 사람만을 챙긴다고 비난한다더군요. 심지어는 그의 후배와 제자 들을 한데 싸잡아 황연배 사단이라고까지 일컫는다던가요. 하지만 그건 그렇지 않습니다. 분명히 잘못된 이야기지요. 황 선생님은 아주 따뜻하고 친절하고 너그러운 분이랍니다. 누구한테도 함부로 야단을 치거나 심한 꾸지람을 내리는 법이 없어요. 오히려 언제나 격려와 배려를 아끼지 않는 편이죠. 후배나 제자의 울타리를 넘어서 다른 누구에게도 마찬가집니다. 더구나 그의 정확한 안목만큼은 그를 비난하고 공격하려는 사람들조차 인정하지 않을 수 없는 형편이에요. 그는 한 장의 그림을 보면 그것을 그린 사람이 집어넣으려 했던 것보다 훨씬 많은 것을 찾아내는 눈을 갖고 있답니다. 아울러 그 사람의 기술적인 숙련도와 그림에 대한 열정까지도. 그러니 그의 주위에 눈덩이처럼 사람이 붙어나게 된 일은 당연한 것 아니겠습니까. 따뜻한 인간미에 그처럼 정확한 안목까지 갖고 있으니 말입니다.

그런데 내가 무슨 얘기를 하려던 참이었나요. 그렇군요. 그날의 일을 들려드리던 중이었죠. ……뭐 대강 그런 정돕니다. 좋은 사람들 속에 섞인 덕분에 좋은 그림을 그릴 수 있었고 그래서 좋은 상도 받을 수 있었고 그리고 다시 그 사람들로부터 분에 넘치는 축하와 격려까지 받을 수 있었다는 얘깁니다. 다시 한번 말씀드리고 싶은 점은, 그날이 내 생애 최고의 날이었다는 사실입니다. 어떻습니까. 이젠 마담께서도 내가 우울해 보인다는 말은 하지 않으시겠죠.

그렇지만 여전히 힘이 없어 보인다구요. 하하, 이거 큰일이군요. 그렇게 아름다운 눈으로 우울을 명령하신다면 제가 어떻게 거절할 수 있겠습니까. 레몬즙을 조금만 더 넣어주시겠습니까.

감사합니다. 염려하지 마세요. 어지간히 마셔도 아직 필름이 끊어져본 적은 없으니까요.

눈송이가 정말 근사하게 날리는군요. 내가 시인이었다면 멋진 시가 한 수 나왔을 법도 한데. 순결한 아이의 영혼처럼 눈발이 흩날린다던가. 하지만 난 시에 대해서는 소질이 없어요. 그림은 조금 그리죠. 그날도 눈이 제법 멋있게 내렸답니다. 아니요. 그날이 아니라 벌써 까마득히 잊힌 옛날 얘깁니다. 아마 10년쯤 전이었을 거예요. 난 친구 한 명과 목적지도 정해지지 않은 기차를 타려 하고 있었죠. 그런데 왜 불쑥 이런 얘기가 나온 걸까요. 우울해지라는 명령에 최면이라도 걸린 모양이군요. 글쎄, 그만두겠습니다. 별로 흥미있는 얘기는 아니에요.

좋습니다. 정 듣고 싶으시다면 아주 조금만 기억을 더듬어보기로 하죠. 하지만 그 전에 마담께 문제를 하나 드려도 될까요. 만약에 말입니다, 마담이 아프리카 오지의 식인종 부락에 태어났다고 합시다. 싸워서 붙잡은 포로들을 삶아 먹고 어쩌다 재수 없이 기어든 백인들을 구워 먹고 하는 식인종 부락에. 그렇다면 마담은 다른 부락민처럼 같은 인류의 팔다리를 뜯어 먹으며 그들의 뼈로 맛을 낸 국물을 마시며 살 수 있었을까요. 그런 어처구니없는 일들을 당연지사로 여기며 지낼 수 있었을까요. 오, 기분을 언짢게 했다면 죄송합니다. 다른 뜻이 있어서 드린 질문은 아니랍니다. 난 다만 우리가 집단이라는 이름의 관행을 어느 정도까지 무비판적으로 받아들여야 할 것인가를 묻고 싶었던 거죠. 집단 속에 매몰되어 집단의 주문에 따라 무의식적으로 수족을 움직이는, 인간이 진정한 인간인지 혹은 반대로 집단으로부터 철저히 떨어져 나와 홀로 판단하고 홀로 움직일 수 있는 인간이 진짜 인간인지를 말입니다. 내 머릿속에서는 그게 언제나 뒤죽박죽으로 엉킨 채 가늠되지 못하는 처지거든요.

그 친구와 내가 가까운 사이가 된 것은 1학년이 얼마 지나지 않아서부터였습니다. 우린 몇 가지 공통점이 있었어요. 우린 서로의 그림에 호감을 갖고 있었고, 같이 황연배 선생을 지도교수로 하고 있었지만 그의 관심을 조금도 사지 못하고 있었죠. 오히려 그에게는 눈엣가시 같은 학생들이었다는 게 적당한 진단일 겁니다. 그 당시로서는 말입니다.

우린 그의 교습 방법을 좋아하지 않았습니다. 그는 너무 단단한 틀을 갖고 있었어요. 그는 언제나 말했죠. 그림이라는 건 무엇이며 좋은 그림이 되기 위해서는 어떤 조건들을 갖추어야 하는가에 대해서. 그리고 그 조건들을 정밀한 잣대로 측정하려 하는 것이었습니다. 그렇지만 그의 그 틀이라는 것은 지나칠 정도로 고전적인 표현미에 집착하고 있었습니다. 그는 그림의 목적이 아름다움의 창조에 있으며 그것에 도달하는 방식 또한 아름다움의 원리를 드러내는 것 외에는 없다고 믿었거든요. 우리가 동의할 수 없는 부분은 바로 그런 점이었습니다. 우리는 보다 자유롭고 활발하게 뻗어나가고 싶었습니다. 아름다움은 그것 자체만으로 충족될 수 없으며 오히려 그것의 여백인 추함과 결합될 적에 완성될 수 있으리라고도 생각했죠.

그래요. 그런 얘기를 했습니다. 황연배 선생님은 관대하고 정확합니다. 하지만 내가 지금 하는 이야기들은 모두 10여 년 전의 생각들이었다는 것을 양해하고 들어주십시오. 그 무렵엔 내가 그만큼 미숙한 상태였으니까요. 물론 그렇다고 해서 그때의 생각들이 전적으로 잘못된 것이었다는 말은 아닙니다만…… 또 잔이 비어버렸군요. 감사합니다. 앞뒤가 안 맞는 부분이 있더라도 너무 캐묻지 말고 들어주세요. 한 인간에게 완전한 일치를 요구한다는 것은 가혹한 일이랍니다. 다만 한가지만은 말씀드릴 수가 있겠군요. 그 무렵 이후의 어느 순간부터 나는 황 선생님의 모든 점을 긍정적으로 받아들이기로 했다는 거죠. 그때부터 그는 내 모든 사고와 판단의 규범이 되었습니다.

아무튼 그 무렵 그 친구와 나는 일상처럼 황연배 교수라는 권위의 벽에 부딪쳐야 했습니다. 나는 하늘을 핏빛으로 그리고 싶었습니다. 때로는 더 고약하게 자주색으로 칠해버리고도 싶었습니다. 바다에는 검은 파도를 일으키기도 했습니다. 그러면 황 교수는 한심하다는 표정으로 고개를 저었습니다. 자네는 표상과 이미지에 대한 공부를 더 해야겠군. 하늘과 바다는 언제나 아스라한 동경으로 남아야 해. 그 친구의 경우는 아예 발상법부터 그 주제에 정면으로 부딪치기를 좋아했지만 황 교수는 시체나 영혼 따위가 등장하는 그림은 질색이었거든요. 도대체 이게 미술 대학생의 그림이야. 꼬마애들 낙서도 이것보다는 낫겠군.

속 모르는 친구들은 우리가 황연배 사단의 일원으로 공부하는 것을 부러워하기도 했습니다. 그렇게 쭉 지내기만 하면 어지간한 위치까지는 쉽사리 올라갈 거라구요. 하지만 우리 사정은 그게 아니었어요. 그 집단의 권위와 독선은 그림 그리기 방식은 물론 모든 인간관계까지를 지배하고 있었어요. 무슨무슨 날이 되면 서열대로 찾아다니며 선물을 드리고 그러면서도 대수롭지 않은 일로 암투를 벌이고, 그건 우리의 숨통을 꽉꽉 틀어막고 있었죠.

3학년이 끝날 즈음에는 그 친구나 나나 거의 기진맥진한 지경이었습니다. 게다가 우린 황 교수와 몇몇 후배 교수들의 학점이 펑크 나리란 걸 뻔히 알고 있었습니다. 한 학기 내 우리는 그들의 바위에다 계란만 던져온 터였거든요.

그 얘기를 먼저 꺼낸 건 누구였을까요. 모르겠어요. 정확히 기억나지 않는군요. 하지만 그게 누구였건 간에 우린 거의 비슷한 생각을 하고 있었던 게 틀림없습니다. 그 얘기가 나오자마자 아주 쉽사리 의견의 일치를 볼 수 있었거든요. 그게 무슨 얘기였냐구요. 한마디로 말해서 대단한 결정이었습니다. 우린 서울을 떠나기로 한 겁니다. 학교고 나발이고 다 집어치우고 어디로 건 훌쩍 떠나기로. 그래서 시골 어느 구석에 처박혀서 우리가 그리고 싶어 하는 그림을 마음껏 그리기로 한 겁니다. 그 결정을 내리면서 이런 이야기를 주고받은 기억이 나는군요.

절대적으로 찬성이야. 그런데…… 그림만 그리면서 살 수 있을까.

다른 일거릴 찾아봐야지. 돈벌이가 될 만한.

그리고?

그러고는 나이가 들기를 기다리는 거야.

우린 신나게 웃었습니다. 그건 그 무렵 우리 사이의 농담이었답니다. 곤란한 문제에 부딪칠 때마다 우스갯소리처럼 나이가 들기만을 기다리자고 했죠. 하지만 그 얘기는 그저 농담만은 아니었어요. 종류를 막론하고 모든 그림이 화가의 나이에 따라 가격이 정해지는 형편이었으니까요.

눈이 내렸다는 날은 우리가 서울을 벗어나는 기차에 몸을 싣기로 한 날이었습니다. 광장에 내린 눈은 내리는 대로 질퍽하게 녹았지만 역사 지붕에는 하얗게 쌓이고 있었어요. 난 근처의 매점으로 달려가 소주 한 병과 쥐포를 샀습니다. 광장 한가운데 버티고 서서 우리는 축배를 나누었습니다. 핏빛 하늘과 검은 바다를 위하여, 영혼의 자유로운 출연을 위하여, 황연배 사단의 종말을 위하여, 지긋지긋한 서울 생활에 작별을 고하며, 건배. 역사 지붕 외에도 눈이 녹지 않은 곳은 또 있었습니다. 바로 그 친구와 나의 머리카락 위, 어깨 위였습니다.

무작정 올라탄 것은 호남선이었어요. 그리고 얼마 동안은 달리다가 다시 무작정 내려선 곳은 이리였죠. 이리를 가본 적이 있으신가요. 아직 없다구요. 그래요. 그건 중요한 문제가 아니에요. 모든 사람이 모든 장소를 알고 지낼 필요는 없으니까요. 그런데 그곳의 첫인상은 말라터진 거북의 등짝 같았답니다. 물을 떠난 지가 오래되었지만 물로 돌아가는 길을 잃어버려 헤매는 그런 거북이 말입니다. 역 앞의 광장은 쓸모없이 커서 황량했고 도로는 아스팔트 색을 고스란히 드러내고 있었어요. 폭발 이후에 지어졌음이 분명한 2, 3층 건물들도 색깔이라곤 거의 갖고 있지 않았죠.

난 그 도시가 별로 마음에 들지 않았습니다. 하지만 그 친구는 달랐어요. 밤이 되면서 이리는 엄청난 변신을 시작하더군요. 모든 건물이 네온사인을 켜고 색 불빛을 내다 걸면서 유혹의 눈짓을 보내는 것이었어요. 여자들은 화장을 하고 현란한 한복을 입거나 허벅지를 드러내었죠. 친구는 말했습니다. 지독한 환락과 소비의 도시군. 난 이곳이 마음에 들어. 죽음의 냄새가 느껴져. 여기서 시작하겠어. 난 고개를 끄덕일 수밖에 없었습니다. 그의 말대로 그 도시에서는 고향의 내음처럼 부패와 죽음의 향기가 배어 나오고 있었거든요.

우린 먼저 일자리를 구해야 했습니다. 그 점에 있어서는 그 도시의 인심이 좋았어요. 환락가에는 언제나 뜨내기들을 위한 일거리가 널려 있었으니까. 제일 처음 시작한 게 어떤 일이었더라. 그렇군요. 우리의 첫 직장은 커다란 음식점이었어요. 음식 백화점이라는 간판을 내걸고 여덟 개 코너에서 190여 종의 음식을 파는 곳이었죠. 둘이 함께 있을 수 있다는 점 때문에 아마 첫번째로 선택될 수 있었을 겁니다. 우린 거기서 손님들의 주문을 받고 선불 계산을 받고 식사를 테이블로 날랐어요. 어떤 음식을 어느 코너에서 만드는가를 외는 데만도 사흘이 넘게 걸렸어요.

하지만 거기서는 오래 있지 못했습니다. 어느 날 친구가 불쑥 이런 선언을 했기 때문입니다. 난 이제 음식점 종업원은 그만두겠어. 더 깊은 지하로 내려가야 해. 웨이터를 필요로 하는 룸살롱을 알아뒀지.

친구가 떠나고는 나도 그 자리를 지킬 기분이 나지 않았습니다. 그 이후로 전전했던 일자리들을 순서대로 기억하기는 쉬운 일이 아니군요. 난 여러 가지 일을 했습니다. 제과점의 시다로 들어가 빵 만드는 일도 배워보았고 커피숍에서 차 나르는 일도 해보았습니다. 친구의 말이 그럴듯하게 여겨져 룸살롱의 웨이터 노릇도 했었지요. 어떤 일도 생각처럼 편하지는 않았습니다. 어떤 집단에도 내가 떠나 온 대학에서와 마찬가지로, 아니 그보다 한결 더하게 인간적인 마모가 기다리고 있다는 것을 알게 되었어요. 권위와 독선과 아부의 역학 관계 말입니다.

한 달 정도는 그럭저럭 평화로울 수 있었습니다. 자유로움을 찾았다는 기쁨으로. 하지만 달포 남짓이 더 지나면서 나는 회의라는 벌레들이 포위망을 좁혀들어 옴을 느꼈습니다. 살금살금 보이지 않게, 때로는 역겨운 모습을 드러내면서 그들은 내게 다가들었습니다. 어차피 삶이라는 것이 온갖 수모를 감당해야 할 운명이라면 굳이 이런 곳에서 무의미한 일들로 시간을 낭비할 필요는 없잖아. 휘청거리도록 취해서 계집의 사타구니를 더듬다가 화장실이나 다녀오는 작자들에게 물수건을 건네주고 또다시 술을 부어주는 게 네 생명과 무슨 관계가 있단 말이야. 또 한 벌레는 이렇게 속삭였습니다. 이건 현실이 아니야. 네 현실은 그림을 그리는 데 있어. 그림을 그려야 해.

난 그 친구도 나와 마찬가지 회의에 젖어들고 있으리라고 생각했습니다. 내가 조심스럽게 이런 얘기를 꺼낸 것은 말하자면 타협점의 탐색이었지요.

화실 두어 곳을 봐두었어. 그리로 가서 강사 자리라도 한번 알아보자. 어떤 식으로든 다시 그림을 시작해야 할 테니까.

하지만 그의 반응은 뜻밖이었습니다. 그는 완강히 고개를 저었어요. 강사 자리를 알아보자구! 그림을 가르치자는 거야? 도대체 너나 내가 무얼 가르칠 수 있다고 생각해. 사과를 그리는 법? 우리가 선생들에게 배워왔듯이 명암을 살리고 양감을 살리고 질감을 살리라고? 윗부분은 붓터치를 선명하게 하고 아래쪽은 살

짝 번지게 해서 흘러내리도록 하라고? 천만에. 그건 아니야. 그
따위는 모두 엉터리야. 그림은 느끼고 그릴 수 있을 뿐이지 배우
고 가르치고 하는 건 아니란 말이야. ……제기랄. 그때부터 이미
뭔가가 그 자식을 씌우고 있었던 게 틀림없어요. 난 그걸 몰랐죠.
알았더라면 어떻게든 무슨 조치를 취할 수 있었을 텐데.

그 후로 나는 거의 그런 이야기를 꺼내지 않았습니다. 내가 조
금이라도 자신 없는 모습을 보이면 그는 비판적인 태도를 취했
거든요. 한심하다는 듯 조소를 머금으며.

한번 이렇게 심중을 털어놓은 적은 있었습니다. 나는 지금 우
리가 하고 있는 일들이 어떤 의미를 갖는지 자신할 수 없어졌다.
우리는 집단을 피해서, 집단의 권위와 강요와 폭력을 피해서 이
곳으로 왔다. 하지만 이곳의 삶을 지배하는 것도 여전히 다를 바
없는 집단성이지 않은가. 그렇다면 굳이 우리가 주저앉기를 고
집해야 할 이유가 있겠는가.

그는 또 미소를 머금더군요.

아무것도 달라진 게 없다구. 뜻밖이군. 네가 그런 생각을 하고
있었다니. 내겐 그렇지 않아. 나는 서울에서의 삶과 이 도시에서
의 삶 사이에 놓인 확연한 차이를 알고 있어. 물론 네 말도 틀리
지 않아. 이곳에도 마찬가지로 폭력적인 집단성이 군림하고 있
다는 것. 어느 나라 어느 시골 구석을 찾아가도 그런 사정은 달라
지지 않으리라는 것. 하지만 잘 생각해봐. 이곳에는 서울에 없던
게 한 가지 있어. 그건 그림 그리기에 대한 자유야. 여기서는 누
구도 우리가 무얼 그려야 하는지 어떻게 그려야 하는지 그리고
얼마 동안 몇 장을 그려야 하는지 간섭하지 않는단 말이야. 우린

우리 자신의 감각과 충동에만 충실하면 되는 거지. 내겐 그것이면 충분해. 아니, 그 이상 중요한 것은 없어. 알아듣겠어. 나는 또다시 숨 막히는 서울로 올라가 이렇게 그리면 안 된다 저렇게 그려도 안 된다 하는 억지 따위와 소모전을 벌이고 싶은 생각은 없다구.

그의 말은 분명히 틀리지 않았습니다. 그는 자기 현재의 이유를 정확하게 알고 있었어요. 하지만 그의 얘기를 들으면서 나는 그때까지 나를 괴롭혀왔던 불안의 정체가 무엇인가를 알게 되었습니다. 부끄러운 얘기지만 그건 바로, 아무도 내게 그림 그리기에 대해 간섭하지 않는다는 사실이었습니다. 아무도 내게 그림을 독촉하지 않았고 어떻게 그려야 하는가를 문제 삼지 않았다는 사실이었습니다. 그건 다시 말하자면 아무도 내 그림에 관심을 갖지 않는다는 얘기 아니겠습니까.

나는 엄청난 외로움 속으로 빠져들었습니다. 그림은 곧 나의 존재 방식이었습니다. 아무도 내 그림에 관심을 갖지 않는다는 것은 곧 아무도 내 존재에 관심을 갖지 않는다는 얘기였어요. 나는 이 시점으로부터 그어지는 연장선 위에 나의 미래가 어떤 모습으로 올려질지 상상할 수 없었습니다. 이렇게 30년이나 40년을 더 살았을 때 과연 내 이름 앞에는 원로 화가라는 수식어가 붙을 수 있을까. 아니, 내가 그 시간까지 끈질기게 그림을 그릴 수나 있을까. 혹은 살아 있기나 할까. ······외로움이라는 게 그렇듯 괴물스러운 공포임을 나는 그때 처음으로 알았습니다.

서울을 떠나오기 전에도 물론 나는 외로움을 꽤나 느끼는 편이었습니다. 하지만 그것은 이리에서의 공포와는 질적으로 다른

것이었습니다. 서울에는 나를 둘러싸고 억압하고 요구하는 집단
과 제도가 있었습니다. 그들은 나의 외로움이 일정량 이상의 체
적으로 갖지 못하도록 통제했습니다. 그러나 이제 그 통제가 사
라진 진공 상태에서 외로움은 터져버릴 듯한 폭발성으로 팽창하
고 있었던 것입니다.

그곳 생활도 석 달이 다 되어가던 어느 날, 나는 마침내 새로
운 결정을 내렸습니다. 서울로 돌아가야 한다는 것이었어요. 설
령 그 친구가 혼자 남기를 고집한다 할지라도. 제발 나를 비난하
지는 말아주십시오. 난 이미 너무 약해져 있었어요. 새벽마다 가
위눌림이 나를 찾아오고 있었죠. 온몸이 나무토막처럼 마비된
채 경련을 일으키며 나는 40년 후 나의 모습도 보았습니다. 등이
굽고 초라하게 쪼그라든 노인이 차가운 거리에서 떨고 있었습니
다. 그 노인은 내게 말했어요. 많은 사람들이 움직이는 대로 따라
가라. 언제나 그들 속에 네 몸을 의탁해라. 집단을 외면한 결과는
이처럼 가혹한 형벌이 될 것이다.

내 결정에 대한 친구의 첫 반응은 무감각한 것이었습니다.

돌아가다니, 어디로?

그는 멀뚱멀뚱한 눈으로 내 얼굴을 쳐다보았어요. 그러나 그
는 곧 표정을 달리했습니다. 한결 부드러워진 눈빛이 되어서는
손등을 두드리더군요.

사실은 나도 요즘 머릿속이 복잡해. 모든 게 혼란스럽게 불안
정하고…… 네 말처럼 우리가 언제까지나 이런 식으로 살아갈
수는 없을 거야. 하지만 나는 당장은 돌아가고 싶지 않아. 좀더
생각해보고 정리가 되면 어떻게 할 것인지를 결정하겠어.

그는 내게 먼저 서울로 올라갈 것을 권했습니다. 그도 아마 머지않아 올라가게 될 것임을 넌지시 암시하며. 난 서둘러 그곳 삶을 정리하고 서울행 기차에 몸을 실었습니다. 그때가 3월 초순이었죠. 다행히 내가 서울에 도착한 날은 대학의 추가 등록 마감일을 하루 앞둔 날이었습니다. 망설일 겨를도 없이 나는 등록을 했습니다. 그 친구를 위해서 휴학계를 제출하는 것도 잊지 않았습니다.

그가 결국 학교로 돌아왔느냐구요. 글쎄요. 어땠을 것 같습니까.

그는 돌아오지 않았습니다.

난 사실 아직까지도 그때의 사정을 정확히 이해할 수가 없답니다. 내게 먼저 서울로 돌아갈 것을 권하며 자기도 곧 올라올 것처럼 얘기했을 때 그는 과연 진정으로 그런 생각을 하고 있었던 것인지 혹은 나를 맘 편하게 올려보내기 위해서 그냥 그렇게 말했던 것인지. 또 만약 그 말들이 나를 올려보내기 위한 꾸밈이었다면 왜 그는 내가 떠나기를 원한 것이었는지. 그는 내가 떠남으로써 자신의 고독한 작업이 더 철저해질 수 있으리라고 생각하고 있었을까요. 그렇잖으면 이미 자신의 운명을 예감하고 있었고 그 운명 속에 나를 끌어들이는 것이 무책임한 일이라고 생각했던 것일까요.

취하고 싶을 때 선뜻 취하지 못하는 것도 참 몹쓸 병이군요. 같은 걸로 한 잔 더 주시겠습니까. 아, 염려하지 마십시오. 난 오히려 자꾸 말짱해지고 있답니다. 취하지 않았다는 증거로 화장실을 다녀와 보이겠어요. ……어떻습니까. 걸음걸이도 반듯하고 질서정연하지 않습니까. 그런데 말입니다. 한 가지 궁금한 점이 있습니다. 마담도 오래전에 대학을 졸업했다고 하셨죠. ……그런 건 중요한 문제가 아닙니다. 삼류건 사류건 그게 무슨 상관이에요. 아무튼 대학을 졸업하셨잖습니까. 헌데 왜 남들처럼 시집을 가거나 취직을 하지 않고 카페를 경영하시는 겁니까. ……하하하, 그래요. 쓸데없는 질문이에요. 이런 소릴 하는 걸 보니 내가 조금 취하기도 한 모양이군요. 하지만 난 마담을 존경합니다. 난 남들이 다니는 넓은 길로 걷지 않는 사람들을 존경합니다. 그런 분들이 없다면 내가 어떤 자리에 퍼질러 앉아 맘 편히 신세타령을 늘어놓겠습니까. ……천만에요. 난 다릅니다. 난 혼자도 아니고 힘들여 좁은 길을 걷지도 않습니다. 물론 그림쟁이들 중에 더러는 그렇지 않은 사람도 있겠지만, 이래 봬도 내 뒤엔 황연배 사단이 버티고 있다 이런 말입니다.

그러죠. 이왕 시작한 이야기니까 끝장을 보아야겠죠.

그 무렵의 내 상태를 어떤 말로 표현하는 것이 적당할까요. 좌절이 가져다준 순종이라고 할까요. 혹은 절망의 끝에서 움켜쥔 어이없는 희망이라고 할까요.

새로이 시작된 학교생활에 나는 아주 열심으로 매달렸습니다. 탈출구를 찾아 떠났던 여행의 실패는 나를 더없이 초라하게 위축시켰습니다. 나는 내 몸부림의 한계를 본 셈이었고 그 끝까지 우격다짐으로 부딪쳐 갔다가 되돌아온 셈이었으니까요. 그렇게 초라해진 인간이 살아남기 위해서 할 수 있는 일이 달리 어떤 게 있었겠습니까. 집단의 지시에 충성을 다하는 수밖에.

그들의 불신을 희석시키는 데만도 많은 시간이 걸렸습니다.

먼저 나는 낙제된 과목들을 땜질하기 위해 학부를 2년 동안 더 다녀야했습니다. 그러고도 부족한 느낌이 들어 대학원을 진학했습니다. 군대를 다녀오고 다시 대학원 과정을 마칠 즈음에야 겨우 황연배 교수로부터 미지근한 농담을 들을 수 있게 되었습니다. 그제야 다른 교수들도 나를 어느 만큼 인정해주게 되더군요. 물론 그 사이 나는 부지런히도 그들을 찾아다니며 웃는 얼굴을 보였고, 선물 꾸러미를 안겼어요. 하하, 산다는 게 다 뭔지…… 하지만 그즈음 나는 어렴풋이 알게 되었어요. 이제 바야흐로 내 삶은 포장된 도로 위에 올려지고 있다는 걸 말입니다. 나는 그들의 방식을 충실하게 받아들이고 있었고 그런 자세를 거스르지 않는 한 미래에 대해 어떤 불안이나 불길도 느낄 필요가 없다는 걸 말입니다. 내게 고유한 나 자신만의 나를 대가로 나는 그들로부터 보장을 사들이고 있었던 겁니다. 썩 잘된 일이었죠.

그동안 그 친구는 어떻게 되었냐구요. 글쎄요. 나도 정확히는 알 수가 없습니다. 난 그를 거의 잊고 지냈으니까요. 잊으려고 애쓰고 있었죠. 이따금 바람결에 들려오는 풍문은 있었습니다. 그는 이리에서 꽤나 오랜 날들을 보낸 후 이곳저곳을 떠돌고 다녔다 하더군요. 그러다가 아마 홀어머니의 상을 당했을 겁니다. 그것도 나중에 들은 소식입니다만, 그리고 내가 다시 그를 만났을 때 그는 우리가 최초로 선택했던 이리의 거리에서 만화 가게를 내고 있었습니다. 그게 그러니까 3년쯤 전이었죠.

모르겠습니다. 왜 내가 갑자기 그를 찾아보고 싶어졌는지. 그때 나는 청파동 골목에서 자그만 화실을 시작하고 있었습니다. 1년 남짓이 지나 그럭저럭 자리가 잡혀가던 때였어요. 아마 그 1년 동안의 긴장이 풀어지면서 무력감에 사로잡혔던 게 아닌가 싶군요. 난 환멸스러울 정도로 지쳐 파김치가 되어 있었고, 그해 겨울의 기억들에 빠져들고 있었거든요.

그의 가게를 찾는 일은 그리 어렵지 않았습니다. 그건 그가 한때 근무했던 룸살롱에서 한적한 주택가로 이어지는 길목에 자리 잡고 있었습니다. 어머니가 돌아가시고 정리한 재산으로 얻은 것이었겠죠. 난 그의 가게 앞에 서서 문틈으로 새어나오는 불빛을 보며 한참 동안 서 있었습니다. 저 너머에 과연 그가 있을까 의심하며. 그리고 그가 있다면 나는 무슨 이야기를 할 수 있을까 생각하며. 세월은 참 무상하더군요. 눈 내리던 서울을 떠나오던 기억도 벌써 8년이나 전의 일이었으니.

두 개비째의 담배를 짓밟아 끄고 마침내 나는 가게로 들어갔습니다. 그는 그곳에 있었습니다. 그런데 그의 모습은, 뭐랄까, 7년 전의 기억을 한층 혼란스럽게 만들고 있었어요. 그는 너무 많이 달라져 보였어요. 10년쯤 아니 백 년쯤은 더 나이 들어 보였고 그 밖에도 설명하기 힘든 부분들의 묘한 변화가 느껴지더군요.

다행히 그는 나를 반갑게 맞아주었습니다. 마치 며칠 전에 헤어진 친구를 만나 무덤덤한 웃음으로 손을 내밀고 방으로 안내했습니다. 그러고는 그림쟁이 노총각들 특유의 구차한 살림 도구들을 조작하여 두 잔의 차를 만들었습니다. 난 우스갯소리처럼 말했습니다.

이 정도 자리를 잡았으면 이제 밥하는 아줌마도 한 사람 둬야 하지 않나.

그는 역시 미지근히 웃으며 받더군요. 글쎄, 10년만 더 산다는 보장이 있으면 그것도 생각해보겠다만……

차는 그저 형식이었죠. 우린 곧 막걸리판을 시작했습니다. 차 두 잔 만드는 것보다 술판 차리는 게 훨씬 더 이력 있어 보이더군요. 술이 들어가고 혀들이 풀리면서 꽤 많은 이야기를 나누게 되었습니다. 서로가 지내온 일들을 묻고 대답하고 같이 저질렀던 사건들을 기억해보기도 하고…… 그래요. 사실 그 자리는 내게 편안한 자리는 아니었어요. 그 친구가 대하기에 따라서는 어색하고 어정쩡하기 짝이 없는 자리도 될 수 있었죠. 난 과거 우리가 가장 혐오스럽게 경멸하던 선배들의 전철을 고스란히 되밟고 있었고 또 그걸 그 친구에게 숨김없이 털어놓고 있었으니까. 숨기려야 숨길 수도 없었을 테지만, 하지만 그는 아무런 내색도 없이 천연덕스러운 얘기를 늘어놓았습니다.

이봐, 경진이라고 기억나. 태양 클럽 막내 말이야. 걔가 네 뒤를 어지간히 따라다녔지. 그래, 기억하는군. 그 아가씨가 너 떠나고 얼마나 상심하던지. 한데 그러고 얼마 안 되어서 결혼을 했어. 그 클럽 밴드에서 베이스를 치던 친구랑. 결혼식까지 올린 건 아니고 그냥 살림을 시작했는데 잘산다더군. 애도 둘씩이나 낳고. 지금은 전주에서 산다지 아마. 다른 아가씨들은 나도 잘 모르겠어. 워낙 자주 바뀌었어야지. 클럽 이름들도 거의 바뀌고……

무슨 이야기 끄트머리에선가 나는 불쑥 이런 말을 했습니다.

너 나랑 같이 올라가자. 이제 이런 생활도 할 만큼 하지 않았니.

그 얘기가 튀어나온 건 분명히 엉뚱한 순간이었습니다. 하지만 그건 내가 지난 몇 년 동안 수백 번도 넘게 혼자서 중얼거린 말이었습니다. 내겐 언제나 그 친구를 향한 부채 의식 같은 게 앙금져 있었습니다. 이해하시겠어요…… 우린 함께 공범으로 사건을 저질렀지만 정작 현장에서 나는 그를 내버려둔 채 혼자 달아난 셈이었으니까요. 언뜻언뜻 그의 얼굴이 떠오를 때마다 나는 그에게로 내려와 그의 멱살을 끌고 서울로 올라오는 꿈을 꾸었던 겁니다. 그런데 그가 뭐라고 대답했냐구요. 아무 말도 않더군요. 그냥 빤히 내 얼굴만 쳐다보았어요. 그 눈빛에서 나는 7년 전 내가 그에게 똑같은 말을 했을 때 그가 했던 대답을 읽는 것 같았습니다. 돌아가다니, 어디로? 그는 그 개뿔 같은 고집을 조금도 바꾸지 않고 있었던 겁니다.

난 그 눈빛을 지우기 위해 마구 떠들어대었습니다. 난 몹시 지쳤다. 환멸스러울 정도로 녹초가 되었다. 날 위해서라도 네가 필요하다. 옛날 생각이 나느냐. 우린 언제나 함께 선생들과 싸웠지 않느냐. 네가 올라온다면 다시 그 시절로 돌아갈 수 있을 것이다. 연전부터 나는 자그만 화실을 시작했다. 그게 이제는 자리가 잡혀 강사도 한 명 두어야 할 형편이 되었다. 그 일을 맡아주었으면 좋겠다. 원한다면 네가 화실을 인수해도 좋고 다른 화실을 차리고 싶다면 그것도 도와주겠다. 서울도 이제는 많이 달라졌다. 화단에도 새로운 물결이 일고 있다. 민중미술운동이라는 것도 활발히 전개되고 있고 그 밖에도 권위에 종속되지 않으려는 젊은 그림쟁이 패들이 여럿 만들어지고 있다. 넌 그 속에서 분명히 네가 해야 할 일을 찾을 수 있을 것이다.

하지만 그는 고개를 살래살래 젓기만 하더군요.

한참 만에야 입을 연 그는 이렇게 말했습니다.

물론 나는 믿어. 서울이 나날이 새로워지고 있으리라는 걸.

젊은이들이 기지개를 켜고 새로운 집단들이 만들어지겠지. 그러나 난 이제 아무런 집단에도 발을 들여놓고 싶지 않아. 어느 곳에는 한 귀퉁이라도 발을 디밀게 되면 결국 온통 중심을 못 잡을 만큼 휩쓸려들게 될 게 뻔하단 말이야.

나는 화가 나서 소리쳤습니다. 그럼 넌 도대체 여기서 뭘 하겠다는 거야. 그는 빙그레 웃었어요.

나이가 들기를 기다리는 거지.

기가 막히더군요. 그는 아직도 혈기왕성하던 시절의 농담을 잊지 않고 있었던 겁니다.

그래요. 내가 너무 빨리 늙어버린 것일지도 모를 일이었죠.

그때부터 우리는 아무 말도 않고 술만 마시기 시작했습니다. 서로 각자의 잔을 비우고 채우고 또 비우고, 마치 둘 다 마주 앉은 사람은 보이지도 않는 듯. 그러자 우리는 금세 취해버렸습니다. 그렇게 마시는 술이 얼마나 빨리 취하게 하는지는 마담도 잘 알고 계시겠죠. 그러다가 내가 잠시 화장실을 다녀온 다음부터였던가. 나는 그 친구가 혼잣소리를 중얼거리고 있다는 걸 알게 되었습니다. 말도 안 되는 소리 집어치워. 미친 자식들, 구덩이에 빠진 건 너희들이란 말이야. ……처음에 나는 그게 나를 향해 퍼붓는 욕지거린 줄 알았습니다. 하지만 그게 아니더군요.. 그는 벽을 마주하고 앉은 사람처럼 혼잣말을 지껄이고 있었어요. 다른 누구에게가 아니라 자기 자신에게. 결국 나는 그 지껄임이 수년간 계속되어온 자작자음의 습관이리라는 것을 깨닫고 말았습니다.

어깨가 흔들릴 정도로 취하더니 그는 방바닥을 짚고 일어섰습니다. 화장실을 가나 보다 생각하며 나는 담배를 피워 물었어요. 그런데 이 친구는 5분이 지나고 10분이 지나도 돌아오지 않았습니다. 뒷간 근처에서 쓰러지기라도 했나 싶어서 그를 찾아나선 나는 광처럼 생긴 곳의 쪽문이 열려 있는 것을 보았습니다. 그 문 너머에는 지하로 통하는 계단이 있고 작은 불이 밝혀져 있더군요.

그는 지하실 한가운데 버티고 서 있었습니다. 두 눈을 감고.

네 평 남짓 되어 보이는 지하실을 나는 찬찬히 둘러보았습니다. 그곳에 뭐가 있었냐구요. 마담께서는 충분히 짐작하실 테죠. 그렇습니다. 거긴 그의 아틀리에였습니다. 테레핀 냄새가 코를 찌르고 있었고 붓이며 물감 나이프 따위가 여기저기 흩어져 있었어요. 놀라운 일이었죠. 그처럼 어둡고 습기 찬 땅 밑에서 그림을 그리고 있었다니. 하지만 나를 더욱 놀라게 한 것은 벽면을 따라 둘러 세워진 10여 장의 그림들이었습니다. 소름이 끼치는군요. 생각만 해도…… 그림들 속에는 한결같이 벌거벗은 남녀의 군상이 담겨 있었습니다. 수십 명 혹은 수백 명씩. 그들은 갖가지 광란스러운 몸짓을 취하고 있었습니다. 술통을 높이 쳐들어 입술 위로 술을 붓는 남자, 그 술을 두 손으로 받아 온몸에 비벼 바르는 여자, 여자의 허벅지에 흐르는 술을 혀로 핥는 남자, 그의 다리 사이로 젖가슴을 밀어넣고 밀착시키는 여자…… 노인들은 근엄한 표정으로 돌아다니며 술통을 나눠 주고 있었고 꼬마들은 땅바닥을 기어 다니며 구경하고 있었습니다. 어떤 그림에서는 모든 출연자가 둥그렇게 원을 그리며 춤을 추고 있었고 또 어떤 그림에서는 그들 모두가 한 가지씩 이상한 물건들을 들고 있었어요. 총, 펜, 붓, 스패너, 쟁기 따위가 그 물건들이었죠. 또 어느 그림에서는 사람들이 엎드린 자세로 피라미드 같은 형상을 만들고 있었습니다. 그들은 앞사람의 발바닥을 핥고 있었습니다. 한 사람의 발을 두 사람이, 두 사람의 발을 네 사람이, 서른두 사람의 발을 예순네 사람이, 그런 식으로 거대한 산을 만들고 있었어요. 한참 동안 숨을 가다듬은 다음에야 나는 그를 쳐다볼 수 있었습니다. 그는 이제 눈을 떴지만 여전히 그 자리에 버티고 서 있었죠. 난 용기를 내어 냉소적인 말투를 꾸몄습니다.

그래, 이게 다 뭐지. 이래서 어쨌다는 거야. 나도 모르겠어. 그냥 이렇다는 거야. 그는 생각보다 힘없이 수그러들었습니다. 난 약간 맥이 빠졌지만 더욱 냉소적인 태도로 들어갔습니다.

너는 어디 있어. 아무리 봐도 네가 보이지 않는군.

사실은 나도 그 문제 때문에 고민 중이야.

나는 그 그림들을 갈기갈기 찢어버리고 싶은 충동을 억누르느라 다리를 후들거리고 있었어요. 그런 행동은 오히려 그의 도화선에 불을 당기는 결과가 될 뿐이란 걸 잘 알고 있었던 까닭이었죠. 난 나 자신도 믿을 수 없는 말들을 거만한 설교조로 늘어놓기 시작했습니다. 이런 식으로는 아무것도 되지 않아. 네가 진정 저들의 뿌리를 파고 싶다면 저들 속으로 들어가 저들과 어울려야 해. 그러지 않는다면 저들의 광란하는 춤이 너를 땅속 깊은 곳으로 파묻어버리고 말 거야. 네 몸을 뱀의 끈으로 꽁꽁 묶어 넌 결국 아무것도 알아내지 못할 거고 그리고 네 입속으로는 죽은 흙

덩이가 밀려들어올 거야……

　이튿날 새벽, 나는 잠에 떨어진 그를 버려둔 채 서울행 첫차를 탔습니다. 정확히 그렇습니다. 난 그를 외면하고 달아나야 했던 겁니다.

　얼마 후 나는 여행길에 우연히 그의 가게에 들른 친구로부터 그의 소식을 들을 수 있었습니다. 그는 혀를 끌끌 차며 모든 것이 엉망이 되어 있더라고 했습니다. 서가에는 만화책이 절반 넘어 비어 있더군. 그는 그 빈자리들이 모두 대출 나간 자리라고 했지만 대출 장부는 몇 달 전부터 정리도 안 되어 있었어. 도무지 그는 가게에 신경을 쓰지 않는 것 같더란 말이야. 주위 사람들은 그가 가게를 지킬 때가 거의 없고 언제나 술에 절어 지낸다고 했어. 하지만 굳이 그 사람들 설명을 듣지 않아도 난 사정을 훤히 알 수 있었어. 제기랄, 그 친구가 어쩌다가 그 지경이 되었는지. 고집은 좀 세었지만 그림에 대한 열정만큼은 대단한 놈이었는데. 이젠 거의 폐인이나 다름없어 보였어.

　난 그의 가게와 골방, 지하실의 모습이 한눈에 들어오는 것 같더군요. 지하실 한가운데 허허롭게 버티고 선 그의 모습까지도.

　그래서 어떻게 했느냐구요. 어떻게 했겠습니까. 마담은 도대체 내가 그를 위해서 무슨 일을 해줄 수 있었으리라고 생각하는 겁니까. 아니면 내가 어떤 것이든 조치를 취했어야 했다고 말씀하시려는 겁니까. 적어도 그만큼의 책임은 느껴야 했다는 뜻인가요. 내가 이미 충분한 죄의식과 고통을 감당해왔다고는 생각할 수 없으신가요. ……미안합니다. 이런 식으로 얘기하려던 게 아니었어요. 언제나 그렇죠. 그를 생각하기만 하면 언제나 신경이 지나치게 예민해져버린답니다.

내가 할 수 있는 일은 그를 떠올리지 않는 것뿐이었습니다. 그와 그가 일깨우는 공포로부터 달아나기 위해 나는 더욱 미친 듯이 집단 속으로 파고들었습니다. 그들이 나눠 주는 술을 두 손으로 받아서는 허겁지겁 들이켜고 온몸에 비벼 발랐습니다. 물론 그건 쉬운 일은 아니었습니다. 그런데 그때 마침 황연배 선생님이 나를 불렀습니다. 그는 마치 나의 위기를 알고 있기나 한 듯 적절한 조치를 취해주었습니다. 자네 지난번에 내게 보여준 그림 말일세. 그걸 조금만 더 손질해서 마무리지어보도록 하게. 이번 봄 공모전의 성격과 잘 어울릴 것 같더군. 그 얘기를 들은 선배들은 내게 다음 행동들을 순서대로 가르쳐주었습니다. 유력한 심사위원들 명단을 가르쳐주고 그들에게 찾아가 선물과 필름을 전하라고 했어요.

필름을 전한다는 얘기를 못 들어보셨던가요. 그렇군요. 화단 사람들에겐 공공연한 비밀이지만 모르는 사람들에게는 또 생소한 이야기겠군요. 공모전이 가까워지면 작품을 응모하려는 사람들은 대부분 자기 작품을 필름으로 뜬답니다. 그럴듯한 선물을 준비하고 그 속에다 필름을 집어넣어서는 심사위원이 될 가능성이 있는 사람들을 찾아다니는 거죠. 연줄이 닿는 사람일 경우에는 자연스럽게 술자리를 만들어서 전하기도 하고 그렇지 않을 때는 무작정 찾아가기도 하죠. 심사위원들에게는 그때가 대목이자 호황이기도 하다더군요. 그렇게 해서 효과가 있느냐구요. 글쎄요. 어느 만큼의 효과가 있는지 나도 정확히는 모르겠지만 한

가지만은 자신 있게 말씀드릴 수 있습니다. 그런 절차를 통해서 심사위원들의 눈에 익지 않은 작품이 상을 받는 경우는 거의 없다는 것입니다. 제 경우도 그때부터 그나마 가작이라도 하나씩 받게 되었으니까요. 하하, 재미있는 이야기 아닙니까. 재미있는 이야기죠. 그럼요. 재미있는 이야기고말고요. ……마침내 그 소식이 들린 것은 2년이 지나서였습니다. 바로 1년 전 오늘이었죠. 그 친구가 영영 땅속으로 기어들어 가버린 겁니다.

감사합니다. 역시 이런 날은 술이 좀 취해야 하는 거겠죠.

영양실조에 악성 기관지염에 간경화에 뭐 그런 것들이 복합적으로 겹쳤다 하더군요. 하지만 그건 정확한 이유가 아니었어요. 그 친구의 사인은 그가 스스로 그런 운명을 선택했다는 데 있었으니까요.

그 소식을 듣고도 나는 한참 동안 그에게로 내려가지 않았습니다. 결코 내려가지 않겠노라고 다짐도 여러 차례 했습니다. 그러나 결국 한 달을 못 넘긴 어느 밤 나는 호남선 야간열차에 몸을 실었습니다. 술에 잔뜩 취해서. 나는 내가 내려가지 않을 수 없는 이유를 알고 있었습니다. 그는 이미 떠났지만 그곳에는 여전히 그의 그림들이 나를 기다리고 있는 까닭이었습니다.

가게는 다행히 아직 다른 사람의 손으로 넘어가지 않았더군요. 음산한 냉기가 감도는 게 누구라도 선뜻 나서서 인수할 것 같지 않았습니다. 만화책이랑 무협지 나부랭이는 3분의 1도 채 남아 있지 않았고, 나는 곧바로 지하실로 내려갔습니다. 제발 누구도 그의 그림들을 건드리지 않았기를 빌면서. 하지만 내가 그곳에서 발견하기를 기대한 것은 과연 무엇이었을까요. ……그곳은 누구도 건드리지 않은 게 분명했습니다. 연기가 가득 차 있었으니까요. 그는 그의 그림들을 모조리 태워버렸던 겁니다. 하지만 나는 잿더미 속에서 태워지지 않은 단 한 장의 그림을 찾아낼 수 있었습니다. 그가 의도적으로 태우지 않은 것이 분명한 깨끗한 그림을…… 그는 나를 위해 그 그림을 준비해둔 것이었을까요.

그림 속에는 깊고 어두운 구덩이가 있었습니다. 그 위의 지상에서는 사람들이 벌거벗은 채 춤을 추고 있었습니다. 술을 뿌리고 서로의 허벅지를 더듬으면서. 그리고 구덩이의 깊은 바닥에서는 한 남자가 몸부림을 치고 있었습니다. 그는 지상을 향해 두 팔을 뻗고 올라가려고 발버둥쳤지만 땅이 그를 단단히 그러쥐고 있더군요. 땅은 그를 비웃으면서 더욱 깊은 심연으로 끌어내리고 있었습니다. 그의 얼굴에는 절망과 공포의 그림자가 엇갈리고 있었습니다.

그림 옆에는 성냥이 놓여 있었습니다.

난 그가 무엇을 원했는지 알 것 같더군요. 그래서, 그렇게, 해주었습니다.

술잔이 또 비었군요. 영업 시간이 벌써 30분이나 지났다구요. 하지만 난 아직 조금도 취하지 못했습니다. 오늘은 기필코 마시고 취하고 뻗어야 하는 날이다 이겁니다. 왜냐하면 난 영영 진짜 화가는 될 수 없다는 걸 알기 때문입니다. 아시겠어요. 진짜 화가는 그림을 그리죠. 하지만 그 그림은 화가를 지워버리고 말거든요. 아시겠어요. 진짜 그림은 화가를 땅속으로 처박아버린다 그런 말입니다. ……알겠습니다. 위로 따월랑 생각도 마십시오. ……집단의 배려는 참으로 눈물겨운 것이군요. 술에 취해서 이렇게 넋두리를 늘어놓는 일까지 제한시간을 정해두고 있으니. 그래야 저 깊은 구덩이 속으로 떨어지지 않으리라는 것일까요.

참, 마담께서는 교회를 다니십니까. 아주 오래전에 다닌 적이 있었다구요. 그렇다면 다행이군요. 기도하는 방법은 잊지 않았을 테니. 제발 부탁입니다만 하나님이라는 양반에게 제 대신 기도를 좀 해주십시오. 그 친구처럼 어리석은 작자가 또다시 세상에 태어나는 일은 없도록 해달라고 말입니다.

이젠 눈이 그쳤나요. 좋은 밤이군요. 지상의 광란하던 인간들도 모두 잠자리에 들었어요. 그럼, 안녕히 계십시오.

담배와 포도주

그는 그 작은 마을에 대해 아무런 애정도 없었다. 미련이나 회한도 없었다. 그곳에서 소년 시절을 보낸 것은 전적으로 그의 의사와는 무관한 일이었기 때문이었다. 오히려 그가 선택한 바라곤, 그의 나이 열여섯이 되었을 때, 그곳을 떠나기로 한 것뿐이었다. 그물눈비단뱀이 허물을 벗듯.

버스 정류장에서 우체국 쪽으로 뻗은 길은 예전보다 조금 더 길어진 듯 보였다. 몇 개의 가게들이 더 들어섰고 간판은 다소 높아져 보였다. 하지만 쓸쓸하고 왜소한 느낌은 마찬가지였다. 그런 느낌은 아무리 오랜 세월이 흘러 아무리 많은 간판이 들어서도 달라지기 어려울 것이었다. 그는 샛길을 돌아 언덕배기로 올라갔다. 거기서는 버스 정류장이 잘 내려다보였다. 16년 전 그날 마을을 떠나기 전까지 그는 습관처럼 그 언덕을 찾았었다. 무릎 사이로 정류장을 내려다보며 날짜를 세곤 했었다. 두 주먹을 움켜쥐며, 수없이 되뇌며, 어쨌든 떠나야 하는 것 아니냐고.

다행히 그 언덕에서는 아직 정류장이 내려다보였다. 몇 대의 낡은 버스들이 공터 한쪽에 세워져 있었고 출발대에 선 버스는 꽁무니를 부릉거리며 잿빛 연기를 내뿜었다. 사람들은 연기 속을 아스라이 서성거렸다. 그는 담배를 꺼내어 물고 불을 붙였다.

"저도 하나 주실래요?"

첫 모금의 연기가 미처 겨울 햇살 속으로 퍼지기도 전에 한 앳된 목소리가 그를 불렀다. 그는 뒤돌아보았고, 커다란 동백나무 아래 쪼그리고 앉은 한 소녀를 보았다. 소녀라고 해야 할까 숙녀라고 해야 할까. 그가 그 마을을 떠났을 때의 나이보다는 두어 살 많아 보였다. 그녀는 이미 한참 전부터 그 자리를 지켜온 듯했다. 30분이나 한 시간쯤 전부터. 혹은 여러 해 전부터. 그는 담배를 내밀었고, 그녀는 재빨리 다가와 담배를 건네받고 불을 붙이고는 원래의 자리로 돌아갔다.

"여긴 왜 올라왔어요?"

그녀의 목소리에는 특별한 감정도 특별한 냉담함도 없었다. 몇 시간 전에 헤어진 친구에게처럼 편안하고 당연했다. 그는 공터의 버스 중 한 대를 가리켰다.

"이제 막 저 버스에서 내렸어."

"알아요. 내리시는 걸 봤어요. 내리자마자 모자를 꺼내 쓰셨죠."

"그랬나?"

그는 머리를 만져보았다. 모자가 잡혔다. 쓸쓸한 웃음이 나왔다. 그건 그의 직업과 관계된 일이었다. 차에서 내릴 때면 항상 모자를 꺼내 쓰는 건. 그는 늘 안면근육을 수축시키며 눈동자를 실룩거려야 했고, 그런 모습을 너무 많은 사람에게 보이고 싶지는 않았던 것이다. 모자를 접어 스포츠백에 집어넣고 그는 담배 연기를 삼켰다.

"오늘 밤늦게 비가 올 거래요."

그녀가 다시 말을 붙인 것은 제법 시간이 지나서였다. 담배 한 대가 거의 다 탈 무렵이었다.

"눈이 될지도 모르구요. 날씨가 따뜻하니까 비일 가능성이 크겠죠. 하지만 저랑은 상관없는 일이에요. ……전 오늘 이 마을을 떠나거든요."

그는 담배를 껐다. 언덕을 내려가기로 했다. 그녀의 이야기는 그에게 묘한 편안함을 주고 있었다. 설명할 수 없을 정도로 익숙한. 하지만 지금 그가 가장 견딜 수 없는 것은 바로 그 편안함이었다. 털털거리는 버스에 실려 그 마을을 찾아온 까닭은 스스로를 가장 불편한 상태로 내몰기 위해서였던 것이다. 그는 가만히 몸을 일으켰다. 그런데 그녀는 그를 흉내 내듯 함께 가만히 일어섰다. 두세 발짝 뒤처져 그를 따라 걸었다. 그들은 함께 언덕을 내려가 거리로 나섰다.

우체국을 지날 즈음 그녀가 말했다.

"제가 너무 수다스러운가 보군요."

"아니야. 그런 게 아니야."

"걱정하실 건 없어요. 아저씰 따라가는 게 아니니까. 전 여기 살아요."

그녀가 멈추어선 곳은 캘리포니아라는 비디오 대여점 앞이었다. 초록색 플라스틱 셔터가 3분의 2쯤 내려져 있었고, 그 너머로 자물쇠가 잠긴 유리문이 보였다. 그녀는 꾸부정히 몸을 굽혀 자물쇠를 열었다. 캘리포니아라. 유배지 같은 시골 마을치고는 대단히 광활한 이름이었다.

"여기서 잠도 자고 세수도 하고 테이프 대여 장부를 정리하기도 해요. 틈틈이 담배도 피우고요. 하지만 오늘이 지나면, 아무도 절 찾지 못할 거예요."

손가락으로 허공을 간질이듯 인사하고 그녀는 꾸부정히 유리문 너머로 사라졌다. 그는 멈추었던 걸음을 계속했다. 어디로 떠난다는 걸까, 그녀는. 하늘 아래 어디선가 그녀를 아는 사람들이, 언니나 애인 같은 사람들이 그녀를 기다리고 있는 것일까.

중심가가 끝나고 다닥다닥 붙은 집들도 끝날 즈음 그는 마음을 정해야 했다. 황 씨 아저씨네를 찾아갈 것인가, 어머니의 산소로 곧바로 올라갈 것인가. 두 곳으로 가는 길은 그 언저리에서 개구리 뒷다리처럼 갈라지고 있었다. 애당초 그는 황 씨 아저씨를 먼저 찾아볼 생각이었다. 여기까지 온 이상 어차피 잠깐이라도 만나야 할 텐데 산소를 다녀온 뒤라면 시간이 고무줄처럼 늘어날지도 모를 일인 까닭이었다. 막걸리 상을 내놓을 테고, 어머니의 생전 이야기를 한 소절 늘어놓을 테고, 그 마을 사람들의 가당찮은 자존심을 떠벌릴 테고. 그러다간 막차 시간을 넘기게 될지도 모를 일이었다. 차라리 잠깐 만나보고 산소를 올라가야 하노라고 일어서는 게 현명한 전략이 아니겠는가. 하지만 비디오걸을 만난 이후로, 조금 전의 그녀를 그는 어느새 그렇게 이름 짓고 있었다. 그는 생각이 달라져 있었다. 이제는 누구와도 잡담을 나눌 기분이 아니었다. 더구나 해는 벌써 산마루로 다가들고 있었다. 그는 산소 쪽으로 걸음을 정했다.

산소 앞에 서면 그는 늘 어머니께 거짓말을 했었다. 서울이라는 큰 도시에서 자신이 얼마나 당당하게 자기 삶을 일궈가고 있는가에 대해서. 주름 잡힌 양복을 입고 반짝이는 승용차를 타고 다닌다. 지갑에는 언제나 돈이 가득하다. 사람들은 그를 존중하며 부러워한다. 그건 아주 터무니없는 거짓은 아니었다. 실제로 그는 양복을 입고 승용차를 몰고 다녔으니까. 그러나 그날만큼은 그런 빈 껍데기를 주절거릴 기분이 아니었다. 그는 산소를 노려보며 소리 내어 말했다.

사람을 죽였어요. 그것도 연약한 여자를, 어머니가 가장 싫어하실 방식으로요. 농담이 아니에요. ……바로 이런 게 모진 인연인가 보죠. ……어릴 땐 말이에요. 그러니까 어머니가 제 손목을 잡아끌며 이 마을로 들어왔을 때, 세상에서 제일 나쁜 사람이 다른 사람들에게 돈을 빌려주는 사람인 줄 알았어요. 우습죠……

그곳에서 그는 저녁노을을 맞았다. 붉은 구름 덩이들이 달구어진 동전처럼 하늘로 흩어지는 그런 노을이었다. 하늘은 타는데 그는 왜 자꾸 더 추워졌을까. 하지만 겨울 노을은 아주 짧았다. 주변은 삽시간에 깜깜해졌다. 그는 어머니께 물었다. 이젠 어떻게 하죠? ……물론 그건 대답을 기다리는 질문이 아니었다. 16년 전 그 마을을 떠날 때부터 그는 어머니의 대답과는 무관한 삶을 살아오고 있었다. 어머니의 어떤 대답도 아무런 도움이 될 수 없는 그런 삶이었으니까. 어머니의 사망 통보를 받은 4년 전까지도 그랬고 그 후로도 그랬다. 오늘이 지나더라도, 또 몇 차례의 오늘

같은 날이 지나더라도, 아마 그는 똑같은 길을 터벅터벅 걸어갈 수밖에 없었으리라.

산소를 내려와 그는 곧바로 버스 정류장으로 갔다. 차 시간까지는 아직 40분이 남아 있었다. 근처의 식당에서 식사를 마치니 20분이 남았다. 그는 사람들과 함께 서성이며 버스를 기다렸고, 이윽고 대기장으로 들어선 버스에 몸을 실었다. 그런데 그러자니 문득 비디오걸이 생각이 났다. 오늘 중으로 마을을 떠날 거라 했는데, 벌써 앞차를 타고 나갔을까. 혹은 이 버스를 타기 위해 나타날 것인가.

출발 시간 2분 전까지 그녀는 오지 않았다. 그 버스는 아닌 모양이었다. 그는 이상하게도 강렬한 호기심에 사로잡혔다. 그녀는 정말 떠나려는 것이었을까. 그렇잖으면 그저 한번 지껄여본 소리였을까. 그는 버스를 내려 매표소 벽면의 배차 시간을 확인해보았다. 그가 그녀와 헤어진 이후로 정류장을 빠져나간 버스는 한 대뿐이었다. 두 시간쯤 전에. 그녀가 그 버스를 탔을 가능성은 적었다. 그녀의 어슬렁거리는 모습은 몇 분 후에 가방을 챙겨 들고 정류장으로 달려갈 태세는 아니었으니까. 그렇다면 그녀는 아직 그곳에 있을 가능성이 컸다.

"차 떠납니다."

운전기사가 엔진 소리를 높이며 소리쳤다. 그에게 들으라는 소리 같았다. 그는 다음 버스 시간을 확인해보았다. 두 시간 후 10시경에 막차가 있었다. 그는 손을 흔들었고 버스는 문을 닫으며 출발했다.

캘리포니아 비디오 대여점은 그 오후와 똑같은 모습이었다.

초록색 플라스틱 셔터가 3분의 2쯤 내려져 있었다. 유리문 너머 실내에 불이 밝혀져 있다는 게 다르다면 달랐을까. 그는 유리문을 두드렸다. 10초쯤 기다렸다가 다시 한번 두드렸다. 신발 끄는 소리가 들렸고, 유리문이 열렸다. 셔터 아래로 그녀의 얼굴이 나타나 그를 올려다보았다. 뒤집힌 각도 때문이었을까. 그녀는 한참 만에야 그를 알아보았다.

"아저씨였군요. 들어오세요."

그가 어렵사리 유리문을 들어섰을 때 그녀는 카운터 앞의 등받이 의자에 기대앉아 텔레비전을 응시하고 있었다. 작은 탁자 위에는 뜯어진 과자 봉지가 있었고 그녀의 입술은 초록색 플라스틱 셔터처럼 열려 있었다. 3분의 1쯤.

"앉으세요. 저 영화 봤어요?"

그는 그녀가 가리키는 쪽 소파에 주저앉았다. 실내는 따뜻하고 아늑했다. 자그만 빨간색 석유난로가 불꽃을 타닥거리며 차가움을 몰아내고 있었다. 그를 쳐다보지 않은 채 그녀는 말을 이었다.

"지난달에 나온 비디오예요. 「비포 더 레인」이라고, 밤늦게 비가 온다기에 틀어봤어요. ……벌써 여러 번 봤어요. 제가 제일 좋아하는 장면이 뭔지 아세요? 이제 곧 나올 거예요."

"나한테 거짓말을 했군."

"한 어린 신부가 언덕을 뛰어 내려오는 장면이에요. 언덕은 꼭 크리스마스트리에 매달린 종처럼 생겼어요. 비탈길이 끝나는 곳에는 작은 성당이 있고, 배경으론 은빛 아드리아해가 반짝이고 있죠. 그 언덕을 어린 신부가 마구 달려 내려오는 거예요. 다

람쥐가 굴러 내리듯. 그런 언덕을 한 번만 달려봤으면 얼마나 좋을까."

"떠난다는 건 거짓말이었어."

"그렇지 않아요. 거짓말이 아니에요."

그녀는 그제서야 그에게 관심을 보였다.

"이제 버스는 한 대밖에 남지 않았어. 그런데 넌 비디오만 보고 있잖아. 가방도 꾸리지 않고."

"가방을 꾸리지 않았다고요? 그렇지 않아요."

그녀는 화난 모습으로 일어났다. 작은 쪽문을 열고 내실로 들어가더니 잠시 만에 커다란 가방을 밀고 나왔다. 끙끙거리며. 그러곤 가방을 열었고, 자랑스럽게 그 앞에 버티고 섰다.

"어때요? 아직도 제가 거짓말을 한다고 생각하세요?"

"글쎄……"

그는 말꼬리를 흐렸다. 가방 속엔 과연 그녀의 물건들이라 할 만한 소품들이 몇 가지 있었다. 옷가지와 몇 개의 작은 상자들이. 그러나 가방 밖의 모습은 간단치가 않았다. 손잡이를 제외하곤 온통 두터운 먼지 층에 뒤덮여 있었던 것이다. 그건 적어도 서너 달쯤 전에 꾸려져서 방치되어온 듯한 모습이었다. 그는 고개를 끄덕여주었다.

"그런 것 같진 않군. 그래, 떠날 준비가 되었어. 가방도 꾸려졌고."

"막차를 타야 한다는 건 상식적인 일이에요. 어떤 장소와 작별을 고할 적엔 말예요."

그녀는 가방을 닫았다. 등받이 의자로 돌아가 다시 비디오 화면을 바라보았다. 몇몇의 성난 동구인들이 총구를 앞세우고 수염을 휘날리며 성당으로 들어서고 있었다. 그녀는 불만스레 리모컨을 집어 들어 되감기 단추를 눌렀다.

"그 장면을 놓쳤잖아요…… 여기예요. 여기부터예요. 정말이지 아름다운 장소 아녜요?"

그녀의 말대로 그 화면은 정말 아름다웠다. 커다란 종처럼 언덕이 엎어져 있었고, 그 너머론 은빛 바다가 번쩍이고 있었다. 아드리아해라고 했던가. 모자를 쓰고 신부 옷을 입은 한 남자가 눈송이처럼 굴러 내리더니 성당으로 들어갔다. 그런 장면을 보고 한번쯤 성당이나 교회를 찾고픈 충동에 휩싸이지 않을 사람은 많지 않을 것이었다. 그는 소파에 등을 기대었고 그녀와 더불어 화면 속으로 스며 들어갔다.

몇 발의 총성이 울리고 소녀가 쓰러지고 비가 내리고, 그래서 음울한 집시풍의 음악과 함께 화면이 아스라해졌을 때 그는 비로소 화면 밖으로 빠져나왔다. 화면에서 토해졌다는 게 정확할 것이었다. 그녀는 비디오 정지 단추를 누르고 기지개를 켰다.

"겨우 3분의 1이 끝났는데 다른 영화들 세 편은 본 느낌이죠. 시간이 너무 빨리 흐르는 것 같아 불안해지면 이런 비디오를 봐요. ……어머 여기도 비가 내리는군요."

과연 유리문 밖으로는 빗방울들이 흩어지고 있었다. 흙땅을 두들기며, 그래서 자잘하게 바스러지며. 그녀는 문 앞에 주저앉아 턱을 괴었다. 그는 그녀만 보고 있어도 거리에 내리는 어두운 비를 모두 보는 느낌이었다.

"그것 봐요. 제가 그랬죠. 오늘 밤엔 비가 올 거라고. 하지만 너무 걱정하진 말아요. 많은 양이 내리지는 않을 거랬거든요."

"갈 곳은 정해져 있어?"

"네, 서울로 올라갈 거예요."

"서울에 누가 있지?"

"많이 있어요. 친구들, 애인…… 어쩌면 결혼을 할지도 몰라요."

"서울에 친구들과 애인이 살고 있단 말이야?"

"그렇다니까요."

"서울 어디?"

"그건 아직 몰라요. 가서 만들어야 하니까요."

그녀의 목소리는 밝고 명랑했다. 그는 담배를 꺼내어 물었다.

"같이 피우겠어?"

"아뇨."

그녀는 고개를 저었다. 여전히 유리문 밖을 향한 채. 그는 불을 붙이고 천천히 연기를 내뿜었다.

"그러니까 아무도 없다는 얘기군. 갈 곳도 정해져 있지 않고."

"서울로 갈 거예요."

"왜 떠나려는 거야?"

"여긴 제가 속한 곳이 아니에요."

"그걸 어떻게 알지? 만약 네가 속한 곳을 만나면 그게 그곳이라는 걸 알 수 있어?"

"물론이죠. ……3년 전까지 전 전곡에서 살았어요. 고등학교를 다녔지요. 아버진 시외버스 운전기사였구요. 어느 날 아침 학교를 가려는데 아버지가 절 불렀어요. 이곳으로 들어가야 한다고 말했어요. 도박판에서 빚을 많이 졌는데 갚을 길이 없다구요. 제가 비디오 가게 일을 1년만 봐줘야겠다구요. 그날 오후 전 이곳으로 실려 왔어요. ……한 달 후에 아버지가 돌아가셨어요. 도박에 알코올로 과로에 뭐 그런 것들이 겹쳤대나 봐요. 그래서 제 1년은 벌써 3년이 되어버렸어요."

그는 묵묵히 담배 연기를 들이마셨다. 그녀에게 얘기해주고 싶었다. 자신이 이 마을에서 살아야 했던 것도 똑같은 이유에서였노라고. 부친이 죽고 갑작스레 큰 빚을 지게 된 모친이 빚쟁이들을 피해 그를 끌고 들어온 곳이 바로 이 마을이었노라고. 그리고 이 마을의 다른 사람들 대부분도 어슷비슷한 이유로 도시를 등진 이들이었노라고.

"그런데 왜 꼭 오늘이어야 하는 거지?"

"주인이 내일 돌아오거든요. 전곡에서요. 보나 마나 돈을 잔뜩 잃고 하수구에 빠진 염소 꼴로 올 거예요. 그럼 한동안 수용소 같은 생활이 이어지는 거죠."

"주인 끗발도 끝장난 모양이지?"

"네, 판이 모두 세대갈이를 했대요. 어쩌면 전 또 다른 곳으로 팔려 갈지도 몰라요. ……아저씨도 예전엔 이 마을에서 살았지요?"

"그렇게 보여?"

"그렇게 보여요. 표시가 나거든요."

"하지만 벌써 10년도 넘게 서울에서 살고 있는걸."

그녀의 눈이 반짝였다. 서울이라는 말이 생기를 불어넣어준 것 같았다. 그녀는 자리를 털고 일어나 내실로 들어가더니 잠시 만에 두 잔의 커피를 만들어 나왔다.

"드세요. 시골 커피라 맛은 별로 없어요. 저도 서울에 가본 적이 있어요. 미아리랑 혜화동 쪽에요. 대학로에서 비둘기들 모이도 주었구요. 종로도 갔었던 것 같아요. 아저씨 사는 곳은 어디예요?"

"오금동이라고 들어봤어?"

그녀는 잠시 양미간을 모으더니 고개를 저었다.

"못 들어봤어요. 오금이 저린다고 할 때 그 오금인가요?"

"글쎄."

그는 웃음이 터지려는 것을 참았다. 그건 그 오금이었을까.

"하지만 그곳에도 비디오 대여점은 있을 테죠? 아니면 커피숍이나 당구장 같은 거라도 말예요."

"그럴 테지."

"그리고 그런 곳에는 아저씨가 아는 사람들도 있을 테죠."

"글쎄."

그는 무뚝뚝히 대답했다. 그녀가 종잡을 수 없도록. 그녀의 표정에 실망스러운 기색이 스쳐갔다.

물론 그런 곳에는 그가 아는 사람들이 있었다. 커피숍이나 당구장뿐만 아니라 최고급 레스토랑에도 볼링장에도. 그런 곳에 그녀를 위한 자리 하나를 마련하는 것은 어려운 일이 아니었다. 게다가 그녀는 충분히 용모가 단정한 편이었으니까. 하지만 그가 자신할 수 없는 점은 그녀의 삶을 그곳들로 좌표 이동시키는 게 과연 현명한 일인지였다. 그런 곳에서 웃음을 팔고 몸매를 팔며 돈의 노예가 되어가는 게 한적한 시골 마을의 비디오 가게 점원으로 남는 것보다 바람직한 일인지 어떤지.

"상관없어요. 어쨌든 전 올라갈 거니까."

그녀가 다부진 목소리로 말했다.

시계는 이제 10시 20분 전을 가리키고 있었다. 그건 막차 출발 시간이 20분 남았음을 뜻했다. 그런데 유리문 밖으로는 여전히 비가 내리고 있었다. 많이 내리지는 않을 거라던 그녀의 말과는 달리 빗줄기는 점점 굵어졌고 세차졌다. 그는 커피 잔을 비웠다.

"시간이 다 되었어. 이젠 정류장으로 나가봐야지."

"우산이 없어요."

정작 출발 시간이 되었기 때문일까. 아니면 우산이 없다는 사실 때문이었을까. 그녀가 상기되어 중얼거렸다.

"우산이 없어요."

"아무것도 없어? 망가진 비닐우산이라도?"

"없어요. 비가 오면 나갈 필요가 없었거든요."

그는 잘된 일이라고 생각했다. 그녀가 우산이 없어 떠날 수 없다고 말한다면 그냥 내버려두고 혼자서 가리라. ……그러나 생각과는 달리 그는 엉뚱한 소리를 하고 있었다.

"내가 나가서 구해보지."

신문지 몇 장을 덮어쓰고 그는 유리문 밖으로 나섰다. 쏟아지는 비 때문이었을까. 거리를 한결 차가워져 있었다. 한기가 두터운 외투처럼 온몸을 휘감았다. 비에 젖은 손과 얼굴은 금세 감각을 잃어버렸다. 그는 멀리 드문드문 보이는 불빛들을 향해 달렸다. 우산을 구하는 것은 그런데 쉬운 일이 아니었다. 시골 마을이었고, 게다가 비까지 쏟아지는 탓이었는지, 가게들은 대부분 문을 닫은 상태였다. 결국 그는 버스 정류장 부근까지 달려가서야 비닐우산 두 개를 구할 수 있었다. 우산을 판 상점 주인은 마침내 그날 업무에 마침표를 찍었다는 듯 함석 문짝을 옮기기 시작했다.

정류장에는 버스 한 대가 회색 연기를 내뿜으며 서 있었다. 기사는 운전석에 앉아 박카스 드링크를 마셨다. 한쪽 손엔 드링크 병을 들고 또 한쪽 손엔 담배를 들고. 문득 그녀의 부친이라는 양반이 생각났다. 그 남자도 저렇게 드링크를 마셔댔겠지. 그러면서 차를 몰았고 포커판에서 카드 패를 받았겠지. 저 버스 기사도 오늘 운행이 끝나면 도박판으로 어슬렁어슬렁 기어 들어갈까. 전곡으로, 혹은 의정부로. 더 큰 도시로 삶을 옮긴다는 건 결국 더 크고 험악한 도박판으로 기어 들어간다는 얘기가 아니었을까. 이길 확률이 그만큼 작아지는.

비디오 가게로 돌아가는 길 중간쯤에서 그는 커다란 쓰레기통을 보았다. 그는 두 개의 우산을 모두 그 속으로 쑤셔넣어버렸다.

"맙소사!"

비에 젖어 얼어붙은 그를 보고 비디오걸은 어쩔 줄 몰라했다. 그가 자신의 모습을 거울로 보았더라도 마찬가지일 것이었다.

그녀는 내실로 쫓아들어가 수건을 한 뭉치 가져왔다. 그는 우선 얼굴을 닦았다.

"우산을 구하지 못했어. 가게들이 모두 문을 닫았더군."

"이젠 다시 감기약을 구하러 나가야겠군요."

그녀는 그의 외투를 벗겼다. 그는 수건으로 머리카락과 목덜미를 닦았고 그녀는 그의 외투를 난로 위에 걸었다. 물방울들이

난로 뚜껑에 떨어지며 지직거렸다.

"세상에. 마을을 열 바퀴쯤 돌았나 보군요. 바지도 다 젖지 않았어요? 구두랑 양말도?"

"괜찮아. 보기보단 양호해."

"그렇겠죠. 지금 아저씬 얼어 죽은 송장처럼 보이니까. 모두 벗으세요. 담요를 갖다 드릴게요."

그녀는 정말 담요를 가지러 내실로 들어가려 했다. 그는 그녀를 만류하며 난로 곁에 앉았다.

"그럴 필요 없어. 여기 이렇게 앉아 있으면 한 시간이면 뽀송뽀송해질 거야."

그가 시간이라는 말을 내뱉자 그녀는 생각난 듯 벽시계를 보았다. 이미 시간은 10시에서 5분가량 지나가고 있었다.

"버스가 떠났겠군요."

"참, 그랬겠군. ……미안해."

"비가 내린 게 어디 아저씨 탓인가요. 할 수 없죠. 내일 새벽 첫차를 타야죠. 그런데 정말 괜찮으시겠어요?"

마지막 버스를 놓쳤다는 사실에 대해 그녀는 크게 실망하는 모습은 아니었다.

"괜찮고말고. 하지만 뜨거운 걸 마시면 좀더 빨리 좋아질 것 같은데."

"뜨거운 거라구요? ……알았어요."

그는 뜨거운 차를 얘기한 것이었다. 커피라든가 다른 어떤 종류의 차라도. 그녀가 내실에서 가지고 나온 것은 그런데 포도주병이었다. 그녀는 그걸 건네주고 빙그레 웃었다.

"이 정도면 충분히 뜨겁겠어요?"

병은 아직 개봉되지 않은 것이었다. 그는 마개를 열고 한 모금 마셨다. 뜨거운 기운이 아랫배로 퍼지면서 환각 같은 느낌이 잠시 그의 몸을 떨게 했다. 내장의 뜨거움과 겨울비에 젖은 피부의 차가움이 서로 부딪쳐 충격전이라도 벌이는 느낌이었다. 다시 한 모금을 마시자 숨쉬기가 조금 편안해졌다.

"술을 마시나?"

"아뇨, 몇 달 전 어떤 군인이 제대한다면서 주고 갔어요. 전 잘 모르는 사람이었는데…… 필요 없는 물건이어서 버릴까 했었어 요. 아저씨가 마시게 되어 기뻐요."

그녀는 소파를 난롯가로 끌어왔다. 그를 비스듬히 마주 보며 앉았다.

"아저씨도 누군가를 붙잡고 불평불만을 늘어놓는 경우가 있 나요?"

"무슨 소리야?"

"그냥 묻는 거예요. 그런 경우가 있나요?"

"글쎄, 잘 모르겠어."

"좀처럼 없을 거예요. 그렇죠?"

"그렇게 단단해 보여?"

"그게 아니구요, 불평이나 불만 따윌 가지려면 동경이 있어야 하잖아요. 적어도 희망 사항이라도요. 그런데 아저씬 그런 게 전 혀 없는 사람 같아요. 그냥 세상에는 조금도 새로울 게 없다는 걸 확인하기 위해서 하루하루를 살아가는 사람 같거든요."

"영혼이 죽었다는 얘기군."

"그럴지도 모르죠."

그는 가슴 주머니에서 담배를 꺼내었다. 담배는 말끔히 젖어 있었다. 그녀가 내실에서 새 담배 한 갑을 꺼내어 왔고, 그들은 두 개의 담배에 불을 붙였다. 그는 젖은 담배들을 석유난로 가장 자리에 한 개비 한 개비 늘어놓았다.

"영혼이 죽지 않은 사람들은 어떻게 살지?"

그녀는 기다랗게 연기를 내뿜었다. 연기는 난로 위에서 폭포 수를 촬영한 필름을 거꾸로 돌렸을 때처럼 밀려 올라갔다.

"전 무료할 때면 우두커니 앉아 한 가지 사물을 지켜봐요. 아 주 오랫동안, 책상 위의 전화기라든가 세면장의 비누라든가 아 니면 선반에 꽂힌 비디오테이프 케이스라두요. 그러면서, 기다 려요……"

"무얼?"

"시간의 단절을요."

"시간의 단절을?"

"네, 시간의 단절을요. 어느 순간 그 사물이 움직여져 있기를 기대하는 거예요. 아주 조금이라도…… 그럼 우린 그 순간 우리 가 알지 못하는 시간의 정지가 있었음을 알 수 있잖아요. 그 정 지와는 무관한 누군가가 와서 주변의 물건들을 흩뜨렸다가 다시 제자리로 돌려놓고 가는 거죠. 하지만 이따금 원상태로의 복원 은 아주 완전하지는 못해서 약간의 흔적이 남겨지는 거예요."

"이상한 나라의 앨리스 같은 얘기군."

"전 그걸 경험한 적이 있어요. 일곱 살 때였는데, 엄마랑 목욕 탕엘 갔어요. 엄마가 머리를 감기고 세수를 시켜주었죠. 세수를 마칠 즈음 갑자기 아주 이상한 느낌이 찾아왔어요. 주변의 모든 것들이 정지해버린 듯한 느낌. 그건 잠깐 만에 사라졌지만 그때 전 바로 코앞에 놓여 있던 비누가 한 뼘쯤 옆으로 옮겨져 있는 걸 보았어요."

"어머니가 들었다 놓은 거겠지. 물에 밀렸거나."

"그렇지 않아요. 그건 순수하게 초자연적인 이동이었어요. 그때 전 벌써 일곱 살이었다구요."

그는 담배 연기를 들이마셨다.

"아무튼 그래서? 그런 시간의 단절이 실제로 존재한다면 뭐가 달라지지?"

"희망이 생기는 거죠. 어느 순간 제가 다른 사람이 되어 다른 곳으로 옮겨 가 있을 수도 있고, 제 삶이 아닌 다른 삶의 주인이 되어 있을 수도 있고, 저 가방은 초라한 시골 비디오 가게를 떠나 서울의 커다란 저택에 놓여 있을 수도 있구요. ……너무 엉뚱한 소리들이죠. 아까 보던 비디오나 마저 보실래요?"

"그래. 그게 좋겠군."

"지루하면 다른 걸 봐도 돼요. 스티븐 시걸이나 성룡 같은 것요."

"아니야. 그걸 마저 보지."

그녀는 다시 테이프를 돌렸다.

이번 화면은 한 아리따운 여인의 샤워로부터 시작되었다. 욕실 창유리 너머로 떨어지는 물줄기, 여인의 살색 곡선, 일렁임. 그러고는 다시 길고 지루하고 숨통을 조여오는 시간이 이어졌다. 화면, 목소리, 음악 등등 그 테이프가 제공하는 모든 것들은 하나의 끈적한 그물망이 되어 그를 조여들었다. 그는 달아날 곳이 없다는 것을 알고 있었고 그래서 그 속에서 시간을 잊고 정지해버렸다. 아주 오랜 시간이 지난 후, 이번에도 화면은 총성과 죽음과 비와 함께 아스라해졌다. 집시풍 음악으로 흐느끼면서.

그녀가 말했다.

"얘기해봐요. 아저씨는 왜 갑자기 옛 고향을 찾아온 거예요?"

"고향이 아니야."

"어쨌건요."

그는 포도주를 한 모금 마셨다. 아직 척척하긴 했지만 몸은 많이 따뜻해져 있었다. 그는 그녀에게 병을 내밀었다. 그녀는 잠시 망설이는 듯했지만 병을 받아들었고 제법 긴 호흡으로 마셨다. 눈살을 찌푸리며 입술을 떼더니 그에게 돌려주었다.

"이딴 걸 왜 마시죠?"

"사람을 죽였어."

"정말이에요?"

그녀는 놀라는 표정은 아니었다. 재미있는 얘기가 시작되었다는 듯 눈빛을 반짝였을 뿐.

"아저씨도 총을 쏘았어요?"

"난 사채업자와 손잡고 일하고 있어. 말하자면 고리대금업이지. 그 사람이 돈을 빌려주면 난 이자와 원금을 받아내는 일을 맡는 거야.

"쉬운 일은 아니겠군요."

"그래, 쉬운 일이 아니야. 빌려간 사람들은 속 썩이지 않고 갚으면 손해 보는 일인 줄들 알고 있으니까. 할 수 없이 아이들도 풀게 되고 차압에 들어가 경매에도 넘기게 되고 그러지. ……그런데 얼마 전 한 중소기업의 여사장이 부도를 냈어. 비교적 양식이 있는 사람 같아서 난 아이들은 풀지 않고 조용히 찾아갔어. 여자는 사정을 하더군. 한 달만 기한을 달라. 한 달이 지나서 찾아갔더니 또 한 달을 요구했어. 그러고는 행방을 감춰버렸어."

"그래서요?"

"그 여잘 뒤쫓는 빚쟁이들이 제법 많았던 모양이야. 전국 방방곡곡으로 그녀가 도피 중이며 수많은 사람이 그녀를 쫓아다닌다는 이야기가 들려왔어. 하지만 난 그 대열에 합류하지 않고 그녀의 서울 아파트를 지켰어. 집에는 아이들이 남겨져 있었고, 그녀는 언젠가 아이들을 보러 몰래 숨어들 거라고 짐작했거든."

"짐작이 맞았군요."

그는 고개를 끄덕였다.

"며칠 전 새벽, 여사장의 아파트를 감시하던 부하 직원이 전화를 걸었어. 그녀가 들어왔다는 거야. 아마 2시쯤 되었을 거야. 난 그곳으로 달려가 조용히 벨을 눌렀어. 아이가 나오길래 엄마를 만나러 왔다고 말했지. 거기 있는 걸 알고 있다고. 그랬더니 그녀가 나타났어. 그녀는 옷을 갈아입겠으니 잠시만 기다려달랬어. 그리고 문을 닫았는데, 잠시 후 비명 소리가 들린 거야."

"자살인가요?"

"확실히는 모르겠어. 아이 말로는 엄마가 베란다를 통해서 옆집으로 넘어가려 했었대."

"그랬었군요. ……그런데 그 여자 빚이 모두 얼마나 되었어요?"

"그건 나도 몰라. 우리한테만 2, 3억 되었으니까."

"한땐 굉장히 잘살았겠군요."

"그럴 테지."

그녀의 얼굴이 빨갛게 물들고 있었다.

"정말 술을 못하는군."

"너무 더워서 그래요. 조금 있으면 괜찮아질 거예요."

그녀는 아니라고 우겼지만 술기운이 번지는 게 역력했다. 그녀는 눈을 힘겹게 껌벅였고 어깨를 소파 등받이 깊숙이 묻었다.

"갑자기 더워졌어요. 조금 있으면 괜찮겠죠. ……그런데 지금 몇 시나 되었죠? 차 시간은 멀었나요?"

"아직 멀었어. 이제 겨우 1시야."

"첫차는 6시에 있어요. 제가 잠들더라도 혼자 가버리진 않겠죠."

"물론이지. 두들겨 깨울 거야. 걱정 말고 푹 자."

"잠들지는 않을 거예요. 일곱 살 이후로 전 한 번도 잠들어본 적이 없거든요. ……여사장은 잊어버리세요. 어쩌겠어요. 우리 아버지 같은 사람도 있었는데……"

그녀는 그렇게 중얼거리며 잠들었다.

혼자 남겨진 그는 무슨 일을 해야 할지 알 수 없었다. 거리에는 여전히 비가 내리고 있었다. 비디오테이프들이 빼곡히 꽂힌 진열대 앞을 서성거리다가 그는 스티븐 시걸의 영화 한 편을 집어 들었다. 그녀의 수면을 방해하지 않도록 소리를 완전히 죽이고 비디오를 재생시켰다. 특별히 재미있는 영화는 아니었다. 오히려 어디선가 몇 번쯤 본 듯한 내용이었다. 그러나 달리 할 일이 없었던 그는 끈기 있게 화면을 지켜보았다.

이윽고 영화가 끝났고 화면은 먹통으로 변했다. 그 모든 일들이 아무런 소리도 없이 진행된다는 사실이 약간은 그의 무료함을 달래주었다. 그러다가 그는 그녀를 보았다. 그녀는 여전히 깊은 잠에 빠져 있었다. 소파 등받이에 깊숙이 어깨를 묻고서. 그녀는 이상한 나라의 앨리스처럼 투명하고 순수해 보였다. 그녀의 말이 다시 그의 귓가에서 소곤거려졌다. 무료할 때면 전 우두커니 앉아 한 가지 사물을 지켜봐요. 책상 위의 전화기라든가 세면장의 비누라든가 아니면 선반에 꽂힌 비디오테이프 케이스라두요. 그러면서, 기다려요, 시간의 단절을요. ……그럼 우린 그 순간 우리가 알지 못하는 시간의 정지가 있었음을 깨닫게 되는 거예요. ……그는 오래도록 그녀를 지켜보았다. 아주 오래도록, 그래서 그가 알지 못하는 시간의 단절이 발생하고, 그녀가 어딘가로 사라져버리기를 기원했다. 그녀가 그토록 원하는 서울의 어느 부잣집으로라든가. 그러나 결국 그런 일은 일어나지 않았다.

새벽 첫차 시간이 되었을 때까지도 그녀 잠들어 있었다. 일곱 살 어린아이처럼 평화로운 얼굴로.

그는 조용조용히 돌아갈 준비를 했다. 먼저 그녀의 커다란 가방을 들어서 내실로 옮겼다. 그 가방에 원래 놓여 있었을 자리를 찾는 일은 어렵지 않았다. 바닥에는 가방 크기만큼 색이 바랜 부분이 있었으니까. 그는 또 술병과 잔을 치웠고, 의자를 정돈하여 그가 머물렀던 모든 흔적을 지웠다. 의자가 움직이며 얼핏 소리를 내었을 때 그녀가 몸을 뒤척였다. 그러나 그뿐, 그녀는 깨어나지 않았다. 마지막으로 석유난로 위에 늘어두었던 담배를 담뱃갑에 챙겨 넣고, 그는 밖으로 나왔다. 비는 말끔히 개어 있었지만 하늘엔 아직 별이 보이지 않았다.

　젖은 땅을 조심스럽게 밟으며 그는 버스 정류장으로 향했다. 날이 밝으려면 아직도 긴 시간을 기다려야 할 것이었다.

족자카르타의 베착

인도네시아는 무척 아름다운 나라다. 커다란 섬들의 여기저기로는 하늘을 지워버릴 듯한 열대림이 있고 끝없이 이어지는 모래 해변이 있다. 그리고 그 곳곳으로는 자연을 사랑하는 이들의 낭만이 모여들었다 흩어지곤 한다. 해변에서, 혹은 기차역에서 마주치는 사람들은 한결같이 친절하다. 고향 집 어딘가에 두고 온 누이나 조카 들처럼, 그들은 스스럼없이 따뜻한 마음씨를 열어 보여준다. 마음이 따뜻하지 못한 사람들은 스스로에 대한 부끄러움으로라도 그들의 사랑을 배우고자 애쓰게 된다. 한 가지 아쉬운 점이라면 그처럼 아름다운 이들의 삶이 안쓰러운 가난의 굴레에 묶여 있다는 사실을 들어야 할까.

아내와 내가 족자카르타에 도착한 것은 해가 발갛게 기울어가던 6월의 어느 늦은 오후였다. 자바섬을 여행하기 시작한 지 꼭 2주일째가 되던 날이었다. 자카르타를 출발하여 우리는 반둥과

팡간다란을 거치면서 동진하고 있었다. 자바섬의 동단에 이르면 배를 타고 살짝 발리 섬으로 건너가는 것이 우리의 계획이었던 것이다.

기차역을 벗어나자마자 우리는 예상했던, 그러나 원치 않았던 일군의 환영객들과 맞닥뜨려야 했다. 베착을 모는 사람들이었다. (인도에서는 릭샤라 하고 인도네시아에서는 베착이라고 하는 이것은 일종의 대중교통 수단이다. 자전거의 앞이나 뒤에 작은 수레 같은 것을 연결하여 두 사람이 앉을 만한 자리를 만들어두고는 손님을 싣는다. 과히 멀지 않은 거리를 오가거나 관광 등의 목적을 위해서는 그야말로 안성맞춤인 탈것이다.) 적도의 태양 아래서 하루 종일 베착 페달들을 밟는 까닭인지 그들은 하나같이 검게 탄 피부를 갖고 있었다. 거기에다 쉴 새 없이 흐르는 땀은 그들의 피부를 윤이 나서 반들거리게 했다.

이렇게 얘기하면 이 글을 읽는 사람들은 그들이 무척 건강하고 탄탄한 육체를 가진 것으로 생각하기 쉬우리라. 그러나 사실은 정반대였다. 지나치게 많은 운동량에 비해서 먹는 음식은 참으로 보잘것없었으므로 그들은 대체로 꼬챙이 같은 팔다리에 탈진한 몸을 갖고 있었던 것이다. 그래서 때로는 그들이 힘껏 페달을 젓는 베착 위에 편안히 걸터앉는다는 것이 미안하기까지 할 지경이었다.

그런 느낌은 그러나 우리의 것이었을 뿐, 그들 베착꾼들은 손님을 끌기 위해서 몹시 열심들이었다. 단 한 사람이라도 더 손님을 받기 위해 서로 얼굴을 들이밀며 자기가 모는 베착을 가리켰다. 새거다, 튼튼하다, 싸게 해주겠다, 아주 좋은 게스트하우스를 알고 있다, 값도 무척 싸고 주인도 친절하다, 만디(화장실)도 깨끗한 곳이다……

그 저녁에 아내와 나는 베착을 사용할 일이 없었다. 기차 속에서 우리는 이미 우리가 묵을 곳을 결정해두었고 그 여관은 기차역으로부터 겨우 세 블록 정도 떨어진 곳에 위치해 있었다.

무거운 배낭을 메고서도 충분히 걸어갈 수 있는 거리였던 것이다. 열심히 따라붙는 그들에게 우리는 반쯤은 무감각해진 표정으로 고개를 저어주어야 했다. 오늘은 베착이 필요하지 않다. 우리가 묵을 숙소는 아주 가까운 곳이다.

반 블록 남짓을 걷는 사이 그들은 대부분 기차역으로 돌아갔다. 포기할 손님은 빨리 포기하고 다른 손님들을 찾기 위해서였다. 그런데 그들 중 한 명은 무척 끈질기게 우리를 따라왔다. 별로 성가시게 굴지도 않으면서 그저 터벅터벅, 베착을 끌며 따라왔다. 혹시 그가 소용없는 기대라도 갖고 있을까 봐 아내는 다시한번 이야기해주었다. 오늘 우리는 베착을 쓸 일이 없다. 그러니까 빨리 다른 손님을 찾아보도록 해라. 무슨 이야긴지를 알아들었을 게 분명한데도 그는 여전히 우리를 따라 걸으며 빙그레 미소를 지었다. 그제야 찬찬히 그를 살펴보니, 그는 제법 나이가 많이 든 중년의 남자였다. 언뜻 보기에도 쉰은 넘었을 성싶은. 그리고 그의 팔과 다리는 어느 누구보다도 가늘고 위태로워 보였다.

우리가 정한 숙소 앞에 도착해서야 그는 처음으로 우리에게 말을 건넸다.

"저녁 식사 후에 시내를 한 바퀴 둘러보지 않겠습니까. 야경이 참 아름다운데요."

행여 아내가 다른 소리라도 할까 봐 나는 서둘러 말했다.

"아닙니다. 오늘은 피곤해서 일찍 쉬어야겠습니다. 고맙습니다."

내 대답에 그는 다시 말을 덧붙이지 않고 고개를 숙여 인사했다.

"그럼 편히 쉬십시오."

저녁 식사를 하고 간단히 짐 정리를 하는 동안 내 머릿속에서는 이상하게도 그 남자의 모습이 떠다니고 있었다. 친절한, 그러나 너무 허약하게만 보이는 그 남자의 모습이. 그의 모습을 지우려 애쓰며 나는 혼잣속으로 이런 말을 하고 있었다. 설사 베착을 탈 일이 있더라도 그의 손님이 되지는 않을 거야. 그런 몸매의 남자에게 중노동을 맡기고 어떻게 편안히 거리를 구경할 수 있겠어.

물론 우리는 곧바로 잠자리에 들지는 않았다. 그러기에는 말리오보로 거리의 유혹이 너무 강렬했다. 투구 기차역으로부터 브링하르조 시장까지 이어지는 그 거리에는 갖가지 종류의 상점들이 줄지어 늘어서 있었다. 그러나 그 거리를 둘러보기 위해서 베착이 필요한 것은 아니었다. 천천히 걸어도 15분이면 한 바퀴를 돌아볼 수 있을 정도의 거리였다. 물건들을 구경하기 시작한다면 열다섯 시간도 부족할 거리였지만.

수예로 수를 놓은 갖가지 종류의 천, 그림들, 금과 은으로 장식된 각종 장신구들, 전통 양식인 바틱 공법으로 염색된 아름다운 살론, 닭고기와 양고기를 꼬챙이에 끼워 구운 먹음직스러운 사떼, 버터를 발라 구운 옥수수, 자바섬의 아름다운 자연이나 코란을 새겨 넣은 나무 장식들…… 그 많은 유혹의 열병식장에서 아내는 끊임없이 비명을 질러대었다. 너무 많은 호사스러움이 너무 싼 가격에 진열되어 있는 사실에 대한 경탄이었다. 그녀는 나를 쉴 새 없이 이쪽저쪽으로 끌고 다녔다. 그러다가 거리의 어느 한 모퉁이에서는 오래도록 움직일 줄을 몰랐다. 그곳에서는 한 소년이 털이 온통 새까만 원숭이 한 마리를 팔려고 하고 있었다. 자신이 직접 정글로 들어가서 잡아 왔다는 그 원숭이를 소년은 천 루피아에 팔고 싶어 했다. 천 루피아라면 우리 돈으로는 고작 4백 원이었다. 맙소사, 원숭이 한 마리의 가격이 고작 4백 원이라니! 그 대목에서는 나도 고개를 젓지 않을 수 없었다. 비행기에 실을 수만 있었다면 아내는 아마 분명히 그 원숭이를 샀을 것이었다.

이튿날 우리는 아침부터 마음이 바빴다. 족자카르타에 우리가 할당한 시간은 겨우 사흘이었지만 돌아보아야 할 곳은 너무 많았던 것이다. 인도네시아에서 가장 웅장한 것으로 알려진 보로부두르 사원을 비롯하여 그 길목에 있다는 메라피산, 가장 화려한 라마야나 공연을 야외무대에서 연출한다는 프람바난 사원 등등. 게다가 족자카르타에는 빼놓지 말아야 할 아름다운 옛 건물들이 무척 많이 있었다. 자카르타가 수도로 되기 전까지 자바섬의 수도였던 까닭에 여러 곳에 아름다운 왕궁과 옛 건물들이 흩어져 있었다.

아침 식사를 마치고 숙소를 나서니 다시 여러 명의 베착꾼들이 모여들었다. 나는 그들 중의 한 명과 흥정을 해서 가격을 정해야겠다고 생각하고 있었다. 그날의 목표는 우선 시내 관광에 있었으므로 베착이 필요했다. 그런데 그 얼굴들 중에는 전날 밤의 예의 바른 남자도 섞여 있었다. 에티오피아에서 전송되어 온 사진보다 아주 조금 나을까 말까 싶은 몸매를 가진.

나는 무슨 까닭인지 자꾸 그의 얼굴을 피하려고 했다. 그러나 아내는 그의 인상이 나쁘지 않았던지 그쪽으로 내 팔을 끌었다. 그리고 우리는 결국 그의 베착 위에 올라앉게 되었다. 내 표정이 마음에 걸렸던지 아내는 이렇게 물었다.

"이 사람이 마음에 안 들어요?"

"그게 아니라……"

"무슨 얘길 하려는지 알아요. 하지만 지금 이 사람에게 가장 필요한 건 손님이에요. 그렇지 않아요?"

할 말이 없어 나는 입을 다물어야 했다.

"어디로 모실까요, 선생님."

남자는 제법 활기찬 목소리로 물었다. 손님을 얻었다는 사실이 그를 무척 기쁘게 만들어준 모양이었다. 대답하는 아내의 목소리도 상냥했다.

"시내를 좀 돌아보고 싶어요. 크라톤이랑 타만사리를 돌아보구요, 그리고 오후에는 바틱 그림들을 구경하고 싶어요."

"그럼 먼저 크라톤부터 가보도록 할까요?"

"그래주세요."

"알겠습니다. 정말 아름다운 곳이죠."

남자는 페달을 밟으며 베착을 움직이기 시작했다. 온갖 종류의 탈것들이 줄지어 움직이고 있는 말리오보로 거리를 그는 요령 좋게 누비며 빠져나갔다. 가늘기 짝이 없는 팔다리에서 어떻게 저런 힘이 나올까 싶을 지경이었다. 하지만 잠시 후부터 그의 몸에서는 굵은 땀방울들이 흘러내렸다.

"이 고장 사람들은 모두 너무 친절한 것 같아요."

아내는 여행하는 곳마다 그 고장의 원주민들과 이야기하기를 좋아했다. 그리고 이상하게도 그들은 쉽게 아내와 친구가 되었다.

"그래요. 사람들이 친절한 곳이죠."

"이곳 족자카르타 태생이세요?"

"아니에요. 바랑트리티스라고 아세요?"

"네, 알아요. 여기서 남쪽으로 조금 내려가면 있죠."

"잘 아시는군요. 거기서 서쪽으로 조금만 더 가면 제가 태어난 마을이 있어요."

아내는 고개를 끄덕였다.

"바닷가 마을이겠군요."

"가난한 어촌이죠. 배도 몇 척 없고, 모두 너무 가난해요."

"하지만 아름답겠죠?"

"물론이죠. 아름답기는 말할 나위가 없죠……"

아내는 마술사처럼 그들 삶의 비밀을 이끌어내었다. 그녀는 남자에게 가족 관계에 대해서 물었고 그는 자신이 12년 전에 결혼을 했으며 아들과 딸을 각각 하나씩 두고 있다고 말했다. 하지만 그들은 그와 함께 있지는 않았다. 고향 마을에 아내와 함께 살고 있었으며 그는 일주일에 한 차례씩 그들을 방문할 뿐이었다. 때로는 2주일이나 3주일에 한 차례씩 그들을 모두 데려온다거나 더 자주 방문하는 일은 생각지도 못할 것이었다. 비용이 너무 많이 들기 때문이었다.

크라톤에서는 많은 시간을 보내지는 않았다. 들었던 대로 그 것은 크고 웅장한 왕궁이었다. 많은 시종이 아직도 그곳을 지키고 있었고 넓은 대청에서는 악사들이 음악을 연주했다. 하지만 그 모습은 말레이시아에서 보았던 다른 궁전들과 크게 다르지 않았다.

우리의 다음 행선지는 타만사리였다. 타만사리는 그들 말로 '물의 궁전'이라는 뜻이었는데 크라톤에서 과히 멀지 않았으므로 산드라는 땀을 많이 흘릴 필요는 없었다. 산드라는 크라톤에서 아내가 내게 가르쳐준 그 남자의 이름이었다.

"여긴 아주 재미있는 곳이에요. 괜찮으시다면 제가 안내해드려도 좋겠는데요."

"베착을 여기다 세워두는 건 괜찮을까요?"

모든 왕궁과 유적지는 베착의 출입을 통제했다. 그래서 입구 밖에다 세워두어야 했는데 나는 혹시 누군가가 그의 베착을 가져가지나 않을까 걱정이 되어 그렇게 물어보았다. 그는 빙그레 미소를 지으며 괜찮다고 말했다. 그가 우리를 안내하겠다는 제의는 무척 고마운 것이었다. 대부분의 베착꾼들은 목적지에 도착하면 그늘로 들어가 담배를 피워 물기 바빴던 것이다. 그가 휴식해야 할 시간을 우리에게 할애하는 것 같아 내키지 않았지만 어쨌든 우리는 함께 물의 궁전이라는 타만사리로 들어갔다.

그가 얘기한 대로 그곳은 무척 재미있는 곳이었다. 사람들이 비밀리에 모여 집회를 갖곤 했다는 지하 구조물도 있었고 힌두교의 3대 신인 브라흐마, 비슈누, 시바를 모신 신전도 있었다. 또 그곳은 크라톤과는 달리 건물들이 오랫동안 방치되어 폐허화되어 있었는데 그 덕분에 한결 고풍스러운 분위기가 연출되고 있었다. 나는 사방으로 카메라를 들이대고 셔터를 누르느라 분주해야 했다.

"저건 뭐죠? 꼭 수영장 같군요."

높은 담에 둘러싸인 넓은 마당에 이르렀을 때 아내가 산드라에게 물었다. 그 마당에는 아내 말처럼 수영장 비슷한 것이 몇 곳 있었다. 꽤 큼직한 것이 두 개, 자그마한 것이 하나, 그리고 그 중앙에는 2층 높이의 누각이 있었다. 산드라는 빙그레 웃었다.

"옛날 왕에게는 부인이 아주 여러 명이 있었어요. 백 명이 넘을 때도 있었어요. 그 여자들이 매일 이곳으로 와서 목욕을 했답니다. 그러면 왕은 저기 누각으로 올라가서 내려다보고는 그날 밤 그를 수청 들 부인을 고르는 거죠."

"저런……"

아내는 눈살을 찌푸리고는 할 말을 찾지 못했다.

"하지만 실질적인 결정권은 왕보다 오히려 내시에게 있었어요. 국사를 보느라 바쁜 왕이 여자들의 얼굴을 기억할 수는 없는 노릇이었거든요. 그래서 왕이 고른 여자가 나중에는 내시에 의해 다른 여자로 둔갑하는 경우도 많았대요. 여자들은 내시에게 잘 보이려고 온갖 짓을 다 하구요. 하하하."

그의 장난기 어린 웃음이 재미있어 나는 따라 웃었다. 그의 영어는 우리가 충분히 알아들을 만했다. 비록 이따금 모르는 말을 찾기 위해서 자신의 수첩을 들척이긴 했지만.

타만사리를 나온 다음 그가 우리의 다음 행선지를 물었다. 아내와 나는 이제 점심 식사를 하리라 마음먹고 있었다. 식사를 하고 싶다는 말에 그는 우리가 정해둔 식당이 있는지를 물었다. 나는 그에게 싸고 맛있는 식당이 있으면 안내해줄 수 있겠느냐고 되물었다. 그런데 그건 내가 좀처럼 하지 않는 일이었다. 베착꾼들에게 식당이나 쇼핑 가게를 안내받는다면 바가지요금을 뒤집어쓰기가 십중팔구였기 때문이었다. 하지만 어쩐지 산드라는 믿어도 좋을 성싶은 생각이 들어서 나는 상당히 느슨해져 있었다. 그는 고개를 끄덕이고는 5분쯤을 달려 어느 식당 앞에 베착을 세웠다.

"아얌고랭(닭튀김)이 아주 맛있는 집입니다. 마음에 들지 않으면 다른 곳으로 가죠."

"아뇨, 냄새가 아주 구수하군요."

베착에서 내린 나는 그에게 함께 들어가 식사를 하자고 권했다. 그것은 진심이었다. 지난번에 한 차례 식사와 베착꾼과 더불어 좋지 못한 기억을 가진 이후로 나는 가능하면 그들의 식사를 먼저 챙기고 있었던 것이다. 하지만 그는 단호히 거절하고는 30분 후에 돌아오겠다며 베착을 몰고 가버렸다. 식당으로 먼저 들어가 있던 아내는 그와 함께 들어오지 못한 나를 무척 나무랐다.

그가 얘기한 대로 닭튀김은 아주 맛이 좋았다. 그리고 30분 후에 그는 약속대로 돌아와서 다음 행선지로 우리를 실어 날랐다.

그와 함께 있는 시간들은 참으로 유쾌했다. 그는 늘 미소를 짓고 있었고 무언가를 우리에게 설명해주려 했다. 그러면서도 절도를 지켰다. 그가 온몸에서 팥죽처럼 땀을 흘리지만 않았더라면 그 시간들은 훨씬 더 즐거웠을 것이었다.

바틱 그림 가게들을 둘러보느라 두어 시간을 보낸 다음 또 다른 가게들이 있는 거리로 옮겨 가는 사이, 아내는 그에게 비스킷 한 봉지와 귤 두 개를 주었다. 그가 점심을 어떻게 해결했는지가 걱정이 되었던 그녀가 몰래 준비한 것이었다. 산드라는 고맙다고 고개를 끄덕이며 그것들을 받았다. 그러나 그 모두를 자신의 의자 아래에 챙겨넣을 뿐 먹을 생각을 하지 않았다. 비스킷이야 그렇다 치더라도 귤은 당장 먹고 싶을 텐데, 이처럼 땀이 흐르는 시간에는…… 아내는 귤 하나를 까서는 내게 건네주며, 산드라에게도 어서 먹으라고 손짓을 했다. 그러자 그가 또 예의 그 미소를 머금으며 말했다.

"오는 주말에는 시골집을 꼭 방문할 거예요. 벌써 두 주일 동안 못 가봤거든요."

나는 내심 고개를 끄덕여야 했다. 그는 자신도 무척 먹고 싶었을 테지만 아이들에게 가져다주려고 아끼고 있었던 것이다. 그 말을 들은 아내는 또 하나의 귤을, 이번에는 껍질을 벗겨서 그에게 건네주었다. 그것을 받아들고서야 산드라는 겸연쩍은 미소를 짓더니 자신의 입으로 가져갔다.

"아이들이 무척 보고 싶겠네요."

아내의 말에 그는 연신 고개를 끄덕였다.

"얼마나 보고 싶은지 몰라요. 늘 눈가에 어른거린답니다."

"언제부터 족자카르타에서 베착을 모셨어요?"

"11년 되었어요. 아내가 첫아이를 가졌다는 걸 알았을 때부터였죠."

"그랬었군요……"

아내는 가슴이 아팠는지 이야기를 돌렸다.

"이 베착은 언제 장만하신 거예요. 아주 깨끗한데요?"

"이건 제 것이 아니에요. 족자카르타 시내에 자기 것 가지고 장사하는 사람이 몇 되지 않아요. 베착을 대여해주는 큰 회사가 있는데 거기 가서 돈을 주고 빌리는 거죠. 이게 제 거라면 더 바랄 나위가 없게요."

다 찌그러져가는 자전거수레 하나를 갖는다면 더 바랄 나위가 없다니. 아내의 화제 전환은 별로 성공적이지 못한 모양이었다.

저녁 시간이 가까워 우리는 그의 베착을 한 커다란 레스토랑 앞에 세우게 했다. 저녁 식사와 더불어 와양 그림자 인형 공연을 하는 곳이었다. 지난 두 주일 동안 버스와 만원 기차에 시달리며 검소한 여행을 했던 우리 부부는 모처럼 기분을 내기로 작정하고 있었던 것이다.

레스토랑으로 들어가기에 앞서 나는 산드라에게 그날의 운임을 지불해주었다. 애당초 약속한 금액에다 적지 않은 보너스를 얹어서. 하지만 그것은 그가 우리에게 보여준 친절함에 비한다면 결코 큰 금액이 아니었으므로 나는 조금도 아쉽지 않았다. 오히려 기쁜 마음이었다. 산드라도 그 돈을 받고는 흡족했는지 고개를 꾸벅이며 고맙다는 말을 계속했다. 그러더니 그가 말했다.

"인형극이 끝나는 건 보통 두 시간쯤 걸리죠. 그때 다시 와서 숙소로 모셔다드리고 싶은데요."

나는 그가 다른 일이 없다면 그렇게 해도 좋겠다고 말해주었다. 그러나 만약 다른 손님을 만나서 바쁘게 된다면 신경 쓰지 말라고, 알아서 돌아가겠노라고.

손을 흔들며 그가 떠나고 식당으로 들어간 지 10분이 지나지 않아서 나는 그러나 아주 당혹스러운 상황에 빠지고 말았다. 내가 늘 지니고 다니던 손가방을 산드라의 베착에 두고 내린 사실을 깨달은 것이었다. 허리춤의 전대를 열어 그에게 운임을 지불하느라 잠시 한눈을 팔다가 가방은 까맣게 잊어버린 모양이었다. 그 가방 속에는 몇 가지 중요한 물건들이 들어 있었다. 불과 한 달 전에 싱가포르에서 산 카메라가 있었고 지난 두 주일 동안 자카르타와 반둥, 팡간다란 등지에서 찍은 필름 두 통이 들어 있었다. 카메라보다도 오히려 그 필름들이 더 중요했다. 게다가 그 가방 속에는 지난 몇 달 동안 언제나 나를 떠나지 않았던 수첩이 함께 있었다. 동남아시아의 각 나라들을 여행한 기록이 고스란히 담겨 있는 수첩이었다.

식사 시간과 공연 시간 내내 나는 행여 그가 돌아와주지 않을까 창밖을 기웃거렸다. 그러다가 마침내는 가방을 잃어버린 사실을 아내에게 들켜버리고 말았다. 그러나 그는 나타나지 않았다.

"설사 그가 돌아오지 않는다 해도 그건 당신 잘못이에요."

아내는 아주 냉정하게 그렇게 말했다. 나도 그녀의 말에 동감할 수밖에 없었다. 내게는 이미 찍힌 필름이나 수첩이 더 중요했지만 그에게는 카메라가 너무 큰 유혹일 것이었다. 그것의 가격이라면 산드라의 1년 치 수입보다 클 것이기 때문이었다.

식사도 맛있어 보였고 공연도 아름다웠지만 나는 그것들을 제대로 감상할 수 없었다.

정확히 두 시간 후 우리는 레스토랑 밖으로 나갔다. 어딘가에서 그가 기다리고 있다가 반겨주기를 기대하면서. 하지만 그것은 아주 허황된 기대였다. 그의 모습은 어디에도 보이지 않았다.

몇 대의 베착들이 다가와서 서로 얼굴을 들이밀었지만 산드라의 것은 아니었다.

 10분을 더 기다려보았지만 마찬가지였다. 아내는 내게 조심스럽게 말했다. 그만 돌아가는 게 어떠냐고. 나는 5분만 더 기다려보자고 말했고 아내는 고개를 끄덕였다. 그녀나 나나 산드라에 대한 기대를 쉽게 포기하고 싶지는 않았던 것이다.

 다시 10분이 지난 다음 우리는 기다림을 포기하기로 했다. 주위를 배회하는 베착 한 대를 불러 숙소 이름을 이야기해주고 자리에 올라앉았다. 아쉽지만 어쩔 수 없는 일이었다. 나는 그것이 모두 나의 잘못이었다고 생각했다. 바보 같은 실수로 카메라도 잃어버렸고 친구도 잃어버린 것이라고. 그런데 베착이 움직이기 시작할 순간이었다. 나는 맞은편으로부터 무언가가 아주 빨리 달려오는 것을 보았다. 낯이 익은 그 무엇은 바로 산드라의 베착이었다. 그리고 그 위에는 산드라가 올라 앉아 열심히 페달을 젓고 있었다. 그는 우리를 보고는 환하게 웃으며 손을 흔들었다.

 "마앗, 마앗, 마아프."

 그가 여전히 달려오며 큰 소리로 말했다. '미안, 미안합니다, 용서하세요'라는 뜻이었다.

 베착을 세운 다음 그는 이번에는 영어로 아이엠 소리를 연발하며 자신의 손목을 가리켰다. 텅 빈, 시계라고는 한 번도 차본 적이 없는 듯한 왼쪽 손목을.

 "시계가 없어요. 미안해요."

 시계가 없어서 정확한 시간을 알 수 없었다는 얘기였다. 무척 긴 거리를 마구 달려왔는지 그는 온몸에서 땀을 흘리고 있었다.

그는 자신의 의자 밑을 열더니, 그곳은 그가 가장 소중한 것들을 모아두는 장소였다, 비스킷과 귤 틈에서 조그만 내 가방을 꺼내었다. 그러고는 다시 환한 미소를 지으며 내게 건네주었다. 묵직하게 잡혀오는 무게만으로도 나는 모든 것이 안전하게 보관되어 있었음을 알 수 있었다. 나도 그에게 환한, 그러나 겸연쩍은 미소를 지어주어야 했다.

숙소로 돌아가는 길에 아내는 그에게 지난 두 시간 동안 무엇을 했느냐고 물었다. 그랬더니 그는 인도네시아 사람 두 사람을 태웠고 나머지 시간은 쇼핑을 했노라고 대답했다.

"쇼핑을 했어요?"

아내는 약간의 놀람으로 반문하더니 곧 여자다운 직감을 발휘했다.

"아이들 선물을 샀군요."

"그렇습니다. 오늘은 두 분 덕분에 적지 않은 돈을 벌었어요. 그래서 약간 여유가 생겼죠."

"뭘 샀는지 여쭤봐도 괜찮을까요?"

"그냥, 장난감이죠. 태엽을 감는 새 인형이에요. 그리고……아내 양말을 샀어요.. 그런데 무슨 색깔을 골라야 할지 알 수가 없었어요."

"그래서 고민하느라 시간 가는 줄 몰랐군요."

"그래요."

그는 또 빙그레 미소를 머금었다. 아내는 그가 가족을 위해 산 선물들을 보고 싶다고 말했지만 그는 한사코 거부했다. 너무 보잘것없는 물건들이라 창피하다고, 하지만 한편으로는 그도 분명히 즐거워하고 있었다.

숙소에 도착해서 나는 다시 운임을 치르려 했다. 그러나 그는 받지 않았다. 저녁에 받은 돈만으로도 오늘분은 넘으며 이번 것은 자신의 서비스라는 것이었다.

"잠은 어디 가서 자죠?"

아내가 또 물었다.

"그냥, 아무 데서나요. 여기가 제 잠자리죠."

그가 가리킨 것은 자신의 베착이었다. 더 이상은 설명하지 않아도 알 수 있었다. 거리의 골목골목에서 이미 우리는 좁은 베착에 새우처럼 몸을 웅크리고 잠들어 있는 사람들을 여럿 보았던 까닭이었다.

이어지는 이틀 동안 우리는 이따금 그를 지나쳤다. 그러나 그의 손님이 될 수는 없었다. 보로부두르와 프람바난을 돌아보느라 시내에서의 일정이 불규칙했기 때문이었다. 다만 그를 지나쳐가며 손을 흔들고 미소를 교환하곤 했다. 가늘고 위태로워 보이는 다리로 무거운 페달을 밟으면서도 그는 늘 밝은 미소를 짓고 있었다. 어디에선가 아내가 이런 말을 그에게 했다.

"내일은 집으로 내려가겠군요."

"그래요. 아내와 아이들을 보러 간답니다."

그는 너무 행복해 보이는 표정으로 그렇게 대답했다. 그런데 그것은 우리가 그에게서 들은 마지막 대답이기도 했다.

그로부터 2년 반이 흐른 다음 아내와 나는 다시 한번 족자카르타를 방문할 일이 있었다. 실질적인 목적지는 다른 곳이었고 그 하늘을 지나쳐가기만 하면 되는 일이었는데 아내는 구태여 족자카르타에서 하루를 묵어가기를 고집했다. 그 도시의 인상이 너무 아름다웠기에 그냥 지나칠 수는 없다는 것이었다.

예전의 숙소에 도착한 다음 아내가 가장 먼저 한 일은 산드라를 찾는 일이었다. 그녀는 입구에 늘어선 여러 대의 베착을 둘러보고는 그의 모습이 보이지 않자 사람들에게 물어보았다. 혹시 산드라를 모르느냐고. 그들은 한결같이 고개를 저었다. 어느 한 사람은 이렇게 대답했다. 그런 이름은 인도네시아에는 무척 많아요. 그래서 아내는 자신이 찾고 있는 산드라는 바랑트리티스 출신이라고 말해주었다.

결국 아내는 산드라의 소식을 알고 있는 누군가를 찾을 수 있었다. 하지만 그것은 그러지 않았음만 못한 일이 되어버리고 말았다. 그는 산드라가 1년쯤 전 어느 날 세상을 뜨고 말았다고 알려준 것이었다.

"아침에 너무 늦게까지 일어나지 않길래 깨우려고 가보았죠. 그의 베착으로 말예요. 그랬더니 글쎄, 그는 벌써 숨이 끊어져 있었어요. 몸은 달팽이처럼 돌돌 말려가지고, 참 좋은 친구였는데……"

그 얘기를 들은 아내는 눈물을 글썽였다.

그 저녁 아내는 아무것도 먹지 않았다. 물론 다음 날 아침이면 맛있는 음식을 먹을 것이었고, 또 실제로 그렇게 했지만, 아무튼 그 저녁 아내는 아무것도 먹지 않았다. 내 가슴에 머리를 기대고는 이런 말만 되풀이할 따름이었다.

"돈이 없으면 없는 대로 행복하게 살 수 있는 그런 곳은 없을까요……"

채영주 중단편 선집에 관한 짧은 보고

한수영
(연세대학교 국어국문학과 교수)

1

채영주는 1988년 『문학과사회』 겨울호에 단편 「노점 사내」로 등단한 후, 2002년 6월 15일, 마흔의 나이로 세상을 떠나기까지, 두 권의 소설집과 한 권의 유고집을 포함하여 모두 열세 권의 작품을 세상에 남겼다. 작가로 활동한 기간과 그가 남긴 작품의 권수가 거의 같아 그는 생전에 한 해에 한 권꼴로 작품을 펴냈던 셈이다. 이 중단편 선집에는, 그가 생전에 출간한 창작집 『가면 지우기』(문학과지성사, 1990)와 『연인에게 생긴 일』(문학동네, 1997)에서 고른 열 편의 작품을 수록했다. 이 작품들은 1980년대 말부터 90년대 말까지, 약 10년에 걸친 그의 문학 세계의 변화를 보여주는 동시에, 그의 작가 의식의 저류를 흐르는 일관된 상상력의 구조도 함께 보여주고 있다. 짧은 지면에, 그의 무성하고 깊은 문학의 숲을 일별할 선명한 지형도를 그리는 것은 어려운 일이지만, 그 숲의 진면목이나 요로(要路)를 구경할 수 있는 탐방로의 입구에라도 가닿을 수 있으면 좋으리라는 바람으로 이 글을 쓴다.

첫 창작집 『가면 지우기』의 「책머리에」에, 그의 작품의 심연을 들여다볼 탐사경 같은 작가의 육성이 있어 그것부터 먼저 잠시 읽어보기로 하자. "어린 날부터 나는 욕심이 많은 편이었다. 늘 무언가를 원했고 무언가를 하고자 했다"로 시작되는 그의 이야기는, 이어서 "불량학생이 되고 싶었고 책벌레가 되고 싶었고 유능한 목공이 되고 싶었고 여행 안내자가 되고 싶었다"고 소원의 목록들을 적어나가다가, "나이가 들자 법관이나 의사 교수와 같은 현실적인 직업들이 매력적으로 다가왔다. 나는 충실한 하인이 되어 그들의 뒤를 좇았다"고 고백한다. 하지만 곧 "그러나 결국 나는 깨닫지 말아야 했을 사실을 깨닫고 말았으니, 그것은 그처럼 숱한 되고 싶음의 욕망들 속에서 정작 나의 본능은 아무것도 되지 않기를 원하고 있다는 것"(p. vi)으로 마무리된다.

엄밀한 의미에서 이 '되고자 하는 욕망'과 '아무것도 되고(하고) 싶지 않은 무위의 욕망'은, 선후(先後)의 맥락이 아니라, 병치(並置)이거나 등위(等位)의 구조로 읽어야 옳을 것이다. 즉, '되고자 하는 욕망'이 먼저였는데, 아무것도 되고 싶지 않은 '무위의 욕망'이 그것을 이기고 최후의 '나의 본질'을 구성하는 것이 아니라, 내 안에는 '되고자 하는 욕망'과 '되고 싶지 않은 무위의 욕망'이 한데 섞여 있어, 때로는 어느 하나가 불쑥 고개를 내밀고, 때로는 다른 하나가 그 고개 내민 것을 타고 누르고, 또 어느 때는 그 위치나 관계가 다시 뒤바뀌는 혼란과 착종이 반복되고 있다는 것, 그리고 '나'는 그것을 고스란히 감당하고 있다는 것.

이 복수(複數)의 '나'에 관한 자기 고백은, 채영주 문학을 이해하는 중요한 단서에 해당한다. 그러나 그 고백보다 더 주목해야 할 것은 그 여럿의 '나'가 내 안에 똬리를 틀고 서로 밀고 당기며 길항하고 있는 그 자체가 곧 '나'임을 인정하는 자기 성찰의 태도다. '나'가 무언가를 간절히 원할 때, 그 '원하는 나'의 반대편에서 그 간절한 만큼의 강도(强度)와 밀도로 '원하지 않는 나'가 있음을 아는 것, 그런 인간은 행동하기보다는 성찰하는 인간이 되기 마련이다. 즉자적으로 행동하기보다는, 머뭇거리고 주저하며, 이는 행동의 정당성 혹은 실천의 정언명령에 대한 확신이 설 때까지 계속된다. 그런데, 이 머뭇거림과 주저는, 실천이나 행동을 최종 목표로 삼을 때는 회피나 비겁으로 보이지만, 행동이나 실천의 '과정'에 방점을 찍을 경우에는 '성찰', 곧 자세히 살피고 반성하는 태도가 된다.

첫 창작집 『가면 지우기』의 해설에서 김병익이 탁월한 비평가적 혜안으로 지적했듯이, 채영주 문학의 개성은 '가장 1980년대스럽지 않다'는 데 있다. '80년대다운 문학'이 무엇인지를 한마디로 규정하기는 어렵지만, 김병익의 말을 빌려 '80년대가 사회과학의 시대'였다고 한다면, '80년대다운 문학'이란, 그런 사회과학의 시대에 어울리는 변혁의 열정과 실천에의 의지로 가득한 문학일 것이다. 그런 문학들에 우리는 민중문학, 노동문학, 실천문학, 혁명문학과 같은 계관(桂冠)을 씌우곤 했었다. 요컨대, 채영주의 소설은 그런 의미에서 80년대의 한가운데를 가로지른 문학의 중심 대로에서는 한참 비켜서 있었던 셈인데, 그것은 채영주가 그 무수한 혁명담론(「가면 지우기」에서 이것은 '설계도'로 비유된다)과 사회과학 이론이 제시하는 '피안의 미래'를 자기 확신으로 내면화할 만큼 신뢰하지 않았기 때문이다.

그가 당대를 휩쓴 혁명담론이나 사회과학의 이론에 완전히 동조하지는 않았지만, 그렇다고 현실의 모순과 불의를 외면하거나 부정한 것은 결코 아니었다. 그는 누구보다도, 사람들이 이러한 '피안의 설계도'에 혹하는 까닭은, 그만큼 현실 세계가 근본적으로 부당하고 모순으로 가득 찬 곳이기 때문이란 점을 꿰뚫고 있었다. 이를테면「지난겨울의 불」에서, 이 부당한 현실을 향한 분노는, 그의 다른 소설들과는 다소 결이 다르게 한결 격정적으로 분출된다. 연쇄 방화범의 혐의로 붙잡혀 온 청년의 과거를 추적하는 검사의 눈을 통해, 작가는 현실을 지배하는 불평등과 차별, 가난한 자들이 감당해야 할 모멸과 자기 혐오를 고발한다. 동시에, 그런 세계를 빠져나갈 유일한 출구로서의 '학벌 사다리'가 얼마나 기만적이고 위선적인 것인가를 준렬히 비판한다. 그러나,「지난겨울의 불」과 같은 격정의 목소리는 사실 채영주 소설의 주조(主調)는 아니다. 그보다는 한결 낮은 목소리와 웅숭깊은 시선으로, 그 현실의 이면과 어두운 곳, 혹은 사각지대를 응시하며 현실의 공간과 피안의 세계의 간극을 오가며 탐색하는 것이 , 그의 문학이 유지하는 기본적 스탠스다.

2

채영주의 소설을 유심히 읽은 독자라면, 그의 소설에 자기 살해 모티프가 자주 등장한다는 사실을 알고 있을 것이다. 이 타나

토스의 욕망은, 그의 등단작이자 출세작인 「노점 사내」에서 이미 그 뚜렷한 증좌를 드러낸 바 있는데, 「가면 지우기」나 「겨울 소묘」 「백치 세습」 등에서도 거듭 반복되고 있다. 이 타나토스의 욕망을 추동하는 근본적인 이유는, 앞서 말한 바와 같이 그가 자기 내부에 존재하는 여럿의 '나'를 성찰하기 때문이다. 자기 살해의 욕망은, 그 성찰이 가장 위악적이고 극단적인 형태를 취한 경우인데, 이런 위악적 포즈가 아닐 경우에도, '나'의 내부에 도사린 무수한 '나'는 그의 서사를 구축하는 매우 유용하고 중요한 소재이자 주제가 되고 있다. 그의 소설에는 정신병동과 정신질환자들도 자주 등장하는데(「가면 지우기」 「백치 세습」 「상자 속으로 사라진 사나이」), 정상과 비정상의 공간 혹은 인물들을 역전해 배치함으로써, 정상과 비정상 혹은 이성과 광기에 대한 자각을 유도하고 그 경계에 균열을 일으키고자 하는 일반적인 소설적 장치로서의 기능도 있지만, 무엇보다도 이 공간과 사람 들이야말로 복수의 자아를 드러내기에 가장 적합하기 때문일 것이다.

작가는 현실의 부당함과 불의에 적극적으로 맞서지 못하는 무력한 자기를 발견하면서, 동시에 그를 응징하는 또 다른 '나'를 내세운다. 「노점 사내」에 나오는 문제의 인물 '노점 사내'는 속악한 현실의 피해자이자 희생의 대상인, '무력한 타자'의 상징이다. 이 '무력한 타자'는 체념에 가까운 달관의 몸짓으로, 날마다 팔리지도 않는 자질구레한 물건들을 아침이면 늘어놓고 저녁이면 다시 거둬들이는, 무한 반복의 지루한 일상을 이어가고 있다. '나'는 이 '노점 사내'의 한없이 지루한 일상과 무의미한 노동을 오래도록 지켜보다가 결국은 그 '사내'를 죽여버리기로 결심한다. 그런데, 실상 이 '사내' 또한 실은 '또 다른 나'임은, 친구에게 보내는 편지를 통해 드러난다. "내게 있어 너는 또 다른 나의 모습이었다. 너를 지켜보자면 나는 언제나 어수룩하고 무기력한 자신을 대하는 느낌이었"(pp. 50~51)노라고, '나'는 내 안의 '다른 나'를 살해하고 싶어 하고, 마침내 '노점 사내'의 집을 찾아가 그를 목 졸라 죽이지만, 며칠 후 사내는 "건강하고, 조금도 변함없는 모습으로"(p. 52) 다시 내 앞에 나타난다.

「가면 지우기」에서도 주인공 '강상일'을 통해 이 변형된 자기 살해의 욕망은 다시 등장한다. 자기 손으로 아내를 죽인(혹은 죽였다고 스스로 믿는) '강상일'은 정신병동에 수감된 환자다. 그는 어느 날 애인의 집에 가다가 추운 겨울 길에서 팔리지도 않을 오징어를 놓고 떨고 있는 행상 아주머니를 살해한다(혹은 살해했다는 환상을 가지고 있다). 이유는 그녀의 눈에 '분노'가 없었기 때문이다. 이 불쌍한 아낙은 「노점 사내」의 그 지루한 노동을 반복하는 '사내'의 다른 얼굴이다. '강상일'은 또 아버지를 스스로 죽였다고 믿는다. '강상일'은 아버지를 죽도록 증오하는 인물이었는데, 그는 "아버지를 비난하면서도 끊임없이 자신을 아버지와 동일시하"는 인물이기도 하다. 그래서 그는 "아버지를 비난하듯 스스로를 비난"한다(pp. 133~34). '강상일'의 망상 속에서 죽임을 당하는 아버지와 아내와 행상 아주머니는, 모두 '강상일'의 분신이거나 또 다른 자아다. 그러므로, 망상 속에서든 실제로든 이들을 죽이거나 죽이고 싶어 한다는 것은, 곧 스스로를 향한 살의인 것이다.

3

이토록 집요하고 극단적 자기 살해의 모티브가 반복되는 것은 역설적으로 '자기애(自己愛)'의 욕망이 강하다는 반증이라고 할 수 있을까. 이럴 때의 '자기애'란 에고이스트나 이기적이라는 의미보다는, 자기 구원을 향한 간절한 소망이라고 이해하고 싶다. 그런 점에서, 채영주 소설의 상당 부분은, 그가 청년 시절을 보냈던 1980년대의 반영reflecion이자 반응reaction인 것도 사실이지만, 그의 문학은 오로지 그런 시대나 역사로 환원되지 않는, 좀더 종교적이고 철학(형이상학)적이며 초시대적인 성격이 강하게 드러난다는 점을 놓쳐서는 안 될 것이다.

채영주 소설의 '나'는, 항상 '현실의 나와는 다른 나'를 꿈꾸며 어디론가 떠난다. 그의 중단편에 매우 자주 등장하는 일탈이나 가출은, '차안'으로서의 서울을 떠나, '피안'으로서의 남도의 도시들을 떠도는 여정으로 채워진다. 작품에 따라 그곳은 이리도 되었다가 광주도 되었다가 그냥 익명의 '남도 어느 도시'로도 나온다. 그곳에서 주인공은 '서울'에서는 절대로 할 수 없는 직업들, 이를테면 룸살롱 웨이터, 식당 홀 서빙, 제빵 공장 노동자, 주방 보조 등을 전전하며, '현실의 나'로부터 벗어나고자 한다. 지도교수의 권위적이고 고답한 지도 방식에 저항하고 자신들만의 예술을 위해 서울을 탈출하는 두 청년 화가(「겨울 소묘」), 채권 추심 청부업을 하다 채무자 여성의 자살을 목격하고 문득 제 일에 환멸을 느낀 폭력배와 아비가 진 빚 때문에 몇 년째 시골 비디오 대여점에 갇혀 살며 항상 '서울'로의 탈출을 꿈꾸는 소녀(「담배와 포도주」)들이 그 전형적 패턴을 보여준다. 그러나 이 시도는 번번이 실패한다. '현실'을 떠나 '피안'을 꿈꾸는 '나'가 저만치 멀리 달아날수록, 또 다른 '나'는 빠른 속도로 떠난 '나'를 따라잡아 다시 '현실'로 되돌려놓기 때문이다. 그리고는 탈출한 '나'의 귓등에 대고 속삭인다. '네가 꿈꾸는 피안은 어디에도 없어.'

채영주 문학을 관류하는 키워드를 꼽으라면, 나는 단연 '절망'과 '운명'이라고 답하고 싶다. 그 '절망'은, 유작집 『바이올린맨』(문학과지성사, 2003)에 '자전소설'의 표제를 달고 재수록된 「미끄럼을 타고 온 절망」의 제목 일부이기도 하거니와, 고아원 아이들의 이야기를 다룬 「가출」에서 "우리 등에는 단단한 쇠파이프가 하나씩 박혀 있다. [……] 언제나 제자리를 맴돌 뿐이야. [……] 어디로도 달아날 수 없는 목마라는 거야"(pp. 240~41)라는 대사를 통해 '운명'과 결부된다. '회전목마'는 고아원 아이들이 좋아하는 놀이기구의 이름이지만, 아무리 힘차게 굴려도 단단히 박힌 중심의 쇠기둥의 구심력 탓에 굴릴수록 어지러워지기만 할 뿐, 끝내 벗어날 수 없는 절망적 '운명'을 상징한다.

그의 절망의 또 다른 기원은, 현실의 폭력성과 부정성을 극복하려는 대안alternative 세력이자 대항resistance 주체에게서도, 집단의 이름으로 '권력으로서의 폭력'이 자행된다는 사실에 있다. 「새벽 2시 파라다이스 카페」의 철학 교수는, 대학 사회를 양분하고 있는 진보와 보수 양쪽 틈바구니에서 숨 쉴 공간을 찾지 못한 채 고통스러워한다. 흔한 양비론자의 궤변으로 읽힐 수도 있는 이 교수의 한탄과 하소연이 좀더 각별해지는 이유는, 어떤 진리나 금과옥조도 '강요되어서는 안 된다'는 그의 신념 때문이다.

정당성이나 진릿값은 강요나 협박에 의해서가 아니라, 자율적이고 자유로운 토론과 검증이 필요하다는 것. 더구나 그것이 행동이나 실천으로 옮겨지기까지는, 훨씬 더 많은 유보와 성찰이 필요하다는 점을, 작가는 교수의 입을 통해 전한다. 그럼에도, 현실의 대안 세력과 대항 주체들은, 그토록 저주하고 혐오하는 폭력적인 적의 모습을 어느새 닮아가고, 그 폭력을 반복 답습하고 있는 것이다. 작가는 다시 절망한다.

「상자 속으로 사라진 사나이」와 「백치 세습」에서도 이 절망은 서사를 구축하는 중심축이 되고 있다. 「상자 속으로 사라진 사나이」의 '백성인'은 세상의 모든 인간관계가 권력적 위계를 구성한다는 사실에 절망하고, 그것으로부터 스스로를 차단하기 위해 벌레가 되어 '상자'에 스스로 갇힌다. 「백치 세습」은 지배 세력과 저항 세력 양쪽으로부터 당한 끔찍한 폭력의 경험이 조부손(祖父孫) 3대에 걸쳐 세습된다는 기발한 상상력을 동원하고 있다. 내가 죽지 않기 위해, 적을 모두 죽여 없애야 한다는 논리가 모두에게 수용될 때, '나'는 이렇게 외친다. "우리는 부드러워져야 한다. 진정 우리가 또 하나의 권력의지에 사로잡힌 탐욕스런 집단이 아니라면, 우리 스스로 표방한 이상을 좇는 집단이라면. 그들에게 두들겨맞아 북어포처럼 부풀어오를지라도 우리는 부드러워져야 한다"(『연인에게 생긴 일』, p. 119).

'폭력(론)'은, 변혁의 열기가 정점에 달했던 1980, 90년대나 지금이나 여전히 중요하면서 논쟁적인 사안이다. 그러나, 모든 대안 세력과 대항 주체가 '혁명을 위한 폭력은 정당하다'는 논리에 일고의 의심도 하지 않을 때, 이런 목소리를 내는 일의 힘겨움을 돌아다볼 필요가 있다. 시간이 한참 흐른 뒤의 반추나 성찰은 오히려 쉬운 일일지도 모른다. 그러나, 어떤 열정이 맹목에 가까울 만큼 뜨거운 불길로 솟구치는 순간에, 성찰의 자세를 유지하기란 몹시 어렵고 또한 곤혹스러운 노릇이다. 작가 채영주의 절망은, 진영과 조직과 집단을 막론하고 거듭되는 폭력의 악무한에서 비롯된 것이지만, '부드러워져야 한다'는 자신의 이야기가 함성에 묻혀 누구에게도 들리지 않는다는 이중의 질곡에 뿌리내리고 있다.

4

아주 가끔, 이 운명적 절망의 무거운 장막을 살며시 열고, 그의 소설이 희망이나 구원의 가능성을 내비치는 순간이 있다. 이를테면, 「족자카르타의 배착」 「부디린」 계열의 소설이 그러한 예다. 나중에 『목마들의 언덕』(문학동네, 1995)으로 출간되는 고아원 연작에서도 이런 징후를 읽을 수 있다. 「가출」에 그려지듯이, 아이들의 세계는 동화에서처럼 천진난만하거나 순진하지 않고, 오히려 어떤 면에서는 성인들의 폭력과 위계가 훨씬 더 가혹한 형태로 재현되는 세계임을, 그는 소설을 통해 확인시키고 있다. 그럼에도 불구하고, 이 세계는 속악한 현실도 어쩔 수 없는 아이다운 선의(善意)와 배려, 그리고 세상에 대한 순수한 호기심이 아직 살아 있는 곳임을, 작가가 보여주고 싶어 한다. 그 구원과 희망의 가능성이, 일찌감치 세상의 불행과 고통에 직면함으로써 너무 빨리 철들어버린, 멀쩡하지만 되바라진 아이들을 통해서가 아니라, 발달장애를 가진 '형국'(「상처」)을 통해 제시된다는 점이 역설적이지만, '형국' 역시 작가의 다른 소설에 등장하는 정신병동이나 정신질환자들의 소설적 기능과 성격의 변주된 모습임을 우리는 쉬이 간파할 수 있다.

그러한 구원과 희망의 가능성을 채영주 문학에서 발견하는 일은, 한편으로는 반가운 일이지만, 절망과 환멸을 너끈히 넘어설 만큼 크고 강하지 않다는 사실은 다시 우리를 현실에 대한 성찰로 이끈다. 「족자카르타의 베착」에서, 우리는 릭샤꾼 '산드라'를 통해 아직 세상에 굳건히 존재하는 선량함과 헌신에 대해 안도하는 한편, 그것이 그리 길고 강하지 않음을 그의 비참한 최후를 통해 재확인하게 된다. 더구나, 작가는 '산드라'를 향한 우리의 동정과 연민이 얼마나 알량한 것인가를 경고하고 있다. 그의 죽음을 알게 된 '아내'와 '나'의 동정과 연민을, 또 다른 '나'가 냉정하게 본다. "그 저녁 아내는 아무것도 먹지 않았다. 물론 다음날 아침이면 맛있는 음식을 먹을 것이었고, 또 실제로 그렇게 했지만, 아무튼 그 저녁 아내는 아무것도 먹지 않았다"(p. 391). 세계에 가득한 비참과, 딱 하루만큼의 동정과 연민. 그러므로, 채영주 문학의 절망과 희망, 혹은 환멸과 구원의 저울은, 여전히 전자 쪽에 압도적으로 기울어진 비대칭이다.

그러나, 정말로 우리가 채영주 문학을 다시 소환하고 그 현재성의 의미를 물어야 하는 이유도 그 절망과 환멸에 있다. 그것은, 마치 자기 살해의 욕망이 자기애의 전도된 발현이듯, 그의 절망과 환멸은 구원과 희망에의 의지의 다른 얼굴이기 때문이다. 그리고, 그 절망을 통해 우리는 당장의 구원의 가능성을 얻는 대신, 깊은 성찰의 기회를 얻는다. 이 성찰은 '나'의 내부를 들여다보는 것이기도 하면서, 동시에 이 '나'의 확장으로서의 우리 사회, 집단, 조직 나아가 인간의 가장 근본적인 존재론적 반성으로까지 연장된다. 그러나, 이렇게 여러 의미와 가치를 자신의 문학에 덕지덕지 처바르는 것을, 작가는 어쩌면 내켜하지 않을지도 모른다. 이미 생전에 자기 문학이 너무 무거워지는 것을 강하게 거부한 적이 있기 때문이다. 첫 창작집에 실린 작가의 육성의 몇 구절을 옮기면서, 이 부족한 글을 서둘러 마무리하고자 한다. 이 에피그램은, 그의 예술론이기도 하면서, 동시에 세상을 향해 던지는 그의 메시지이기도 한 것이라 믿기 때문이다.

한 가지 조심스러이 바랄 게 있다면, 가장 가벼운 허구의 무게가 이따금 내 삶의 무게를 포옹하고 지나갈 수 있었으면 하는 것이다. 잠시 지린내를 풍겼다가는 흔적 없이 증발해버리는 취객의 오줌 자국처럼. (「책머리에」, p. vii)

채영주 20주기 기념 선집 간행사

　작가 채영주(1962~2002)가 마흔 살의 일기로 세상을 떠난 지 어언 20년이 되었습니다. 그가 세상을 떠나던 그해 6월 한일 월드컵이 열렸고, 우리 선수들의 예상 밖 선전으로 연일 승전보가 울려 온 나라가 환희의 열기에 휩싸여 있을 때, 갑자기 날아든 그의 부음 앞에 망연자실하던 날이 아직도 선명합니다. 그를 기억하는 몇몇 지인의 발의와 협력으로, 그의 20주기를 맞아 조촐하게나마 이 기념 선집을 꾸립니다. 기념 선집은 두 권으로 구성되어, 한 권은 그의 창작집에서 가려 뽑은 열 편의 중단편으로, 그리고 다른 한 권은 그의 장편소설들 중에서 오늘의 독자들에게 다시 재독을 권할 만한 것으로 한 편을 선택했습니다. 중단편 선집 작업은 한수영이, 장편소설 작업은 김형중이 각각 나누어 맡아 진행했습니다.

　이 두 권의 선집을 꾸리는 데에도 많은 분의 도움이 컸습니다.

우선, 채영주를 후배 작가로서뿐 아니라 후배 동문으로 평소 각별한 관심과 후의를 지니고 계셨던 김병익 선생님께 감사의 인사를 올립니다. 김 선생님께서 이 발의를 적극 지지하고 문학과지성사에 다리를 놓아주셨습니다. 그 과정에서 도움을 주신 김 선생의 따님 김예림 선생님께도 인사를 전합니다. 선집 간행 과정에서 여러 차례 의견을 교환하며 도움을 주신 군산대학교의 류보선 선생님, 출판 경영이 어려운 가운데에도 기꺼이 기념 선집 제안을 받아들여주신 문학과지성사 이광호 선생님과 편집동인 선생님들, 기획 단계에서 여러 의견을 교환하며 선집의 모양새를 갖추는 데 기여하신 문학과지성사의 이근혜 선생님께도 감사드립니다. 채영주의 유족분들, 특히 저작권 허락 등에 적극 협조해주신 고인의 큰누님 채혜주 선생님, 창작집 『연인에게 생긴 일』의 일부 작품 재수록에 협조해주신 출판사 문학동네 관계자분들께도 인사를 전합니다. 마지막으로, 선집의 편집 전 과정을 총괄하면서 기획자들과 처음부터 끝까지 작업을 함께한 문학과지성사의 최지인 선생님께 깊이 감사드립니다.

이 선집을 그를 기억하는 많은 분, 무엇보다도 아직도 그를 작가로 소중히 기억하고 있는 독자들께 바칩니다.

2022년 6월
채영주 20주기 기념 선집 기획위원 일동